JULIA KRÖHN
Die Alster-Schule
Zeit des Wandels

JULIA KRÖHN

Die Alster Schule

Zeit des Wandels

ROMAN

blanvalet

Sollte diese Publikation Links auf Webseiten Dritter enthalten,
so übernehmen wir für deren Inhalte keine Haftung,
da wir uns diese nicht zu eigen machen, sondern lediglich auf
deren Stand zum Zeitpunkt der Erstveröffentlichung verweisen.

Penguin Random House Verlagsgruppe FSC® N001967

1. Auflage
Copyright © 2021 by Julia Kröhn
Dieses Werk wurde vermittelt durch die
Literarische Agentur Thomas Schlück GmbH, 30161 Hannover
© 2021 by Blanvalet in der Penguin Random House Verlagsgruppe GmbH,
Neumarkter Str. 28, 81673 München
Redaktion: Margit von Cossart
Umschlaggestaltung und -motiv: © Johannes Wiebel | punchdesign,
unter Verwendung von Motiven von Shutterstock.com
(Everett Collection; N.M.Bear) und Richard Jenkins Photography
KW · Herstellung: sam
Satz: Uhl + Massopust, Aalen
Druck und Bindung: CPI books GmbH, Leck
Printed in Germany
ISBN 978-3-7341-0964-5

www.blanvalet.de

Schulstufen in deutschen Gymnasien und Oberschulen

Sexta	=	5. Klasse
Quinta	=	6. Klasse
Quarta	=	7. Klasse
Untertertia	=	8. Klasse
Obertertia	=	9. Klasse
Untersekunda	=	10. Klasse
Obersekunda	=	11. Klasse
Unterprima	=	12. Klasse
Oberprima	=	13. Klasse

Das Leben bildet.

Johann Heinrich Pestalozzi

Die Kinder sollen nicht bewahrt und nicht belehrt werden.
Sondern glücklich sollen sie im Sonnenlicht wachsen,
erstarken und sich entwickeln.

Friedrich Fröbel

Echte Hingabe an eine Sache ist nur mit Freiheit möglich.

Maria Montessori

1930

März

Als Felicitas Marquardt an ihrem ersten Arbeitstag als Oberlehrerin das Harvestehuder Gymnasium betrat, befanden sich in ihrer Tasche das Lateinbuch *Ludus Latinus*, ein in Butterbrotpapier verpackter Kuchen mit Mandeln und Rosinen und eine Feige. Die Feige rumpelte bei jedem Schritt hin und her – umso mehr, da Felicitas' Schritte immer schneller wurden. Schon bereute sie, zu Fuß von ihrer Pension im Gängeviertel zur Schule auf dem Klosterstieg aufgebrochen zu sein, um möglichst viel von Hamburg zu sehen. Mindestens zweimal war sie schon in die falsche Straße abgebogen, und als sie endlich das Schulgebäude erreicht hatte, wusste sie nicht mehr, ob sich die Sekunda, in der sie in der ersten Stunde unterrichten würde, im ersten oder zweiten Stock befand. In den Gängen war es still, der Unterricht hatte längst begonnen.

Kurz hielt sie inne, beim nächsten Schritt rumpelte die Feige nicht länger. Gut möglich, dass sie sich in den Kuchen gebohrt hatte und der zu Krumen zerfallen würde. Ihre Freundin Anneliese, eine angehende Hauswirtschaftslehrerin, hatte ihr den Kuchen gebacken, damit sie sich auf der Zugfahrt von Lüneburg nach Hamburg stärken konnte, doch Felicitas hatte ihn aufgehoben, um sich an ihrem ersten Tag am Harvestehuder Gymnasium etwas zu gönnen. Das setzte allerdings voraus, dass sie an diesem Tag tatsächlich unterrichtete.

Sie studierte die Türschilder neben den Klassenräumen. Untersekunda, Obersekunda, Unterprima. In diesem Stockwerk befanden sich offenbar nur die höheren Jahrgänge.

Ein Fluch lag ihr auf den Lippen, wie sie ihn in ihrer Kindheit im Hafenviertel oft ausgestoßen hatte – so'n Schiet. Gerade noch rechtzeitig rief sie sich in Erinnerung, dass eine Oberlehrerin besser auf Latein fluchte, und stieß aus: »Me Hercule! Merda!«

Sie hatte nicht den Eindruck, dass sie besonders laut gewesen war, dennoch ertönte vom Ende des Gangs her ein Auflachen. Sie trat näher, sah niemanden – noch nicht. Erst als sie das Ende des Gangs erreichte, entdeckte sie in der Nische vor den raumhohen Fenstern einen schmächtigen Jungen in dunkelblauer Schuluniform stehen, der Kopf wie Schultern hängen ließ.

Er hatte gar nicht gelacht, er hatte geschluchzt. Und sicher nicht wegen ihres lateinischen Fluchs, sondern weil ihm eine Tragödie widerfahren sein musste. Die Schultern des Jungen bebten.

»Was … was ist denn los?«, fragte Felicitas.

Er fuhr zusammen, wandte sich blitzschnell ab und wischte sich die Tränen von den Wangen. Es glückte nicht recht, denn als er sich wieder zu ihr umdrehte, glänzten seine Augen immer noch.

»Nichts, gar nichts«, sagte er bedrückt.

Ihr Blick fiel auf den Ranzen vor seinen Füßen. »Hast du denn keinen Unterricht?«

Na, sie war die Richtige, das zu fragen!

»Ich … ich bin zu spät«, murmelte er, wischte sich noch einmal verstohlen über das Gesicht. Als seine Unterlippe zu zittern begann, biss er darauf.

»Ich fürchte, ich auch«, gab Felicitas freimütig zu, zwinkerte ihm zu, erntete aber immer noch kein Lächeln.

»Das geht doch nicht!«, rief der Junge.

»Dass man sich als neue Lehrerin in der Schule verläuft? Oh, und ob das geht! Ich war erst zweimal hier, um …«

»Letzte Woche habe ich den Klassenschrank geöffnet, ohne vorher zu fragen, ob ich es darf. Und vorletzte Woche habe ich einmal im Unterricht geschwätzt. Das heißt, ich habe schon zwei Einträge ins Klassenbuch bekommen. Wenn heute wieder einer erfolgt, fliege ich von der Schule.«

Sein Tonfall verriet so viel Scham, Verzweiflung und Not, dass Felicitas kurz überlegte, ihm ein Stück von ihrem Butterkuchen anzubieten.

»Wegen solch geringfügiger Vergehen fliegt man doch nicht vor der Schule.«

»Herr Moritz hat nicht nur damit gedroht, auch mit dem … Stock.«

Das letzte Wort brachte er so erstickt hervor, dass sie nicht sicher war, ob sie ihn richtig verstanden hatte. Lauter war ein Geräusch in ihrer Erinnerung, das Zischen des Lineals, das ihr Lehrer von der Volksschule so gern auf ihren Handrücken hatte schnalzen lassen. Irgendeinen Vorwand hatte sie ihm immer geboten. Mal waren ihre Holzpantinen schmutzig gewesen, mal hatten sich unter ihren Fingernägeln dunkle Halbmonde befunden, mal hatte sie spitze Steine in ihrer Schürzentasche verborgen, um sich notfalls gegen die Jungen zu wehren.

Mit deinem Lineal konntest du mich nicht kleinhalten, ging es Felicitas durch den Kopf. Du hast mir zwar Striemen am Handrücken zugefügt, meinen Geist aber hast du nicht erwischt.

Ob des Anblicks des schmächtigen Jungen mit dem verweinten Gesicht währte das Triumphgefühl aber nicht lange.

»Dein Lehrer droht euch mit dem Stock?«, fragte sie irritiert.

»Manchmal benutzt er ihn auch.«

Der Schweiß, der sich in ihrem Nacken gebildet hatte, war längst erkaltet. Mit ihrer Wut ging das nicht so schnell.

»Wie heißt du denn?«

»Willy.«

»Ich verspreche dir, Willy, dass du heute ganz sicher nicht den Stock zu spüren bekommst.«

Sie trat auf die Klassentür zu, wummerte energisch mit der Faust dagegen und öffnete sie, ohne ein Herein abzuwarten.

Während sie Herrn Moritz fixierte, musterte sie aus den Augenwinkeln den Raum. Die Schulbänke, die in fünf Reihen hintereinanderstanden, waren leicht angeschrägt, in kleinen Löchern waren Tintenfässer eingelassen, in einem Regal darunter lagen die Schulranzen. Die Kinder – wie auf diesem Gymnasium üblich, waren es ausschließlich Knaben – saßen kerzengerade mit durchgestrecktem Rücken da, die Hände geschlossen auf dem Tisch, die Füße parallel nebeneinandergestellt. Keines von ihnen wagte, sie oder Willy, der schnell an seinen Platz huschte, anzuschauen.

An den Wänden hing eine historische Karte, die – wie die zahlreichen Pfeile verrieten – die Völkerwanderung darstellte, außerdem ein ausgestopftes Tier mit einem spitzen Schnabel, wohl ein Greifvogel. Der Mund von Herrn Moritz glich auch einem spitzen Schnabel, als er ihn öffnete, tief Luft holte und fragte, wer sie sei.

Felicitas holte antwortete nicht gleich.

Während ihres Studiums hatte sie gelernt, dass eine kurze Pause vor dem Beginn eines Vortrags zu größerer Aufmerksamkeit verhalf. Obwohl es ihr schwerfiel, zählte sie innerlich bis zehn, ehe sie ruhig sagte: »Guten Morgen, Herr Kollege.« Sie brachte sogar ein Lächeln zustande, deutete dann mit dem Kinn auf das, was er in der Hand hielt. »Wir haben keinen Kaiser mit Zepter mehr«, erklärte sie laut und deutlich.

Sie wusste, dass viele Lehrer den Rohrstock als Zepter bezeichneten. Sie wusste ebenso, dass es selbst im Kaiserreich Gesetze gegeben hatte, wie dieser Rohrstock eingesetzt werden solle: Mädchen durfte man nur auf den Rücken und den linken Arm schlagen, Jungen nur auf Rücken und Gesäß, Kinder unter acht Jahren gar nicht. Mittlerweile aber hatte nicht nur der Kaiser sein Zepter verloren, der Rohrstock war verboten. Und das sagte sie laut. Die Schüler saßen sämtlich wie erstarrt da, keiner schien auch nur zu atmen.

Herr Moritz hatte das wohl ebenfalls kurz vergessen, ehe er einmal mehr nach Luft schnappte.

»Das ist kein Rohrstock, sondern eine Weiderute«, rechtfertigte er sich. »Und damit zu strafen ist nur bei Schulkindern verboten, nicht bei Lausbuben.«

Felicitas zählte wieder bis zehn, anstatt die Worte, die ihr schon auf der Zunge lagen, auszusprechen: Wir leben im Jahr 1930. Heutzutage bläut man Kindern nichts mehr mit dem Rohrstock ein, erst recht nicht Gehorsam, Ordnung und Selbstüberwindung. Heutzutage erzieht man Kinder zu aufrechten Menschen, und der Mensch ist gut, wenn seine Bedürfnisse befriedigt werden. Lernen soll Spaß machen, nicht in einer Atmosphäre von Angst geschehen, all das hat sich doch längst herumgesprochen, vor allem hier in Hamburg!

Aber ihr Schweigen erwies sich ohnehin als mächtiger. Herr Moritz errötete, und als sie erklärte: »Ich sehe gar keine Lausbuben«, legte er den Rohrstock, oder die Weiderute, unauffällig zur Seite und wandte sich an Willy.

»Warum bist du zu spät?«

»Das ist allein meine Schuld«, kam Felicitas dem Knaben zuvor. »Ich unterrichte heute zum ersten Mal hier, habe meine Klasse aber leider nicht gefunden und Willy gebeten, mir den Weg zu zeigen. Er ist ein sehr höflicher, zuvorkommender Junge. Ich habe mich nicht nur bei ihm zu bedanken. Auch bei Ihnen, seinem Lehrer, der ihm offenbar beigebracht hat, wie wichtig Hilfsbereitschaft ist.« Herr Moritz hielt den Kopf etwas schief, ähnelte immer noch einem Vogel, jedoch keinem, der mit spitzem Schnabel zuzustoßen drohte. »Ich wollte Ihren Unterricht nicht stören, lediglich berichten, dass Willy mich gerettet hat. Wenn überhaupt, verdient er eine Belohnung, keine Strafe.«

Sie starrte den Kollegen so lange schweigend an, bis der knapp nickte.

»Wir fahren fort!«, sagte er statt eines Abschiedsgrußes.

Sie war überzeugt, dass Willy keine Schwierigkeiten mehr bekommen würde und zwinkerte ihm vertraulich zu. Er merkte es nicht, hatte schon Platz genommen, seine Hände auf den Tisch gelegt und die Füße parallel nebeneinandergestellt wie die anderen.

Dass ein Junge wie er beim nächsten Mal, wenn Herr Moritz sein Zepter schwang, auf dessen Verbot beharren würde, war unwahrscheinlich. Und sie selbst konnte solche Ewiggestrigen nur zum Nachdenken bringen, nicht von ihrem Platz hinter dem Katheder verbannen. Aber in ihrer eigenen Klasse würde die Zukunft des Schulwesens hier und heute beginnen.

Als Felicitas endlich vor der richtigen Tür stand, lauschte sie kurz. Es war totenstill, obwohl sie mittlerweile über fünfzehn Minuten zu spät war. Als sie die Klasse betrat, zeigte sich, dass es nicht soldatische Disziplin war, die die Knaben schweigen ließ. Sie konnte sich ein Grinsen nicht verkneifen, als sie sah, auf wen sich die Aufmerksamkeit richtete – auf zwei Jungen, die sich am Lehrertisch zu schaffen machten.

Ihr energisches »Guten Morgen!« ließ sie zusammenschrecken, und sie stolperten fast über die eigenen Füße, als sie zurück auf ihre Plätze hasteten. Felicitas tat so, als hätte sie nicht gemerkt, was die beiden da getrieben hatten, stellte schwungvoll ihre Tasche ab und wollte sich ebenfalls schwungvoll auf den Stuhl hinter dem Katheder setzen. Erst im letzten Augenblick verharrte sie in der Hocke.

»Das ist ja gar kein Stuhl, das ist ein Papierkorb!«, rief sie.

Die zwei Jungen, die ihr den Streich gespielt hatten, liefen glühend rot an, irgendwo ließ sich ein ersticktes Kichern vernehmen, aber es wurde nicht lauter.

»Wie gut, dass er noch leer ist«, sagte sie, nahm den Eimer, drehte ihn einfach um und setzte sich darauf. Obendrein schlug sie ihre Beine übereinander, etwas, das eine Dame niemals tat und eine Lehrerin wohl auch nicht.

Das Kichern wurde zu einem Lachen, doch als sie in die Richtung blickte, aus der es kam, riss es wieder ab. Ohne dass sie den entsprechenden Befehl erteilt hatte, streckten die Kinder ihren Rücken durch und legten die Hände auf die Tischplatte.

»Ihr seid ja nicht sehr ideenreich«, stellte sie fest. »Eine Lehrerin, die sich in den Papierkorb setzt, ist doch langweilig. Als ich noch Schülerin war, habe ich einmal das Lehrerpult mit Leim eingepinselt.«

Die Blicke, bis jetzt starr auf die Tintenfässchen gerichtet, hoben sich. »Sind die Ellbogen des Lehrers daran festgeklebt?«, fragte der Junge, der ihren Stuhl gegen den Papierkorb ausgetauscht hatte.

»Die leider nicht, aber das Klassenbuch.«

Wieder ertönte ein Lachen, sie stimmte mit ein.

»Könnt ihr auch etwas anderes als Streiche spielen, zum Beispiel euch bewegen?«, fragte sie, als es abgeklungen war.

Mehrere Köpfe hoben sich. »Bewegen?«

»Na, wenn eure Gedanken so eingeschlafen sind wie eure Füße, hat es keinen Sinn, mit dem Stoff zu beginnen. Also steht auf!«

Sie musste den Befehl zweimal wiederholen, ehe die Kinder endlich gehorchten. Noch länger dauerte es, sie dazu zu bringen, sich paarweise an den Händen zu fassen und im Kreis um die Bänke zu laufen – was erst möglich war, nachdem sie ein paar zur Seite geschoben hatte.

»Darf man das überhaupt?«, fragte ein Junge zweifelnd.

»Oh, wir werden die Klasse ohnehin ganz neu einrichten, nämlich immer zwei Tische nebeneinanderstellen, sodass man in Vierergruppen arbeiten kann. Aber jetzt stellt euch erst mal vor, ihr wärt nicht in einer Klasse, sondern in einem Zoo. Ihr wart doch sicher schon im Tierpark Hagenbeck, oder? Wie bewegen sich Elefanten, wie die Pinguine, wie die Affen?« Die Kinder verharrten prompt starr nebeneinander. »Ich sehe schon«, sagte Felicitas seufzend »ihr seid es eher gewohnt, die Ameisen zu imitieren, die in Reih und Glied marschieren.« Sie klatschte in die Hände. »Will denn niemand ein Flamingo sein?« Verstohlen hob ein Junge das Bein, allerdings nur um zehn Zentimeter. »Was macht ihr denn in eurer Pause auf dem Schulhof? Steht ihr dort auch so starr herum wie die Soldaten beim Morgenappell?«

Ein Junge antwortete erst, nachdem er aufgezeigt hatte und zum Sprechen aufgefordert worden war. Er trat einen Schritt vor, schlug die Fersen aneinander, reckte sein Kinn.

»Wir marschieren in einer Kolonne«, erklärte er. »Und wir singen ›Wem Gott will rechte Gunst erweisen.‹«

»Hm«, machte Felicitas. »Ich kenne das Lied nicht. Wollt ihr es mir mal vorspielen?«

»Vorspielen oder vorsingen?«

»Vorspielen, und zwar mit der Geige.«

»Hier gibt es doch überhaupt keine Geige.«

»Nicht?« Felicitas tat überrascht. Sie ging zum Wandschrank, öffnete ihn. Hier befanden sich nur ausgestopfte Tiere, Landkarten, Papierbogen, aber sie tat so, als würde sie ganz behutsam ein Streichinstrument hervorholen. Danach klemmte sie sich die imaginäre Geige in die Halsbeuge und begann mit dem unsichtbaren Bogen zu fiedeln. »Ich fürchte, ich bin schon ein bisschen aus der Übung. Wenn wir alle zusammenspielen, wird vielleicht ein Lied daraus.« Die Kinder ließen ihre Hände los, traten unsicher von einem Bein auf das andere, keiner machte Anstalten, die Geige zu spielen, einer hob endlich die Hände, als hielten sie eine Flöte, wenn auch eine recht kleine. »Was ist denn mit euch los? Ich sehe weder Sportler noch Musiker!«

Und ich sehe keine Kinder, fügte sie in Gedanken zu. Kinder, die Lust an der Bewegung, am Spiel haben, denen das Lernen so viel leichter fiele, wenn sie beides zuvor getan hätten.

Aber wahrscheinlich forderte sie zu viel auf einmal. Ihre Freundin Anneliese betonte auch immer wieder, dass man, wenn man einen Kuchen buk, die Zutaten nacheinander verrühren musste, nicht alle gleichzeitig.

Felicitas hängte die imaginäre Geige in den Schrank zurück und entschied, die Sitzbänke vorerst noch nicht umzustellen. Sie verzichtete allerdings nicht darauf, erneut auf dem Papierkorb Platz zu nehmen, und wurde einmal mehr mit einem Kichern belohnt.

»Stimmt es, dass Sie von einer Reformschule kommen?«, fragte ein Junge.

Sie konnte nicht einmal nicken, als sich schon ein anderer einschaltete: »Und stimmt es, dass Mädchen und Jungs dort gemeinsam unterrichtet werden?«

»Koedukation ist in der Tat ein ganz wichtiges Prinzip der Reformpädagogik und …«

»Mein Vater sagt, Mädchen und Jungs duschen dort auch gemeinsam … und zwar nackt.«

»Na, wenn sie wirklich duschen, dann hoffe ich doch, dass sie nackt sind. Oder duschst du etwa in deiner Kleidung?« Ein paar begannen unruhig, auf den Sitzen hin und her zu rutschen. »Aber keine Angst, niemand duscht in der Schule. Auf der Reformschule lernt man das Gleiche, was ihr hier lernt, nur mit etwas anderen Methoden. Wer kann mir denn sagen, was ihr in der letzten Stunde durchgenommen habt?«

Eine Weile blieb es still, schließlich hoben sich drei Hände. Sie deutete auf den Jungen in der letzten Reihe, der sich sofort erhob.

»Wir haben die Punischen Kriege besprochen.«

»Du kannst dich wieder setzen. Und dann sagst du mir, was du über die Punischen Kriege weißt.«

Es schien dem Schüler sichtlich schwerzufallen, sitzend zu antworten, sein Blick war starr auf einen imaginären Punkt gerichtet.

»Der erste Punische Krieg dauerte von 264 bis 241 vor Christus. Der zweite Punische Krieg dauerte von 218 bis 201 vor Christus. Der dritte Punische Krieg dauerte von 149 …«

»Genug!«, fiel Felicitas ihm ins Wort.

»War das falsch?«

»Du hast nichts Falsches gesagt. Ich finde es jedoch nicht gut, von Kriegen nur die Jahreszahlen zu kennen.« Felicitas erhob sich vom Papiereimer, kramte in ihrer Tasche. Den Kuchen, erstaunlicherweise noch ziemlich heil, beließ sie dort, das Lateinbuch auch, aber sie zog die Feige hervor. »Weiß denn jemand, was diese Feige mit den Punischen Kriegen zu tun hat?« Wieder nur Stille. »Seht mich ruhig an, wenn ihr die Antwort nicht wisst. Sie steht nicht auf der Tischplatte, ihr erfahrt sie von mir.« Sie ging mit der Feige neben den Bänken auf und ab, und als sich die Blicke langsam hoben, begann sie, die Frucht zu schälen. Mehreren Jungen hielt sie sie unter die Nase. »Die riecht süß, oder?« Als sie sich der Aufmerksamkeit aller sicher war, fuhr sie fort: »Feigen waren im Römischen Reich sehr beliebt. Diese hier ist eine frische, man könnte sie aber auch trocknen lassen. Die Römer aßen die Früchte in dieser Form wie Brot. Nicht nur Menschen mochten sie. Ein römischer Koch soll seine Schweine ausschließlich mit Feigen gefüttert haben, weil er meinte, dass ihr Fleisch dann einen einzigartigen Geschmack entfalte. Das beantwortet natürlich noch nicht, was diese Feige mit den Punischen Kriegen, genauer gesagt, mit dem dritten der Kriege, zu tun hatte. Aber wisst ihr: Feigen wurden damals aus Karthago importiert, einer nordafrikanischen Stadt. Und es gab einen römischen Staatsmann, er hieß Cato der Ältere, der nach jeder Rede eine taufrische Feige aus seiner Toga zog und erklärte, dass diese zwei Tage zuvor in Afrika gepflückt worden sei und dass man sie noch viel billiger bekommen könne, wenn man sich diese Stadt Karthago unterwerfe. Er verspeiste die Feige, und dann schloss er seine Rede mit den Worten: ›Ceterum censeo Carthaginem esse delendam.‹«

Felicitas wiederholte den Satz mehrmals und nahm dazwischen immer einen Bissen von der Feige. »Will jemand probieren?«, fragte sie, als sie zur Hälfte verspeist war.

Die Knaben schüttelten den Kopf. Als sie fertig war, drehte sie den Papiereimer um, warf aus ein paar Schritten Abstand die Schalen der Feige hinein.

»Ein guter Wurf, oder? Kann mir jemand sagen, wie man den Satz ›Ceterum censeo Carthaginem esse delendam‹ übersetzt, zudem welches Wort davon im Gerundivum gebildet wurde und warum?«

Es dauerte eine Weile, bis sich einer meldete. Er stand auf, nahm eine soldatische Haltung ein. »Wir haben doch jetzt Geschichts-, nicht Lateinunterricht.«

Felicitas setzte sich auf das Katheder. »Weißt du, jener römische Koch ernährte die Schweine zwar nur mit Feigen, aber eigentlich können Schweine alles fressen, auch Eicheln, Rüben und Kartoffeln. Im Magen vermischt es sich sowieso, und wenn es hinterher ausgeschieden wird, kann man es erst recht nicht mehr auseinanderhalten. Mit dem Wissen verhält es sich genauso. Ob es um Latein und Geschichte geht, Deutsch, Geographie oder Biologie – das alles darf sich nicht nur vermischen, der Nährwert steigt sogar, wenn das geschieht. Es ist schließlich nicht so, dass es in unserem Gehirn verschiedene Stockwerke gibt und wir uns immer nur in einem befinden. Man muss es sich eher wie einen riesigen Raum vorstellen, in dem sich viele Leute gleichzeitig aufhalten, die durcheinanderreden. Der lateinische Satz bedeutet: Im Übrigen glaube ich, dass Karthago zerstört werden muss und …«

Sie brach ab, weil ein Klopfen störte. Kurz zuvor noch hatte sie Herrn Moritz' Klasse betreten, ohne auf das Herein zu warten. Nun konnte sie selbst keines mehr hervorbringen, denn schon öffnete sich die Tür. Sie hatte nicht einmal Zeit, sich vom Lehrertisch zu erheben. Der Blick einer jungen Frau im grauen Flanellrock und mit weißer Bluse richtete sich erst argwöhnisch auf sie, dann auf den Papierkübel mit den Feigenschalen. Am Ende erklärte sie nur ausdruckslos: »Schulleiter Grotjahn wünscht Sie augenblicklich zu sprechen.«

Auf dem Weg zu Dr. Waldemar Grotjahns Bureau wurde Felicitas zunehmend mulmig zumute. Sie lief nicht Gefahr, sich wieder zu verirren, seine Sekretärin, die in der Zwischenzeit die Klasse beaufsichtigen würde, hatte ihr den Weg gewiesen. Aber warum holte er sie aus dem Unterricht?

Während ihres Vorstellungsgesprächs hatte er immerzu gelächelt, doch sein Blick war ausdruckslos geblieben. Er hatte gründlich ihre Zeugnisse studiert, allerdings kein Wohlwollen gezeigt, weil sie stets nur Bestnoten geschrieben hatte, lediglich die Stationen ihres Lebensweges laut aufgezählt: Humanistisches Gymnasium in Lüneburg, Reifeprüfung summa cum laude, Studium der Geschichte, Philosophie und Altphilologie in Berlin, Promotion summa cum laude, Absolvierung der Prüfung pro facultate docendi, einjähriges Referendariat an einer Berliner Reformschule. Als er sie danach nahezu verwundert gemustert hatte, hatte sie sich ein wenig gefühlt wie ein Tier im Hagenbecker Zoo.

Was an ihrem Lebensweg fand er so ungewöhnlich? Die Zeiten, da Oberlehrerinnen nicht studiert, nur eine pädagogische Ausbildung mit Oberlehrerinnenexamen absolviert hatten, waren doch längst vorbei und weibliche Lehrkräfte an Gymnasien keine Seltenheit mehr! Hier am Harvestehuder Gymnasium arbeiteten bereits fünf, wenngleich keine von ihnen wie die meisten männlichen Kollegen verbeamtet war. Und wenn der Schulleiter Vorbehalte gegen weibliche Lehrer gehabt hätte, hätte er sie wohl nicht zu dem Gespräch gebeten.

Zumindest dafür hatte es alsbald eine Erklärung gegeben, war er doch auf den Mangel an Lateinlehrern zu sprechen gekommen. Dieser hatte am Ende auch den Ausschlag gegeben, sie einzustellen. Der Grund, warum sie wiederum die Stelle sofort angenommen hatte, war die Tatsache, dass sich die Schule im fortschrittlichen Hamburg befand, wo man die Ideen der Reformpädagogik als Erstes umgesetzt hatte.

Als sie das Direktorenzimmer betrat, saß Dr. Grotjahn wie bei ihrem Bewerbungsgespräch in seinem Bureaustuhl, der mit schwarzem, teilweise speckigem Leder überzogen war, und lächelte breit.

»Ach, das Fräulein Dr. Marquardt«, erklärte er betont freundlich.

Dass er sitzen geblieben war, als sie den Raum betrat, erschien ihr merkwürdig, aber wenn er auf Höflichkeitsgesten verzichtete, konnte sie das ebenso tun. Sie betrat den Raum mit gerecktem Kinn, ärgerte sich nur, dass sie im Nacken schon wieder schwitzte, weil sie so hastig die Treppe hochgelaufen war.

»Sie wollten mich sprechen, Herr Direktor …«

Sie brach ab. Nicht nur der Stuhl hinter dem Schreibtisch war besetzt, auch der davor. Er war viel schmaler und nur aus Holz. Wer darauf saß, war noch schmaler.

Willy. Der Schüler, den sie vor dem Stock bewahrt hatte. Er hatte seine Hände unter die Oberschenkel eingeklemmt, saß leicht nach vorn gebeugt, hob den Kopf nicht, sondern drehte ihn nur etwas zur Seite, um sie von unten anzusehen. Was immer in der letzten halben Stunde passiert war, es flossen keine neuen Tränen, er machte ein ganz und gar ausdrucksloses Gesicht.

»Willy …«, setzte sie an.

»Ich sehe, Sie haben sich seinen Namen gemerkt«, sagte Dr. Grotjahn. »Ich fürchte nur, er hat sich vorhin nicht vollständig vorgestellt.«

Er nickte knapp in Richtung des Jungen.

»Mein Name ist Wilhelm Grotjahn«, sagte Willy.

Felicitas fiel ein Stein vom Herzen. Grotjahn. »Ist er … ist er Ihr …«

»Mein Ältester, ja.«

Das Lächeln des Schulleiters wurde breiter, und Felicitas konnte es befreit erwidern. Sie würde nicht gemaßregelt werden, weil sie Herrn Moritz zur Rede gestellt hatte. Das Gegenteil war der Fall, Willy hatte seinem Vater berichtet, wie sie sich schützend vor ihn gestellt hatte.

Der Junge ließ seinen Kopf wieder sinken.

»Es war nicht notwendig, deinem Vater zu erzählen, dass …«, setzte sie gutmütig an.

»Doch!«, fiel Willy ihr ins Wort. Nicht nur, dass seine Stimme plötzlich nichts mehr mit dem verzagten Jungen gemein hatte, sondern zornig klang. Überdies machte er sich ganz steif, nahm jene soldatische Haltung ein wie die der Kinder in Herrn Moritz' Klasse. »Doch!«, wiederholte er.

»Herr Moritz hat ihn zu mir geschickt«, schaltete sich Dr. Grotjahn ein. »Er zweifelte an dem Grund für Willys Verspätung.«

»Und das zu Recht!«, rief Willy schnell, und ehe eine Anklage gegen ihn laut wurde, deutete er mit dem Finger auf sie und fügte hinzu: »Sie haben gelogen!« Obwohl Felicitas wusste, dass sein Vorwurf nur von seinem eigenen Fehler ablenken sollte, er sich zu schützen versuchte, traf es sie, dass seine Stimme regelrecht verächtlich klang. Kurz wankte sie, stieß gegen den Stuhl, indes sich der Schulleiter gemütlich zurücklehnte, nunmehr nahezu vergnügt wirkte. Und das änderte sich nicht, als Willy mit eisiger Stimme fortfuhr: »Sie haben behauptet, dass ich Ihnen den Weg zu Ihrer Klasse zeigen musste und mich deswegen verspätet habe! Aber das ist nicht wahr! Ich muss die Konsequenzen meines Verhaltens selbst tragen.«

Beim letzten Satz huschte sein Blick zu seinem Vater, halb erleichtert, halb ängstlich – Gefühle, die nicht zusammenpassten. Es passte ja gar nichts zusammen, auch nicht diese Anklage und Dr. Grotjahns Lächeln.

Felicitas atmete tief durch. »Es stimmt«, räumte sie ein und versuchte, die Stimme zu senken, »ich habe mir eine Ausrede ausgedacht. Aber nur, weil ich dir helfen wollte. Du hast mir leidgetan, weil du so bitterlich…«

»Habe ich nicht!«

»…weil du so bitterlich geweint hast!«, erklärte sie energisch. »Das ist nicht schlimm, jeder Mensch darf weinen, auch Jungen, denn…«

»Jungen haben hart wie Spartaner zu sein«, fiel Willy ihr erneut ins Wort. »Der Sohn eines Spartaners hat einmal einen Fuchs gestohlen, und als man ihn erwischte, hat er ihn unter seinem Mantel versteckt. Er hat seine Tat mit gleichgültigem Gesicht geleugnet, obwohl ihm der Fuchs die Brust zerbiss. Niemand hat bemerkt, welch höllische Schmerzen er ausstand.«

Felicitas kannte die Geschichte, hatte aber gehofft, dass die Professoren, die in der Schule einen Ort sahen, wo man aus Knaben solche Spartaner machte, mittlerweile ausgestorben waren.

»Der Spartanerjunge hat also gelogen, als er leugnete, den Fuchs gestohlen zu haben. Und mir wirfst du vor ...«

»Ich habe wirklich nicht geweint!«, rief Willy erbost.

Zähl bis zehn, bevor du etwas sagst, sagte sich Felicitas. Sie kam gerade bis drei, dann öffnete sie ihren Mund.

Direktor Grotjahn kam ihr allerdings zuvor. »Es ist genug, Willy. Geh wieder zurück in deine Klasse.«

Er ließ sich zu keiner Regung hinreißen, saß mit den Armen über der Brust verschränkt, lächelte weiterhin sanft. Erst als Willy den Anschein machte zu zögern, wurde die Miene streng. Ein eisiger Blick genügte, dann fügte sich der Sohn, wenngleich er die Tür laut ins Schloss fallen ließ.

Mit dem Kinn deutete Grotjahn auf den Stuhl vor dem Schreibtisch, ein Zeichen, dass sie sich setzen sollte. Felicitas blieb stehen, stützte sich lediglich auf die Lehne.

»Er hat wirklich geweint«, sagte sie schnell, »ich wollte nur helfen und ...«

»Warum?«, fiel Grotjahn ihr ins Wort.

»Warum er geweint hat? Nun, weil er Angst hatte. Und Angst ist der denkbar schlechteste Lehrer. Ich finde es widersinnig, dass ...«

»Warum haben Sie ihm geholfen?«

Es fiel ihr nun etwas leichter, durchzuatmen und über ihre Antwort nachzudenken. Grotjahns Miene wirkte nicht spöttisch, sondern ernsthaft interessiert. Die Feinseligkeit, die so deutlich in Willys Blick gestanden hatte, teilte er mitnichten.

»Weil ich aus diesem Grund Lehrerin geworden bin. Ich will für die Kinder da sein, sie unterstützen, ihnen … dienen. Ein Lehrer ist kein General, der Gehorsam einzubläuen hat, kein Gott, der Bewunderung und Demut erwarten kann, kein Kaiser, der stolz die Insignien seiner Macht trägt und von den Untertanen zu buckeln erwartet. Ich … ich will eine Beziehung zu meinen Schülern aufbauen, denn nur dann werden sie Freude am Unterricht, am Lernen finden.« Sie machte eine kurze Pause, leckte sich über die rauen Lippen. »Gottlob bin ich nicht die Einzige, die das so sieht. Wir leben in einer neuen Zeit, und deshalb brauchen wir neue Schulen. Freie Schulen, die experimentieren können, welche Form des Unterrichts sich am sinnvollsten erweist. Hier in Hamburg gibt es besonders viele Versuchsschulen. Gewiss, nicht jede Idee, die von großen Reformpädagogen übernommen und umgesetzt wird, stellt sich als nützlich heraus. Für mich steht gleichwohl fest, dass ein anschaulicher Unterricht, der nicht nur auf den Verstand abzielt, auch auf das Gefühl, auf alle Sinne …«

»Ich glaube, das genügt, Fräulein Marquardt.« Sie fragte sich, ob er absichtlich ihren Doktortitel vergessen hatte. Obwohl seine Miene weiterhin freundlich war, umklammerte sie den Stuhl plötzlich regelrecht. »Sie haben recht«, sagte er schließlich.

Kurz entspannte sie sich, löste ihre Hände von der Stuhllehne, machte einen Schritt auf den Tisch zu. »Ich freue mich, dass Sie …«

»Sie haben recht«, wiederholte er. »Sie scheinen eine aufrichtige Frau zu sein. Es war mein Sohn, der gelogen hat. Er hat wirklich geweint.« Ganz langsam nahm er die Hände von der Brust.

Ganz langsam legte er sie auf die Tischplatte. Ganz unvermittelt formte er sie zu Fäusten, schlug auf die Platte. »Und deswegen wird er heute Abend von mir höchstpersönlich eine ordentliche Tracht Prügel beziehen.«

Felicitas war schon zusammengezuckt, als die Fäuste auf die Tischplatte geknallt waren. Nun wich sie unwillkürlich einen Schritt zurück. »Aber nein!«, rief sie. »Das ist …«

»Das ist der falsche Weg, um einem Kind eine höhere sittliche Auffassung des Lebens zu vermitteln, die Liebe zum Vaterlande und Pflichtbewusstsein? Oh nein, das denke ich nicht. Und ich will keine Lehrer an meiner Schule haben, die nicht nur meinen Sohn, auch alle anderen Schüler zu verweichlichten Waschlappen erziehen.«

Er lächelte immer noch oder schon wieder. Auf seine Fäuste gestützt erhob er sich.

Sie tat ihm nicht den Gefallen, noch weiter zurückzuweichen, nur das Beben ihrer Stimme konnte sie nicht verhindern, als sie fragte: »Sie entlassen mich?«

»Wie Sie schon sagten – den Schulen kommen immer mehr Freiheiten zu. Sie können verschiedene Unterrichtsformen erproben und selbst entscheiden, welche Lehrer sie einstellen oder nicht. Ich fürchte, ich habe einen Fehler gemacht, als ich einzig auf Ihre fachliche Qualifikation gesetzt habe, nicht auf Ihre persönliche Eignung. Anders als meinem Sohn bereitet es mir aber keine Schwierigkeiten, diesen Fehler einzugestehen und die Konsequenzen zu ziehen. Verlassen Sie umgehend das Schulgebäude, Fräulein Marquardt.«

Diesmal war sie sich sicher, dass er ihren Doktortitel absichtlich unterschlagen hatte.

Hamburg war ihr nicht gänzlich fremd. Sie war in der Stadt geboren worden, hatte sie aber als achtjähriges Mädchen verlassen, als ihre Zieheltern sie mit nach Lüneburg genommen hatten. Die Erinnerungen an ihre ersten Lebensjahre im Hafenviertel waren nur mehr verschwommen. Das verwilderte Mädchen von damals hatte nichts mit einer Lehrerin gemein gehabt und kein Wort Latein beherrscht, dafür gewusst, wie man feinen Damen, die die Seebäderschiffe bestiegen, unbemerkt Stoffblumen von ihren Hüten zupfte und wie man Postkarten von den Straßenhändlern klaute. Jene vom Elbtunnel waren für die Kinder vom Hafenviertel von besonders hohem Wert, wer insgesamt die meisten Karten besaß, galt als König. Zur Königin hatte sie es nie gebracht, gefürchtet und respektiert war sie trotzdem worden, weil sie dank ihrer zielgenauen Kinnhaken noch aus jeder Rangelei als Siegerin hervorgegangen war. Doch das war lange her, und was immer sie damals fürs Leben gelernt hatte – es war nicht genug gewesen, um den ersten Schultag zu überstehen.

Es begann dunkel zu werden, als Felicitas ins Gängeviertel zurückkehrte, wo sie für die Anfangszeit ein billiges Pensionszimmer angemietet hatte. Sie war durch die Stadt gelaufen, bis ihr zu kalt geworden war, hatte mit jedem Schritt wahlweise den Schulleiter oder seinen Sohn verflucht, doch irgendwann war der Grimm verraucht und zurück nur der Wunsch geblieben, ins Bett zu sinken und Vergessen zu finden.

Auf die breiten Straßen fiel noch Abendlicht, die schmalen Gassen, wo der faulige Geruch der nahen Fleete – Kanälen, die aus den Mündungsarmen der Alster in die Elbe hervorgegangen waren – festhing, lagen im Schatten. Verwaist waren sie dennoch nicht. Ein Kohlenträger, der auf seinem Rücken einen Korb mit Kohlen, Koks und Briketts schleppte, drängte sich an ihr vorbei, ein Bierkutscher blaffte sie an, weil sie seinem Wagen im Weg stand. Gegenüber räucherte eine Fischfrau Salzheringe auf langen Spießen und bot ihr einen an. Felicitas war durchaus hungrig, aber als ihr der Geruch in die Nase stieg, wurde ihr plötzlich übel.

Sie ging schnell weiter, erreichte das Gast- und Logierhaus, das neben dem Laden eines Drechslermeisters lag. Ich kann ja noch den Kuchen essen, dachte sie, obwohl der wahrscheinlich endgültig zu Krumen zerfallen war.

Sie stieg die schmale, bei jedem Schritt knarrende Treppe hoch. Von der Wand löste sich die violette Tapete, aus der Etagengemeinschaftstoilette auf dem Treppenabsatz drang ein säuerlicher Geruch. Ein Gerücht besagte, dass die Dame, die einen Stock über ihr unter dem Dach wohnte, die Toilette mied und ihren Topfinhalt direkt in die Regenrinne kippte. Felicitas konnte ihr nicht verdenken, dass sie den Gestank meiden wollte.

Sie hielt die Luft an, bis sie ihr Zimmer erreichte, atmete erst dort wieder ein. Angenehm roch es auch hier nicht, eher modrig. Und der Anblick, der sich ihr bot, war nicht erfreulicher. In dem winzigen Raum fanden gerade mal ein schmales Bett, ein Nachtkästchen mit Petroleumlampe und ein Schrank, dessen Tür klemmte, Platz. Außerdem gab es eine Waschgelegenheit, bestehend aus einem dreibeinigen Eisengestell, in dem sich unten der Wasserkrug, oben ein emailliertes Wasserbecken befanden.

Felicitas ließ sich mitsamt ihrem schwarzen Tweedkostüm aufs Bett sinken, öffnete ihre Tasche und begann die Kuchenkrumen herauszupicken. Zumindest die Mandeln waren noch ganz, sie schmeckten salzig wie die Tränen, die ihr in die Augen stiegen.

Du weinst nicht, sagte sie sich, du weinst nicht.

Dann perlten die Tränen doch über ihre Wangen. Hatte sie zu Grotjahn nicht gesagt, dass jeder weinen dürfe, auch Jungen? Warum dann nicht eine Oberlehrerin, die die erste Gelegenheit, sich zu beweisen, gründlich verpatzt hatte – ob das nun Grotjahns

Schuld war, die des Bengels oder ihre eigene, weil sie zu vorlaut gewesen war. Das Ergebnis blieb ja doch das gleiche: Sie war ganz allein in einer Stadt, die sie als Kind verlassen hatte und die ihr fremd geworden war. Sie kannte niemanden hier – und jetzt war sie auch noch ohne Anstellung.

Noch aus den kleinsten Ritzen kratzte sie die Kuchenkrümel, ließ sich danach aufs Kissen sinken und deckte sich mit einer rauen Pferdedecke zu. Sie war nicht mehr hungrig, richtig satt aber auch nicht.

Die Zeit, in der sie lebte, war die beste, um Lehrerin zu sein, hatte sie sich stets gesagt. Die Welt veränderte sich, verkrustete Strukturen brachen auf, neue Ideen wurden willkommen geheißen. Und da die Bevölkerung wuchs und immer mehr Eltern ihren Kindern eine gute Ausbildung zukommen lassen wollten, war der Bedarf an Schulen und Lehrkräften hoch wie nie.

Leider spitzte sich die Lage ihres Berufsstandes dennoch zu. Die Wirtschaftskrise führte zu radikalen Sparmaßnahmen, die auch die Beamten trafen. Deren Gehalt war gekürzt worden, manchmal bis zu dreißig Prozent, sodass es oft hieß, der Lehrberuf sei zum Hungerleiderberuf verkommen. Und auch vor Arbeitslosigkeit war ihr Berufsstand nicht gefeit. Erst am Vortag hatte Felicitas die langen Schlangen gesehen, die sich vor dem Arbeitsamt der ABC-Straße gebildet hatten. Es war ein lustiger Straßenname, nur die Gesichter waren nicht lustig gewesen, sondern grau, verzagt, resigniert. Sie hatte nicht entscheiden können, ob die wartenden Menschen ein Fremdkörper inmitten der vielen Geschäfte, wo Fotografien, Zigarren und Goldschmuck angeboten wurden, waren. Oder vielmehr die Geschäfte ein Fremdköper in einer Welt, in der selbst Menschen mit guter Ausbildung in der Gosse landen konnten. Menschen wie sie.

Trotz Pferdedecke begann sie zu frösteln. Ihr Blick fiel auf den kleinen Ofen, der in einer Zimmerecke stand. Daneben lag ein Stapel Holzscheite, auch ein Kienspan, um Feuer zu entfachen. Allerdings war sie gewarnt worden, dass das Rohr verrußt sei, und das Letzte, was sie brauchte, war eine verrauchte Stube. Es hatte zudem sein Gutes, dass es kalt war. So war sie gezwungen aufzustehen, winzige Kreise zwischen Bett, Waschtisch und Schrank zu ziehen. Hatte sie nicht erst am Morgen den Kindern vermitteln wollen, dass Bewegung die Gedanken anregte? Vielleicht würde ihr so eine Idee kommen, was sie nun tun sollte!

Bedauerlicherweise fiel ihr zunächst nur ein, dass sie unmöglich nach Lüneburg zurückkehren konnte. Ihre Freundin Anneliese würde einen weiteren Kuchen backen, anstatt ihr das Scheitern vorzuhalten, doch ansonsten wartete dort leider niemand mehr auf sie. Ihre Zieheltern Fritz und Josephine Marquardt, die stets nach dem Motto gelebt hatten, dass ein Mensch nie arm war, solange er Bücher und einen wachen Geist besaß, die sich manche Mahlzeit vom eigenen Mund abgespart hatten, um ihr das Studium zu finanzieren, und die immer begeistert ihren Geschichten von der Universität gelauscht hatten, waren der Grippeepidemie zum Opfer gefallen, die Anfang 1929 im Land gewütet hatte, und sie hatte weder Geschwister noch andere Verwandtschaft.

Nein, eine Rückkehr nach Lüneburg war ausgeschlossen.

Felicitas ging immer schneller, ihre Gedanken dagegen verlangsamten sich. Sie kam auf die Idee zu fiedeln wie vor der Klasse, aber das kam ihr unnatürlich vor, sie hatte schließlich nie gelernt, Geige zu spielen. Was sie allerdings in den vielen Bars und Tanzcafés von Berlin, die sie während ihres Studiums oft besucht hatte, gelernt hatte, war zu tanzen.

Sie tanzte, wie man nur in Berlin tanzte, jener Stadt, die einer Wunderkerze glich: So schnell eine solche auch abgebrannt war – bis dahin sprühte sie laut und knisternd grelle Funken.

Aus einem dieser Funken wurde eine Idee. Berlin!, schoss es ihr durch den Kopf. Warum hatte sie nicht schon früher daran gedacht?

Nein, sie würde nicht in die Hauptstadt zurückkehren, dort war es für eine Oberlehrerin noch schwieriger, eine Stelle zu finden, als in der Hansestadt Hamburg. Aber einer ihrer damaligen Kommilitonen, den sie in Berlin kennengelernt hatte, war Hamburger. Es stimmte also nicht, dass sie niemanden in der Stadt kannte, es gab durchaus jemanden, und wenn sie sich nicht täuschte, würde er sich sehr freuen, sie wiederzusehen. Vielleicht konnte er ihr sogar helfen.

Ihr war warm geworden, regelrecht heiß, doch sie hörte nicht auf zu tanzen. Sie lebte in einer Zeit, in der tanzen und lernen kein Widerspruch waren, in der es neue Schulen und neue Lehrer gab und Kinder zu neuen Menschen herangezogen wurden. Sie war eine Tochter dieser neuen Zeit, sie würde nicht so schnell aufgeben.

April

Der Schweiß perlte Emil von der Stirn.

Kein verdienter Schweiß, würde sein Vater sagen. In Gustav Tiedemanns Augen durfte man ins Schwitzen geraten, wenn man die Geschäftsbücher seines Unternehmens durchging – umso mehr, wenn dieses rote Zahlen schrieb. Auch wenn man über die Ländereien ritt, die zu seinem Landgut gehört hatten und die er irgendwann verloren hatte. Und natürlich floss Schweiß in Strömen, wenn man für das Vaterland kämpfte. Emils Bruder Gustav junior war in den Schützengräben des Großen Krieges aber wohl eher schlammverschmiert als schweißüberströmt gewesen. Und als er von einer Granate zerfetzt worden war, war Blut gespritzt.

Ein ehrenvoller Tod, hatte ihr Vater dazu gesagt. Ein ehrenvolles Leben wiederum war keines, das man am Reck zubrachte.

Emil führte dennoch blitzschnell seine Übungen aus. Felgaufschwung, Kippe, Riesenfelge, Kontragrätsche. Er spürte, wie sein Trikot feucht wurde.

»Wann hast du endlich genug?«, rief ihm ein Kollege von der Deutschen Turnerschaft zu.

Emil hielt nicht inne. Hüftaufschwung, Umschwung, Vorschwung, Salto rückwärts. Er spürte einen sachten Schmerz in der Schulter, ignorierte ihn. Es war erst genug, wenn es unerträglich wehtat.

Zumindest diese Haltung hatte Gustav Tiedemann geschätzt, ein weiterer seiner Grundsätze lautete, dass ein jeder Opfer zu bringen hätte. Wobei das, was sein Vater als eigenes Opfer bezeichnete, in Wahrheit bloß eine Ausrede war.

Dass sein Unternehmen nach dem Großen Krieg nicht mehr auf die Beine kam, war in Gustav Tiedemanns Augen immer die Schuld der anderen, nie seine eigene gewesen. Was soll ich denn tun? Deutschland hat seine überseeischen Besitzungen eingebüßt. Was soll ich denn tun? So viele Schiffe gingen als Teil der Reparationszahlungen verloren. Was soll ich denn tun? Die Währung ist so instabil, ich habe keine andere Wahl, als unseren Landbesitz zu verkaufen.

Emil wusste durchaus, was sein Vater hätte tun können. Gelenkiger werden. Gelenkig wie er, der die Bewegungsabläufe am Reck im Blut hatte. Gelenkig wie Jan Meissner, der größte Rivale seines Vaters im Kaffeehandel. Gewiss, Meissner würde am Reck hängen wie ein Hörnchen, aber er war geschäftstüchtig wie kein Zweiter. Ähnlich wie Gustav Tiedemann war er reich geworden, indem er eine Handelsniederlassung an der Mündung des Kamerunflusses gegründet hatte, von dort Kautschuk und Palmöl, später Kaffee importiert hatte. Dieser Kaffee war in Hamburg geröstet, in Tüten verpackt, per Versand samt Zuckerhüten an Hunderte von Haushalten geliefert worden.

Emil machte erneut einen Salto rückwärts vom Reck, fühlte einmal mehr einen sachten Schmerz in der Schulter, kam dennoch mit beiden Beinen auf.

Jan Meissner war nach dem Krieg nicht mit beiden Beinen aufgekommen, er war gestürzt wie alle anderen Kaffeehändler, aber als einer der wenigen hatte er sich wieder aufgerappelt, hatte sich sozusagen erneut aufs Reck geschwungen. Aus dem Welthafen Hamburg war ein Häfchen geworden. Na und? Kaffeelieferungen

35

aus Kamerun waren nicht mehr zu bewerkstelligen, was zählte das schon? Er stellte ein Gemisch aus Zichorien, Getreide, Zuckerrübe und Feigen her und pries dieses Gesöff, das viel bitterer als Kaffee schmeckte, nur ähnlich schwarz war, als Delikatesse an. Und die Hamburger, die während des Krieges weitaus Grässlicheres geschluckt hatten, hatten sich zwar nicht an deren Geschmack erfreut, allerdings am goldenen Firmenlogo, das Erinnerungen an die guten alten Zeiten beschwor. Sie verzichteten sogar auf die Zuckerhüte. Jan Meissner musste bald auf nichts mehr verzichten. Er behielt sein Kontorhaus in der Innenstadt mit der Fassade aus glasiertem Backstein und dem mannshohen Keramikelefanten neben der Eingangstür nicht nur – er vergrößerte es um ein Stockwerk.

Gustav Tiedemann hatte seines dagegen schließen und auch die Statue des bronzenen Stammeskriegers mit Lendenschurz, Speer und Schild, die bei ihm den Eingang bewachte, aufgeben müssen. Als Kind hatte Emil Angst vor diesem Krieger gehabt, später hatte er fasziniert seine geschwellten Muskeln betrachtet. »Muskeln haben die Wilden ja, aber nichts im Hirn«, hatte Gustav Tiedemann damals gesagt. Später hatte er Ähnliches zu ihm gesagt: Muskeln magst du ja haben, aber nichts im Hirn. Du willst wirklich Turnlehrer werden? Pah! Das ist doch kein ordentlicher Beruf!

Dass Emil auch Englisch unterrichten würde, machte für Gustav Tiedemann die Sache nicht besser. Sport war bestenfalls ein Ersatz für die verbotene Wehrpflicht, nichts, womit sich das Leben bestreiten ließ. Und Englisch lernte man, weil es den Handel erleichterte, möglichst viele Sprachen zu beherrschen, nicht, um verwöhnten Blagen Vokabeln einzubläuen.

Emil schwang sich wieder aufs Reck. Kippaufschwung, Unterschwung…

»Sag!«, rief der Kollege, der sich selbst ein Handtuch um die

Schultern geschlungen hatte, lachend, »bist du mit dem Reck verwachsen?«

Das nicht, aber Emil konnte die Stange trotzdem nicht loslassen, begann, sich blitzschnell um sie zu drehen. Die Erinnerungen drehten sich auch, nämlich um das letzte Gespräch, das er wenige Monate zuvor mit seinem Vater geführt hatte. So deutlich stand es ihm vor Augen.

»Sieh dich doch selbst an!«, rief Emil. »Du hast dich vom Leben prügeln lassen und bist gekrümmt liegen geblieben. Ich werde das nicht tun, ich habe im Turnverein boxen gelernt.«

»Boxen? Was für ein lächerlicher Sport! Ihr spielt im Ring das echte Leben lediglich nach. Ein Kampf, der nur eine Medaille einbringt, nicht den Tod, ist doch ein Witz!«

»Du hast den Krieg verloren, du hast den Sohn verloren, den du mehr liebtest als mich, du hast dein Unternehmen verloren, und bald wirst du auch unser Stadthaus verlieren, deinen letzten Besitz«, hielt Emil heiser dagegen. »Du bist nicht in der Situation, auf mich herabzusehen.«

Das, was er da tat, war kein Boxen. Beim Boxen kämpfte man nach Regeln und gegen einen ebenbürtigen Gegner. Sein kranker Vater war das zu diesem Zeitpunkt nicht mehr. Er lag im Bett, trug lange Hemdhosen, Kombination genannt, darüber einen schweren Wintermantel, deckte sich obendrein mit einer Daunendecke zu. Es genügte nicht, er fror trotzdem, er fror immerzu, seit sie das große Haus nicht mehr beheizen konnten. Emil fror nicht, ihm wurde heiß, während er zwar nicht mit Fäusten, aber mit Worten auf den Vater einschlug, lange nach dessen K. o.

»Du magst behaupten, dass meine Arbeit wenig sinnvoll ist, weil man mit ihr nichts Bleibendes schafft«, schimpfte Emil auf seinen Vater ein. »Aber sag ehrlich, was ist denn von deinem Lebenswerk geblieben? Was ich meine Schüler lehre, rüstet sie für die Zukunft. Du bist an der Vergangenheit kleben geblieben, und auch wenn du sie groß nennst – sie ist in deinen Händen zu einem kümmerlichen Häuflein geschrumpft.«

Am Ende brachte Gustav Tiedemann kein Wort mehr hervor, nicht einmal ein Ächzen. Ein anderer Laut erklang, Emils Mutter Monika stand an den Türrahmen gelehnt. Wegen der Kälte trug sie ihren feinsten Mantel, den mit dem Fuchskragen. Er war viel zu groß für die schmächtige Frau, die weder als Publikum noch als Schiedsrichter taugte.

»Sag doch nicht so etwas Böses!«, rief sie mit jammerndem Unterton.

Emil fuhr zu ihr herum. Wusste sie denn nicht mehr, was der Vater ihm stets alles an Bösem sagte? Du verschwendest deine Kraft, du verscherbelst dein Talent, du machst dich lächerlich mit deinem Sport. Wusste sie nicht mehr, dass sie nie eingegriffen, ihn nie geschützt hatte?

Aber vielleicht brach sie gerade deswegen in Tränen aus.

Gewiss wusste sie noch, wann er seine Leidenschaft fürs Turnen entdeckt hatte – nach dem Tod seines Bruders nämlich, als kein Leichnam zu begraben gewesen war, ihnen nur die Erkennungsmarke zugeschickt worden war und sein Essbesteck. Als könnte man das noch gebrauchen... als könnte Monika Tiedemann jemals wieder mit gutem Appetit essen.

Emil aß viel. Er brauchte es, um stark zu bleiben, um Reck, Barren, Ringe, Sprungkasten zu bezwingen. Egal, welches Gerät, die Übungen daran hatten gemein, dass man nicht schwerfällig auf dem Boden hockte, sondern für kurze Zeit in der Luft schwebte oder durch die Luft flog, und Trauer und Hilflosigkeit nicht dorthin reichten. Turnen, das war der Kampf gegen die Schwerkraft, den er an Tagen, da im Hause Tiedemann alles so unerträglich schwer war, umso erbitterter ausfocht und gewann.

Nur den Kampf gegen seinen Vater hatte er nicht gewonnen. Das Einzige, was der ihm irgendwann entgegensetzte, war nun sein letzter Atemzug, doch wer vor einem Toten ins Ziel kam, hatte keinen Lorbeerkranz verdient. Vielleicht hatte ihn sein Vater sogar überrundet, und er hatte es bloß nicht gemerkt, weil seine Schritte nicht mehr zu hören waren, seine Stimme, sein Atem. Vielleicht stand Gustav nun in den lichten Höhen des Siegertreppchens, während er selbst auf dem Boden kauerte. Das eingefallene Gesicht des Vaters verriet jedenfalls keinen Schmerz mehr, keine Enttäuschung, keine Verachtung.

»Ich werde für dich sorgen«, sagte Emil zu seiner Mutter. »Unser Stadthaus werden wir nicht halten können, aber ich verdiene Geld als Turn- und Englischlehrer.«

Ordentliches Geld. War es auch echtes Geld?

Seine Mutter hörte nicht auf ihn, schluchzend zog sie ihren Mantel aus, legte ihn auf die Decke des Vaters – vielleicht um seinem Leib Gewicht zu geben, ihn in diesem kalten Haus festzuhalten. Doch der Vater war an einen anderen Ort entschwunden, nur seine Beleidigungen standen noch im Raum, und obwohl seine Mutter sie nicht wiederholte, widersprechen wollte sie ihnen auch nicht.

Nach der Beerdigung zog sie zu ihrer Schwester, deren Mann einen Hof im Alten Land bewirtschaftete. Zu den riesigen Gärten gehörten Ländereien, der Kachelofen im Wohnzimmer reichte beinahe bis zur Decke. Das war das Einzige, was sie ihm nach ihrer Ankunft mitteilte, seitdem hatte Emil nichts mehr gehört, und er wurde die Ahnung nicht los, dass die Mutter – raumhohe Kachelöfen hin oder her – immer noch fror. Was nutzte ein Kachelofen, wenn die Kohle fehlte, ihn zu beheizen? Und hatte sie nicht ihren Fuchspelzmantel zurückgelassen? Erst am Abend zuvor hatte er ihn in den Händen gehalten, sein Gesicht darin vergraben. Es hatte gekitzelt, er hatte niesen müssen, vielleicht war es kein Niesen, sondern ein Weinen gewesen, so genau ließ sich das nicht sagen. Das, was jetzt gerade über seine Wangen perlte, war auch salzig, aber Tränen waren es trotzdem nicht. Seltsam, dass Tränen und Schweiß denselben Geschmack hatten…

»He, Emil«, traf ihn wieder eine Stimme und riss ihn aus den Erinnerungen.

Er achtete nicht darauf, begann sich blitzschnell um das Reck zu drehen, wenn noch mehr Schweiß kam, würde nichts für Tränen übrig bleiben, oder? Und solange er sich bewegte, war er mehr als der erstarrte Sohn, der am Grab des Vaters gestanden, auf den Sarg geblickt und sich gefragt hatte, ob das, was er fühlte, Trauer oder Wut war. Wahrscheinlich war es beides gewesen, nichts Halbes, nichts Ganzes, genau wie ein Turnlehrer nichts Halbes, nichts Ganzes war, zumindest in Gustav Tiedemanns Augen und…

»Emil! Sag, hörst du nicht?« Er hielt inne, spürte die Reckstange kaum noch. »Du hast Besuch von einem zauberhaften Fräulein.«

Erst jetzt merkte Emil, dass er die Augen während der Drehungen geschlossen gehalten hatte. Er öffnete sie. Der Schweiß perlte ihm nicht nur über das Gesicht, auch das Trikot hatte sich vollgesogen, und seine Handflächen waren nass. Er konnte sein Gewicht nicht mehr halten, rutschte vom Reck. Zwar konnte er sich in der Luft etwas drehen, dennoch prallte er mit der Schulter auf. Ein tiefer Schmerz durchzuckte ihn, aber keiner, der einen Wert hatte. Er war nicht der Preis für eine geglückte Übung, er war ein Zeichen seines Versagens.

Emil wollte sich aufrappeln, konnte es nicht, glühende Nadeln stachen in seine Schultern, der Schmerz wanderte in die Brust und noch tiefer.

»Lieber Himmel, ich wollte dich nicht erschrecken.«

Dann beugte es sich über ihn, dieses Gesicht, das die Erinnerung an das eingefallene des Vaters, das verweinte der Mutter wegzuschieben vermochte. Diese Frau war keine klassische Schönheit, weder ein blond gelocktes, liebreizendes Fräulein noch eines dieser dürren Mannweiber, wie sie gerade gepriesen wurden. In ihrem Gesicht schien vieles nicht zusammenzupassen: Es war etwas zu lang und schmal, das Kinn zu kräftig, die Backenknochen waren zu spitz. Er war auch kein Freund von den modernen Bubiköpfen, in deren Form sie ihr braunes Haar trug. Aber seit er sie während seines Studiums in Berlin kennengelernt hatte, konnte er sich keinen betörenderen Anblick vorstellen. In den braunen Augen inmitten des dichten Wimpernkranzes stand stets ein Lodern, ihr schlanker, wohlgeformter Körper strahlte so viel Energie aus, und der fein geschwungene Mund, der selten geschlossen war, weit öfter zu einem durchdringenden Lachen aufgerissen, schien ein Versprechen abzugeben: Ich bin stark, ich nehme es mit der ganzen Welt auf, wer sich auf mich stützt, fällt nicht.

Nun gut, gerade war er ihretwegen vom Reck gefallen.

»Felicitas …«, presste er ihren Namen hervor, der Schmerz ließ etwas nach.

»Hast du dir etwas gebrochen?«

»Ich doch nicht«, sagte er rasch, versuchte, sich wiederaufzurichten, konnte es nicht.

Plötzlich fühlte er ihre Hand auf seinem Gesicht, sie strich erst darüber, dann über seine Schulter. Er hatte oft geträumt, von ihr berührt … liebkost zu werden. Ein Schaudern nahm den gleichen Weg wie zuvor der Schmerz, lief über den ganzen Leib.

»Nicht!«, rief er. »Ich bin doch völlig verschwitzt!«

Er war nicht sicher, ob sie seinen Schweiß für echten Schweiß hielt. Bis jetzt war er sich ja auch nie sicher gewesen, ob sie ihn für einen echten Mann hielt. Sie ergriff seine Hand, zog ihn hoch. Mühelos kam er auf seine Beine.

»Ich … ich brauche deine Hilfe, Emil«, sagte sie.

Diese Worte waren ein noch größeres Wunder als ihre Berührung.

Der Schmerz ließ endgültig nach.

»Es ist ein Paradies!«, rief Felicitas und vermeinte zum ersten Mal seit Tagen, wieder frei atmen zu können. »Es ist wirklich ein Paradies.«

Eine Woche war seit ihrer Begegnung in der Turnhalle vergangen, und sie standen erneut in einer, diesmal in der von der Alsterschule in Rotherbaum. Felicitas riss beide Arme hoch, weil sie nicht wusste, wohin mit ihrer Freude, berührte dabei die Ringe. Sie ließ die Arme wieder sinken. Nicht dass sie ungern Übungen gemacht hätte, aber in ihrem schwarzen Kostüm fehlte ihr die Bewegungsfreiheit. Also begnügte sie sich mit einem Lächeln – und Emil lächelte zurück. Lächelte auf eine Weise, wie nur er lächeln konnte.

Eigentlich beanspruchte er von all seinen Muskeln die seines Gesichts am wenigsten. Seine Züge waren ebenso markant wie leblos. Wenn etwas seine Gefühle verriet, waren es seine stahlgrauen Augen, doch meist waren diese kein weit geöffnetes Tor zur Seele, sondern ein mit vielen Schlössern gesichertes. Auch sonst wirkte vieles in seinem Gesicht grau, die Ringe unter den Augen, der Bartschatten und die spitzen Wangenknochen verrieten, dass er viel öfter in Turnhallen trainierte als im Freien. Die Lippen wiederum waren, wenn er sich anstrengte, bläulich.

Jetzt aber zuckten die Mundwinkel, Emils Miene erhellte sich, aus dem undurchschaubaren Menschen, der sich gern hinter einer Cäsarenmaske verschanzte und schon ein Wimpernzucken als Schwäche, gar Verrat anzusehen schien, wurde ein durch und durch freundlicher Mann.

»Du hast doch bis jetzt kaum etwas von der Schule gesehen«, sagte er.

In der Tat hatte er sie als Erstes in die geteerte Turnhalle gegenüber vom Hauptgebäude – einem dreigeschossigen Backsteinbau mit hellen Sprossenfenstern, kaum hundert Meter von der Außenalster entfernt – geführt.

»Aber alles, was du mir von deiner Schule erzählt hast, klingt nach einem Paradies«, rief sie. Sie trat von den Ringen weg auf ihn zu, und als seine Mundwinkel wieder zuckten, bereute sie, dass sie ihn in Berlin oft abfällig als kleinen Zinnsoldaten bezeichnet hatte. Sie konnte mit Männern, die nicht durch die Welt zu gehen, sondern zu marschieren schienen, nichts anfangen, und da ihr selbst das Herz auf der Zunge lag und sie das Bluffen nicht beherrschte, hatte sie noch nie verstehen können, warum jemand aus seinem Leben ein Pokerspiel machte. Außerdem hatte sie sich manchmal belustigt gefragt, was von diesem gestählten Mann bleiben würde, wenn er in den Armen der richtigen Frau dahinschmolz. Sie würde das nicht sein, Gott behüte, Zinnsoldaten waren nicht der Typ Mann, mit denen sie durchs Leben tanzen wollte. Und dennoch, die Selbstverständlichkeit und Ergebenheit, mit der er sich jetzt für sie einsetzte, rührte sie. Und hatte sie zunächst gedacht, es würde ihren Stolz anknacksen, ausgerechnet bei einem Mann Hilfe zu suchen, auf den sie immer etwas spöttisch herabgesehen hatte, war sie jetzt regelrecht euphorisch gestimmt. »Genau das habe ich mir von einer Schule gewünscht, als ich nach Hamburg kam. Dass der Unterricht statt in Jahrgangsklassen in altersübergreifenden Lerngruppen abgehalten wird.«

»Es gibt durchaus Klassen«, berichtigte er sie schnell, »aber es stimmt: Bei den vielen Projektgruppen zählt nicht das Alter, nur die Begabung und das Interesse sind von Belang.«

Er stand da, wie er Sport machte – jede einzelne Faser war angespannt. Undenkbar, dass er jemals die Schultern hängen ließ oder sich an einen Türrahmen lehnte. Und seine Stimme klang wohltönend, sie glaubte, das Echo ihrer Begeisterung herauszuhören.

»Ich finde es großartig, dass die Schüler eigenverantwortlich arbeiten, dass in den Unterricht Spiele eingebaut werden«, sagte sie. »Dass Mädchen und Jungen gemeinsam unterrichtet werden, oft fächerübergreifend, und dass ihr die Doppelstunde eingeführt habt, weswegen man sich länger mit einem Fach beschäftigen kann. Das alles klingt wie Musik in meinen Ohren.« Wieder wusste sie kaum wohin mit ihrer Freude und ihrer Aufregung.

»Na ja, unser Pastor Rahusen hält von dieser Musik das Gleiche wie vom Jazz. Er verwehrt sich strikt dagegen, dass die Religionsstunden gemeinsam mit Deutsch und Geschichte zum kulturkundlichen Unterricht zusammengefasst werden und …«

»Da wir gerade von Musik sprechen«, fiel sie ihm ungeduldig ins Wort. »Es gibt wirklich ein Schulorchester?«

Er nickte. »Außerdem einen Chor und eine eigene Schulbühne, auf der regelmäßig Theaterstücke aufgeführt werden.«

»Wie schön, vor allem für die Kinder aus ärmeren Familien.« Auch das hatte sie begeistert – dass etliche Schüler nicht Familien des Mittelstands, meist liberaler Prägung, entstammten, sondern Arbeiterfamilien. Einigen wurde das Schuldgeld erlassen. »Und für dich trifft es sich gut, dass Englisch eine verbindliche Fremdsprache ist und mindestens einmal im Jahr eine Englandreise stattfindet.«

Er zuckte kaum merklich mit den Schultern. »Deswegen wurde ich schließlich eingestellt. Turnstunden gibt es nicht so viele. Obwohl die Hamburger Schulverwaltung seit Jahren die tägliche Leibesübung einführen will, sieht der hiesige Stundenplan nur zwei Stunden Sportunterricht in der Woche vor.«

Schlich sich etwa Bitterkeit in seine Stimme? Verriet diese, dass hier, wie an vielen anderen Schulen auch, auf die Turnlehrer herabgesehen wurde?

»Na, einen gewissen Einfluss musst du schon haben, nur deinetwegen kann ich mich heute hier vorstellen.«

Sie trat auf ihn zu, wollte ihm eigentlich eine Hand auf die Schulter legen, stupste ihn stattdessen in seinen Bauch. Sofort spannte er diesen an.

Ja, ja, dachte Felicitas gutmütig grinsend, ich habe schon verstanden, du bist nicht nur aus Zinn, du bist aus Stahl. Aber das hielt sie nicht davon ab, weiter zu schwärmen – nunmehr von den Gruppenarbeiten.

»Manchmal artet das schon in Chaos aus«, gab Emil zu und schien sich erst etwas zu entspannen, als sie zwei Schritte von ihm wegtrat.

»Oh, du redest mir das Paradies nicht klein.«

»Ich will nichts kleinreden. Ich will allerdings auch nicht, dass du dir falsche Hoffnungen machst.«

»Ich weiß ja, vor dem Tor dieses Paradieses wacht ein Zerberus namens Rektor Freese.«

»Oscar Freese ist nicht das Problem«, sagte er. »Um Latein weiterhin als Wahlfach anzubieten, sucht er schon seit Langem händeringend einen Altphilologen. Aber er kann für Neubesetzungen von Lehrerstellen nur Vorschläge machen. Das Lehrerkollegium stimmt dann darüber ab, und das Ergebnis ist bindend. Leider ist das Lehrerkollegium an der Alsterschule ziemlich zerstritten. Einige Lehrer denken zwar wie du, andere wiederum …«

Er machte eine vielsagende Pause, und Felicitas seufzte. Sie kannte Gleiches von der Universität: Während manche Professoren unaufhörlich aus Friedrich Fröbels *Menschenerziehung*, Maria Montessoris *Entdeckung des Kindes* oder auch aus den

Werken eines Johann Heinrich Pestalozzi oder Rudolph Steiner zitierten, und für Studenten wie sie diese Werke der Bibel gleichkamen, konnten andere mit der Reformpädagogik weitaus weniger anfangen. Manche wie Dr. Grotjahn sahen darin gar ein Übel.

»Und du hast leider nur eine Stimme…«

Ein anderer hätte hilflos die Hände gerungen, bei ihm zuckte höchstens das Augenlid und auch das kaum merklich.

Felicitas trat wieder zu ihm, und diesmal legte sie doch eine Hand auf seine Schulter, und sei es nur, um ihrer Nervosität nicht nachzugeben. Anstatt sich wieder anzuspannen, wurde sein Blick weich wie nie, und ein neuerliches Lächeln stahl sich auf seine Lippen.

»Ich wünschte, ich könnte noch mehr für dich tun«, sagte er hastig. Rasch presste er die Lippen aufeinander, als gälte es, ihnen zu beweisen, dass er allein seine Regungen kontrollierte. »Die Konferenz beginnt gleich«, erklärte er nun wieder ausdruckslos.

Felicitas hatte die halbe Nacht über die Worte gegrübelt, mit denen sie dem Lehrerkollegium gegenübertreten wollte. So eng ihr die Kehle gerade wurde und so groß der Klumpen im Magen, fragte sie sich allerdings, ob sie diese selbstbewusst hervorbringen könnte. Sie sah auf ihre Uhr.

»Ich glaube, wir haben noch etwas Zeit.«

»Zeit wofür?«, fragte er gedehnt.

Sie grinste ihn vielsagend an, ehe sie ihn losließ. Den feuchten Händen würden die Ringe entgleiten, aber nicht weit davon entfernt stand der Barren. Behände kletterte sie darauf, lief auf Zehenspitzen über den schmalen Grat. Wenn sie es schaffte darüberzubalancieren, würde sie wohl auch mit fester Stimme sprechen können. Und wenn ihr gar eine Waage gelang, war das vielleicht ein Zeichen dafür, dass man zwischen den zerstrittenen Parteien des Kollegiums ein Gleichgewicht schaffen konnte. Schon streckte sie das rechte Bein so hoch wie möglich nach hinten aus, war leider etwas zu vorschnell. Nicht nur, dass sie mit dem linken Fuß keinen festen Stand fand. Ihr Rock war so eng, dass er sie an der Bewegung hinderte. Sie kam ins Straucheln, verlor das Gleichgewicht.

»Felicitas!«

Sie hatte nicht gehört, dass er näher gekommen war. So muskulös er sein mochte, er ging geschmeidig und lautlos wie eine Katze. Vielleicht war er doch kein Zinnsoldat, zumindest nicht durch und durch. Sie fiel vom Barren und geradewegs in seine Arme. Wie unerwartet wohl sie sich in seiner Umarmung fühlte! Als sie in seine Augen blickte, waren die nicht grau wie Stahl, sondern grau wie das Nordmeer. Und das Meer war unendlich tief.

»Du hättest dir das Genick brechen können!«

»Es ist ja nicht so, dass ich einen Kopfsprung geübt hätte.«

»Zumindest den Arm.«

»Das war Sinn und Zweck der Übung.«

»Dir den Arm zu brechen?«

»Nein, nur Angst davor zu haben. Denn auf diese Weise habe ich keine Angst mehr, vor das Lehrerkollegium zu treten.«

Tatsächlich hatte dieses unangenehme Kribbeln in ihrer Magengrube nachgelassen. Was sich stattdessen nun dort ausbreitete, je länger sie in seinen Armen lag und in seine Augen blickte, war warm und tröstlich.

Zu früh ließ er sie los, löste immerhin den Blick nicht von ihr, amüsiert dieser, hingerissen – und ein bisschen befremdet.

»Du darfst nicht vergessen, was ich dir gesagt habe. Versuch, keine der beiden Seiten zu provozieren, sondern den Mittelweg zu nehmen.«

»Na, umso besser, wenn ich übe, auf einem schmalen Grat zu balancieren.«

Ehe er sie davon abhalten und erneut ein erschrockenes »Felicitas!« ausstoßen konnte, war sie wieder auf den Barren geklettert. Diesmal schob sie rechtzeitig ihren Rock hoch, und als sie ihr Bein hob, schaffte sie eine vollendete Waage.

»Es ist gar nicht mal so schwer«, rief sie.

Sie streckte ihre Arme aus, er unwillkürlich auch. Ein fremder Ton sprang ihm über die Lippen. Zum allerersten Mal hörte sie ihn lachen, heiser zwar, aber aus ganzer Seele. Es klang wie der Wind, der über das Meer blies und sich seiner Freiheit und seiner Zügellosigkeit erfreute.

Das Lehrerzimmer war kein sehr großer Raum, der muffige, leicht süßliche Geruch nach alten Büchern, den sie eigentlich liebte, vermischte sich mit dem von menschlichen Ausdünstungen und manchem Pausenbrot. Obwohl es etliche weiß gerahmte Sprossenfenster gab, fiel nicht viel Licht herein, weil gleich davor eine Ulme stand. Immerhin waren die Wände wie die der Klassenzimmer mit warmen Farben gestrichen worden, damit man sich heimisch und geborgen fühlte.

Etwa dreißig Augenpaare waren auf Felicitas gerichtet. Während Schulleiter Oscar Freese sie mit knappen Worten vorstellte, versuchte sie, jene Lehrer auszumachen, vor denen Emil sie gewarnt hatte.

Die Frau mit dem strengen Haarknoten, bei deren Anblick sie augenblicklich die eigene Kopfhaut schmerzte, musste Gisela Dreyer sein, die Mathematik- und Physiklehrerin, die von den Schülern wegen der Differenzial- und Integralrechnung gefürchtet wurde und von ihren Kollegen, weil sie die Schulordnung auswendig kannte und auf ihre strikte Einhaltung pochte.

Der etwas untersetzte Mann, dessen Haar um die Glatze außergewöhnlich lang war, war Otto Matthiessen, Chemielehrer und glühender Reformpädagoge. Er war nicht nur mit sämtlichen Kollegen per Du, er ließ sich auch von den Schülern duzen, und er machte gern Experimente, obwohl die nicht selten schiefgingen.

An seiner Kleidung war Pastor Rahusen zu erkennen, der häufig wortgewaltig den allgemeinen Sittenverfall beklagte, der allerdings auch regelmäßig Kleidersammlungen für die Schüler aus ärmeren Familien organisierte.

Ihr kamen noch ein paar Namen in den Sinn, die Emil genannt hatte, doch diese konnte sie keinem Gesicht zuordnen, und so rief sie sich in Erinnerung, was sie über die Alsterschule erfahren hatte.

Dass diese eigentlich nach Carl Friedrich Reichardt benannt worden war, einem berühmten Hamburger Architekten, der das Hotel Petersburg am Jungfernstieg entworfen hatte, aber von allen Alsterschule genannt wurde, weil sie an der Alsterchaussee lag, tat nichts zur Sache. Wichtiger war, dass es sich nicht um ein Gymnasium, sondern eine deutsche Oberschule handelte, von der es immer mehr gab, um für genügend Arbeitskräfte in technischen und kaufmännischen Berufen zu sorgen. Auf dem Stundenplan standen mehr Fremdsprachen und Naturwissenschaften, kein Griechisch, und Latein war nur ein Wahlfach. Das machte ihre Fächerkombination nicht zur besten Voraussetzung, aber eben schloss Oscar Freese ihre Vorstellung mit dem stärksten Argument ab, das für ihre Einstellung sprach.

»Sie wissen, in vielen Gymnasien blickt man auf uns herab, und aus dieser Verachtung spricht nicht selten die Furcht, dass leistungsschwachen Kindern durch die Oberschule der Weg zur Universität zu leicht gemacht wird. Umso wichtiger ist es, den Beweis anzutreten, dass unsere Schüler mit Cicero und Plutarch ebenso viel anfangen können wie mit dem Handelsregister oder dem Schiffsbau.«

Mit diesen Worten wandte er sich ihr ihr zu und lächelte aufmunternd. Nicht nur das unterschied ihn von Grotjahn, auch seine schmächtige Statur, die Sanftmut, die er ausstrahlte.

Was hätte sie dafür gegeben, mit einem passenden Cicero-Zitat zu ihrer kleinen Ansprache überzuleiten. Doch das Einzige, das ihr in den Sinn kam, war, »Arbeit schafft Hornhaut gegen Kummer«, und das passte zwar durchaus auf ihre Situation – würde sie Arbeit doch nicht nur vor Kummer, auch vor Not bewahren –, käme aber wohl nicht so gut bei Fräulein Dreyer an, die aussah, als hätte sich bei ihr nicht nur auf Fersen und Ellbogen Hornhaut gebildet, überdies auf den schmalen Lippen.

Felicitas räusperte sich, erhob sich, begann mit der vorbereiteten Rede. »Die Schule geht viel zu oft vom Stoff aus und bleibt am Stoff haften. Sie sollte von der Kraft ausgehen und Kräfte entwickeln. Mit ihrer ausschließlichen Sorge um den Lehrstoff hat die Schule satt gemacht. Sie sollte hungrig machen.« Sie räusperte sich wieder. Als sie diese Worte in ihrem kleinen Pensionszimmer eingeübt hatte, hatten sie leidenschaftlich geklungen, in diesem stickigen Raum verloren sie an Macht, wirkten so bleiern, wie sie sich fühlte. »Die Inhalte, die wir die jungen Menschen lehren«, fuhr sie fort, »dürfen keine Fesseln werden, die den Geist bezähmen, vielmehr müssen sie der Dünger sein, der sie wachsen lässt. Der Verstand und das Gedächtnis sind keine Solisten, sondern Teil eines Orchesters, das nur großartige Musik erklingen lässt, wenn sämtliche Sinne mitspielen, auch die Fantasie, der Einfallsreichtum, das sittliche Gefühl. Die Kinder sollen mit Kopf, Herz und Hand lernen, sollen die Blätter, die am grauen Baum der Theorie wachsen, pflücken und nicht wiederkäuen, bis sie nach nichts mehr schmecken.«

Ihre Stimme hatte an Festigkeit gewonnen, doch sie wurde das Gefühl nicht los, dass die Wirkung ihrer Worte verpuffte.

Und tatsächlich – als sie sich ein drittes Mal räusperte, nutzte Fräulein Dreyer diese Pause, um einzuwerfen: »Sie sind doch nicht etwa der Meinung, dass man auf den Fachunterricht verzichten kann? In manchen Schulen geht das Bestreben, aus Klassen eine Lebensgemeinschaft zu machen, so weit, dass man den Fächerkanon aufgibt und am Ende der Deutschlehrer Biologie unterrichtet.«

Sie fixierte einen Kollegen, dem sie offenbar genau dieses Bestreben vorwarf, dennoch fühlte Felicitas sich unbehaglich.

»Selbstverständlich bleibt jeder Lehrer Experte auf seinem Fachgebiet, daran will ich nicht rütteln. Aber er soll die Freiheit haben zu entscheiden, wie er seinen Stoff durchnimmt. Seinem Talent und seinem Einfallsreichtum sollten keine Grenzen gesetzt sein.«

»Es geht wirklich nur darum, wie er den Stoff durchnimmt? Nicht auch welchen?«, fragte Fräulein Dreyer mit der gleichen bohrenden Stimme, mit der sie ihren Schülern wohl komplizierte Formeln einbläute. »So viele setzen sich über den Lehrplan, der 1926 eingeführt wurde, hinweg.«

»Ich halte mich an den Lehrplan, ich bin allerdings der Meinung, dass …«

»Und wie stehen Sie zu Noten? Gehören Sie zu jenen, die sie am liebsten abschaffen würden?«

Felicitas wusste, dass an der Schule am Berliner Tor der radikalste und zugleich umstrittenste aller Schulversuche Hamburgs stattgefunden hatte und dort nicht nur auf jeglichen Stundenplan verzichtet worden war, auch auf Zeugnisse.

»Ich will die Noten nicht abschaffen, aber ich sehe in ihnen einen Ansporn, keine Strafe. Ich finde es wichtig, dem Kind nicht ständig vorzuhalten, was es nicht kann, sondern gemeinsam mit ihm herauszufinden, wo seine Neigungen liegen.«

»Was bedeutet, dass Sie sich gegen das Sitzenbleiben bei fehlender Leistung aussprechen?«

Im hinteren Teil des Raumes rumorte es, es ließ sich dennoch keine Stimme vernehmen, die für sie Partei ergriff oder die sie zumindest vor diesem Kreuzverhör schützte.

»Noten gelten immer nur für den Augenblick«, sagte Felicitas, »sie dürfen kein endgültiges Urteil sein, nicht zur Schublade werden, wo sich die Schüler aus Angst, sich den Kopf anzuschlagen, nicht mehr zu rühren wagen. Der Lehrer ist nicht derjenige, der dem Zögling seinen Platz im Leben zuweist. Er hat ihm zu helfen, diesen Platz selbst zu finden, und dort sollten die Stärken mehr zählen als die Schwächen. Zucht und Strenge sind sinnlos, wenn das Vertrauen fehlt. Ein Kind sollte statt vieler Lehrer eine erziehende Bezugsperson haben, die es aufrichtig mag und...«

»Geliebt zu werden, weil man Disziplinlosigkeit durchgehen lässt, ist nichts, worauf man stolz sein sollte«, fiel Fräulein Dreyer ihr ins Wort.

Nicht nur Felicitas fühlte sich von diesen Worten angegriffen, auch Otto Matthiessen. »Betrachten Sie es bereits als Disziplinlosigkeit, wenn Schüler bei der Themenwahl mitreden dürfen?«, mischte er sich unvermittelt ein. »Lässt Ihr kleingeistiges, antidemokratisches...«

»Nun machen Sie aus unserer Meinungsverschiedenheit keinen Klassenkampf«, setzte sich Fräulein Dreyer zur Wehr. »Der Elternrat selbst hat sich für einheitliche didaktische Ziele ausgesprochen und...«

»Nur weil der Wechsel zu anderen Schulen jederzeit möglich sein sollte, heißt das nicht, dass nicht jeder Lehrer die Freiheit hat, um...«

»Freiheit ist etwas, das man sich verdient, nichts, das man geschenkt bekommt.«

Nicht nur diese beiden Stimmen gingen nun hin und her, andere mischten sich ein. Die Lehrerschaft ergriff entweder für Fräulein Dreyer oder Otto Matthiessen Partei. Am leisesten war zunächst die von Rektor Freese. Doch als aus der Diskussion ein bitterböser Streit zu werden drohte, ließ er ein Buch auf den Tisch niedersausen.

»Wertes Kollegium! Fräulein Dr. Marquardt ist hier, um sich vorzustellen – dass Sie sich stattdessen vor ihr bloßstellen, ist nicht vorgesehen.«

Fräulein Dreyer versiegelte prompt ihre Lippen. Otto Matthiessen schwieg auch, fuhr sich aber grimmig durch seine langen Strähnen. Es dauerte eine Weile, bis das Gemurmel erstarb. Erst dann meldete sich Pastor Rahusen zu Wort.

»Eine Frage, die leider oft zu kurz kommt, wenn wir neue Lehrer anstellen: Welche Rolle spielt eigentlich Gott in Ihrem Leben?«

Felicitas entging nicht, dass einige die Augen rollten, doch leider erhob niemand Einwand gegen diese Frage. Um diese zu beantworten, bedurfte es ähnlich viel Geschicklichkeit wie auf dem Barren.

Wenn sie Gott leugnete, hätte sie die sozialdemokratischen, liberalen Lehrer auf ihrer Seite, aber deren Stimmen reichten nicht. Erwies sie sich als tief religiös, schreckte sie diese womöglich ab, dafür gewänne sie die konservativen. Und wenn sie sich hinter Phrasen versteckte, stieß sie womöglich beide Parteien vor den Kopf.

Ihr Blick schweifte umher, blieb an Emil hängen. Wer ihn nicht kannte, hätte seine Miene für völlig gleichgültig gehalten, doch in seinem Blick loderte etwas auf. Die Angst, dass sie scheitern würde? Dass das an ihm haften bliebe, weil er sie schließlich als neue Lehrkraft vorgeschlagen hatte?

Aber nein, da war keine Angst, da war Bewunderung, und noch etwas anderes – jenes Vertrauen, von dem sie zuvor gesprochen hatte. Er traute ihr zu, die Aufgabe zu meistern. Er sah sie so, wie ihre Ziehmutter sie stets gesehen hatte: als starke Frau. Und eine starke Frau bewies ihre Stärke nicht nur, indem sie mit dem Kopf durch die Wand marschierte, auch, indem sie Menschen für sich einnahm, sie mit Worten berührte.

»Die wichtigsten Lehrer in meinem Leben waren meine Eltern Friedrich und Josephine Marquardt«, begann sie unwillkürlich zu erzählen. »Mittlerweile sind sie leider verstorben, doch was sie mir gegeben haben – eine tiefe Liebe zur Bildung –, kann mir keiner mehr nehmen, ein noch reicheres Erbe gibt es wohl nicht. Sie waren nicht meine leiblichen Eltern, haben mich aber bei sich aufgenommen, als ich acht Jahre alt war. Mein leiblicher Vater ist auf der See geblieben, wie man so sagt, meine Mutter war lungenkrank und konnte sich kaum um mich kümmern. Ich bin im Gängeviertel nahe beim Hafen aufgewachsen, und dort habe ich gelernt, dass nur ein Gesetz zählt – das Recht des Stärkeren. Ich konnte nicht rechnen, nicht lesen, ich lief aus jeder Schule davon. Dort setzte man schließlich auf den Stock, und anders als gegen die Jungen aus dem Hafenviertel konnte ich mich nicht gegen einen erwachsenen Lehrer wehren.

Die erste Lehrerin, die keinen Stock in der Hand hielt, kein Lineal, um damit auf Handrücken zu schlagen, war meine spätere Ziehmutter. Als sie an ihrem ersten Tag an meiner Schule meine Klasse betrat, wollte ich wie immer flüchten. Sie folgte mir ins Freie, stellte sich mir dort in den Weg, hielt mich fest. Nicht mit Händen, nein, nur mit Worten. ›Wenn du gehen willst, dann geh‹, sagte sie. Kurz hielt ich sie für schwach, aber gleich darauf spürte ich, das war sie nicht. Von ihr ging eine Macht aus, die mich innehalten ließ. ›Ich werde dich nicht festbinden‹, sagte sie, ›ich werde nicht an deinen Zöpfen reißen, dich nicht schlagen. Ich hoffe, dass du freiwillig bleibst, und so wach und neugierig, wie du in diese Welt blickst, glaube ich, dass es das ist, was du dir insgeheim wünschst. Das Erste, was ich dir beibringen werde, sind keine Buchstaben oder Zahlen. Das Erste, was ich dir beibringen werde, ist, dass es unendlich viel Spaß und Freude macht zu lernen.‹« Mittlerweile war es im Lehrerraum ganz ruhig geworden. »Ich kann doch nichts lernen, ich bin dumm‹, antwortete ich. ›Zumindest haben alle Lehrer das bislang behauptet.‹ Da beugte sie sich zu mir herunter und sagte: ›Die Lehrer, die dich bisher unterrichtet haben, glaubten, dein Geist sei leer, und man müsse dir Buchstaben und Zahlen einbläuen, ja regelrecht einprügeln. Ich dagegen‹, sie tippte auf meine Stirn, ›ich glaube, dass all das schon da drin ist, man es nur hervorholen muss.‹

Ich gestehe, ich begriff nicht vollends, was sie meinte. Aber heute weiß ich, warum sie auf den Rohrstock, auf das Lineal verzichtete. Das sind Instrumente, mit denen man auf jemanden eindrischt. Wenn man allerdings aus jemandem etwas hervorholen will, dann ist etwas, das hart und gerade ist, nutzlos, es bedarf vielmehr einer weichen zärtlichen Hand, freundlicher, ermutigender Worte.« Sie machte eine Pause, lächelte schmerzlich, weil sie so deutlich ihre Ziehmutter vor sich sah. Ihr Blick suchte den des Pastors. »Sie denken jetzt womöglich, ich hätte Ihre Frage nicht beantwortet, die Frage, ob ich an Gott glaube. Aber in der Bibel ist doch die Rede von Glaube, Hoffnung und Liebe und dass am Ende nur diese drei bleiben. Meine Ziehmutter glaubte an mich, sie hoffte, dass ich bleiben würde, um zu lernen. Und das tat ich nicht zuletzt, weil ich sie zu lieben begann. Genau so eine Lehrerin will ich sein.«

Wieder lächelte sie, diesmal noch schmerzlicher, denn was sie verschwiegen hatte, war das große Opfer, das Josephine erbracht hatte, als sie von ihrer Lehrerin zu ihrer Ziehmutter geworden war. Und gerade deshalb durfte sie nicht scheitern, sie musste diese Stelle bekommen!

Leider gab es nichts mehr, was sie noch dafür tun konnte.

»Ich danke Ihnen für Ihre Worte«, sagte Oscar Freese in die Stille hinein, die auf ihre Rede gefolgt war. »Das Lehrerkollegium wird sich nun beraten und danach abstimmen. Solange bitte ich Sie, draußen zu warten.«

Eine Weile war Felicitas vor der Tür auf und ab gegangen. Um nicht in Versuchung zu kommen, am Schlüsselloch zu lauschen, hatte sie schließlich den kleinen stickigen Raum neben dem Lehrerzimmer betreten, in dem nicht nur Landkarten aufbewahrt wurden, zudem ein Globus.

Sie begann ihn zu drehen, starrte so konzentriert auf die vermeintlich zuckenden, sich ausdehnenden, dann wieder schrumpfenden Kontinente, dass ihr das Quietschen der Tür entging. Erst eine Stimme ließ sie zusammenzucken.

»Wenn man sich gegen Sie entscheidet, können Sie immer noch auf die Samoainseln auswandern.«

Felicitas blickte hoch, sah einen jungen Mann im Türrahmen stehen. Da das Licht vom Gang auf ihn fiel, konnte sie zunächst nur seine Umrisse erkennen. Erst als er den Raum betrat, nahm sie die Brille mit den schmalen schwarzen Rändern wahr. Schwarz war auch das glatte Haar, das er streng zurückgekämmt hatte. Vermutete sie zunächst, er hätte es mit Pomade in Form gebracht, kam sie zu einem anderen Schluss, als eine Strähne in die hohe Stirn fiel. Er war wohl etwas größer als Emil, jedoch viel dünner. Der schwarze Anzug schlackerte an ihm, die Ärmel waren etwas zu lang. Nur die Finger – feingliedrig und sehr gepflegt – sahen hervor, nicht der Handrücken.

»Hm«, sagte sie, »auf den Samoainseln sind Waffen sehr beliebt, sie werden dort gegen Perlen und Kokosnussöl eingetauscht. Oder gegen Kopra, das getrocknete Kernfleisch von Kokosnüssen. Es gab einst Hamburger Firmen, die mit nichts anderem handelten als mit Kopra.«

Er nickte. »Weil sich daraus noch reineres Öl gewinnen lässt und sich über den ausgepressten Ölkuchen die Schweine freuen.« Er trat näher, blickte auf den Globus.

»Ich muss gestehen«, gab Felicitas lächelnd zu, »dass ich die Samoainseln nicht finden würde. Geografie ist nicht mein Fachgebiet.«

»Meines auch nicht.«

»Wenn Sie hier als Lehrer unterrichten, warum stimmen Sie nicht über meine Einstellung ab?«

»Ich arbeite selbst erst seit drei Monaten hier und muss dem Kollegium noch beweisen, ob ich mich benehmen kann.«

Sie konnte sich nicht vorstellen, dass er daran scheitern würde. Jede seiner Bewegungen fiel bedachtsam, bemessen, nahezu vorsichtig aus. Er lehnte sich an einen Tisch, auf dem Landkarten lagen, vergrub die Hände in den Hosentaschen.

Felicitas wusste nicht, wohin mit den eigenen. Ein paarmal ließ sie den Globus kreisen, doch das verhinderte nicht, dass sie schweißnass wurden.

»Denken Sie, das Kollegium wird für mich stimmen?«, platzte sie heraus.

»Ich würde Ihnen meine Stimme geben«, sagte er leise. »Ihre Geschichte hat mich ... berührt.«

»Was unterrichten Sie?«

Nun zog er eine Hand aus der Hosentasche, um sich die Haar-

57

strähne zurückzustreichen. Sein Teint war von einem etwas dunkleren Ton, die Züge fein, die Lippen voll und weich. Er verzog sie zu einem Lächeln, während er versonnen sagte: »›Ein geistigeres und innigeres Element als die Sprache hat ein Volk nicht.‹«

»Ich habe keine Ahnung, von wem das Zitat stammt. Aber ich vermute mal, Sie sind Deutschlehrer.« Das Lächeln wurde ein wenig breiter, und er nickte. »Haben Sie auch einen Namen?«

»Ich fürchte ja.« Ehe sie diese Worte deuten konnte, löste er sich vom Tisch, deutete eine Verbeugung an, woraufhin ihm prompt wieder die Haarsträhne in die Stirn fiel. »Gestatten, Levi Augustinus Cohn.«

Ein Kichern entfuhr Felicitas, das eher ihre Nervosität als ihre Belustigung verriet. Rasch schlug sie sich auf den Mund.

»Entschuldigung, ich wollte mich nicht über Sie lustig machen.«

»Nur zu, ich finde meinen Namen ebenfalls schrecklich komisch. Nach meiner Geburt waren übrigens noch viel schlimmere Varianten im Gespräch. Ezekiel Horatius oder Jeremias Nepomuk. Meine Eltern bestanden nun mal darauf, den Sohn jeweils nach einem ihrer Vorfahren zu benennen, und so kam ein jüdisch-christliches Allerlei heraus.«

»Muss ich wirklich Levi Augustinus sagen?«

»Was ist ein Name? Was uns Rose heißt, wie es auch hieße, würde lieblich duften‹«, zitierte er Shakespeare und fügte schulterzuckend hinzu: »Levi reicht mir vollends. Das darf meine Mutter allerdings nicht hören, für sie war ich immer der Gustl. Sie hat sich auch stets redlich Mühe gegeben, vor jedem Weihnachtsfest die Chanukkia zu verstecken, die mein Vater aufgestellt hatte. Stattdessen präsentierte sie unserer Familie den größten Tannenbaum Hamburgs, mit einem Engel aus echtem Blattgold. Der war natürlich von meines Vaters Geld bezahlt worden, denn das wollte sie, anders als seine Religion, ja nicht verstecken. Aber verzeihen Sie, ich rede zu viel.«

»Hören Sie bloß nicht damit auf, jede Ablenkung ist mir höchst willkommen.«

Er schwieg eine Weile, nahm seine Brille ab, um sie zu putzen, setzte sie auf seine langsame, bedächtige Art wieder auf. »Die Samoainseln liegen in der Nähe der Fidschi-Inseln«, murmelte er.

»Ich glaube, der kleine Gustl-Levi interessiert mich mehr.«

»Über den gibt es aber nicht so viel zu erzählen. Er fühlte sich als nichts Halbes und nichts Ganzes. Bis er Deutschlehrer wurde. Das ist er nämlich ganz und gar.« Er machte eine Pause, starrte auf die Wände, als ließen sich dort die Worte ablesen, die er jäh zu sprechen begann: »Körper und Stimme leiht die Schrift dem stummen Gedanken, durch der Jahrhunderte Strom trägt ihn das redende Blatt. Da zerrinnt vor dem wundernden Blick der Nebel des Wahnes, und die Gebilde der Nacht weichen dem tagenden Licht.«

Seine Stimme blieb sehr leise, sie konnte sich nicht vorstellen, dass dieser Mann jemals laut wurde, sich gar heiser schrie. Dennoch war sie eindringlich.

»Goethe?«, fragte sie.

»Schiller.«

»Da war ich ja schon ziemlich nahe dran.«

Er lehnte sich wieder an den Tisch, sie indes begann auf und ab zu gehen. Bald wurde der Raum zu klein. »Warum... warum dauert das nur so lange?«

Er zuckte mit den Schultern, auch das auf eine eigentümliche Weise, ganz langsam nämlich, als drohte er, bei einer zu schnellen Bewegung irgendwo anzustoßen. »Vielleicht hält Emil Tiedemann gerade eine glühende Ansprache. Er macht sich sehr für Sie stark.«

Irrte sie sich, oder blitzte in den dunklen Augen ein wenig Spott auf?

»Ich bin sehr dankbar, dass er sich für mich einsetzt«, sagte sie.

Kein Spott sprach mehr aus seinem Blick, aber er runzelte flüchtig die Stirn. »Ich muss gestehen, es wundert mich etwas. Sie haben sehr deutlich gemacht, mit welchen Erwartungen und Zielen Sie an den Lehrberuf gehen, während er …«

»Ja?«, drängte sie ihn, als er nicht weitersprach.

Wieder zuckte er mit den Schultern. »Emil ist im Kollegium nicht dafür bekannt, dass er sich vehement für die Anliegen der Reformpädagogik einsetzt, im Gegenteil. Für gewöhnlich stimmt er mit Fräulein Dreyer, nicht gegen sie. Und mit Schulleiter Freese gerät er regelmäßig in Konflikt, weil er im Turnunterricht auf Zucht und Ordnung setzt und die Kinder wie kleine Soldaten marschieren lässt. Selbst Pastor Rahusen ist fortschrittlich gemessen an ihm. Es ist auch kein Geheimnis, dass er sich sehr gern ans Harvestehuder Gymnasium versetzen lassen würde.«

»Er … er will unter einem Schulleiter wie Grotjahn arbeiten?«, fragte sie und dachte mit Entsetzen an ihren ersten und letzten Arbeitstag an ebenjenem Gymnasium.

»Soweit ich weiß, war er selbst dort Schüler und Dr. Grotjahn sein Lieblingslehrer.«

Nun war es Felicitas, die die Stirn runzelte. »Als ich Emil erzählt habe, was dort passiert ist, war er genauso empört wie ich. Ich kann mir beim besten Willen nicht vorstellen …«

Langsam hob Levi die rechte Hand, um sie zu beschwichtigen. »Ich will mitnichten Gerüchte in die Welt setzen. Und Sie müssen Emil nicht verteidigen, weil ich ihn, ganz gleich, was er täte, nicht verurteilen würde. Ich urteile nie, ich beobachte nur. Ich habe auch beobachtet, dass Emil Tiedemann Sie sehr mag.«

Diese Worte erfüllten sie mit einer tieferen Befriedigung als erwartet – einer, die sie vor Studienkolleginnen in Berlin, bei denen sie das Kokettieren mit Emil bestenfalls als Fingerübung bezeichnet hätte, geleugnet hätte.

»Nun«, sagte sie und zwinkerte ihm zu, »die meisten Männer mögen mich.«

Er zwinkerte zurück, blieb aber ernst. »Wen wundert's…«, sagte er nachdenklich und neigte den Kopf ein wenig.

Sie konnte die Frage, wer undurchschaubarer war – Levi oder Emil – nicht beantworten, denn in diesem Augenblick ertönte vom Gang her eine Stimme.

»Fräulein Dr. Marquardt! Kommen Sie noch einmal kurz ins Lehrerzimmer?«

Felicitas holte tief Luft, verkrampfte ihre Hände ineinander.

Levi nickte ihr aufmunternd zu, ehe er seinen Blick wieder auf den Globus richtete. »Was immer heute passiert – die Samoainseln bleiben eine Alternative.«

Mai

Emil beobachtete, wie sich mehrere Schüler im Erdgeschoss der Alsterschule um ein Klavier scharten. Die Anweisungen, die Otto Matthiessen erteilte, um dieses mithilfe der Hebelwirkung in den ersten Stock zu schaffen, wurden von Gelächter und Gejohle übertönt. Für die Schüler schien das ein großer Spaß zu sein. In Emils Augen war es dagegen Unsinn, dieses Experiment durchzuführen. Wer suchte denn tatsächlich eine Antwort auf die Frage: Wie schafft man ein Klavier in den letzten Stock eines Wolkenkratzers?

Zumal es Wolkenkratzer wie in New York in Deutschland gar nicht gab. Und selbst wenn – warum brauchte man dort oben ein Klavier?

Schon wollte er missbilligend den Kopf schütteln, aber er unterdrückte diese Regung, als er sah, wer nun ebenfalls das Erdgeschoss betrat und die Schüler um das Klavier bestaunte.

Wenn er ehrlich war, hatte er gehofft, Felicitas hier abzupassen – so wie er in den letzten drei Wochen, die sie nun schon an der Schule unterrichtete, keine Gelegenheit ungenutzt gelassen hatte, ihr vermeintlich zufällig über den Weg zu laufen. Nicht dass er ihr seine Freude über die knappe Entscheidung des Lehrerkollegiums zu ihren Gunsten, offen zeigen konnte. Als er ihr dazu gratuliert hatte, hatte er ihr nur die Hand geschüttelt.

»Warum auf einmal so förmlich?«, hatte sie gerufen. »Willst du mich künftig gar mit Fräulein Dr. Marquardt ansprechen?«

Das nicht – nur zum Narren wollte er sich auch nicht machen, nicht zugeben, dass ihm bei ihrem Anblick das Herz immer schneller schlug. Gut möglich, dass sie ihn nur als Mittel zum Zweck sah, und den hatte er jetzt ja erfüllt.

Gerade trat sie zu ihm. »Ich finde diesen anschaulichen Unterricht großartig!«, rief sie, den Blick weiterhin auf das Klavier gerichtet. »Ich denke, ich werde im Lateinunterricht Teile der römischen Rüstung aus Ton nachformen lassen – den Wurfspeer, den Helm, den Panzer und den Schild. Wenn die Jungs dann ein paar Runden damit laufen, bekommen sie einen Eindruck, was das Militär damals zu schultern hatte.«

»Hast du nicht erst gestern gemeinsam mit ihnen Marionetten von Marcus Antonius und Kleopatra gebastelt?«

Sie nickte eifrig. »Meine sah am Ende eher wie eine Mischung aus Kräuterhexe und Krokodil aus.«

Sie lachte, und er konnte gar nicht anders, als einzustimmen, obwohl dieser ungewohnte Laut aus seinem Mund, wie er selbst hörte, nicht nur fröhlich, sondern auch ein bisschen gequält klang.

Sie schien es nicht zu bemerken, forderte ihn nicht nur auf, den Weg zum Lehrerzimmer gemeinsam zurückzulegen, blieb davor sogar stehen und hielt ihn davon ab, nach der Türklinke zu greifen.

»Ich habe mich immer noch nicht ausreichend dafür bedankt, dass du dich so für mich eingesetzt hast«, sagte sie, und ehe er sich's versah, legte sie ihre Hand auf seinen Arm.

»Was natürlich nicht nötig ist«, erklärte er schnell und fühlte, wie Hitze in seine Wangen stieg. Ob sie dort rote Flecken erzeugte oder solche, die den gräulichen Farbton seiner Augenringe annahmen?

Wie auch immer. Ihr neuerliches Lachen verriet, das ihr nicht entging, wie sehr ihre Berührung ihn aufwühlte, doch es war nicht spöttisch, sondern gutmütig.

»Heute ist ja Samstag«, sagte sie, »wie wäre es, wenn wir am Abend ausgingen?«

Er hatte sich durchaus schon überlegt, ob er sie ins Caféhaus einladen könnte. Allerdings ging man am Abend nicht ins Caféhaus – und alles andere erschien ihm kein geziemender Ort, um bei einem ersten Treffen eine junge Dame auszuführen.

»Keine Angst«, sagte Felicitas, der sein Zögern anscheinend nicht entgangen war. Sie zog die Hand zurück, strich sich stattdessen angelegentlich über ihr Haar. »Es ist nicht so, dass ich dich um ein Rendezvous bitte. Wir können gern noch andere Kollegen fragen, ob sie mitkommen.«

Er wusste nicht, ob er erleichtert oder enttäuscht sein sollte. »Wer sollte sich uns denn anschließen?«

»Otto Matthiessen?«

»Der hat Familie und verbringt seine Abende zu Hause.«

»Na, Fräulein Dreyer frage ich besser nicht, aber wie wär's mit ... Levi?«

Während sie sprach, trat sie noch näher an ihn heran. Er spürte ihren Atem, so wie sie gewiss seinen fühlte. Warm war er, kam stoßweise.

Ein Teil von ihm hätte ewig so stehen wollen. Ein anderer gemahnte daran, wo sie sich befanden – in einer Schule. Schnell machte er einen Schritt zurück.

»Wenn du meinst«, sagte er.

Er schaffte es zwar, ein ausdrucksloses Gesicht zu machen, jedoch nicht zu verhindern, dass seine Stimme belegt klang.

Felicitas lachte wieder. »Dann ist es also abgemacht!«, rief sie und vollführte eine stürmische Umdrehung.

Ihre Vorfreude war zwar ansteckend, zugleich war ihm aber ein wenig mulmig zumute, weil ihre Gegenwart ihn nie nur betörte, immer auch ein wenig verstörte.

Emil war erstaunt, dass ausgerechnet Levi den Besuch des UFA-Palastes am Valentinskamp vorschlug.

»Du willst ins Kino gehen?«, fragte er. »Ich dachte, du interessierst dich nur für Bücher.«

»Gerade läuft die Verfilmung eines Romans von Heinrich Mann«, sagte Levi. »Und außerdem geht es darin um einen Lehrer.«

Emil stimmte zu, bereute das später aber, als er erfuhr, dass es im Film Der blaue Engel weniger um einen Lehrer als um die Verunglimpfung von dessen Berufsstand ging. Warum musste ausgerechnet ein Gymnasialprofessor wie Immanuel Rath nicht einfach nur als pedantisch und verschroben gezeichnet werden, sondern überdies einer Tingeltangel-Sängerin verfallen und sich allein ob des Anblicks ihrer Beine zum willenlosen Männchen wandeln? Emil hatte durchaus Respekt vor der Gelenkigkeit von Marlene Dietrich, der Schauspielerin, die diese Sängerin darstellte, doch das änderte nichts daran, dass der Anblick ihrer Beine verboten wirkte. Und lächerlich wie ärgerlich war seiner Meinung nach, dass Professor Rath dem Charme von Lola-Lola so durch und durch verfiel, er nicht nur seinen Dienst quittierte, nein, sogar in der Zwangsjacke endete und am Schluss einen einsamen Tod am Katheder starb.

Als ob man seine Triebe nicht beherrschen könnte!

Nun, er musste zugeben, dass er sich selbst ebenfalls nicht im Griff hatte. Immer wieder fuhr sein Blick von der Leinwand zu Felicitas, deren Mund sich stets bewegte, wenn Lola-Lola die Liebe besang. Und als sie beim Rausgehen erklärte, wie großartig der Film gewesen sei, in ihren Augen ein Feuer loderte, das er in den tränennassen Augen seiner Mutter nie wahrgenommen hatte, vergaß er völlig, dass er ihn empört hatte.

Es fiel ihm erst wieder ein, als Levi Shakespeare zitierte: »›Oh, allmächtige Liebe, die auf gewisse Weise das Vieh zum Menschen macht und auf andre den Menschen zum Vieh!‹«

»Man muss nicht auch noch zur Marionette werden und obendrein dulden, dass sämtliche Fäden durchschnitten werden«, erklärte Emil schroff.

Felicitas' Augenaufschlag machte dem von Marlene Dietrich Konkurrenz. »Dir würde das natürlich nie passieren, du standhafter Zinnsoldat.«

Vage glaubte er sich daran zu erinnern, dass sie ihn schon in Berliner Zeiten so genannt hatte, wusste jedoch nicht mehr, warum.

»Ich kann dich gern nach Hause begleiten«, erklärte er.

»Nach Hause?«, rief sie entgeistert. »Es ist noch nicht einmal zehn Uhr.«

»Aber …«

»Und ich bin von Kopf bis Fuß aufs Tanzen eingestellt!«

»Wie auch nicht«, sagte Levi. »Zum Zinnsoldaten, der in Andersons Märchen übrigens nur ein Bein hat, weil nicht mehr genug Zinn da war, gehört die Papiertänzerin. Der Zinnsoldat verliebt sich in sie, weil er denkt, dass auch sie nur ein Bein hat. Er irrt sich, in Wahrheit hat sie das zweite Bein nur sehr hoch in die Luft gestreckt.«

Noch höher als Marlene Dietrich?, ging es Emil durch den Kopf. Eigentlich wollte er weder über Zinnsoldaten und Papiertänzerinnen nachsinnen noch tanzen, aber Felicitas hakte sich bei ihm und Levi unter.

»Ich habe jedenfalls beide Beine, und ich will euch gern zeigen, was man damit alles machen kann.«

66

Sein Widerstand erstarb, als sie ihn mit sich zog. Langsam wuchs sein Verständnis für Immanuel Rath, gleichwohl er – insbesondere, als er Levi grinsen sah – entschlossen war, sich nicht ebenfalls zu einem Trottel machen zu lassen.

Hätte Emil die Chance bekommen, ein Etablissement vorzuschlagen, in dem sie einkehren könnten, wäre seine Wahl auf den Vier-Jahreszeiten-Keller oder den Alsterpavillon gefallen. Doch als Felicitas in die Allee entlang des Botanischen Gartens abbog, wo süßliche Gerüche verrieten, dass der Frühling in der Hansestadt angekommen war, ahnte er, dass sie etwas ganz anderes im Sinn hatte. Er wappnete sich, im Trichter zu landen, dem größten Vergnügungspalast der Reeperbahn, wo stets mindestens zwei Tanzkapellen aufspielten, in einem etwas kleineren Pendant wie dem Zillertal, dem Allotria oder dem Liliput, oder in einem Varieté wie dem Alkazar – allesamt Orte, deren Reiz ihm bislang verborgen geblieben war. Er verstand nicht, was so sensationell daran war, dass ein Kronleuchter mit Wasserfontänen auf die Bühne sank und sich leicht bekleidete Damen um ihn gruppierten, oder wozu man eine Hebebühne brauchte, die binnen Minuten versenkt werden konnte und als Tanzboden, Wasserbassin oder Eisbahn wieder auftauchte.

Felicitas war leider nicht bloß auf der Suche nach dem verruchten Hamburg – für ihn wie ein Klumpfuß, der an einem ansonsten adretten Körper hing –, nein, sie suchte ein Stück Berlin in der Hansestadt, wo das Laster aus allen Poren quoll, fand es schließlich in einem Etablissement am Ende einer dunklen Seitengasse der Reeperbahn.

Die goldglänzenden Knöpfe an der Uniform des Portiers bewiesen zwar ein gewisses Maß an Anständigkeit, doch als Felicitas ihn und Levi in einen rauchgeschwängerten Gang, eine Treppe nach unten und durch einen samtenen Vorhang zog, waren nicht länger Uniformen zu sehen.

Man musste schon froh sein, dass die tanzenden Menschen unter den Hunderten von Glühbirnen, die die Illusion eines künstlichen Sternenhimmels schufen, überhaupt etwas trugen. Eigentlich tanzten sie nicht. Die zappelnden, rudernden Bewegungen, die sie mit Armen und Beinen, wie zufällig am zitternden Körper angebracht, machten, konnte man nur mit viel Nachsicht ekstatisch nennen.

Welchen Sinn es überdies hatte, die Beine abwechselnd zu einem O und zu einem X zu formen, verstand Emil nicht. Auch nicht, warum jemand freiwillig zu Schlagern tanzte, die so groteske, geschmacklose und unanständige Titel hatten wie *Was macht der Mayer am Himalaja, Wir versaufen unsrer Oma ihr klein Häuschen* oder *Fräulein, woll'n Sie nicht ein Kind von mir?* Diese waren immer noch harmonischer als die Jazzmusik, die so klang, als wüsste das Saxofon nicht, was das Klavier machte. Eben wurde *Runnin' Wild* gespielt, wozu die tolle Schar einen Charleston oder Shimmy tanzte, beides kultischen Negertänzen gleichend.

Schon wollte er missbilligend den Kopf schütteln. Als Felicitas aber begeistert rief: »Ist es nicht großartig hier?«, war er dieser Regung nicht mehr mächtig und nickte nur.

»Tanzt du mit mir?«, fragte Felicitas Levi.

Anders als er war Levi noch Herr seiner Entscheidungen. »Keinem Nüchternen wird es einfallen zu tanzen, es sei denn, er wäre verrückt«, murmelte er, ehe er in Richtung Theke verschwand, hinter der Bardamen in weißen Herrenanzügen Drinks in funkelnden Kristallgläsern zubereiteten.

»Das war ein Zitat von Cicero«, sagte Felicitas. »Der gehört eigentlich mir!« Als Levi so tat, als hätte er sie nicht gehört, rief sie ihm noch ein lachendes: »Langweiler!« nach. Verräter, dachte Emil insgeheim. »Aber du«, wandte sich Felicitas an ihn. »Du tanzt mit mir, oder?«

Sie wartete seine Zustimmung nicht ab, nahm ihn an die Hand und zog ihn an den runden Tisch, randvoll mit Cocktails, bunten Laternen und Champagnergläsern, vorbei zu den zuckenden Körpern und grimassenschneidenden Gesichtern auf der Tanzfläche.

Ich kann doch gar nicht tanzen, wollte er ihr entgegenhalten. Aber er brachte kein Wort hervor, erst recht nicht, als sie ihn losließ, selbst zu tanzen begann, er sie hingerissen betrachtete, plötzlich nicht mehr verstehen konnte, warum er den Anblick von Marlene Dietrichs Beinen eben noch als provokant empfunden hatte. Es war ja nichts provokant, nichts obszön, nichts frivol an einem weiblichen Körper, der diese Geschmeidigkeit, dieses Rhythmusgefühl, diese Leichtigkeit verhieß.

Obwohl er noch nichts getrunken hatte, fühlte er sich trunken … schwindlig … in einem Rausch wie der Zinnsoldat, der seinen Reigen mit der einbeinigen Papiertänzerin bekommen hatte. »Das ist, was soll ich machen, meine Natur. Ich kann halt lieben nur und sonst gar nichts.«

Worte aus dem Film. Oder Worte von Felicitas? Seine eigenen? Sie hatte sich mittlerweile mehrere Schritte von ihm entfernt, stand inmitten der sich verrenkenden Tänzer, begann ihre Bewegungen nachzumachen, so selbstsicher, so voller Genuss. Unverwandt starrte er sie an, fühlte, was er gefühlt hatte, als sie vom Barren direkt in seine Arme gefallen war, konnte es heute auch benennen. Es war ein Maß an Lebendigkeit, das man nicht durch Ausdauer und Muskelkraft und Körperbeherrschung erlangen konnte, nicht dadurch, dass man den Körper malträtierte, ihm alles abrang. Nur wenn Bewegung keine Pflicht war, sondern tiefer Freude entsprang, wenn Körper und Seele eins wurden.

Wie bei den anderen Tänzern schienen auch Felicitas' Hände nicht zu wissen, was die Füße taten. Aber man musste es ja nicht wissen, man musste es nur fühlen.

Sie tanzte in seine Richtung. »Na los, wie lange willst du noch so steif herumstehen, als hättest du einen Stock verschluckt?«

Die Luft war so stickig, der Schweiß brach ihm aus. War es echter Schweiß, ehrlicher? Ach, zum Teufel mit Gustav Tiedemanns Mäkeleien, es gab nur eine Art von Schweiß, daran konnte nichts falsch sein.

Er versuchte, mit seinen Knien ein O zu formen, es funktionierte nicht. Beim X scheiterte er ebenso, kam sich lächerlich vor.

Felicitas lachte.

»Vielleicht kann ich nicht tanzen«, sagte er schnell, »aber… aber ich kann etwas anderes.«

Wieder überkam ihn dieser Schwindel, zugleich eine Leichtigkeit. Ob sich so die Motte fühlte, wenn sie unaufhörlich um das Licht kreiste? Er merkte kaum, dass er die Umstehenden anstieß, damit sie ihm Platz machten. Die freie Fläche, die entstand, war groß genug für das, was er vorhatte. Er atmete tief durch, fühlte noch mehr Schweiß von seiner Stirn perlen, dann machte er aus dem Stand heraus einen Salto vorwärts. Er kam mit beiden Beinen auf, allerdings etwas zu tief in der Hocke, er schwankte. Wieder lachte Felicitas, diesmal ungläubig. Er atmete noch einmal tief durch, machte einen Salto rückwärts, der war schon besser. Er lächelte breit wie selten, fühlte Muskeln im Gesicht, die er kaum je gespürt hatte, weil er sie nur dann und wann mal benutzte. Lächelnd machte er noch einen Salto vorwärts, noch einen rückwärts. Ihm wurde heiß, aber er schwitzte nicht mehr so stark. Felicitas lachte nun begeistert. Sprungrolle, Handstand, er machte sogar drei Schritte auf seinen Händen, und als er sich wieder aufgerichtet hatte, deutete er eine Verbeugung an.

Die Umstehenden klatschten, er hörte es kaum, vernahm nur ihr Lachen, spürte es durch und durch, und dann fiel sie ihm in die Arme, presste sich an ihn. Sie war nicht heiß, nur warm, er würde sich nicht an ihr verbrennen. Sein Herz pumpte Blut durch den Körper, wieder oder immer noch fühlte er sich lebendig wie nie zuvor.

Ob er noch einen Salto gemacht hatte? Ob er sich noch einmal am Tanzen versucht hatte? Er wusste es nicht. Die nächsten Augenblicke funkelten wie das Licht der Kronleuchter. Als er den Kopf hob, glaubte er, dass ein leuchtender Regen auf ihn hinabfiel. Dann wurde es dunkler. Felicitas hatte ihn auf den Gang gezogen, schmaler als jener, auf dem sie gekommen waren. Die Wände waren rot tapeziert, etliche Türen führten in Räume, die nicht größer als Schiffskojen sein konnten. Manche waren nicht von Türen, sondern von Samtvorhängen verschlossen, aus mindestens zweien kam ein Stöhnen. Hätte er ergründet, was es mit diesem Stöhnen auf sich hatte, er hätte sich in einem jener Sündenpfuhle, wie es sie so zahlreich auf dem Kurfürstendamm und der Tauentzienstraße in Berlin gab, gewähnt. Aber solange sein Blut so schnell zirkulierte, lahmten die Gedanken, und Gedanken brauchte es ja nicht, um diesen Moment auszukosten, da Felicitas ihn an die Wand presste, ihre Hände rechts und links von seinem Kopf aufstützte, sich ihr Gesicht dem seinen näherte, er ihren Atem spürte.

Ihre Stimme klang wie das Perlen von Champagner, als sie sagte: »Ich wusste ja gar nicht, dass du so ein Draufgänger bist, Zinnsoldat!«

Die Worte wirkten wie ein Elixier, das ihn zu einer weiteren Verrücktheit anstachelte. In ihr Perlenlachen hinein küsste er sie. Vielleicht küsste auch sie ihn, so genau konnte er das nicht sagen, es war jedenfalls ein Kuss, wie er ihn nicht kannte. Er hatte bis

71

jetzt nur ein Mädchen geküsst, die Tochter eines Pächters, als seine Familie noch ihr Landgut besessen hatte. Er hatte sie beobachtet, wie sie Äpfel gepflückt hatte, und da ihre Wangen von gleichem Rot wie die Früchte gewesen waren, hatte er erwartet, dass ihre Lippen süß schmeckten. Aber eigentlich hatte er gar nichts geschmeckt, als er sich an sie herangepirscht, seinen Mund auf ihren gepresst hatte. Wäre es nicht ihr Mund, sondern eine Wand gewesen – es hätte wohl keinen Unterschied gemacht.

Felicitas hatte rein gar nichts mit einer Wand gemein, sie war weicher, anschmiegsamer, fordernder. Kurz pressten sie ihre Lippen nur aneinander, doch in dem Moment, da er seinen Mund öffnete, um Atem zu holen, schob sie ihre Zunge in diesen, berührte deren Spitze die seine. War es ein Wettstreit oder ein Spiel? Ging es ums Erforschen oder schon ums Erobern? Was immer es war – Felicitas tat es selbstbewusst... geübt. Und es fühlte sich gut an. Nein, es fühlte sich besser an als alles, was er jemals empfunden hatte.

»Und ich wusste auch nicht, dass du so gut küssen kannst«, sagte sie, als sie sich löste.

Ich... ich habe es ebenfalls nicht gewusst, ging es ihm durch den Kopf. Er hatte so vieles nicht gewusst. Dass er bei einer Frau wie ihr überhaupt eine Chance haben könnte. Dass auf ihn noch eine andere Freiheit wartete als die, die er beim Training fand. Sie küssten sich wieder, Felicitas drückte ihn regelrecht an die Wand, zugleich verschränkten sich ihre Hände ineinander. Fest, so fest. Irgendwann zog sie eine seiner Hände zu ihrer Brust, rund und weich.

Beim Apfelmädchen auf dem Landgut hatten sich nur ihre Lippen berührt, sonst nichts, Felicitas war das zu wenig. Während die rechte Hand die seine dirigierte, begann die andere, seinen Körper mit gleicher energischer Entschlossenheit zu erforschen wie ihre Zunge seinen Mund. Sie streichelte über Wangen, Schläfen, Hals, über seine Schultern, Brust und Bauch. Sie ließ sich auch vom Gürtel seiner Hose nicht aufhalten, machte sich daran zu schaffen, hatte ihn prompt geöffnet, tastete sich tiefer. Nur mehr der dünne Stoff seiner Leibwäsche befand sich zwischen ihrer Hand und seinem Geschlecht.

Ein Stöhnen entfuhr ihm, lauter, als er je eines ausgestoßen hatte, noch nicht einmal, wenn er unglücklich von einem Gerät gefallen war. Selbst als es verstummte, hallte es noch nach. Er brauchte eine Weile, um zu gewahren, dass es nicht das Echo der eigenen Stimme war, das er da hörte, rau, begierig, sehnsuchtsvoll, sondern dass dieses Stöhnen aus einem der Räume kam. Unwillkürlich zuckte er zusammen, nahm seine Hand abrupt von ihrer Brust, zog ihre aus seiner Hose.

»Was ... was tust du denn da?« Er hatte sich von der Wand gelöst und schon mehrere Schritte zwischen sie beide gebracht, als ihm aufging, dass er sie obendrein zurückgestoßen hatte. Ihre Berührungen spürte er trotzdem immer noch, das Begehren, das sie in ihm ausgelöst hatte, war so groß, beinahe schmerzhaft. Aber Schmerzen hatte er zu trotzen gelernt, warum nicht auch dem Begehren? »Was du da tust, habe ich dich gefragt?«, rief er nun zornig, weil er verbergen wollte, dass darunter Unsicherheit, Scham, Angst schlummerten.

Sie blickte ihn erstaunt an. »Ich tue das, wovon ich dachte, dass du es auch willst.«

Emil schien es, als hätte er gar keinen eigenen Willen mehr, nicht solange sie da vor ihm stand, sich durchs Haar fuhr, schließlich auf ihn zutrat. Ihre Schritte waren so geschmeidig, die Hüften schaukelten, ließen vergessen, dass ihr Körper etwas zu hager war, ihm die üppigen Rundungen fehlten. Sie war durch und durch eine Frau ... nur eine Frau, keine Lehrerin ... Eine Lehrerin

73

sollte sich doch nicht so benehmen, durfte es nicht, eine Lehrerin war etwas Besseres als ein Animiermädchen. So groß die Sehnsucht war, dass sie ihn erneut berührte, ihre Hand langsam von oben nach unten wanderte, so gern er die Augen geschlossen, den Kopf in den Nacken gelegt, diese betörenden Empfindungen genossen hätte – ehe sie ihn erreichte, wich er noch weiter zurück.

»Das ... das dürfen wir nicht tun. Das ist nicht ... anständig!«

Aus ihrer erstaunten Miene wurde eine nachsichtige. »Anständig? Gibt es dieses Wort überhaupt noch? Wir haben 1930, nicht 1900, und ich für meinen Teil bin ganz froh darüber.«

»Trotzdem, ich ... ich ...«

Es war ihm peinlich, dass er ins Stammeln geriet, umso mehr, da sie mitnichten verlegen wirkte. Sie glich nun doch wieder einer Lehrerin – einer, die es dem Schüler nicht krummnahm, wenn er den Stoff vergessen oder noch gar nicht gelernt hatte, die geduldig genug war, ihn so lange zu wiederholen, bis er ihn verstanden hatte.

»Du hast noch nie mit einer Frau geschlafen, oder?«, stellte sie fest. »Oh, keine Angst, ich kann dir alles beibringen«, sie grinste nun verschwörerisch, »es ist gar nicht schwer.«

»Hast du denn ...«

»Na ja, in Berlin seine Jungfräulichkeit zu bewahren ist ein Ding der Unmöglichkeit.«

»Wolltest du dich denn nicht aufheben für deinen Mann?«

»Meinen Mann?« Irritation schlich sich in ihre Stimme. »Ich weiß noch gar nicht, ob ich einen Mann will, womöglich für immer und nur den einen. Ich will frei sein, ich will das Leben genießen, ich will, dass die Liebe Spaß macht. Eine gute Lehrerin will ich natürlich ebenfalls sein, eine, die Leidenschaft und Begeisterung erweckt. Aber eine gute, brave Ehefrau? Ich glaube nicht, dass ich das sein könnte ... sein möchte.«

Ein Gedanke huschte durch seinen Kopf: Wie willst du denn eine Lehrerin sein, wenn du dich wie eine Hure benimmst? Obwohl ihm das Urteil als zu hart erschien, konnte er es nicht wieder zurücknehmen. Es wurde zur Ruptur, die sich zum Riss weitete.

»Du bist unmöglich!«, rutschte es ihm heraus. »Wie kannst du dich nur so gehen lassen?«

Die Lippen, eben noch zu einem aufmunternden Lächeln verzogen, wurden schmaler. Ob er sie wirklich gekränkt hatte, auch enttäuscht, ließ sie sich aber nicht anmerken.

»Na dann«, sagte sie, und so leichtfertig sie auch klingen wollte – das, was an ihrer Stimme kratzte, verriet, dass seine Worte sie getroffen hatten. »Na dann wird aus uns wohl nichts, Zinnsoldat. Wie schade.«

Ihr Blick verschloss sich. Ihre Augen waren nicht mehr die der Lehrerin, die wohlwollend, langmütig, hilfsbereit den Schüler musterten. Es waren die Augen des Hafenmädchens, das sie einst gewesen war und das das Leben für einen endlosen Kampf gehalten hatte. Aus diesem Kampf als Siegerin hervorzugehen hatte sie stolz gemacht, selbstbewusst, stark – aber auch ein wenig hart. Er fühlte, wie er sich ebenso verhärtete, fragte sich, warum er sie jemals für weich, für zärtlich, für anschmiegsam gehalten hatte, haderte damit, die Beherrschung verloren zu haben wie ein Immanuel Rath. Einen Augenblick lang wusste er nicht, wen er mehr verachtete – sie oder ihn. Einen Augenblick lang wusste er gleichfalls nicht, wen er mehr bedauerte – sie oder ihn.

Das zwischen ihnen hätte doch etwas Großes werden können…

Er stürmte ins Freie, rannte den ganzen Weg nach Harvestehude, wo er nach dem Umzug seiner Mutter ins Alte Land eine kleine Wohnung gemietet hatte. Er schwitzte, keuchte, seine Muskeln verkrampften sich, er hörte nicht zu rennen auf. Dies war ein Schmerz, den er zu unterdrücken, zu besiegen und ja, auch zu genießen gelernt hatte.

Als Felicitas lange nach Mitternacht zurück zu Levi ging, lehnte der an der Theke des Etablissements. Er sah nicht aus, als hätte er nur eine Minute getanzt, er saß noch nicht einmal auf einem der Hocker, lehnte nur daran. Sein halb volles Glas stand sehr weit von ihm entfernt, als gehörte es nicht zu ihm. Er rauchte eine Zigarette, schien aber nicht sonderlich tief zu inhalieren, blickte nur fasziniert den Rauchkringeln nach, die hochstiegen und sich langsam verflüchtigten.

»Darf ich?«, fragte Felicitas.

»Willst du meine Zigarette oder meinen Wein?«

Eigentlich war ihr nicht nach rauchen, ihr war auch nicht nach trinken zumute. Nach küssen war ihr immer noch, obwohl ihre Lippen brannten, weil sie es gerade getan hatte. Um Emils Blick zu vergessen, der nicht einfach nur empört gewesen war, sondern eisig und zugleich tief verletzt, hatte sie eine Weile mit einem jungen Mann getanzt, der gerade mal fünf Worte Deutsch beherrscht hatte: »Wo finde ich schöne Frau?«

»Na hier!«, hatte sie gerufen, sich kurz in den Klängen der Musik verloren und umso wilder getanzt, je verstörender die Gedanken in ihrem Kopf gekreist hatten.

Irgendwann hatte der Jüngling sie festgehalten und seine Lippen auf die ihren gepresst, und sie war zu verdattert gewesen, sich dieses Kusses zu erwehren. Eigentlich konnte man das keinen Kuss nennen, die klebrige Zunge des Jünglings hatte sie an einen Frosch erinnert, der diese brauchte, um möglichst viel Nahrung in sein Maul zu schaufeln. Emil zu küssen hatte sich ganz anders angefühlt. Sein Blick mochte hart gewesen sein – seine Lippen waren es nicht gewesen.

Felicitas schüttelte die Erinnerung ab, nahm Levis Glas, trank es in einem Zug aus. Schwindel stieg in ihr hoch, dennoch redete sie sich ein, dass sie sich jetzt besser fühlte.

»Du tanzt nie, oder?«, fragte sie, ehe sie das Glas mit lautem Knall auf die Theke stellte.

Er blickte immer noch versonnen dem Rauch nach. »Ich beobachte lieber.«

»Hast du auch beobachtet, was … was zwischen mir und Emil passiert ist?«

»Das nicht … aber ich kann es mir denken.«

Eine Traurigkeit stieg in ihr hoch, wie sie ihr eigentlich fremd war. Sie flüchtete sich in Spott.

»Er hielt mich wohl für eine Dame und war entsetzt, dass ich keine bin.«

»Wolltest du nie eine sein?«

»Gott bewahre!«, rief sie, nicht vorlaut wie bezweckt, nur verletzt. »In welcher Zeit leben wir denn? Frauen können doch mittlerweile alles sein oder zumindest mehr als Damen und liebe Mädchen. Wie lange musste unsereins kämpfen, um selbst über sein Leben zu bestimmen? Die Freiheit, die uns niemand geschenkt hat, die wir uns nehmen mussten, sollte für alle Bereiche des Lebens gelten! Wäre es nicht widersinnig, erst die Universität zu besuchen und hinterher die holde Maid zu mimen, die schüchtern und keusch ihren Galan anhimmelt?« Obwohl sie gerade so viel getrunken hatte, war ihre Kehle plötzlich trocken. Deutlich kleinlauter fügte sie hinzu: »Gewiss, ich wollte ihn nicht verstören … ich dachte einfach …«

Eigentlich hatte sie gar nichts gedacht. Gefühlt hatte sie etwas – jene Macht, die sie unweigerlich zu Emil hinzog und ihn zu ihr. Doch diese war einfach verpufft, und sie wusste immer noch nicht, ob all das seine oder ihre Schuld war.

Sie trank noch einen Schluck, erzählte Levi danach ausführlich, was geschehen war. Nachdem sie geendet hatte, ließ er die Zigarette in den Aschenbecher fallen.

Er starrte auf die dünne Rauchsäule. »Du hast ihn schon ein wenig provoziert, als du auf dein wildes Leben in Berlin verwiesen hast, oder?«

»Ich dachte, du urteilst nicht.«

»Das ist kein Urteil, das ist das Ergebnis einer Beobachtung.«

Er blickte hoch, und vor diesem Blick, forschend, nicht anklagend, musste sie sich nicht verstecken. Sie begann, mit den Fingern auf die Theke zu trommeln, wenn ihre Beine schon nicht tanzten.

»Ich hatte einige Liebschaften … wenn auch nicht sehr viele. Man kann sie an einer Hand abzählen.«

»Vier?«, fragte er.

Sie zuckte mit den Schultern, die Finger standen kurz still, ehe sie Daumen, Zeige- und Mittelfinger hob. »Drei, um genau zu sein. Mit einer Lola-Lola kann ich keinesfalls mithalten. Aber für Emil wären es trotzdem zu viele, er hält mich für eine Frau ohne Anstand. Als ob Anstand irgendeinen Nutzen hätte oder glücklich machen würde. Ich finde, man sollte den Anstand ins Museum stellen und dort verstauben lassen. Es ist ja auch leicht, ihn hochzuhalten, wenn man mit dem goldenen Löffel im Mund geboren wurde. Ich dagegen bin im Hafenviertel aufgewachsen, ich habe früh gelernt, dass man etwas, das man nicht essen und nicht trinken kann und das nicht warm hält, nicht braucht. Und wenn man dann noch in Berlin gelebt und studiert hat, dann lernt man …« Sie brach ab. »Ich hätte nicht übertreiben sollen«, rutschte ihr heraus, ehe sich ihre Finger wieder flink zu bewegen begannen.

»Ich habe Emil mal im Turnsaal beobachtet«, sagte Levi. »Er stand mit gestreckten Beinen da, beugte sich vor und berührte mit beiden Handflächen den Boden. Ich könnte das nicht.«

Nein, dachte sie, du willst ja auch gar nichts mit beiden Händen berühren müssen.

»Ich nehme an, dass man nur lange genug dafür trainieren muss«, murmelte sie.

»Anfangs tut es gewiss weh, zunächst erreicht man den Boden nur mit den Fingerspitzen, irgendwann ist der Körper geschmeidig genug. Ich denke, mit dem Geist ist es auch so. Manche müssen sich erst an die neue Zeit, an die neue Schule, an die neue Frau gewöhnen. Du kannst nicht erwarten, dass dir alle gleich die ganze Hand reichen.«

Plötzlich vermeinte sie Emils Fingerspitzen zu fühlen, wie sie ihr Gesicht gestreichelt hatten.

»Und genauso wenig kannst du erwarten, dass ein Anfänger einen Salto auf dem Barren macht«, fügte Levi hinzu.

Nun musste sie daran denken, wie Emil sie aufgefangen hatte, als sie vom Barren gefallen war.

»Ein Schüler braucht schließlich auch seine Zeit, um sich alle Werke von Schiller und Goethe einzuprägen, mit einem Fingerschnipsen ist es nicht getan, es braucht … Geduld.«

Ein Laut kam aus ihrem Mund, der rau klang, als hätte sie ihm nicht nur beim Rauchen zugesehen, sondern selbst eine halbe Packung inhaliert. War es ein Lachen, ein Schluchzen? War sie enttäuscht oder beschämt, zornig oder unglücklich? Doch wenn Emil vor ihr geflohen war, warum sollte sie dann nicht vor ihren eigenen widersprüchlichen Gefühlen fliehen?

»Ich fürchte, bei Emil habe ich als Lehrerin versagt«, gab sie zu. Wieder kam dieser Laut aus ihrem Mund, diesmal klang er schon eher wie ein Lachen. »Aber sei's drum. Warum soll ich mich nach einem Mann verzehren, wenn es so viele andere nette gibt? Du zum Beispiel bist nett.«

Während sie sprach, rückte sie an ihn heran. Sie erwartete, dass er zurückwich wie vor Möbelstücken und Wänden, doch erstaunlicherweise blieb er steif stehen, gestattete ihr sogar, ihre Hand auf seine Schulter zu legen.

»Hast du denn ein Mädchen?«, fragte sie.

Er zuckte mit den Schultern. »Dann und wann … vielleicht.«

»Dann verstehst du mich.«

»Manchmal ist man einsamer, wenn man mit jemandem zusammen ist, als wenn man allein ist.«

Das hatte sie nicht gemeint. Sie war nicht einmal sicher, was er damit meinte. »Jetzt bin ich mit dir zusammen und deshalb keineswegs einsam.«

»Und trotzdem sollten wir jetzt aufbrechen.«

Ihre Hand fuhr über seinen Oberarm, sie legte den Kopf etwas schief. »Warum eigentlich? Du siehst mich nicht an wie einer der Spießbürger Josephine Baker, wenn sie ihr Bananenröckchen und eine Schlange um den Hals trägt.«

Levi lachte leise. »Das nicht. Aber ich denke, Emil wäre gern dein Freund gewesen, und ich fürchte, diesen Freund hast du verloren. Ich könnte auch dein Freund sein, wäre es sogar gern, das sollten wir doch nicht aufs Spiel setzen, oder?« Er machte eine kurze Pause. »›Wiklich gute Freunde sind Menschen, die uns ganz genau kennen und trotzdem zu uns halten.‹«

»Heine?«

»Marie von Ebner-Eschenbach.«

»Aha. Ich habe ebenfalls ein Zitat parat. ›Idem velle atque idem nolle ea demum firma amicitia est.‹«

»Das Gleiche und nicht das Gleiche zu wollen, darin ist die Freundschaft begründet«, übersetzte er, und sein Lächeln war ihr ein Beweis dafür, dass er nicht nur Latein, auch ihre Gefühlslage verstand. Sie mochte ihn, obwohl oder gerade weil er in so vielem anders war als sie.

Als sie ins Freie traten, schlief der Himmel über Hamburg noch, doch der große Platz, den sie bald erreichten, wurde von Tausenden Lichtern erhellt – Leuchtreklamen an Säulen, Lämpchen in den Bäumen, den Namensschildern von Casinos, Tanzbuden und Varietés. Die Wortfetzen, die zu ihnen drangen, verrieten, dass hier alle Sprachen dieser Welt gesprochen wurden. Die Laute flossen ineinander – das Lallen ließ sich nicht von der Musik unterschieden, das Gelächter nicht von Flüchen. Der Geruch vom Frühling vermischte sich mit dem vom Hafen, salzigfrisch bei einem Atemzug, faulig-fischig beim nächsten. Anders als im aufgekratzten Berlin konnte man unter dem Glitzerteppich Hamburgs Ehrwürdigkeit und Gediegenheit wittern, die bleiben würden, wenn alle Lichter erloschen waren. Obwohl ein Ort, an dem viele Menschen hektisch zu neuen Ufern aufbrachen oder zermürbt von diesen zurückkehrten – groß geworden war die Stadt dank jener, die blieben und aufbauten, die sich nicht mit dem geblähten Segel verglichen, das frischen Wind braucht, sondern mit einem Anker, der Halt sucht.

Felicitas wankte, Levi stützte sie. Sein Griff war erstaunlich fest, obwohl er viel schmächtiger war als Emil.

»Ich glaube, ich habe dich ganz gern als Freund«, murmelte sie. »Aber es ist nicht so, dass ich sonst keine Freunde hätte. Ich habe eine Freundin, eine sehr gute sogar, wir lernten uns als Kinder kennen, als ich nach Lüneburg kam, um fortan im Haus meiner Zieheltern zu leben. Sie heißt Anneliese, ist Hauswirtschaftslehrerin und würde gern nach Hamburg kommen, um hier eine Stelle anzutreten. Als ich nach Hamburg aufbrach, gab sie mir Butterkuchen mit Mandeln mit. Ich fürchte, ich kann mich dafür nicht revanchieren, weil ich nicht backen kann.«

»Vielleicht kannst du ihr einen Cocktail mixen. Eine White Lady oder einen French 75?«

Felicitas lachte, löste sich aus seinem Griff, machte ein paar Schritte, nein, es waren Drehungen. Erstaunlicherweise ließ gerade dadurch der Schwindel nach. Beim Tanzen fühlte sie sich immer leicht und wendig.

»Wenn du Anneliese kennen würdest, wüsstest du, dass ihr eine heiße Schokolade lieber wäre.«

September

Die anderen Damen im Abteil – wohl alle Hamburgerinnen – trugen ihre Haare sehr kurz, und Anneliese fühlte sich mit ihrem langen, dicken Zopf prompt wie eine Landpomeranze. Dabei fand sie, dass ihr schwarzes Haar, das sie gern kämmte, bis es knisterte, das schönste an ihr war. Manchmal dachte sie sogar, dass es das einzig schöne war.

»Was für ein Unsinn«, hatten die jungen Frauen erklärt, mit denen sie das technische Lehrerinnenseminar besucht hatte. Ihre Stupsnase würde Männer verrückt machen, die fein geschwungenen Lippen, von denen die obere ein wenig hervorstand, und der Kontrast zwischen den blauen Augen und der hellen Haut ließe an Schneewittchen denken. Anneliese hatte allerdings nie Schneewittchen sein wollen. Ihre liebste Märchenfigur war noch nicht mal eine Frau, sondern jener Koch in Dornröschen, der hundert Jahre warten musste, bis er seinem Küchenjungen eine Ohrfeige versetzen konnte, weil der ein Ei hatte fallen lassen. Nicht dass sie erpicht darauf war, einen ungeschickten Küchenjungen zu ohrfeigen, aber aus einem Ei ließ sich ja so viel machen, nicht nur Omelette, auch Eierstich, ein Pfannkuchen oder gar ein raffiniertes Soufflé. Wie ein Pfannkuchen sah ihrer Meinung nach leider ihr Gesicht aus. Es war großflächig und rund wie der Vollmond, und sie fand, dass sich die zu

83

klein geratenen Augen sowie Nase und Mund regelrecht darin verloren.

Nun, selbst wenn sie die zarten Züge eines Filmstars gehabt hätte – die selbst gestrickte Weste verlieh ihr nicht gerade Eleganz. Und der wadenlange dunkelblaue Faltenrock, den sie daruntertrug, machte es nicht besser. Allerdings war es hier und heute wenig sinnvoll, mit dem eigenen Erscheinungsbild zu hadern. Sie sollte ihr Augenmerk besser auf die Stadt richten, in der sie künftig leben und arbeiten würde.

Längst hatten sie die Weiden und kleinen Felder im Umland Hamburgs und die geduckten niedersächsischen Bauernhäuser mit ihren hohen bemoosten Strohdächern hinter sich gelassen. Als der Zug ratternd über eine eiserne Brücke fuhr, wurden vielstöckige Neubauten sichtbar. Die Bremsen kreischten, als es durch Wilhelmsburg ging, dahinter nahm der Zug wieder an Fahrt auf, und wenig später wurde die Hansestadt mit den stolzen Türmen, großen Handelshäusern und dem gewaltigen Hafen sichtbar, wo in langen Doppelreihen Ozeandampfer um Ozeandampfer lagen, umgeben von schaukelnden Barkassen und Schleppern.

Annelieses Aufregung wuchs, als der Zug über die Elbbrücke fuhr, vorbei an Arbeitervororten, einem Rangierbahnhof, einem Obst- und Gemüsemarkt, schließlich einem Hochhaus, das an ein riesiges Schiff denken ließ.

Sie träumte seit Langem von diesem Tag, fürchtete sich aber genauso sehr davor. Der Traum, den sie und Felicitas schon als Kinder geträumt hatten – dass sie irgendwann gemeinsam in einer großen Stadt leben und arbeiten würden –, würde unweigerlich Wirklichkeit werden, doch sie hatte schon oft erlebt, wie ein Kuchen, den sie sich im Kopf als fluffig ausgemalt hatte, im Backofen zum harten Fladen geworden war.

Nicht dass ihr in jüngster Zeit ein Kuchen misslungen wäre.

Und Felicitas kannte Hamburg ja schon, an ihrer Seite würde sie von diesem Moloch nicht verschlungen werden, sondern sich nach und nach einen Raum abtrotzen, der zum Zuhause, zur Heimat werden würde. Nur leider würde sie Felicitas nicht vom Hauptbahnhof, den der Zug alsbald erreichte, abholen.

Komm doch von dort zur Alsterschule, hatte sie ihr geschrieben, *bei dieser Gelegenheit kannst du dir gleich die Stadt anschauen.*

Bei Felicitas klang alles immer so leicht. Anneliese fühlte sich dagegen von einer unsichtbaren Last erdrückt, als sie sich erhob. Nun gut, das lag nicht nur an der Herausforderung, die ihr bevorstand, auch daran, dass sie so lange gesessen hatte. Zwar war die 4. Klasse mit den unbequemen harten Sitzbänken längst abgeschafft worden, der Rücken tat ihr trotzdem weh. Immerhin half ihr der Schaffner, den Koffer aus der Bahn zu befördern, und einer jener Polizisten, die in der großen Halle für Ordnung sorgten, erklärte ihr, wie sie am besten ihr Ziel erreichte: Mit der Hamburg-Altonaer Stadt- und Vorortbahn müsse sie bis zum Dammtor fahren und dort die neue Hochbahn in Richtung Ohlsdorf nehmen. Vom Stephansplatz sei es nur eine Station bis zur Hallerstraße, dann wäre sie fast am Ziel.

Dass sie in der Bahn keinen Sitzplatz fand, kam ihr ganz zupass, so konnte sie besser hinaussehen. Beim Anblick der Binnenalster, die in der Septembersonne bronzen schimmerte, brachte sie erstmals ein Lächeln zustande. Kleine weiße Dampfer kreisten auf dem Gewässer, in der Nähe des Jungfernstiegs warb eine Reklametafel für eine Fahrt mit dem Alsterdampfer Sibylle nach Mühlenkamp. Vielleicht konnte sie eines Tages mit Felicitas einen Ausflug machen, und …

»Bitte, schöne Dame, haben Sie eine kleine Spende für einen armen Mann?«

Während die heisere Stimme in ihr Ohr drang, stieg Anneliese ein unangenehm säuerlicher Geruch in die Nase. Der Mann vor ihr, verlottert und einarmig, trug nicht nur Kerben im Gesicht. Der jahrelange Hunger hatte regelrecht Löcher in seine Wangen gefressen. Unter den schwer hängenden Augenlidern schien nichts als nackte Gier zu wohnen.

Anneliese rang hilflos die Hände, überlegte, ob sie ihm ein paar Münzen geben sollte oder wenigstens ein Stück von jenem Kuchen, den sie für Felicitas mitgebracht hatte. Ehe sie danach zu kramen begann, wurde der Mann an seinem Schlafittchen gepackt und zurückgezerrt. »Hau ab, Schietbüdel, und wag es nicht, feine Damen zu belästigen.«

Anneliese wollte einwenden, dass sie sich nicht belästigt fühlte, aber obwohl der Bettler immer weiter von ihr fortgezerrt wurde, blieb der Geruch unerträglich, und sie wandte sich ab und presste ihre Stirn ans Fenster. Die Alster war hinter Häuserreihen verschwunden und dass etliche von diesen heruntergekommen waren, bewies, dass selbst eine reiche, stolze Hansestadt nicht vor den Auswirkungen der Wirtschaftskrise bewahrt wurde.

Diese war ein Grund dafür gewesen, dass sie sich nach Hamburg aufgemacht hatte. Nach ihren drei Jahren Ausbildung am technischen Lehrerinnenseminar, die sie mit dem Befähigungszeugnis für den Handarbeitsunterricht und den hauswirtschaftlichen Unterricht an Volks- und Mittelschule verlassen hatte, hatte sie in Lüneburg mehrere Monate lang vergebens nach einer Stelle gesucht. In Hamburg gab es mehr Schulen, und es war ein Glücksfall, dass an einer von diesen ab Oktober eine Stelle zu besetzen war, obendrein im Viertel Rotherbaum, nicht weit von der Alsterschule entfernt.

Felicitas und sie würden eine gemeinsame Wohnung beziehen, vorausgesetzt, es ließ sich eine bezahlbare finden, doch so weit wollte sie noch gar nicht denken. Jetzt galt es, umzusteigen und danach das letzte Wegstück von der Station Hallerstraße bis zur Alsterchaussee zu Fuß zurückzulegen. Felicitas hatte ihr erklärt, dass es nicht weit war. Als sie auf dem Schulhof ankam, war sie trotzdem verschwitzt, da sie ihren Koffer zu schleppen hatte.

Zögernd blieb sie stehen. Es war erst halb zwei, Felicitas würde die Schule nicht vor zwei Uhr verlassen können. Erst jetzt bemerkte sie, dass sich ihr Zopf gelöst hatte, die Haare am feuchten Nacken klebten, ihr Magen knurrte. Hier draußen wollte sie sich allerdings weder frisieren noch etwas essen, deswegen betrat sie das Nebengebäude der Schule – in der Hoffnung, dort die Waschräume zu finden. Worin sie sich stattdessen wiederfand, war ein Turnsaal, aus dem ihr prompt der Geruch von Schweiß, Teer und Gummimatten entgegenschlug. Nun, Hauptsache, sie war ungestört. Der Schweiß perlte über ihren Rücken, als sie aufseufzend den Koffer abstellte, ihr Haar zu flechten begann. Sie war nicht einmal bis zur Hälfte gelangt, als ein Quietschen sie zusammenfahren ließ.

Anders als sie zunächst angenommen hatte, war der Saal nicht leer, an den Ringen trainierte ein Mann. Obwohl seine Übungen ziemlich anstrengend aussahen – erst schwang er sich hoch, stützte sich auf den Ringen ab, dann ließ er sich ganz langsam herab, bis die Oberarme waagerecht zum Boden standen –, gab er nicht das geringste Ächzen von sich. Er zog sich wieder hoch, hob nun die Beine an, sodass es aussah, als würde er in der Luft sitzen. Während Anneliese ihn fasziniert anstarrte, musste sie unweigerlich an den eigenen Turnunterricht nennen. Hilflos hatte sie stets am Reck gehangen. Nun gut, an Frauen waren Muskeln ohnehin nicht schön – umso mehr aber an Männern, und an diesem besonders. Es waren nicht nur die Stränge an den nackten Oberarmen zu sehen, auch unter dem eng anliegenden Trikot zeichneten sie sich ab. Und mehr als noch die körperliche Kraft faszinierte sie das Ausmaß an Körperbeherrschung, als hätte sein Körper keinerlei Gewicht. Als er sie bemerkte, weitete sich sein Blick zwar etwas, doch er behielt diese waagerechte Position bei.

»Entschuldigung, ich wollte nicht ...« Ihre Stimme schien sich in der großen Halle zu verlieren. Sie ließ den Koffer stehen, trat näher. »Ich wollte Sie nicht so anstarren ... wollte Sie nicht stören.«

Er vollführte eine Umdrehung, landete dann auf der Matte, auch das völlig lautlos. Die Art, wie er ging, als er ihr entgegenkam, ließ nicht, wie man hätte erwarten können, an einen gestählten Protz denken, sondern an die Geschmeidigkeit eines Raubtiers.

»Sie stören nicht. Kann ich Ihnen weiterhelfen?«

Er griff nach dem Handtuch, das er sich um den Hals gehängt hatte, wischte sich damit übers Gesicht. Ihr Herz passte sich dem Rhythmus seiner Schritte an. Was für ein Bild von einem Mann!

»Ich ...«, begann sie wieder, doch ihr Mund war mittlerweile so trocken, dass sie sich auf ein Lächeln beschränkte. Wenn sie lächelte, waren auf ihren Wangen Grübchen zu sehen, sie machten aus dem Pfannkuchengesicht ein ansehnliches. »Ich suche ...«, setzte sie erneut an, das klang etwas besser. Beenden konnte sie den Satz trotzdem nicht.

»Tiedemann, auf ein Wort!«, hallte plötzlich eine Stimme durch die Halle.

Der muskulöse Turner blieb stehen, drehte den Kopf nur leicht zur Seite. »Rektor Freese.«

Die beiden Männer hatten nichts miteinander gemein. Der Rektor schien Anneliese viel zu jung für diese Position zu sein, er strahlte nichts Ehrwürdiges aus. Sein Haar wirkte unfrisiert, der Anzug war so zerknittert, als hätte er darin geschlafen. Er bemerkte sie anscheinend nicht, starrte auch an dem Turner vorbei, als wäre es ihm unangenehm, ihn zur Rede zu stellen.

»Ich habe gehört, Sie haben mit Ihrer Klasse Völkerball gespielt.«

Ein kaum merkliches Zucken durchfuhr den Mann, ein Turnlehrer also, so flüchtig, dass Anneliese nicht sicher war, ob sie sich
getäuscht hatte.

»Was ist dagegen einzuwenden? An das Verbot von Soldaten-
spielen halte ich mich. Aber es wäre mir neu, dass man sich im
Schützengraben Bälle zugeworfen hätte.«

Irgendwie schaffte der Turnlehrer es, zugleich leise wie schneidend zu sprechen. Der andere schien sich regelrecht zu ducken.

»Sie haben allerdings zwei Schüler bestimmt, die ihre Mannschaft selbst gewählt haben.«

»Die beiden besten, genau.«

»Und dann passiert unweigerlich, was in solchen Fällen immer
passiert: Die am wenigstens begabten Spieler werden ganz zuletzt in die Mannschaft gewählt – und fühlen sich nutzlos, mick-
rig, nicht wert mitzuspielen. Wir wollen unseren Schülern nicht
vorhalten, dass sie Versager sind, wir wollen sie in dem bestärken,
was sie gut können.«

Wieder dieses flüchtige Zucken, nun war es das Augenlid.
»Wenn einer den Ball wie eine überreife Melone wirft, darf er sich
nicht wundern, wenn ihn niemand in seiner Mannschaft haben
will.«

Der andere seufzte. »Wessen Selbstwertgefühl ist jemals von
dem Urteil ›Du taugst nicht‹ bestärkt worden?«

»Und wer ist jemals zum Sieger geworden, dem man erklärte:
›Deine Leistung zählt nicht, mach, was du willst‹?«

»Als ob es das Siegen wäre, worauf es ankommt!«

»Ja, worauf denn sonst?«

»Na, um den Spaß, um das Gemeinschaftsgefühl, um Freude
an Bewegung, um einen gesunden Zeitvertreib an der frischen

Luft!« Während er sprach, hob der Rektor den Kopf, sah erstmals den anderen direkt an. Die Missbilligung, die nun ganz deutlich in der Miene stand, schmerzte Anneliese umso mehr, weil sie an dem Turnlehrer abzuprallen schien.

Dieser fragte: »Wenn all das so wichtig ist, warum sieht unser Lehrplan dann nur zwei Turnstunden vor statt derer fünf, wie sie an vielen anderen Hamburger Schulen eingeführt wurden?«

Falten furchten die Stirn des anderen. »Ich will nicht leugnen, dass ein gesunder Körper wichtig ist. Aber noch mehr kommt es auf den gesunden Geist an, und am wichtigsten ist ein gesundes Selbstvertrauen. Das haben wir den Kindern zu geben, nicht zu nehmen. Künftig bestimmen allein Sie, wer in welcher Mannschaft mitspielt – und Sie wählen die schwächsten Spieler immer zuerst.«

Ein letztes nachdrückliches Nicken, dann verließ der Rektor die Turnhalle, nicht aufrecht schreitend, eher geduckt huschend. Er bemerkte Anneliese immer noch nicht, und der andere schien sich nicht mehr an sie zu erinnern – sein Blick war ins Nichts gerichtet. Auch wenn er nicht zeigte, was in ihm vorging, glaubte Anneliese es zu fühlen. Er wähnte sich gedemütigt, erniedrigt. Gewiss war es ihm unerträglich, dass es für seine Zurechtweisung zudem eine Zeugin gab. Wenn sie allerdings floh, könnte er es erst recht als Zeichen für Verachtung werten.

»Wollen… wollen Sie ein Stück Kuchen?«, rutschte es ihr heraus. Ein Ruck durchfuhr seine Gestalt, die Verblüffung, die sich in seiner Miene widerspiegelte, machte aus der starren Maske kurz ein menschliches Antlitz. »Ich… ich habe das technische Lehrerinnenseminar absolviert, dort hatten wir ebenfalls immer mal wieder eine Turnstunde. Wenn zwei Mannschaften gewählt wurden, blieb ich immer am längsten auf der Bank sitzen, aber es hat mir nichts ausgemacht. Ich meine, wenn einer meiner Kuchen missraten würde, täte mir auch niemand einen Gefallen damit, wenn er ihn aus Höflichkeit in sich hineinstopfte, obwohl er ihn am liebsten ausspucken würde. Der Kuchen, den ich gestern gebacken habe, ist gelungen, wenn Sie also mögen…« Jedes Wort war ihr peinlich, aber gerade deswegen fügte sie stets ein weiteres hinzu, wäre das Schweigen, das unweigerlich gefolgt wäre, doch noch unangenehmer gewesen. »Ich bin Hauswirtschaftslehrerin, werde hier in Hamburg an einer Volksschule unterrichten. Nicht die klassischen Hauswirtschaftsfächer, nur Nadelarbeit. Ich weiß gar nicht, ob ich mit den Kindern auch backen werde. Jedenfalls…« Sie fühlte wieder Schweiß im Nacken, fürchtete, dass sich zudem auf der Stirn Tröpfchen gebildet hatten, wischte unauffällig darüber, und fuhr, um davon abzulenken, unbeholfen fort: »Auf mein Fach wird wie auf Ihres oft herabgesehen. Ich verstehe das ja, meine Ausbildung reicht an die eines Volksschullehrers nicht heran, Hüpfen und Knüpfen nennt man das, was ich tue, wobei ich gar nicht weiß, was hüpfen damit zu tun haben soll.«

Es fiel ihr nichts mehr ein, die quälende Stille blieb ihr trotzdem erspart. Er sah zu ihrem Koffer, zu dem sie zurückgegangen war, um den Kuchen hervorzuholen.

»Entwerten Sie Ihre Fachrichtung doch nicht!«, rief er. »Soweit ich weiß, wurden jüngst die Lehrpläne um Kranken- und Säuglingspflege, Sparkassen -und Krankenkassenwesen, Eisenbahn- und Posttarif erweitert. Elemente des Naturkundeunterrichts gehören ebenfalls zur Hauswirtschaftslehre wie Rechenunterricht.«

Diesmal hatte sie sich etwas besser im Griff. Anstatt einzugestehen, dass sie beim Anblick einer Zahl wie acht an eine Laufmasche denken musste, nicht an Steuerrecht, fragte sie: »Wollen Sie nun etwas Kuchen haben?«

Diesmal war das Zucken seiner Mundwinkel eindeutig ein Lächeln. »Ich fürchte, ich mag nichts Süßes.«

Anneliese seufzte. »Wie meine Freundin Felicitas. Ihr schmeckt auch nichts Süßes. Sie isst meine Kuchen trotzdem, vor allem, wenn sie traurig ist.«

Meine Güte! Wie konnte sie nicht nur sich selbst bloßstellen, auch Felicitas. Sie wusste ja nicht mal sicher, ob er sie überhaupt kannte und …

Seine Miene wurde kurz so hart wie Augenblicke zuvor, da er seine Erniedrigung zu verbergen versucht hatte. »Ich kann mir nicht vorstellen, dass Felicitas jemals weint«, rutschte es ihm heraus.

Er kannte sie also tatsächlich.

»Ach, die Jungs aus unserer Straße konnten sich das auch nicht vorstellen«, sagte sie schnell. »Aber als sie damals aus Hamburg nach Lüneburg kam, fühlte sie sich oft verloren. Sie wollte es ihrer Ziehmutter nicht anvertrauen, sie war ja so dankbar, dass diese sie aufgenommen hatte. Mir, ihrer Freundin, hat sie dennoch immer alles gesagt. Nicht dass das etwas zur Sache tut, denn …«

Sie brach ab. Schon war der Mann zu ihr getreten, nahm ein Stück von dem Kuchen, schob es sich in den Mund, und mit etwas gutem Willen konnte man in der nunmehr weichen Miene ein Zeichen dafür sehen, dass er ihm doch ein wenig schmeckte.

Anneliese vermochte ihren Blick nicht von seinem Gesicht zu lösen. Die markanten Züge waren wie aus Marmor gemeißelt, und er kaute auf eine Weise, wie sie noch nie einen Menschen hatte kauen sehen, so als würden sich die Kiefer kaum bewegen. An seinem Mundwinkel war ein Krümel haften geblieben, und sie fragte sich, ob sie ihn darauf aufmerksam machen sollte.

Doch ehe sie etwas sagen konnte, nahm er wieder eine steife Haltung ein, reichte ihr die Hand.

»Ich fürchte, ich habe mich noch nicht vorgestellt. Gestatten, Emil Tiedemann.«

»Anneliese Behnke.«

Obwohl sein Händedruck flüchtig blieb, sein Blick etwas abwesend wurde, fühlte sie plötzlich: Die Freude, sie kennengelernt zu haben, überwog die Scham, dass sie seine Zurechtweisung miterlebt hatte. Würde er denn sonst einen weiteren Bissen vom Kuchen nehmen, diesmal sogar einen noch größeren?

Anneliese lächelte. Vielleicht hatten ihre Kolleginnen ja doch recht gehabt, und ihre Stupsnase machte Männer verrückt. Jedenfalls kam sie sich nicht länger wie eine Landpomeranze vor, die in der Großstadt Hamburg nichts verloren hatte, sie fühlte sich an der Seite von Emil Tiedemann sehr wohl.

»Kann mir jemand von euch sagen, was im Dezember 1076 in Canossa passiert ist und was man unter dem Investiturstreit versteht?«, fragte Felicitas.

Keiner der zwölfjährigen Schüler aus der Quinta antwortete ihr. Seit sie an der Alsterschule unterrichtete, hatte sie fast alle Klassen mit ihrem Unterricht mitreißen können. An dieser biss sie sich die Zähne aus – und sie hatte sogar eine Ahnung, woran das lag.

Paul Löwenhagen in der dritten Reihe, der an seinem Tisch lungerte, als bestünden seine Knochen aus Gummi, zeigte zwar auf, als sie ihn jedoch drannahm, sagte er grinsend: »Mein Vater bringt Inventar und Inventur immer durcheinander.«

Prompt lachte die ganze Klasse, und Felicitas unterdrückte ein Seufzen.

Paul Löwenhagen hatte sich von der ersten Stunde an als Störenfried erwiesen, der jedem Lehrer zu verstehen gab, was er von seinem Unterricht hielt – nämlich eine Zeitverschwendung. Er entstammte einer jener wohlhabenden Familien, deren Stadthäuser in Nienstedten, Harvestehude, Uhlenhorst oder Flottbek lagen und deren Kinder ihre Freizeit beim Eishockey oder in elitären Ruderclubs verbrachten. In Pauls Augen schien das wahre Leben erst am Nachmittag zu beginnen – das Einzige, was ihm den Schulalltag erträglich machte, waren die steten Späße.

Aus dem Gelächter wurde ein Tuscheln, aus dem Tuscheln lähmendes Schweigen. Felicitas atmete tief durch und sagte sich, dass sie auch diese Bewährungsprobe bestehen würde.

»Wir spielen das, was in Canossa passiert ist, einfach nach«, erklärte sie, wartete auf kein Zeichen der Zustimmung, sondern schob den Lehrertisch beiseite, um Platz zu schaffen. »In Canossa gab es eine Burg, die am Rande des Apennins erbaut wurde, das heißt, sie war von hohen Bergen umgeben. Zwei von euch werden die Berge darstellen. Da es Winter war, waren diese verschneit.«

»Das heißt, jemand muss den Schnee spielen?«, kam es spöttisch von Paul.

»Warum nicht?«

Felicitas blickte sich nach geeigneten Requisiten um.

»Die Berge könnten sich weiße Bettlaken umhängen«, schlug ein Mädchen in der ersten Reihe vor.

Felicitas nickte. »Eine gute Idee, Gertrude, aber woher nehmen wir die Bettlaken?«

»Im Kunstunterricht benutzen wir welche als Schutz. Wir haben Löcher für unsere Köpfe hineingeschnitten.«

Felicitas nickte. »Wie wär's, wenn du und Effie welche holt?«

Es war ein kleiner Triumph, dass die Mädchen sofort gehorchten, doch Paul machte ihn ihr rasch madig, indem er seinen Kopf auf den Tisch sinken ließ und laut schnarchte.

»Ich überlege gerade, wen du spielen könntest«, sagte Felicitas in seine Richtung.

Immerhin hob er den Kopf. »Frau Holle?«, schlug er vor.

Wieder ertönte Gelächter.

»Nein«, sagte Felicitas, »ich glaube, du bekommst die wichtigste Rolle überhaupt.«

Die Ankündigung genügte, dass er nicht wieder zu schnarchen begann.

Sie achtete nicht auf ihn, verteilte andere Rollen. »In Canossa kam es zu einem denkwürdigen Zusammentreffen von Papst und Kaiser. Natürlich war auch die Frau des Kaisers – Bertha – dabei. Wer will sie darstellen? Vielleicht du, Bettina? Und wir brauchen sein Gefolge, zu dem ein Ritter namens Friedrich von Büren zählte. Den könntest du darstellen, Maximilian.«

Felicitas winkte die Kinder zu sich, die ausnahmsweise sofort gehorchten, indes Gertrude mit ihrer Mitschülerin die weißen Laken brachte.

»Jetzt bräuchten wir noch drei Pferde«, erklärte Felicitas.

Paul begann zu wiehern.

»Du bist kein Pferd, du bekommst, wie gesagt, die wichtigste Rolle.«

Die drei Pferde meldeten sich freiwillig. Sie stieß auch auf keinen Widerstand, als sie zwei Schüler fragte, ob sie ein paar Bücher aus dem Lesezimmer holen könnten, um diese als Mauer der Festung zu nutzen. Bis sie zurück waren, hatte sie die letzten Rollen verteilt – die der Pferdeknechte und der Wolken, aus denen es unaufhörlich schneite – und sie hatte dafür gesorgt, dass die Kinder ihre Positionen einnahmen. Der Einzige, der immer noch an seinem Tisch lungerte, war Paul Löwenhagen.

»Also los, Kaiser Heinrich IV., erhebe dich!«

Paul lehnte sich zurück. »Und wenn ich gar kein Kaiser sein will?«

Felicitas ging nicht drauf ein. »Du kriegst meinen Apfel als Reichsapfel und als Zepter... Habt ihr eine Idee, was als Zepter dienen könnte?«

»Ein Bleistift?«

»Der ist zu klein.«

»Die Schaufel, mit der wir den Schulgarten umgraben?«

»Die ist zu schmutzig.«

Felicitas nahm den wachsenden Eifer bei jeder Wortmeldung befriedigt zur Kenntnis. »Wie wär's mit einem Lineal?«

»Einer zusammengerollten Landkarte?«

»Einem Besen?«

»Schade, dass es hier an der Schule keinen Rohrstock gibt«, ließ sich Paul vernehmen.

Ja, in einem Moment wie diesem ist das wirklich schade, dachte Felicitas.

»Ich denke, du kannst notfalls auch auf ein Zepter verzichten, nun komm.«

Paul blieb demonstrativ sitzen, doch ehe Felicitas ihre Aufforderung wiederholen konnte – deutlich strenger diesmal –, mischte sich Gertrude mit dem weißen Gewand ein.

»Nun mach schon, Paul, verdirb es nicht. Ich kann die Hände nicht so lange oben halten.«

Paul zögerte, blickte sich um, las in den Gesichtern seiner Mitschüler keine Zustimmung, nur Ungeduld. Widerwillig erhob er sich, schlurfte nach vorn. Als er in die Nähe der »Berge« trat, sagte sie nur: »Da fällt mir ein: Heinrich IV. ging mit nackten Füßen nach Canossa.«

Echtes Entsetzen breitete sich in Pauls Miene aus. »Im Winter?«

»Ja, stellt euch das mal vor. Aber unser Schnee ist ja nicht echt, also los, zieh Socken und Schuhe aus.«

»Ich soll wirklich meine Socken und Schuhe ausziehen?«

Das Gelächter, das nun ertönte, war erstmals nicht von ihm provoziert.

»So schnell wirst du nicht erfrieren«, sagte Felicitas unbekümmert. »Weißt du, wie lange Heinrich IV. mit seinen nackten Füßen vor der Burg hat ausharren müssen? Drei ganze Tage!«

»Ich dachte, die Burg von Canossa gehörte ihm«, rief einer der Schüler.

»So war es aber nicht. In der Burg hielt sich der Papst auf. Er hieß Gregor.«

Paul hatte mittlerweile Schuhe und Socken ausgezogen. Die Socken stülpte er über die Ohren, prompt wurde allseits gekichert, doch obwohl er kurz mit grotesken Hoppelbewegungen eine vermaledeite Version des Osterhasen abgab – am Ende trat er freiwillig zu Felicitas, und das Gekicher verstummte.

»Wenn es einen Papst gibt, dann muss den auch jemand spielen«, sagte er.

»Papst Gregor werde ich sein«, sagte Felicitas.

»Als Frau?«

Sie ging nicht darauf ein. »Tritt noch näher zu mir«, forderte sie Paul auf, der sichtlich verstört wirkte, weil er nicht wusste, was ihn erwartete.

»Beim Investiturstreit ging es darum, wer mehr Macht hat, der Papst oder der Kaiser«, erklärte sie. »Kaiser Heinrich dachte, er könne sich alles erlauben, und setzte Bischöfe ein, wie es ihm beliebte. Der Papst hat ihm daraufhin Grenzen gesetzt, indem er ihn exkommunizierte, also aus der Gemeinschaft der Gläubigen verstieß. Heinrich musste nun Angst haben, dass sich das Volk gegen ihn erheben könnte, und deswegen hat er alles darangesetzt, sich mit dem Papst zu versöhnen. Dafür ist er nach Canossa gegangen.«

Es war ganz still geworden, während sie sprach.

»Wie lange muss ich denn hier noch rumstehen?«, nörgelte Paul.

»Oh, du musst überhaupt nicht mehr stehen, denn nun sind die drei Tage um, und ich, der Papst, trete aus der Burg.« Sie schritt an den Bücherstapeln vorbei. »Und das bedeutet, dass du dich jetzt vor mich hinknien musst.«

»Ich soll vor Ihnen niederknien?«

»Ich nehme an, noch unangenehmer wäre es dir, mit mir den Bruderkuss zu tauschen, oder? Und keine Angst, ich verlange auch nicht, dass du mir die Füße küsst.«

Lautes Gelächter erscholl, Paul presste trotzig seine Lippen zusammen. »Ich knie mich doch nicht hin.«

»Ach Paul«, rief Gertrude wieder ungeduldig. »Jetzt mach schon, verdirb es uns nicht.«

Paul blickte sich ratlos um, die anderen Schüler begannen ebenfalls zu murren, weil er nicht spurte. Widerwillig ging er auf die Knie.

»Schön«, sagte Felicitas. »Der Papst erwies sich als gnädig, er hat Heinrich IV. vom Kirchenbann befreit.« Sie trat vor Paul und wartete kurz, ehe sie ihm die Hand reichte. Paul blickte sie nicht ohne Grimm an, doch schließlich ergriff er ihre Hand, ließ sich hochziehen. »Wer kann denn nun zusammenfassen, was der Investiturstreit war und was im Dezember 1076 zu Canossa geschah?«, fragte Felicitas, als wieder alle auf ihren Plätzen saßen.

Paul zog nervtötend langsam erst die eine Socke, dann die zweite an und brauchte mindestens genauso lange, bis er wieder die Schuhe trug. Immerhin blieb er aufrecht sitzen. Und dass er sich nicht meldete, konnte sie verschmerzen – alle anderen taten es. Sie war sich sicher, dass auch er sich sein Leben lang merken würde, was es mit dem »Gang nach Canossa« auf sich hatte.

Obwohl sie seit dem vergangenen April an der Alsterschule unterrichtete, nie war ihr eine Stunde als so gelungen erschienen wie die heutige. Sie fühlte, dass sie ganz und gar angekommen war – in dieser Schule, in ihrem Leben als Lehrerin. Doch ihr

Hochgefühl währte nur so lange, bis sie das Klassenzimmer verließ und aus dem Gangfenster auf den Schulhof blickte. Als sie sah, wer diesen eben betrat, erstarb ihr Lächeln.

»Wer ist denn dieses Fräulein an Emils Seite?«

Levis Stimme ließ sie zusammenzucken, Felicitas hatte ihn nicht kommen hören. Sie antwortete nicht, starrte weiterhin aus dem Fenster, konnte nicht entscheiden, was sie mehr befremdete – Annelieses Lieb-Mädchen-Haltung, die die grundsätzliche Bereitschaft signalisierte, sich dem Klügeren, Welterfahreneren zu beugen, oder dass Emil ausnahmsweise nicht einem Zinnsoldaten glich, die Arme nämlich entspannt hängen ließ und sein Gesicht gelöst wie selten wirkte. Jedenfalls zog sich bei dem Anblick ihre Kehle zusammen.

»Kennst du sie?«, fragte Levi.

Felicitas setzte eine gleichmütige Miene auf, als sie sich ihm zuwandte. Sie teilte zwar fast alles mit ihm – berichtete ihm von jeder erfolgreichen Unterrichtsstunde ebenso wie von ihrer Bekanntschaft mit einem niederländischen Matrosen, den sie ihren »fliegenden Holländer« nannte –, aber er musste nicht wissen, wie viel Willenskraft es sie kostete, sich jetzt eine verächtliche Bemerkung zu verkneifen.

»Das ist meine Freundin Anneliese«, erwiderte sie knapp.

»Und woher kennt sie Emil?«

Sie räusperte sich. »Ich habe keine Ahnung, aber… aber die beiden geben doch ein hübsches Paar ab, oder?«

Ob Levi hörte, dass nicht nur Hohn aus ihrer Stimme troff, auch Enttäuschung?

Er nahm seine Brille ab und begann, sie auf die ihm eigene umständliche Weise zu putzen. Danach zögerte er immer kurz, sie wieder aufzusetzen, als wäre er nicht sicher, ob er die Welt überhaupt gestochen scharf sehen wollte.

»Das ist doch schön für sie«, bemerkte er knapp, »für deine Freundin ebenso wie für Emil.«

Sie ließ ihn stehen, um ihre Schultasche aus dem Lehrerzimmer zu holen, und hegte insgeheim die Hoffnung, dass Emil verschwunden war, bis sie ins Freie trat. Als sie den Schulhof erreichte, hörte sie aber, wie er Anneliese gerade anbot, sie nach Hause zu begleiten und ihren Koffer zu tragen.

»Ihr Zuhause ist meines, und den Koffer trage ich«, mischte sich Felicitas ein.

Emil fuhr zu ihr herum, die Miene kurz überrascht, alsbald wieder ausdruckslos. Das änderte sich auch nicht, als Anneliese Felicitas um den Hals fiel, beteuerte, wie sehr sie sich über das Wiedersehen und auf die gemeinsame Zukunft in Hamburg freue. Bis sie sich wieder von ihr gelöst hatte, war Emil ein Stück zurückgetreten, und als Felicitas ihn herausfordernd anstarrte, verabschiedete er sich mit knappen Worten. Felicitas entging nicht das Bedauern in Annelieses Blick, als sie ihm nachstarrte.

»Jetzt komm schon, oder bist du hier festgewachsen?«

Ihre Stimme klang schroffer, als es geboten war. Anneliese wirkte prompt befremdet. Eigentlich war sie die Einzige, die Felicitas stets durchschaute, die wusste, dass in der selbstbewussten, oft stürmischen, manchmal herrischen Frau noch das verwahrloste Mädchen aus dem Hafenviertel schlummerte, das seine Verletzlichkeit hinter Fäusten versteckte. Doch nun schien sie sich nicht erklären zu können, warum sich die Freundin als so ungeduldig erwies.

»Wenn dir der Koffer zu schwer ist, kann auch ich ihn nehmen«, sagte sie, nachdem sie sich endlich in Gang gesetzt hatte.

»Ich habe kein Problem mit dem Gewicht. Ich frage mich nur, seit wann deine Kleider mit Kieseln gefüttert sind.«

»Das Gewicht stammt doch nicht von Kieselsteinen«, rief Anneliese lachend. »Ich habe ein Hamburger Rezeptbuch mitgebracht und vor, alle Rezepte nachzukochen. Hechtfrikassee, Bremer Kükenragout, Aalsuppe und …«

»Ich sehe schon«, auch Felicitas lachte nun. »Fräulein Dreyer wird mich demnächst benutzen, um die Gesetzmäßigkeiten der Kugel zu erklären.«

»Fräulein Dreyer?«

»Nicht so wichtig, heute muss die Küche in der Pension leider kalt bleiben, stattdessen werden wir einen Ausflug machen. Wir können an der Alster Schwäne füttern und im Alsterpavillon eine heiße Schokolade trinken und …«

»Wie lustig! Genau dazu hat mich vorhin Emil Tiedemann eingeladen!«

Diesmal hatte Felicitas ihr Mienenspiel und ihre Stimme etwas besser unter Kontrolle. Sie kam jedoch nicht umhin, spöttisch zu fragen: »Und wahrscheinlich will er mit dir hinterher ein Tanzcafé besuchen, wo noch die Quadrille getanzt wird.«

»Was … was ist denn eine Quadrille?«

»Ein Tanz, der im letzten Jahrhundert modern war.«

»Und wie kommst du ausgerechnet darauf?«

Felicitas unterdrückte ein Seufzen. »Egal. Meinetwegen soll er dir die Stadt bei Tag zeigen – bei Nacht ist sie mein Revier.«

»Wie soll man denn eine Stadt bei Dunkelheit kennenlernen?«

»Ich finde, nur bei Dunkelheit kann man eine Stadt richtig kennenlernen. Man kennt einen Menschen ebenfalls erst dann, wenn er gänzlich entkleidet vor einem steht.«

Anneliese verdrehte die Augen. »Ich weiß nicht, ob ich eine nackte Stadt kennenlernen möchte. Ich möchte auch nicht jeden Menschen nackt sehen.«

»Aber Emil Tiedemann schon«, bemerkte Felicitas lauernd.

»Felicitas!«, rief Anneliese mit aufgesetzter Empörung, stieß danach dennoch wieder ein Lachen aus. Bald wurde ihr Ausdruck versonnen. »Wie kommst du auf so einen Unsinn! Er scheint sehr nett zu sein, sehr höflich, er hat ein gutes Benehmen und Prinzipien und...«

Felicitas riss endgültig der Geduldsfaden. »Himmel, müssen wir über Emil reden? Müssen wir überhaupt über Männer reden? Du bist doch nicht nach Hamburg gekommen, um nach einem künftigen Ehemann Ausschau zu halten!«

Dass Anneliese sich sichtlich ertappt fühlte, war für Felicitas ein Zeichen dafür, dass sich ihre Gedanken tatsächlich in diese Richtung verstiegen hatten, und wieder zog sich etwas in ihr zusammen, nicht in der Kehle, weiter darunter.

Als sie seinerzeit nach Lüneburg gekommen war, mit der bürgerlichen Welt gefremdelt hatte, voller Angst, die Zieheltern zu enttäuschen, voller Vorsicht gegenüber den Klassenkameraden, die ihr als gefährlichere, weil unberechenbarere Gegner als die Hafenkinder erschienen waren, war die unbekümmerte, etwas weltfremde, aber stets freundliche Anneliese rasch zur Vertrauten geworden. Weder hatte diese sie verachtet noch gefürchtet – nicht einmal, als sie eines Tages die vielen spitzen Steine in ihrer Schürzentasche entdeckt hatte. Sie hatte darüber gelacht, als wären sie ein besonders komisches Spielzeug, und dieses Lachen hatte Felicitas' Seele gutgetan. Sie hatte Anneliese nie beeindrucken, sich weder vor ihr verstellen noch verbiegen müssen. Nur hieß das leider nicht, dass die Freundin sie immer verstand und ihre Lebensziele gutheißen konnte.

»Es ist ja nicht so, dass ich auf der ersten Alsterrundfahrt einen Antrag erwarte«, erklärte Anneliese eben freimütig, »trotzdem habe ich nicht vor, eine alte Jungfer zu werden wie du.«

»Oh!«, rief Felicitas. »Ich will auch keine alte Jungfer werden. Ich will mindestens eine uralte Jungfer werden.«

Anneliese lachte nicht länger, sondern stieß ein Seufzen aus. »Denkst du denn nie ans Heiraten?«

»Um das gleiche Schicksal zu erleiden wie meine Ziehmutter?«

Annelieses Blick wurde mitleidig, wusste sie doch, was Felicitas Josephine Marquardt verdankte. Nur ihretwegen hatte sich das ungebärdige Hafenkind zur talentierten Schülerin mausern können. Nur ihretwegen hatte sie eine richtige Familie, ein geborgenes Zuhause gefunden. Josephine wiederum hatte es nur ihrer Heirat mit Fritz Marquardt, dem freundlichen Schreibwarenhändler, zu verdanken gehabt, dass sie die Vormundschaft für das Mädchen hatte übernehmen und ihm so mehr als nur eine Lehrerin hatte sein können. Und diese Heirat hatte ihren Preis gehabt.

»Deine Ziehmutter«, sagte Anneliese eben leise, »war eine genauso leidenschaftliche Lehrerin wie du. Am Tag der Eheschließung musste sie dennoch ihren geliebten Beruf aufgeben.«

Felicitas nickte zögerlich. »Dass sie bis zu ihrer Todesstunde nie zugegeben hat, wie schwer ihr das fiel, ist mir kein Trost. Ich schulde ihr, das Leben zu führen, das sie für mich aufgab.«

»Das kannst du heutzutage doch auch, wenn du verheiratet bist! Der sogenannte Lehrerinnenzölibat, das Gesetz, wonach eine Lehrerin ledig sein muss, wurde ja längst aufgehoben.«

Anneliese sprach so unbekümmert, als gäbe es keinen Grund, daran zu zweifeln, und Felicitas fühlte jenen Neid, den sie auch manchmal als Kind gefühlt hatte, weil Anneliese das Leben wie ein Kuchenrezept betrachtete. Man musste nur die richtigen Zutaten, Geduld und Freundlichkeit und Anpassungsfähigkeit, zusammenrühren, dann bekam man etwas Weiches, Saftiges, Sättigendes und Süßes. Dabei war es überhaupt nicht so leicht! Und selbst wenn das Leben dem heißen Ofen glich – wie rasch konnte ein Soufflé in sich zusammenfallen, wenn man diesen zu rasch öffnete?

»Wie kannst du nur so naiv sein!«, rief sie. »Als wüsstest du nicht, dass Lehrerinnen ein Drittel weniger als Männer verdienen! Dass sie trotzdem zehn Prozent mehr Lohnsteuer zahlen müssen! Dass Sparmaßnahmen immer zuerst die weiblichen Lehrkräfte betreffen! Dass verheiratete Lehrerinnen doch entlassen werden, nämlich dann, wenn ein Mann ihren Posten beansprucht!«

Mit jedem Wort wurde ihre Stimme schärfer, erst recht, als sie in Anneliese Miene keine Zustimmung las, nur Hilflosigkeit. Sie brach ab, verkniff sich jedes weitere Wort, jedoch weniger aus Angst davor, was sie noch sagen könnte, eher wie mit einer Verachtung nämlich, die Anneliese weder ausgelöst noch verdient hatte. Sie galt allein Emil, dem feigen Zinnsoldaten, der bei ihrer Freundin offenbar keine Angst hatte zu schmelzen. Ha! Sollte er sich bloß hüten, am Ende nicht zum Zuckerguss oder zur Schokoladenglasur zu werden!

Sie hatten mittlerweile die Stadtbahnstation erreicht, und bis sie die Bahn bestiegen und einen Platz gefunden hatten, war Felicitas jede Lust am Streit vergangen.

»Hauptsache, du strebst nicht an, einem solchen Weibsbild zu gleichen«, sagte sie und deutete mit dem Kinn auf eines der unzähligen Plakate, die dieser Tage allerorts zu sehen waren und auf denen die Parteien für die Stimme bei den Reichstagswahlen am 14. September warben.

Eine Frau mit einem kleinen Kind war darauf zu sehen mit langen blonden Locken und einer Schürze um den Leib gebunden. Darunter stand geschrieben: *Deutsche Frau, halte dein Blut rein, du trägst das Erbe künftiger Geschlechter.*

Ein weiteres zeigte eine ähnliche Frau, diesmal mit fünf Kindern und der Losung *Deutsche Frauen – deutsche Treue.*

»Das ist ja schrecklich«, murmelte Anneliese, fixierte aber ein ganz anderes Plakat.

Auf diesem war eine halb nackte, auf dem Boden liegende Frau zu sehen, die von einem Mann mit einer Peitsche malträtiert wurde. *Frauen, so geht's euch im Nationalsozialismus, jede Frau muss Kämpferin werden für die Sozialdemokratie,* war dort zu lesen.

»Ja, es wäre schrecklich, was aus den Frauen würde, käme diese braune Nazibagage an die Macht.«

»Es ist aber auch schrecklich, Frauen so obszön darzustellen. Halb nackt … mit wirren Haaren.«

»Nicht jede hat nun mal so einen adretten Zopf wie du.« Felicitas kam nicht umhin, grinsend an ihm zu ziehen.

Anneliese runzelte missbilligend die Stirn, musste aber alsbald wieder lachen. »Du kannst sagen, was du willst, meine langen Haare werde ich behalten. Fang gar nicht erst damit an, dass die moderne Frau ihre Haare kurz trägt. Ich will nun mal lange haben.«

»Oh, du kannst meinetwegen Rapunzel gleichen, solange deine Sätze mit einem ›Ich will‹ beginnen und nicht mit einem ›Er will‹. Am Ende ist es nämlich das, was die moderne Frau ausmacht – nicht der Bubikopf, sondern die Freiheit, selbst über ihr Leben zu entscheiden.«

Kurz kam ihr der gallige Gedanke, dass sie auch nicht glücklich damit wäre, würde Anneliese erklären: Ich will, dass Emil sich in mich verliebt. Aber sie schluckte ihn schnell und blickte zum Fenster hinaus.

Nicht länger waren Wahlplakate zu sehen, sondern die Außenalster, und wie so oft überkam Felicitas beim Anblick des glitzernden Wassers tiefe Dankbarkeit. Ihr Leben in Hamburg war schön und frei, sie hatte sich gut eingelebt und an diesem Morgen sogar Paul Löwenhagen bezwungen. Sie hatte in Levi einen guten Freund gefunden, und jetzt war auch noch Anneliese hier. Den

105

Teufel würde sie tun, sich all das von dem Gedanken an Emil und daran, wie schmachtend Anneliese ihm nachgesehen hatte, vermiesen zu lassen.

1932

September

Schluss jetzt!«, brüllte Emil. »In die Stirnreihe! Sofort!« Er wurde selten so laut. Es geschah dagegen sehr oft, dass aus dieser Klasse ein wild tobender Haufen wurde, der aus der Turnhalle ein Narrenhaus machte, aus dem Stufenbarren ein Klettergerüst und aus der Matte ein Bett, auf dem man vermeintlich laut schnarchend schlief. Er musste den Befehl dreimal wiederholen, bis sich zumindest die Hälfte der Untertertia der Größe nach in eine Reihe stellte, leider mit hängenden Schultern und gekrümmtem Rücken. Immerhin bewiesen diese Schüler, dass sie Ohren hatten, während sich die anderen gerade den Spaß machten, die Ringe zu verknoten. »Aufhören! Sofort!«

»Gerade haben wir im Lateinunterricht vom gordischen Knoten gehört. Sollen wir nicht stets versuchen, die Inhalte der unterschiedlichen Fächer zu verknüpfen?«, gab einer der Schüler zurück. »Und das tun wir – im wahrsten Sinn des Wortes.«

»In die Stirnreihe, Löwenhagen, sofort.« Er wusste, wenn er Paul Löwenhagen, den Unruhestifter und Aufwiegler, unter Kontrolle bekam, würde sich auch der Rest fügen. Tatsächlich schlurfte Paul in Richtung Stirnreihe, doch leider reihte er sich dort nicht ein, wo er der Größe nach hingehörte, sondern stellte sich neben Hermann, der um einen ganzen Kopf kleiner war als er. »Löwenhagen!«, brüllte Emil.

109

Paul blickte sich vermeintlich verwirrt um, schlug sich sodann mit der Hand auf die Stirn, als würde ihm verspätet der Fehler aufgehen, suchte danach aber nicht den rechten Platz, nein, ging so tief in die Knie, damit er nun gleich groß wie Hermann war. Das Gejohle, das ertönte, spornte ihn an, dazu im Kreis zu watscheln wie eine Ente. Zum Gejohle kam Gequake.

»Wie wär's, wenn du auch noch ein Ei legen würdest?«, stieß Emil schnaubend aus und trat dicht an ihn heran.

Paul blickte feixend hoch. »Bezweifeln Sie etwa, dass ich Eier in der Hose habe?«

Das eigentlich nicht. Emil hätte ebenfalls nicht geleugnet, was Felicitas bei den Lehrerkonferenzen immer wieder betonte – dass Paul Löwenhagen außergewöhnlich begabt und intelligent war. Das änderte nur nichts daran, dass ihm jegliche Disziplin fehlte.

Gewiss, dass er an Felicitas denken musste, war ein Zeichen dafür, dass auch er seine Gedanken nicht im Griff hatte. Nicht nur, dass er oft an jene Nacht denken musste, da sie sich geküsst hatten. Er beobachtete sie manchmal heimlich, und in den Lehrerkonferenzen brach er regelmäßig einen Streit vom Zaun, weil es ihm gefiel, wie sie die Fassung verlor. Leider hatte die Genugtuung einen Preis – sie ging einher mit der tiefen Sehnsucht, sich an ihrem Feuer zu wärmen, eine Sehnsucht, die Anneliese mit den Kuchen, die sie so gern buk, nicht stillen konnte.

Nun, Paul Löwenhagen war keinesfalls süß, sondern ein überaus harter Brocken. Mittlerweile stolzierte er wie ein Gockel durch die Turnhalle, stieß obendrein ein Kikeriki aus.

»Schluss jetzt!«, brüllte Emil wieder, und als das nichts nutzte, fügte er hinzu: »In die Reihe, stillgestanden.«

Paul verharrte. »Etwa wie beim Militär?«, fragte er gedehnt, reihte sich tatsächlich in die Stirnreihe ein, allerdings nur, um erneut in die Knie zu gehen.

Diesmal erinnerten seine Bewegungen an einen missglückten Charleston. Als sähe das nicht schon lächerlich genug aus, hob er die Hand und vollführte den Abklatsch eines militärischen Grußes, an dessen Ende er sich mit den Fingern an die Stirn tippte.

Vage erinnerte sich Emil an eine ähnliche Geste seines Vaters, als er ihm eröffnet hatte, Mitglied im Turnverein zu werden. Ein roter Knoten zerplatzte in ihm.

»Zwanzig Liegestütze! Sofort!« Er brüllte nicht mehr, sprach zischend leise, öffnete kaum die Lippen dabei.

Paul Löwenhagen ließ langsam die Hand sinken, trotzte seinem Blick. »Zwanzig?«, fragte er.

Emils Kiefer mahlte. »Zwanzig!«

Der Schüler starrte ihn unverwandt an. Kurz machte er den Anschein, als würde er tatsächlich zu Boden gehen. Doch mitten in der Bewegung hielt er inne, richtete sich wieder auf, hob ein Bein und eine Hand, als vollführte er die Pirouette einer Ballerina. Erstaunlich, wie hoch er sein Bein heben konnte. Wie eine Tänzerin aus Papier ...

Die nächste Sekunde wurde zum schwarzen Loch. Als Emil wieder zu sich kam, lag Paul auf dem Boden, er hielt den Nacken des Schülers gepackt, drückte sein Knie auf dessen Rücken. Er spürte ein Beben, doch das drang nicht durch die Stimme, als Paul spottete: »Oh, schön. Ich wollte immer schon Boxen lernen.«

Ob Paul wusste, dass der Boxsport an Schulen verboten war? Dass Emil damit haderte, weil er nicht verstand, warum die Jugend derart verzärtelt werden musste? Dass er der Meinung war, dass das Boxen – ein Kampf nach Regeln – diesem Ausmaß an Disziplinlosigkeit vorgebeugt hätte?

Nun, es hätte wohl keinen Unterschied gemacht. Spöttisch war Pauls Stimme so oder so. Für ihn stand Boxen nicht für Sieg oder K. o. Für ihn war alles ein Spiel, ein einziger Spaß.

Wieder verging eine schwarze Sekunde, nein, es war eine rote. Als Emil wieder zu sich kam, hielt er Paul im Schwitzkasten und presste zu. Wie aus weiter Ferne vernahm er, wie aus dem Johlen und Gelächter entsetztes Schreien wurde. Gut so. Ebenfalls aus weiter Ferne hörte er, wie aus Pauls Spötteln ein Japsen und Keuchen wurde. Gut so.

Dann aber gesellte sich eine Stimme hinzu. »Tiedemann, um Himmels willen! Ja, sind Sie denn wahnsinnig geworden?«

Das Triumphgefühl war gewachsen, aber es hatte eine dünne Haut. Ein winziger Nadelstich hatte gereicht, um es zum Platzen zu bringen. Er ließ Paul los, hörte nicht mehr dessen Keuchen, hörte noch nicht mal, was Oscar Freese zu ihm sagte, das Rauschen des eigenen Bluts war zu laut. Er sah nur, dass der Schulleiter beim Reden nicht die Hände hob, sie an ihm baumelten, als gehörten sie nicht zu ihm. Pack mich doch, schüttel mich, schlag mich. Aber nichts dergleichen geschah. Was für ein Schwächling Freese war, ihm nur mit Worten zuzusetzen. Was für ein Schwächling er selbst war, es nur mit einem halbstarken Schüler aufzunehmen.

Emil stand ganz steif da, begriff erst, dass Rektor Freese die Stunde für beendet erklärt hatte, als die Burschen den Turnsaal verließen. Das Rauschen ebbte ab, einzelne Worte drangen zu ihm durch, keine empörten, strengen wie: Benehmen Sie sich, aber zackig. So war Oscar Freese ja nicht, er wurde weder laut, noch mochte er es, jemanden zur Rede zu stellen. Leben und leben lassen – das war seine Devise. Und dabei kamen dann Schüler wie Löwenhagen, Lehrer wie er heraus.

»Wie ... wie konnten Sie sich nur so vergessen?«, fragte Freese eher verwundert als tadelnd, schlimmer noch, mitleidig.

Es war eine stumpfe Waffe, eine unfaire. Als würde man den Gegner beim Boxkampf mit einer Feder kitzeln.

Emil deutete mit dem Kinn in Richtung Tür, durch die die Burschen verschwunden waren.

»Einem Viertel von ihnen wird das Schuldgeld erlassen. Empfinden sie deswegen Dankbarkeit, Demut, Bescheidenheit? Nein, sie glauben, dass sie sich alles erlauben können.«

Freese fiel eine Haarsträhne ins Gesicht, er machte keine Anstalten, sie zurückzustreichen, er tat das nie. Er schlurfte durch die Schule, als wäre er der Hausmeister, nicht deren Leiter. Ich will nicht über dem Kollegium stehen, pflegte er zu sagen, wir sind alle gleich. Nur er und Emil waren nicht gleich, eben starrte er ihn an wie ein artfremdes Tier.

»Dass viele unserer Schüler Arbeiterfamilien entstammen und bei uns die Chance auf Bildung bekommen, ist eines unserer wichtigsten Prinzipien. Paul Löwenhagens Familie hat es allerdings nicht nötig, dass ihr das Schulgeld erlassen wird.«

Emil war nicht sicher, ob Pauls Vater Kaufmann oder Bankier war. Ganz sicher musste er ein Kriegsgewinnler sein. Wer heute noch reich war, gehörte zu jenen, die nicht nach Regeln gespielt, sondern getrickst hatten.

»Die Kinder der Reichen sind ja noch undisziplinierter als die Arbeiterkinder!«, fuhr er auf. »Einem Paul Löwenhagen wurde von klein auf Puderzucker in den Arsch geblasen. So etwas wie eine Strafe hat er nicht zu befürchten.«

»Wofür sollte er denn bestraft werden? Für ein bisschen… Provokation? Der Einzige, der körperliche Gewalt ausgeübt hat, waren Sie. Hätte es auch Paul Löwenhagen getan, müsste er natürlich die Konsequenzen dafür tragen.«

Und welche Konsequenzen sollten das sein?, ging es Emil durch den Kopf. Ein Paul Löwenhagen musste doch keine Angst haben, von der Schule verwiesen zu werden! Keine Angst, dass sein Leben an ihm vorbeiziehen und er nicht wissen würde, wohin mit seiner Energie! Keine Angst, dass seine Eltern ihn verächtlich musterten und in ihrem Blick stehen würde: Du missratener Sohn!

Oscar Freese seufzte. »Versprechen Sie mir einfach, dass Sie sich nicht wieder so gehen lassen.«

Emils Lippen wurden schmal. Es erfüllte ihn nicht mit Erleichterung, dass auch ihm eine Strafe erspart blieb, nur mit Herablassung. Wenn Freese nicht einmal ihn in die Schranken wies, wie sollte er da dieses Irrenhaus von Schule je in den Griff bekommen?

Er nickte knapp, blieb starr stehen. Erst als der Schulleiter sich von ihm abgewandt und die Turnhalle verlassen hatte, drehte auch er sich um. Sein Blick fiel auf die Ringe, die immer noch verknoteten Seile, und am liebsten hätte er sie zerschnitten. Aber so etwas wie ein scharfes Messer gab es an der Alsterschule ja nicht. Er ging hin, zerrte daran, der Knoten zog sich noch strammer zu.

»Es wird sich rächen«, ließ ihn plötzlich eine Stimme innehalten. Kurz dachte er, dass der Mann, der von ihm unbemerkt die Turnhalle betreten haben musste, darauf anspielte, dass er den Knoten nur fester machte, wenn er weiter an den Ringen zog. Doch als der andere näher trat, fixierte er lediglich ihn. »Es wird sich rächen, wenn man darauf setzt, einzig den Geist zu bilden, anstatt kerngesunde Körper heranzuzüchten.«

Emil ließ die Ringe los. »Herr Dr. Grotjahn!«, stieß er aus. »Was machen Sie denn hier?«

Er konnte sich nicht erinnern, den Direktor des Harvestehuder Gymnasiums je auch nur in der Nähe der Alsterschule gesehen zu haben. Er selbst hatte seinen einstigen Deutschlehrer stets geschätzt. Dass dieser Felicitas an ihrem ersten Arbeitstag entlassen hatte – ein deutliches Zeichen dafür, was er von der Reformpädagogik hielt –, hatte ihn jedoch davon abgehalten, das je zu erwähnen. Warum auch? Grotjahn spielte keine Rolle mehr in seinem Leben und Felicitas ebenfalls nicht. Gott sei Dank. Leider.

»Glauben Sie mir, Tiedemann«, sagte Grotjahn eben, »ich hätte es gern vermieden, meinen Fuß in dieses rote Mistbeet zu setzen. Aber wenn sich der Schulsenat einbildet, den Kulturetat zu kürzen und an den Gehältern der Lehrer noch weiter zu sparen, muss man selbst einem Mistkäfer wie Freese die Hand geben und gemeinsam mit ihm überlegen, wie sich das verhindern lässt.«

Er fuhr mit seiner Hand über sein graues Sakko und rieb eine Weile darüber, als gälte es, Dreck abzuwischen. Erst als Emil ihn erreichte, hörte er damit auf. Er schlug ihm fast schmerzhaft auf die Schultern, aber das ließ sich immer noch besser ertragen als Freeses fahriger Blick, dessen geduckte Haltung.

»Auf körperliche Ertüchtigung verzichten diese Buchschulen leider als Erstes«, fuhr Grotjahn fort. »Kein Wunder, dass man so die Jugend verdirbt. Wie will man denn lernen, Hammer statt Amboss zu sein, wenn hier die weiche Seele nicht geschmiedet, sondern ein formloser Klumpen bleibt? Man lässt ihn vor sich hin köcheln, bis etwas Halbgares rauskommt, ganz sicher aber keine deutschen Männer.«

Langsam zog er seine Hand zurück, trotzdem versteifte sich Emil. »Es ist nicht so, dass auf motorische Fähigkeiten hier kein Wert gelegt wird und …«

»Ach kommen Sie, Tiedemann. Die Jugend sollte nicht tanzen, nein, kämpfen lernen. Wenn der Körper nicht gestählt wird, bleibt letztlich auch der Geist schlaff. Wie sollen die jungen deutschen Mädchen denn in schmalbrüstigen Hänflingen ihren Ritter erkennen? Und es wird ja nicht nur die körperliche Ertüchtigung vernachlässigt. Solange man keine Kampfsportarten erlernt, werden die Opferbereitschaft nicht geschult, die Willenskraft, der Instinkt.«

Grotjahn wandte sich leicht zur Seite, und Emils Blick fiel auf seinen kahlen Hinterkopf. Die wenigen Haarsträhnen, die er sich einst darübergekämmt hatte, waren ihm mittlerweile ausgegangen, der verbliebene Haarkranz war merklich spärlicher geworden. Im Nacken selbst hatte sich eine tiefe Falte gebildet, weil zwei Fettrollen aneinanderstießen, und dass das graue Sakko stets spannte, hatte Emil schon als Schüler belustigt.

Sah so der deutsche Ritter aus, der den jungen Mädchen gefiel?

»Kampfsportarten sind im Unterricht verboten«, murmelte Emil.

»An unserer Schule halten wir uns längst nicht mehr daran. Sie sind doch nicht nur ein talentierter Turner, Tiedemann, sondern auch ein passabler Boxer, soweit ich weiß. Warum kommen Sie nicht zu uns?«

Kurz gab Emil seine steife Haltung auf. Er hatte sich manchmal überlegt, an eine andere Schule zu gehen, aber es gab kaum freie Stellen, erst recht nicht für einen Englischlehrer, dessen Fach an den Gymnasien nur ein Wahlfach war.

»Ich bin nicht sicher, ob ich…«

»Ich meinte übrigens nicht nur meine Schule, ich meinte auch… unsere Bewegung.«

Grotjahn hatte seine Hände mittlerweile in der Hosentasche vergraben, dennoch glaubte Emil zu fühlen, wie sie sich zu Fäusten formten.

»Ihre… Bewegung?«, fragte er gedehnt.

»Sie wissen nicht, wovon ich rede?«

»Ich weiß, dass der Beamtenerlass von 1931 verbietet, dass sich Lehrer für politische Parteien engagieren und…«

Grotjahn lachte auf, aber es klang nicht belustigt. »Kommen Sie mir nicht mit diesen ollen Kamellen. Der Beamtenerlass hatte doch vor allem ein Ziel – zu verhindern, dass sich Lehrer der kommunistischen Partei anschließen. Das Kind wurde damals leider mit dem Bade ausgeschüttet, in dieser Quasselbude von Parlament ist es ja oft so, dass man schon als Staatsfeind bezeichnet wird, wenn man sich nicht mit diesen verweichlichten Gesinnungslumpen gemeinmachen will. Wie auch immer, letzten Monat wurde der Beamtenerlass aufgehoben. Sie können sich nun unserer… Bewegung anschließen.«

Ein werbender Unterton schlich sich in seine Stimme, der Emil so unangenehm war wie Freeses überdrüssiger.

»Sieht das der Deutsche Lehrerverein auch so?«, gab er schärfer zurück als beabsichtigt.

Wieder stieß Grotjahn ein Lachen aus. »Stimmt, die Hamburger und sächsischen Lehrer haben den Antrag in Rostock, wonach unsere Bewegung geächtet werden sollte, unterstützt. Aber die Übrigen waren vernünftig genug, um dagegenzustimmen. Wie auch nicht? Jeder kann erkennen, dass wir auf dem Vormarsch sind. Letztes Jahr haben wir sechsundzwanzig Prozent der Stimmen bekommen, und bei den Neuwahlen im April haben wir sogar die SPD überflügelt. Nicht nur deutschlandweit, sogar hier in Hamburg, und das heißt was in einer roten Stadt. Das ist ja das Schöne an diesen Mistbeeten. Die Linken sind sich ihre eigenen Maulwürfe, sie graben sich gegenseitig das Wasser ab und scheißen auf ihre eigenen Setzlinge, während wir mit den Deutschnationalen und dem Frontkämpferbund längst gemeinsame Sache machen. Gegen uns kommt man nicht mehr an. Ich lege Ihnen wirklich ans Herz: Werden Sie Parteimitglied der NSDAP.«

»Ich bin Sport- und Englischlehrer, ich habe mich immer aus der Politik herausgehalten.«

Grotjahn trat dicht an ihn heran, zog eine Hand aus der Hosentasche, legte sie nun auf seine Brust. »Hier geht es nicht bloß um Politik, hier geht es um… alles. Wir pflügen das Feld, damit wieder etwas wachsen kann. Und das beste Saatgut für die Volksgemeinschaft sind stramme Schüler. Die brauchen natürlich gute Lehrer, die erwecken, was in ihnen schlummert – die deutsche Seele nämlich!«

»Und das geschieht, indem man das Schulgeld für Minderbemittelte wieder einführt und Erziehungsbeihilfen abschafft, wie es Ihre grandiose Partei in Thüringen gemacht hat?«

»Ach, kommen Sie, Tiedemann, das ist doch nur Kleinkram. Ein paar Einschnitte ins Schulleben, um die Folgen der Wirtschaftskrise zu mindern, halten auch wir für unumgänglich. An der militärischen Aufrüstung darf man schließlich nicht sparen. Es stimmt schon, manchmal schießt unsereins übers Ziel hinaus. Aber sehen Sie, wenn Sie aus guten Gründen der Ansicht sind, dass einige Punkte in unserem Parteiprogramm nicht ausführbar oder nachteilig sind, dann können sie natürlich auch geändert werden. Ihr Wissen und Ihre Erfahrung sind nicht zu unterschätzen, und beides brauchen wir. Wir wollen ja die Jugend gewinnen, denn wer die Jugend besitzt, besitzt die Zukunft. Und das gelingt nur, wenn sich Lehrer wie Sie, die ihr Herz am rechten Fleck tragen, unserer Bewegung anschließen.«

Emils Herz befand sich nicht am rechten Fleck. Es dröhnte laut in seinem Kopf, schien zugleich in den Bauch zu rutschen, der sich verkrampft hatte. Nur seine Brust war leblos, er konnte nicht einmal richtig atmen.

»Wir haben einen eigenen Lehrerbund gegründet«, fuhr Grotjahn fort. »Im Oktober wird die nächste Sitzung in unserem Vereinslokal stattfinden. Kommen Sie dorthin, melden Sie sich zu Wort, streiten Sie meinetwegen mit uns, helfen Sie uns dadurch, noch besser zu werden. Das Einzige, was Sie nicht dürfen, ist, neutral zu bleiben. Farbe zu bekennen, das ist das Gebot dieser Stunde. Glauben Sie nicht, ich blicke auch nur eine Sekunde auf

Sie herab und denke: Ach, das ist ja nur ein kleiner Turnlehrer. Sie sind weit mehr als das, Sie unterrichten das wichtigste Fach überhaupt. Man gebe der deutschen Nation sechs Millionen tadellos trainierte Körper, alle von fanatischer Vaterlandsliebe durchglüht und zu höchstem Angriffsgeist erzogen, und ein nationaler Staat wird aus ihnen in nicht einmal zwei Jahren eine Armee geschaffen haben.«

Bei der Erwähnung einer Armee, sah Emil plötzlich Paul vor sich, und kurz erfüllte ihn die Vorstellung, wie er gedrillt, geschunden, abgerichtet wurde, wie man ihm mit aller Härte die Flausen austrieb, mit tiefer Befriedigung. Doch stieg auch das Bild vom Essgeschirr und der Erkennungsmarke seines gefallenen Bruders vor ihm auf. Sein Zinnnapf hatte keinen Kratzer gehabt, kein Loch, man hätte noch davon essen können. Und dennoch war es eine Lüge, dass dieses Material hart genug für den Krieg war. Nichts war hart genug für den Krieg. Nicht Zinn, nicht Stahl, schon gar keine Seele, der man sämtliche Gefühle abtrainiert hatte.

Grotjahn wertete sein Schweigen als Zustimmung. »Wie kann man es erreichen, wieder an der Spitze der Völker zu marschieren? Mit verzärtelten, kraftlosen Stubenhockern oder leistungsfähigen, abgehärteten, zur Zucht erzogenen Jugendlichen? Mit einem Krämervolk oder einem soldatischen? Durch schwache Philosophen oder starke Männer? Nur ein gesundes Volk wird nicht den geistigen Irrtümern erliegen, denen das einseitig überlastete Gehirn nur allzu leicht verfällt.«

Emil wandte sich in Richtung Ausgang. »In Ihrem Deutschunterricht«, murmelte er, »haben wir uns sehr wohl Gedanken über Philosophie gemacht. Ich kann mich erinnern, dass ich einmal einen Aufsatz geschrieben habe, für den ich von Ihnen eine hervorragende Note bekam. Über Johann Gottlieb Fichte …«

Grotjahn schloss zu ihm auf. »Und wissen Sie noch, wie das Thema dieses Aufsatzes lautete?« Emil stand wieder steif da, glaubte sich vage an Fichtes Ausführungen vom edlen Menschen zu erinnern, dem Wunsch nach Freiheit von Fremdherrschaft, der Hoffnung auf die ewige Fortdauer des Volkes. »Das Thema des Aufsatzes war ein Zitat von Fichte, das später abgewandelt wurde«, sagte Grotjahn. »Und handeln sollst du so, als hinge von dir und deinem Tun allein das Schicksal ab der deutschen Dinge, und die Verantwortung wär dein.‹ Dieses Zitat ist aktueller denn je, wenn Sie mich fragen. Denn hier und heute muss jeder entscheiden, ob er ein wahrer Deutscher sein und Verantwortung übernehmen will.«

Emil zögerte ein wenig zu lange, um weiterzugehen, sodass Grotjahn an ihm vorbei auf den Ausgang zueilte. Als er ihm folgte, gerieten seine Schritte bleiern. Die Muskeln schmerzten, als hätte er stundenlang am Reck oder an den Ringen trainiert. Die Ringe sind immer noch verknotet, dachte er.

In seiner Brust schien sich ebenfalls ein Knoten zu bilden, als er ins Freie trat, sah, wie Felicitas und Levi gerade das Schulgebäude verließen. Sie pflegten einen vertrauten Umgang miteinander, jeder im Kollegium wusste von ihrer Freundschaft. Wann immer bei einer Konferenz gestritten wurde – es war darauf Verlass, dass die beiden eine Allianz bildeten. Auch darauf, dass es Emil jedes Mal einen Stich gab, wenn Anneliese erzählte, dass sich die zwei regelmäßig gemeinsam ins Hamburger Nachtleben stürzten. Wobei »stürzen« und »Levi« nicht zusammenpassten. Levi war einer, der auf Zehenspitzen ging und mit nichts in Berührung kommen wollte.

»Das ist eine Schande für Ihre ganze Schule!«, riss Grotjahn ihn aus den Gedanken.

Richtig, er kannte Felicitas ja. Ein Gedanke nistete sich ein, der in der Turnhalle keinen Platz gefunden hatte. Es steht ihm nicht zu, mir die Schulter zu tätscheln und mir die Welt zu erklären. Und es steht ihm nicht zu, schlecht über Felicitas zu reden.

»Dr. Felicitas Marquardt ist eine ganz hervorragende Lehrerin«, hörte er sich sagen. »Ihre Methoden mögen umstritten sein, aber hier an der Schule genießt sie hohe Anerkennung. Sie setzt sich sehr ein für ihre Schüler, ist rein fachlich gesehen ...«

»Eben!«, rief Grotjahn. »Mit etwas Führung ließe sich etwas aus ihr machen. Umso unerträglicher ist es zuzusehen, wie stolze deutsche Frauen von krummbeinigen, widerwärtigen Juden verführt werden.«

Krummbeinig passte auch nicht zu Levi, seine Bewegungen waren stets geschmeidig. Und er war kein Verführer, Felicitas war eine Verführerin, wie sie eben lachte, den Kopf zurückwarf, den Mund weit öffnete. Das Kleine, Leise, Unscheinbare lag ihr nicht.

»Levi Cohns Mutter ist eine von diesen stolzen deutschen Frauen«, sagte er.

»Eben!«, rief Grotjahn wieder. »Diese Durchrassung, die vor allem in Hamburg bedenkliche Ausmaße angenommen hat, wird uns noch alle ins Verderben führen. Wenn ein weißes Hemd lediglich einen winzigen schwarzen Fleck hat, ist es schon kein weißes mehr, sondern ein schmutziges.«

Emil spürte, wie sein Trikot am Körper klebte. War es auch schmutzig oder einfach nur verschwitzt? Oder war beides dasselbe? Nun, in Grotjahns Gegenwart fühlte er sich plötzlich beschmutzt – von dessen Worten, dessen Berührung, dessen Blick, der sich voller Ekel und Verachtung auf Felicitas und Levi richtete.

»Ich glaube nicht, dass wir uns hier und heute noch etwas zu sagen haben.«

Der Ekel schwand, die Verachtung blieb.

»Schade«, stieß Grotjahn aus. »Ich habe Sie für einen echten Kerl gehalten, wollte das Angebot bekräftigen, an meine Schule zu kommen. Dort werden nicht nur gute Turnlehrer gebraucht, sondern auch Englischlehrer. Wenn Sie mich fragen, ist Englisch das Fach der Zukunft, die einzige Fremdsprache, die zählt, weil die Engländer unser arisches Brudervolk sind. Aber anscheinend haben Sie kein Interesse.«

Erst als er davonging, bemerkte Felicitas Grotjahn. Stirnrunzelnd blickte sie Emil an, und er glaubte die Frage darin zu lesen, was der Direktor vom Harvestehuder Gymnasium an der Alsterschule zu suchen gehabt hatte. Sie stellte sie jedoch nicht, schien ihr kein Gewicht zu geben. Als Levi etwas sagte, lachte sie wieder.

Plötzlich fühlte er sich sehr einsam.

»Seht gut zu«, erklärte Anneliese den Viertklässlerinnen. »Genau so müsst ihr das machen.«

Sie hob ein Kohlebügeleisen hoch, zeigte, wo man es aufklappte, und füllte den Hohlraum mit Steinen. »Wenn ihr wirklich bügelt, nehmt ihr statt der Steine natürlich glühende Kohlen oder Briketts«, sagte sie. »Ihr müsst dabei unbedingt Handschuhe tragen. Worauf gilt es noch zu achten?«

Liese aus der letzten Reihe meldete sich. Liese meldete sich immer. Sie war ein adrettes Mädchen mit zwei langen Zöpfen, das Anneliese längst ins Herz geschlossen hatte. Die anderen waren leider weniger zu begeistern. Hätte sie ihnen erklärt, dass man ein Bügeleisen mit Tannenzapfen füllen müsse oder Rinderrouladen mit Bananen, hätten sie wohl auch stoisch genickt.

»An den Seiten des Bügeleisens befinden sich Löcher für die Sauerstoffzufuhr«, erklärte Liese. »Man muss darauf achten, dass durch diese Löcher keine Funken schießen, die dann die Wäsche versengen.«

»So ist es«, sagte Anneliese und wandte sich an die anderen Schülerinnen. »Habt ihr das verstanden?«

Ein unsicheres Nicken blieb die einzige Antwort, und Anneliese unterdrückte ein Seufzen. Manche Kolleginnen behaupteten, es sei viel zu früh, um die neun- und zehnjährigen Mädchen in die Tücken der Haushaltsführung einzuweisen. Nähen, stricken und häkeln zu lernen würde doch genügen. Aber zu Annelieses prägendsten Kindheitserinnerungen gehörte, wie sie als kleines Mädchen ihrer Mutter beim Bügeln geholfen hatte. Dieses beglückende Gefühl, mit ein paar wenigen, exakt ausgeführten Arbeitsschritten aus einem Berge faltiger Wäsche glatte, sorgfältig aufgefaltete Stapel zu machen! Wenn der Mutter dieses Zauberwerk gelungen war – und irgendwann auch ihr –, dann hatte man darauf zählen können, dass aus dem strengen, tobenden Vater ein besänftigter, schweigender wurde. Albert Behnke war leider ein Despot, der bereits zu schreien begann, wenn seine Porzellanpfeife nicht gründlich poliert worden war oder wenn der Tabak nicht richtig verglomm. Nein, man konnte nicht früh genug damit beginnen, den Mädchen die Haushaltsführung nahezubringen.

Anneliese erklärte nun, wie man eine Schürze zu bügeln hatte: Man begann mit dem Latz, dann folgte das Unterteil, schließlich nahm man sich Band und Träger auf der linken Seite und zuletzt auf der rechten vor.

»Wer will es mal versuchen?«, fragte sie.

Es meldete sich ... Liese.

Dienstbeflissen trat sie nach vorn und begann, mit dem kalten Bügeleisen eine bereits glatte Schürze zu bügeln. Obwohl sie alles richtig machte, verstörte Anneliese dieser Anblick jäh. Gewiss, sie konnten im Unterricht oft nur so tun, als ob. Aber ... aber wenn auch Emil nur so tat, als ob? Wenn er lediglich vorgab, sie zu mögen, in Wirklichkeit jedoch kaltblieb? Bei ihm war nicht die

Herausforderung, etwas Zerknittertes glatt zu bekommen, einen aufbrausenden Mann zu einem beherrschten zu machen – er war schon durch und durch beherrscht. Und es gefiel ihr zwar, dass er stets freundlich war, höflich, die besten Manieren mitbrachte, er aufrecht, zackig durchs Leben schritt. Doch etwas an ihm blieb ihr auch nach den beiden Jahren, die sie sich mittlerweile kannten, fremd und unerreichbar.

Sie schüttelte den Kopf, um den Gedanken zu vertreiben, trat näher ans Fenster. Obwohl schon September war, schien wie selten in Hamburg die Sonne. Wie passend, dass Emil angekündigt hatte, sie nach dem Unterricht abzuholen, um etwas mit ihr zu unternehmen.

Dass er sie mied, konnte sie ihm tatsächlich nicht vorwerfen. Von den drei Wochen in den Sommerferien abgesehen, die sie zu Hause in Lüneburg verbracht hatte, hatten sie sich seit ihrer Ankunft in Hamburg regelmäßig gesehen. Sie waren den Jungfernstieg entlangflaniert, hatten die Auslagen vom Kaufhaus Tietz betrachtet, waren mehrmals im strahlend weißen Alsterpavillon, der umgeben war von Palmen und duftendem Wacholder, eingekehrt. Dort nahm die vornehme Welt ihren Kaffee ein. Sie hatten Stadtrundfahrten im offenen Omnibus gemacht, die unter anderem an den Landungsbrücken von St. Pauli vorbeiführten, waren zum riesigen Stadtpark mit dem See gefahren, um eine Kanufahrt zu unternehmen, hatten danach ein Caféhaus besucht. Emil lud sie immer ein und schlug ihr Angebot, einen Picknickkorb mit Broten und Kuchen vorzubereiten, stets mit den Worten aus, sie müsse sich keine Mühe machen.

Dass es für sie keine war, wollte er nicht hören. Er kam auch nicht auf die Idee, dass sie sich manchmal wünschte, ihm nicht steif auf einem samtbezogenen Stuhl gegenüberzusitzen, sondern auf einer Decke im Gras zu liegen. Allerdings konnte sie sich

Emil schwer auf dem Boden lungernd vorstellen. Wenn er lag, dann auf einer Turnmatte und das nicht, um sich auszuruhen, sondern um eine Rolle rückwärts zu machen. Und leider war ihr nicht nur ein liegender Emil fremd, außerdem ein lächelnder. Selbst das flüchtige Zucken der Mundwinkel, mit dem sie sich meist begnügen musste, war für ihn, der sonst keine Anstrengung scheute, offenbar etwas, zu dem er sich zwingen musste. Vor so vielem, was er tat, schien ein »Ich muss« zu stehen, kein »Ich will«. Was aber wünschte er sich – wünschte sich von Herzen?

Manchmal glaubte sie, dass in seinem rätselhaften, oft verschlossenen, hin und wieder etwas verlorenen Blick eine Frage stand: Was tue ich eigentlich hier?

Sie konnte ihm keine Antwort geben, zumal sie dann hätte zugeben müssen, wie unsicher und hilflos sie sich oft in seiner Gegenwart fühlte. Wenn sie sich nicht rundum glücklich gab, wie sollte er denn dann Zufriedenheit empfinden?

»Soll ich noch weiterbügeln?«, riss Lieses Stimme sie aus den Gedanken. Schweiß stand auf der Stirn des Mädchens, das Bügeleisen war sehr schwer.

»Nein, nein, das genügt.« Anneliese warf einen Blick auf die Uhr. »Die Schulstunde endet gleich, ihr könnt nach draußen gehen.«

Die Mädchen blieben kurz wie erstarrt sitzen, und sie musste ihnen mehrmals aufmunternd zunicken, ehe sie sich erhoben. Fast lautlos traten sie mit ihren Ranzen zur Tür. Betonte Anneliese Felicitas gegenüber stets, wie froh sie war, dass sie nur brave, wohlerzogene, kleine Mädchen unterrichtete, dachte sie jetzt plötzlich: Ist Lärm wirklich nur ein Zeichen von Unbeherrschtheit … nicht auch von Leidenschaft? Stand Lärm nur für das Gebrüll, mit dem ihr Vater sie stets verängstigt hatte, nicht ebenso für ausgelassenes, fröhliches Lachen? Und so löblich sie es bis jetzt gefunden hatte, dass Emil rein gar nichts mit ihrem Vater gemein hatte, war der Preis für sein formvollendetes Auftreten nicht zu hoch – nämlich völlige Leblosigkeit?

Sie verdrängte auch diesen Gedanken, faltete schnell die Schürze, die sie für Übungszwecke mitgebracht hatte, zusammen. Doch die übliche Befriedigung, dass die Säume hinterher exakt aufeinanderlagen und das Monogramm oben zu sehen war, blieb aus. Aus etwas Zerknittertem, Schmutzigem etwas Glattes, Sauberes zu machen war ihr immer als der beste Beweis für ein gelungenes Leben erschienen. Jetzt fragte sie sich, ob nicht das Gegenteil erstrebenswert sei. Der Schürze wollte sie zwar nicht zu Leibe rücken, aber etwas tun, damit Emil nicht steif neben ihr herspazierte, sie mit einem Diener statt mit einem freudigen Lächeln begrüßte, ihr nicht bloß das Gefühl gab, eine Dame zu sein, sondern eine Frau, die ihn fesselte, begeisterte, sein Innerstes berührte. Nach den zwei Jahren wollte sie mehr, brauchte sie mehr! Und darauf zu hoffen, dass es sich irgendwann schon ändern würde, war ihr zu wenig. Heute musste sich etwas ändern!

»Na, Fräulein Lehrerin, bringst du mir auch etwas bei?«

Das Heute fing richtig gut an. Während er ansonsten auf dem Schulhof auf sie wartete, stand Emil im Türrahmen des Klassenzimmers. Sie konnte sich nicht erinnern, dass er ihr je entgegengegangen war – und das gab ihr den Mut, ebenfalls etwas zu machen, das sie bis jetzt nie gewagt hatte. Sie lief auf ihn zu, fiel ihm um den Hals und küsste ihn auf die Wange. Bis jetzt war ein Kuss auf die Hand das Vertraulichste gewesen, zu dem er sich je hatte hinreißen lassen, und selbst dabei hatte sie seine Lippen nicht gespürt. Diese spürte sie auch jetzt nicht. Er war so überrumpelt, dass er sich nicht regte, es kam nur ein Laut aus seinem Mund, den man für ein Lachen halten konnte. Kein befreites Lachen wie das von Felicitas, es glich eher einem Grummeln.

Aber allein, dass ihm dieser Ton ungewollt entwichen war, ließ sie triumphieren.

»Das Bügeln will ich dir nicht beibringen, Männer müssen schließlich nicht bügeln können. Schwimmen wiederum muss ich dir nicht beibringen, denn das kannst du besser als ich. Dennoch habe ich mir gedacht, dass wir heute gemeinsam ins Freibad von Ohlsdorf gehen könnten.«

Vorsichtig löste er sich aus der Umarmung. »Es ist doch schon September, also viel zu kalt fürs Schwimmen im Freibad.«

»Hast du hinausgesehen?«

Sein Blick ging zum Fenster, er nahm den blauen Himmel anscheinend gar nicht wahr. Für einen, der sich am liebsten in einer Turnhalle verschanzte, war das Wetter bedeutungslos.

»Ich glaube trotzdem nicht, dass es eine gute Idee ist.« Immerhin schien ihm ihre Enttäuschung nicht zu entgehen. »Stattdessen könnten wir eine Schiffsfahrt auf der Alster machen. Als du damals nach Hamburg gekommen bist, war das eine unserer ersten gemeinsamen Unternehmungen. Es wird Zeit, diese zu wiederholen.«

Dass er sich noch daran erinnerte, stimmte sie wieder etwas zuversichtlicher. Und dass er, als sie die Klasse verließen, ihre Hand nahm, sogar siegesgewiss. Egal, ob im Badetrikot oder nicht – an diesem Tag würde … musste sich etwas ändern.

Der Ausflug wurde wunderschön, wie auch nicht. Der Anblick der Alster, die still und bescheiden durch Hamburgs Umland floss, inmitten des Häusermeeres zu einem breiten, kilometerlangen See wurde und sich hinter dem Jungfernstieg wieder klein und unauffällig durch das Geschäftsviertel der inneren Stadt schlängelte, war immer wieder aufs Neue faszinierend. Anneliese genoss stets den Moment, wenn die Schiffsglocke läutete, der Kontrolleur das

Tau vom Poller warf und der Dampfer vom Kai glitt. Und es war
bewegend, wenn sich, sobald er sich der Lombardsbrücke näherte,
ein Blick auf die ganze Stadt bot.

Mittlerweile konnte sie die vielen Türme – vom Rathaus, der
St. Nikolai- und der St. Katharinenkirche und vom berühmten
Michel – auseinanderhalten, und an Tagen wie diesem glänzten
die Turmspitzen wie pures Gold aus dem Störtebeker-Schatz.
Leicht und schön schien das Leben, wenn man an den gepfleg-
ten Parks vorbeischipperte, in denen uralte Linden und Kastanien ebenso wuchsen wie grünsilberne Trauerweiden, knorrige
Eichen und laubschwere Kastanien, wenn man bunte Kanus auf
dem Wasser schaukeln sah, dazwischen schneeweiße Segler und
schlanke Regattaboote. Und als sie wieder zum Jungfernstieg zurückkehrten, hielt Emil nicht nur ihre Hand, er schlug sogar vor,
noch ein wenig durch die Innenstadt zu flanieren.

Sobald sie aber an einem der schmalen Fleete, die diese durchzogen, entlanggingen, an vielstöckigen Handelshäuser vorbei, an
deren schlickverschmutzten Fundamenten das tintenschwarze
Wasser stand, fiel ihr auf, dass alles, was sie einander zu sagen
hatten, nur Worte waren, die auch ein Reiseführer und eine begeisterte Touristin tauschen würden. Sie sprachen über die Stadt,
ihren Reichtum, ihre Eleganz, nicht über sich. Und irgendwann
sprachen sie gar nicht mehr, als hätte sich der Vorrat an Worten
erschöpft.

Nein, dachte Anneliese plötzlich, nein, so geht es nicht weiter.

Abrupt löste sie ihre Hand aus seiner und blieb stehen. Es dauerte ganze drei Schritte, bis Emil das zu bemerken schien und sich
umdrehte.

»Möchtest du nach Hause?«

Anneliese leckte sich über die Lippen. »Ich … ich möchte gern
wissen, was du denkst.«

Er kam langsam zu ihr zurück. »Jetzt gerade?«

»Auch, aber eigentlich … immer. Ich weiß so oft nicht, was in deinem Kopf vorgeht, ich weiß es eigentlich fast … nie.«

Er blickte sie an, wie er es selten tat, nicht als der Turner, für den das Leben ein ständiges Training war, als der Mann. Der Turner beherrschte jede seiner Regungen. Der Mann wirkte ratlos.

»Und wenn das, woran ich denke, nichts Wichtiges ist … nichts Bedeutendes?«

»Vielleicht ist es ja bedeutend für mich. Ich möchte dich so gern kennenlernen.«

Wieder sprang dieser Ton über seine Lippen, ein schaler Abglanz eines Lachens. Der Hohn, der durchklang, schmerzte. »Wir kennen uns seit zwei Jahren.«

Seine Hände umklammerten das Geländer des Fleets, die Fingerknöchel wurden fast weiß. »Nein, tun wir nicht!«, rief sie, war selbst überrascht, ja, erschrocken über die eigene Heftigkeit. Schnell legte sie ihre Hand auf seine, er ließ das Geländer nicht los, stieß sie aber auch nicht weg.

»Ich will nicht nur wissen, was du denkst, desgleichen wissen, was du … fühlst.« Er tat, was er selten tat, krümmte den Rücken, ließ den Kopf hängen. Ob er im schwarzen Wasser eine Antwort suchte? Oder nur das eigene Spiegelbild? Anneliese erkannte auf der glatten Oberfläche lediglich Umrisse davon. »Sag es mir!«, beharrte sie, zwar leise, aber nicht minder drängend.

Endlich hob er den Kopf, endlich lächelte er. Doch sein Lächeln war traurig.

»Heute«, sagte er heiser, »heute habe ich einen ehemaligen Lehrer getroffen. Und im Laufe unseres Gesprächs habe ich mich einmal mehr gefragt, wo mein Platz auf dieser Welt ist.«

Erst als sie ihren Atem entweichen ließ, merkte sie, dass sie ihn unwillkürlich angehalten hatte. Die Erleichterung, dass er sich ihr endlich öffnete, währte nur kurz an, denn sie konnte mit seinen Worten nichts anfangen.

»Hast du mir nicht gesagt, dass du immer schon Turnlehrer sein wolltest? Seit deiner ersten Turnstunde?«

Wieder starrte er aufs Wasser, aber er schien dort nichts mehr zu suchen. Immerhin hörte er nicht zu reden auf. »Ich bin nicht sicher, ob ich ein guter Lehrer bin... da ist oft so viel Wut... Mein Vater... ich glaube, ich habe meinen Vater nicht gemocht.«

Wieder ließ Anneliese den Atem entweichen, gab nun selbst ein Geräusch von sich, das halb Seufzen, halb Lachen war. Er tut es, er vertraut sich mir an, frohlockte eine Stimme in ihr. Aber warum spricht er nicht über uns, sondern über seinen Vater?, fragte eine andere, zweifelndere. Und außerdem schwieg er jetzt wieder, starrte ins Nichts. Sie ließ seine Hand nicht los, überbrückte die Stille mit eigenen Worten. Wenn sie viele machte, dann war es doch so, als sprächen sie miteinander, nicht nebeneinanderher.

»Ich auch nicht«, sagte sie, »ich hatte immer Angst vor meinem Vater. Ich wusste nie genau, was als Nächstes passieren würde.« Ein flüchtiger Gedanke streifte sie – dass sie sich geirrt hatte, weil sie Emil bislang für das Gegenteil von Albert Behnke gehalten hatte, dass sie letztlich bei ihm ebenfalls immer auf der Hut war, gezwungen, sich nach ihm und seinen Launen zu richten. Sie schüttelte ihn ab. »Meine Mutter wusste ihn am besten zu nehmen. Sie hatte auch Angst vor ihm, aber sie hat ihm trotzdem Kuchen gebacken, und die haben ihm immer geschmeckt. Als ich das erste Mal für ihn gebacken habe, hat er sogar gelächelt.« Wieder stieg ein verstörender Gedanke in ihr hoch: Dich dagegen bringe ich nicht einmal mit Kuchen zum Lächeln, weil sie dir zu süß sind. »Später habe ich mehr Zeit bei den Marquardts verbracht als bei uns zu Hause. Dort habe ich mich immer wohlgefühlt,

Fritz und Josephine sind so reizende Menschen, und Felicitas...
du kennst ja Felicitas. Auch sie hat mir anfangs Angst gemacht,
sie konnte so wild sein, lautstark fluchen wie ein Bierkutscher,
aber zu mir war sie immer lieb. Ich habe mich in ihrer Gegenwart... sicher gefühlt. Bei ihr musste ich nicht auf Zehenspitzen
herumschleichen, ich konnte meinen ganzen Fuß aufsetzen, ich
konnte sogar stampfen und... Emil, wo gehst du denn hin?« Sie
war nicht mehr sicher, wann er ihre Hand abgeschüttelt, sich abgewandt hatte. Verspätet ging ihr auf, dass sie nun selbst das Geländer umklammerte – er bot ihr ja keine Gelegenheit mehr, sich
an ihm festzuhalten. Jener Moment der Vertrautheit, von der sie
jetzt schon nicht mehr wusste, ob sie nur eine Täuschung gewesen
war, war vorbei. »Emil...« Ihre Stimme war tonlos, sie versuchte
gar nicht erst, seinen Namen lauter zu sagen.

Sie wollte ihm nicht hinterherrufen, wollte ihm erst recht nicht
hinterherlaufen. Er kehrte auch nicht zu ihr zurück, und doch
waren plötzlich Schritte zu hören, sie wurden schneller. Die
Brücke über dem Fleet war schmal, schon rammte sich ein Ellenbogen in ihren Rücken, und sie wurde ans Geländer gepresst. Ihr
Magen verkrampfte sich vor Schreck. Bis sie sich umgedreht, erkannt hatte, wer sich ihr da genähert hatte, eilte der Mann schon
weiter... Nein, es war kein Mann, sondern eine jämmerliche, zer-
lumpte, düstere Gestalt, die ihre Handtasche umklammert hielt.
Sie hatte sie eben noch am Handgelenk getragen. Anneliese fühlte
mehr, als dass sie hörte, wie sie schrie.

Emil dagegen war nicht taub. Er stürzte dem Dieb nach, und
ehe der in den Schatten eines Gässchens fliehen konnte, hatte er
ihn schon eingeholt. Sie erkannte nicht genau, wo er ihn packte,
nur dass die Handtasche zu Boden fiel, doch dem Mann die Beute
wieder abgerungen zu haben genügte Emil nicht. Im nächsten
Augenblick lag die jämmerliche Gestalt auf dem Boden, und

Emil hatte sich über sie gebeugt. Kein Mensch aus Fleisch und Blut schien das Wesen zu sein, ein Bündel Lumpen, dass auseinanderfiel, wenn man es zu heftig schüttelte. Und dennoch hob Emil den Fuß, trat auf die Gestalt ein, hockte sich schließlich auf sie, hob die Faust, um sie wieder und wieder niedersausen zu lassen. Es klang schrecklicher als das klägliche Geheule des Lumpenbündels. Was hatte ihm die Kraft geraubt zu schreien – Hunger, Hoffnungslosigkeit?

Anneliese fehlte die Kraft nicht. »Hör auf!«, rief sie, »jetzt hör doch endlich auf!« Heisere Laute kamen aus dem Mund des Geschundenen, Emil blieb stumm. Seine Lippen waren wie so oft zusammengepresst, das Gesicht verzerrt, die Augen nichts als schwarze abgrundtiefe Löcher. »Emil, hör auf!«

Ob es vorbei war, weil sie auf ihn einschrie oder weil sich das Lumpenbündel nicht mehr rührte, wusste sie nicht, als sie die beiden erreichte. Endlich stieß Emil ein Keuchen aus, und Anneliese bückte sich blitzschnell, presste die Tasche an ihre Brust, wandte sich ab. Sie brachte keinen Schritt zustande. Als sie sich wieder zu rühren vermochte, sah sie aus den Augenwinkeln, dass die Gestalt nicht mehr auf dem Boden lag, sondern nur noch eine dünne Blutspur auf den Pflastersteinen an das Geschehene gemahnte. Emils Keuchen war verstummt. Er starrte sie mit einem Ausdruck an, als erwachte er aus einem Traum, keinem schönen, einem hässlichen.

»Ist alles in Ordnung?«, fragte er. Anneliese überlief ein Beben. Nichts war in Ordnung, rein gar nichts, aber wie sollte sie ihm das sagen, wo er doch langsam wieder einem Menschen glich. »Ich … ich … ich hätte das nicht tun sollen«, stammelte er. Bedauern über das, was geschehen war, lag in seiner Stimme.

Sekunden vorher hätte sie noch genickt. Aber dass er nun entsetzt auf seine Hände starrte, machte es leicht, ihm augenblicklich zu vergeben. Ja, was er getan hatte, war zweifellos hässlich gewesen, doch weshalb er es getan hatte, war wunderschön. Er war für sie zum Helden geworden!

»Ach was!«, rief sie atemlos. »Du hast mich beschützt… gerettet.«

»Du hättest mich nicht sehen sollen… nicht so…«

»Keine Angst«, sie lachte das Grauen einfach weg, »ich habe schon weitaus Schlimmeres gesehen. Was glaubst du, wie schockiert ich war, als Felicitas zum ersten Mal unsere Mitschüler verprügelt hat? Gewiss, sie hat es nicht oft getan, sie wollte ja nicht mehr das wilde Hafenmädchen sein. Später hat sie allerdings mit Worten um sich geschlagen, erst recht, als sie erkannte, dass manche wie Fäuste wirken und…«

Mit jedem Wort, das sie sagte, verschloss sich sein Blick ein wenig mehr. Nur die Schweißtropfen auf seiner Stirn und die Haarsträhne, die ihm ins Gesicht fiel, verrieten, wie besinnungslos er gewütet hatte.

»Ich hätte das nicht tun sollen«, sagte er wieder, »ich hätte mich beherrschen müssen, jetzt und auch in der Schule. Ein Paul Löwenhagen mag zwar eine Abreibung verdient haben, aber dieser… dieser arme Kerl hat es nicht. Sicher war er ein Arbeitsloser, es sind ja so viele arbeitslos. Wusstest du, dass es mittlerweile über sechs Millionen sind? An den Stempeltagen stehen so lange Schlangen vor dem Arbeitsamt, und sie haben noch Glück, solange sie Anspruch auf Stempelgeld haben. Danach gibt es nur mehr die Wohlfahrtsunterstützung, davon kann keiner leben.« Er schüttelte den Kopf, seine Hand fuhr an seine Schläfe. »Hamburg hätte ohne Wirtschaftskrise eine glänzende Zukunft vor sich gehabt. Aber nun… Auf dem Weltmarkt verfallen die Preise, die Exportmöglichkeiten sind eingeschränkt, viele Reedereien haben ihre Schiffe stillgelegt, alteingesessene Firmen melden Konkurs an. Und die Arbeitslosigkeit… die Arbeitslosigkeit ist dieses Jahr allein in Hamburg auf fast vierzig Prozent gestiegen! Alles versinkt im Elend… im Chaos. So kann es nicht weitergehen, etwas muss sich ändern.«

Ja, dachte Anneliese, etwas muss sich ändern. Aber sie dachte nicht an Hamburg, nicht an die Arbeitslosigkeit, nicht an die Not der Menschen, die auch Felicitas häufig beschwor. Gewiss, sie hatte Mitleid, nur dies war nicht der Tag, sich über das Elend der Welt den Kopf zu zerbrechen. Es war der Tag, an dem sich zwischen ihr und Emil alles ändern musste.

Wieder öffnete er den Mund, wieder wollte er wohl irgendetwas sagen, das mit Hamburg zu tun hatte, nicht mit ihnen beiden. Sie konnte es nicht zulassen, beugte sich vor, küsste ihn auf den Mund, und weil er seine Lippen gerade geöffnet hatte, schob sie einfach ihre Zunge dazwischen. Es war kein Kuss, wie sie ihn sich erträumt hatte. Küssen, das sollte doch so etwas sein wie schweben, wie tanzen, umso vollendeter und geschmeidiger, wenn einer die Führung übernahm und sich der andere seinem Rhythmus anpasste, zwei Leiber zu einem verschmolzen. Was sie dagegen tat, blieb ein steifes, unbeholfenes Unterfangen. Trotzdem, seine Lippen waren weicher als gedacht, hier saß kein Muskel, den er anspannen konnte, wehrlos schien er kurz, ihr diesen einen gestohlenen Augenblick lang ausgeliefert.

Viel zu schnell lagen seine Hände auf ihren Schultern, und so fest konnte sie sich gar nicht an seine Lippen saugen, dass er sie nicht mühelos wegzuschieben imstande war, mit gleicher Unerbittlichkeit, die eben der Dieb zu spüren bekommen hatte. Dass sie in seiner Miene nur Ratlosigkeit witterte, machte es nicht besser. Er wollte sie nicht. Er begehrte sie nicht. Er liebte sie nicht.

Röte flammte über ihr Gesicht, sie wandte sich hastig ab und begann wortlos davonzulaufen.

»Ich ... ich bringe dich heim«, rief er ihr nach.

Sie blieb nicht stehen, wäre sie stehen geblieben, sie wäre wohl in Tränen ausgebrochen.

»Mach dir keine Mühe«, rief sie ihm zu. »So groß wird die Gefahr nicht sein, dass ich an ein und demselben Tag zweimal bestohlen werde. Und selbst wenn – es hat mir genügt, dich einmal derart wüten zu sehen.«

Er folgte ihr nicht, sagte auch nichts mehr. Oder doch? Sie meinte zu hören, dass er sich entschuldigte, und glaubte ihm sogar. Es tat ihm wirklich leid, die Beherrschung verloren zu haben – beim Prügeln, nicht beim Küssen. Ein Trost war ihr das gleichwohl nicht. Sie lief noch schneller, die Tränen kamen trotzdem.

Seit anderthalb Jahren teilte sie sich mit Felicitas eine möblierte Wohnung am Ende der Heimhuder Straße, die gemessen an dem einstigen Pensionszimmer riesig war. Es gab nicht nur zwei größere Räume, die sie als Schlafzimmer nutzten, obendrein ein kleineres Wohnzimmer, ein Bad mit Wasserklosett und Badewanne anstelle des simplen Waschtisches, und schließlich eine Küche samt Büfett aus weißem Holz, in dem Töpfe und Pfannen, Geschirr und Besteck aufbewahrt werden konnten.

Störend war einzig, dass sich die Wohnung gegenüber der Johanniskirche befand und der dröhnende Klang der Glocken regelmäßig die Wände zum Vibrieren brachte. Als Anneliese die Wohnung erreichte, vermischte sich das Gebimmel gerade mit den Klängen eines Liedes – *Schöner Gigolo* von den Comedian Harmonists –, denn Felicitas hatte eine Platte aufgelegt, was sie immer tat, um sich auf den Abend einzustimmen.

Früher war Felicitas modisch ihrer Zeit stets voraus gewesen, hatte kürzere Röcke bereits getragen, als andere noch auf Knöchellänge gesetzt hatten. Nun verweigerte sie sich dem neuen

Stil, der die weiblichen Formen betonte. Anstatt mit Korsett und Hüftgürtel entsprechende Rundungen hervorzuheben, begnügte sie sich mit Schlüpfern, die den Körper nur mit Gummieinsätzen formten. Und sie verzichtete auf die modernen Pelerinen und Capes, sondern trug Kleider mit schmalen Trägern, die die Schultern nackt ließen. Wer sah, wie sie sich schminkte – die Lippen in der dunklen Farbe von reifen Beeren nachgezogen, die Wangen mit Rouge betupft, die Augen mit dunklem Kohlestift betont –, hätte sie nie für eine Lateinlehrerin gehalten. Diese Felicitas würde Anneliese immer ein wenig fremd bleiben.

»Ich verstehe nicht, dass du nach so einem langen Schultag noch fortgehen kannst«, sagte Anneliese und ließ sich auf das Sofa sinken.

Felicitas hätte es am liebsten rausgeworfen, sie fand den geblümten Bezug grässlich und die Rückenlehnen viel zu hoch, aber Anneliese hatte darauf beharrt, dass es äußerst bequem sei. Ein Schmerz zog von ihren Füßen hoch zum Rücken, immerhin waren ihr über das lange Laufen die Tränen versiegt.

Felicitas warf ihr den gleichen Blick wie immer zu, wenn sie von einem Treffen mit Emil kam. Er war etwas abschätzend, spöttisch, und es wohnte zugleich eine gewisse Kälte darin, die umso befremdender war, weil sonst in ihren Augen ein Feuer loderte.

»Und ich verstehe nicht, warum es dein größtes Vergnügen ist, mit dem Zinnsoldaten Schifffahrten zu machen.«

Für gewöhnlich ärgerte sich Anneliese, wenn sie Emil so nannte. An diesem Abend reichten ihre Kräfte nicht dazu. »Ich glaube, ich habe mich in ihm geirrt«, gestand sie unwillkürlich ein. »Ich dachte, er mag mich so, wie ich ihn mag, aber ... aber ...«

Sie konnte es nicht laut aussprechen – es zu denken war schmerzhaft genug: ... *Aber er wird mich nicht heiraten.*

Felicitas schloss die schmalen glitzernden Riemchen ihrer Schuhe. »Es gibt mehr als nur einen«, sagte sie leichtfertig.

»Dann war ja alles umsonst!«, rutschte es Anneliese heraus.

»Was war umsonst?«

»Na, die letzten zwei Jahre! Ich habe sie einfach verplempert, habe vergebens darauf gewartet, dass er mir sein Herz öffnet, mir einen Antrag macht. Alles für nichts und wieder nichts.«

Anstatt den zweiten Schuh überzuziehen, ließ Felicitas ihn fallen und ging auf sie zu, hockte sich vor das Sofa. Die Kirchenglocken waren ebenso verstummt wie die Comedian Harmonists.

»Du willst mir nicht ernsthaft sagen, dass dein Leben in den letzten beiden Jahren für dich nur eine Zeitverschwendung war? Du hast unterrichtet, wir hatten gemeinsam schöne Stunden, und selbst wenn Emil in deiner Zukunft keine Rolle mehr spielen sollte – die Ausflüge mit ihm hast du doch genossen. Dein Leben beginnt nicht erst, wenn du heiratest… geheiratet wirst. Es ist bereits in vollem Gange, du musst nur etwas daraus machen.«

Anneliese seufzte. »Fräulein Thorhoven hat sich für einen sechsmonatigen Kochkurs beurlauben lassen, nachdem sie sich verlobt hat. Und ich weiß, es ist falsch, aber ich beneide sie so glühend darum.«

»Wer ist Fräulein Thorhoven?«

»Eine Kollegin an der Volksschule.«

Felicitas war anzusehen, was sie von dieser Kollegin hielt. »Du kannst bereits kochen, also musst du keinen Kochkurs machen.« Sie hielt kurz inne und fuhr dann fort: »Und vielleicht ist genau das dein Problem. Es ist dir zu langweilig, Kindern beizubringen, wie man häkelt und Kartoffeln schält. Du brauchst eine neue Herausforderung. Ich war immer der Meinung, dass du mehr schaffen könntest als nur das technische Lehrerinnenseminar. Du

könntest auch die Lehrerbildungsanstalt besuchen und Volks-
schullehrerin werden.«

»Dafür ist es jetzt zu spät.«

»Wer sagt das? Du wärst doch schon in drei Jahren fertig, und
wir sind beide erst Mitte zwanzig!« Die Vorstellung, irgendwann
dreißig und noch nicht verheiratet zu sein, rief in Anneliese Panik
hervor. Und doch würde genau das passieren, wenn sie die nächsten Jahre wieder an einen Mann verschwendete, der es nicht ernst
mit ihr meinte. »Sieh mal«, fuhr Felicitas fort, »ich will mich auch
nicht mit dem begnügen, was ich bin. Natürlich bin ich sehr gern
Lehrerin, ich liebe es zu unterrichten, aber eines Tages würde ich
gern … Rektorin werden!«

Anneliese blickte sie ungläubig an. »Du willst eine Schule leiten?«

»Ja, warum denn nicht? Oh, ich weiß, als 1913 das erste Mal eine
Schule einer weiblichen Leitung anvertraut wurde, hieß es, dass
auf diese Weise die Volkswirtschaft, das Familienleben und die
nationale Wehrkraft zersetzt werden würden. Aber in Berlin gibt
es mittlerweile schon achtzehn Rektorinnen. Und Hamburg wird
gewiss bald nachziehen.«

Sie stand auf, schlüpfte in den zweiten Schuh.

Solche Schuhe trägt eine Schulleiterin nicht, dachte Anneliese,
sagte es aber nicht laut. Felicitas würde ja doch antworten, dass
eine Frau alles tragen, alles sein durfte, was immer sie wollte. Nur
eine Grenze gab es. Eine Ehefrau wurde man nicht, wenn man
es wollte, sondern wenn einem ein Mann einen Antrag machte.

»Und überhaupt«, fuhr Felicitas fort, »du hast gewiss mitbekommen, welches Gesetz letzten Mai erlassen wurde. Um die
Arbeitslosigkeit zu mindern, können grundsätzlich alle Reichs-
beamtinnen entlassen werden, wenn deren wirtschaftliche Ver-
sorgung als gesichert gilt. Aus ist es mit dem Unterrichten, wenn

man heiratet, man darf nur noch dem werten Gemahl eine Suppe kochen.«

»Es geht nicht nur ums Suppekochen. Es geht um seinen Platz in der Welt, dass man weiß, was einen morgen erwartet, und dass man nicht mehr einsam ist.«

»Deine Mutter wäre wahrscheinlich lieber einsam als verheiratet. Unter der Fuchtel deines Vaters ist sie doch todunglücklich.«

»Deswegen wünsche ich mir ja einen lieben Mann.«

»Und den glaubst du in Emil Tiedemann gefunden zu haben?«

Nicht nur das Lächeln wirkte höhnisch, die Stimme war es auch.

Anneliese rückte ab, begann ihre Fußballen zu kneten. »Leider nein. Ich glaube, ich werde ihm sagen, dass wir uns nicht mehr sehen sollen.« Felicitas tat ihr den Gefallen, dazu zu schweigen. Sie erhob sich, schlüpfte in einen dünnen Seidenmantel, suchte nach ihrer Handtasche, ehe sie sich ein letztes Mal vor dem Spiegel die Lippen nachzog. »Hast du denn nie Angst, einsam zu sein?«, fragte Anneliese noch. »Fehlt dir kein Mann?«

Felicitas legte den Kopf zurück und lachte. »Mir soll ein Mann fehlen? Um Himmels willen! Mein Problem ist, dass ich viel zu viele Männer habe.«

Anneliese zuckte kaum merklich zusammen. Sie wusste: Wenn Felicitas früher damit geprahlt hatte, drei Jungen verprügelt zu haben, hatte am Ende nur einer ein blaues Auge und eine Schramme am Kinn gehabt. Und wenn sie heute von vielen Liebhabern sprach, waren es am Ende nur zwei oder drei. Aber auch das erschien Anneliese schon zu viel. Sie hatte sich ausbedungen, dass die Freundin keine ihrer Affären jemals in diese Wohnung mitbrachte, und Felicitas hielt sich daran. Anneliese war dennoch unangenehm davon berührt, wenn sie frühmorgens mit fiebrig glänzenden Augen, geschwollenen Lippen und zerknitterter Kleidung heimkehrte, und sie musste jedes Mal an sich halten, um nicht zu sagen, was sie dachte: dass ihr Lebensstil nicht zur Würde des Lehrberufs passte!

Auch jetzt verkniff sie sich diese Worte, zumal es eben an der Tür läutete.

»Das muss Levi sein, er holt mich ab«, sagte Felicitas schnell und schlüpfte in den zweiten Schuh.

»Ihn«, sagte Anneliese leise, »ihn magst du besonders, oder?«

»Weil er mein Freund ist. Weil ich ihm alles erzählen kann. Weil er für mich kein Mann ist, den ich heiraten oder mit dem ich ins Bett steigen will. Letztlich ist man nur nicht einsam, wenn man Freunde hat. Willst du nicht mitkommen? Es nutzt ja nichts, hier zu hocken und Trübsal zu blasen.«

Allein der Gedanke daran, aufzustehen und die schmerzenden Fußballen zu belasten, trieb Anneliese Tränen in die Augen. Die Vorstellung, den ganzen Abend zu grübeln und sich einzugestehen, dass sie Emil nicht nur verloren, ihn nie gehabt hatte, setzte ihr nicht minder zu. Sie blickte rasch zur Seite, damit Felicitas ihr den Kummer nicht ansah, doch es war zu spät.

»Ach herrje …« Die Freundin seufzte.

»Du kannst mich ruhig allein lassen.« Mit jedem Wort stieß sie ein Schluchzen aus, am Ende weinte sie hemmungslos.

»Können schon, aber ich will es nicht.«

Felicitas schlüpfte aus den Schuhen, öffnete das Fenster, um Levi Bescheid zu geben, dass er sich heute ohne sie in Hamburgs Nachleben stürzen müsse, wischte sich hinterher über ihren Beerenmund.

»Du musst wirklich nicht …«, stieß Anneliese zwischen zwei Schluchzern aus.

Felicitas setzte sich zu ihr auf das Sofa und begann, ihr die schmerzenden Füße zu massieren. »Ich lass dich nicht allein. Und ich bringe dieses Opfer gern, wenn du dir dafür Emil Tiedemann endgültig aus dem Kopf schlägst. Glaub mir, er ist nicht der richtige Mann für dich.«

Dass Anneliese ihr nicht widersprechen konnte, vergrößerte ihren Kummer nur.

November

Seit wann bist du so eine Schnecke?«, fragte Levi. »Sonst tanzt du doch immer über die Straße. Dass du heute kriechst, als wärst du am Boden festgewachsen, habe ich noch nie gesehen. Du kannst beruhigt sein, es ist längst nach Mitternacht, auch für eine wie dich ist es nichts Ehrenrühriges, jetzt nach Hause zu gehen.«

Felicitas machte keine Anstalten, ihren Schritt zu beschleunigen. Gewiss, das lag auch daran, dass das Riemchen ihres rechten Schuhs angerissen war und sie Angst hatte, dass es bald abreißen würde, aber der eigentliche Grund war ein anderer.

»Das, was du mein Zuhause nennst, ist in Wahrheit ein Bestattungsunternehmen.«

Sie trat zu Levi, um sich bei ihm einzuhaken, doch er wich unwillkürlich zurück. So bereitwillig er sie stützte, wenn sie betrunken war – solange sie nüchtern war, mied er Berührungen.

»Du übertreibst.«

»Tu ich nicht! Anneliese trägt immer noch jeden Tag ihre große Liebe zu Emil zu Grabe und weint sich dabei die Augen aus. Ein Wunder, dass sie morgens das Haus nicht mit einem schwarzen Gesichtsschleier verlässt oder sich gleich als Witwe verbrennen lässt.«

»Da sie nicht verheiratet waren, ist sie keine Witwe.«

»Genau das ist ihr Problem. Als Witwe würde sie sich wahrscheinlich nur halb so elend fühlen, weil sie dann noch ihren Ehering tragen könnte. Und nicht nur ihren, auch seinen.«

Levi warf ihr einen mahnenden Blick zu. Sie spottete nicht zum ersten Mal über Anneliese, und manchmal kam auch er nicht umhin, seine Mundwinkel zu verziehen. Doch er gemahnte sie regelmäßig, ihre Freundschaft zu ehren und sich nicht über Anneliese erhaben zu fühlen. In der Tat hatte Felicitas alles getan, um ihre Freundin aufzumuntern, aber die Maßnahme, zu der sie ihr riet – in langen Nächten dem Schmerz einfach davonzutanzen –, lehnte die Freundin stets energisch ab. Und dazu, wochenlang neben ihr zu sitzen, ihre Hand zu halten und ihr dann und wann ein Taschentuch zu reichen, fehlte ihr die Geduld. Überdies schürte Anneliese mit der Frage, ob es ein Fehler gewesen sei, sich von Emil zu trennen, regelmäßig das Verlangen, an ihrem Zopf zu ziehen.

»Du musst ja nicht nach Hause«, sagte Levi. »Weilt dein fliegender Holländer nicht in der Stadt?«

Mittlerweile kannte Levi den Namen des Seemanns, den sie seit nunmehr zwei Jahren bei jedem Landgang traf – Rasmus –, er sprach ihn dennoch nie aus. Fliegender Holländer passte perfekt zu Rasmus, fühlte sich an dessen Seite das Leben doch so leicht an. Das Glück, das sie bei ihm fand, war zwar nur ähnlich langlebig wie ein Schaumbläschen im Champagnerglas, aber gleichwohl berauschend. Und auf den Rausch folgte kein Kater. Sie war nie enttäuscht, vielmehr dankbar dafür, dass er Hamburg nicht mit vollmundigen Liebesschwüren verließ, nur mit einem Augenzwinkern, das sie gern erwiderte.

»Er ist schon wieder fort.«

»Schade, ich hatte den Eindruck, dass du ihn magst.«

»Ich mag ihn, weil ich weiß, dass er immer wieder geht.«

»Nicht, weil immer wieder zurückkommmt?«

Sie zuckte mit den Schultern. Die Wahrheit war, dass ihr mit Rasmus stets drei Wochen reichten. Schon in der vierten wurde es langweilig, mit ihm zu tanzen, zu trinken, Varietés zu besuchen, ihn zu küssen und in seine Spelunke mitzukommen, die er seine Höhle nannte. Eigentlich war das kein passender Ort für einen fliegenden Holländer, doch so eng und dunkel es dort auch war – es roch nach einer weiten Welt, deren Dreck nicht störte, solange er Fremdheit und Exotik verhieß und sie nur einen kurzen Ausflug dorthin unternahm.

»Warum sprechen wir eigentlich über mich und den fliegenden Holländer? Warum nicht darüber, dass du dir nie ein Mädchen anlachst?«

»Ich führe lieber Gespräche, als dass ich lache, und meine Geliebte sind die Bücher.«

Felicitas hakte sich bei ihm unter, und diesmal wich er zu spät zurück. »Ist diese Geliebte nicht etwas spröde beim Küssen? Ich meine, dir gerät Staub in die Nase dabei, oder nicht?«

Wenn sie ihn wie jetzt betrachtete, fand Felicitas, dass Levis Lippen sehr wohlgeformt waren und durchaus zum Küssen einluden. Allerdings hatte sie ihn entgegen seinen Worte niemals vertraulich mit einer Frau gesehen.

»Meine Geliebte ist dennoch sehr schön.«« Er schien kurz nachzudenken, und sie ahnte, dass er nach einem geeigneten Zitat suchte. Tatsächlich fielen ihm gleich drei ein. »Von allen Welten, die der Mensch erschaffen hat, ist die der Bücher die gewaltigste. Ein Buch muss die Axt sein für das gefrorene Meer in uns.«« Ach ja, und das hier passt zu deinem fliegenden Holländer: ›Bücher sind Schiffe, welche die weiten Meere der Zeit durcheilen.‹«

»Ich fürchte, wenn du mir sagst, von wem diese Zitate stammen, werde ich es mir nicht merken.«

»Von diesem schon: ›Wenn du einen Garten und eine Bibliothek hast, wird es dir an nichts fehlen.‹ Ein Ausspruch von Cicero.«

»Auf einen Garten könnte ich verzichten, auf eine Bibliothek nicht. Und ich könnte auch nicht darauf verzichten, das Gelesene an Kinder weiterzugeben.«

Levi lächelte sie auf eine Weise an, wie nur er es tat. Meist wirkte er versonnen, als wäre er gar nicht wirklich da, hin und wieder blitzte Schalk in seinen Augen auf. Nun schien er einfach glücklich darüber zu sein, dass sie sich – so verschieden sie in vielen anderen Dingen waren – die Leidenschaft fürs Unterrichten teilten. Das hatte sich gerade erst in den letzten Wochen gezeigt, als sie gemeinsam mit der Untertertia ein Theaterstück einstudiert hatten. Ein Teil des Lehrkörpers fand es skandalös, dass die Wahl ausgerechnet auf Wedekinds *Frühlings Erwachen* gefallen war. Die Frage, wann in jungen Menschen die sexuelle Neugier erwachte, sollte in ihren Augen keinen Platz auf der Alsterschule haben. Aber Oscar Freese hatte sich für sie starkgemacht, nachdem er gesehen hatte, wie begeistert die Schüler mitspielten. Vor allem der sonst so schwierige Paul Löwenhagen war mit Feuereifer dabei und gab einen großartigen Melchior Gabor ab, vor allem in jener Szene, da er seinen Freund Moritz über Stiefel aufzuklären versuchte.

Levis Lächeln schwand wieder. Wahrscheinlich fiel ihm ein, dass Weihnachten vor der Tür stand und die Ferien ihn dazu zwingen würden, aufs Unterrichten zu verzichten. Stattdessen musste er erst mit der jüdischen Verwandtschaft Chanukka feiern, dann mit seiner christlichen Mutter die Geburt Jesu, und wie immer würden ihn scheele Blicke treffen, weil er hier wie dort fehl am Platze schien. Mehr als einmal hatte er bekräftigt, dass er sich dort einsamer fühlte als allein unter Büchern.

»Kann ich heute bei dir übernachten?«, fragte sie plötzlich. Ihr entging nicht, dass er einmal mehr etwas abrückte. »Keine Angst, ich will nicht, dass du deine Geliebte, die Bücher, betrügst, aber deine Wohnung ist näher als meine, und mir ist kalt.« In der Tat hatten sie den Grindel – jenes Viertel zwischen Rotherbaum und Harvestehude – erreicht, und sie waren kaum fünf Gehminuten von seiner Wohnung in der Rappstraße entfernt. Sie hatte ihn schon oft dort abgeholt, sie jedoch noch nie betreten. Wahrscheinlich fand man keinen Platz, auf dem nicht schon ein Buch lag, aber das Bett würde wohl frei sein. »Komm schon, wenn ich die Luft anhalte, haben wir gemeinsam auf der schmalsten Matratze Platz.«

Er rückte noch weiter von ihr ab, und als sie schon erklären wollte, dass sie ihn nicht weiter bedrängen würde, ließ ein Lärm sie zusammenschrecken.

Dass Betrunkene randalierten, kam in Hamburgs Straßen öfter vor. Ungewöhnlich war es, dass es im Grindel geschah, wo viele Juden lebten und man eine Weile nach Etablissements und Kneipen, die noch in der tiefsten Nacht geöffnet hatten, suchen musste. Alsbald erkannte sie aber: Was da zu hören war, war kein Lallen, es war ein Schrei, sehr zornig, sehr hasserfüllt, hinzu kamen Schritte von Menschen, die nicht so klangen, als würden jene wanken, eher, als wollten sie Löcher in den Boden stampfen. Und dann war da noch das Klirren von Glas. So klang es, wenn man Kohlen durch Fensterscheiben warf – was dieser Tage oft geschah, allerdings nicht in diesem Stadtbezirk.

»Seit wann werden die Straßenkämpfe denn im Grindel ausgetragen?«, fragte Felicitas verwundert.

In Altona standen sie an der Tagesordnung, die Nazis und Kommunisten bekamen sich dort oft in die Haare, Sozialisten und Kommunisten kaum seltener, denn was alle drei Parteien gemein hatten, war der Anspruch auf das Viertel. An einem Tag im vergangenen Sommer, den man seitdem Blutsonntag nannte, war der Konflikt eskaliert. Die SA, die Kampforganisation der NSDAP, war aufmarschiert, was die Roten nicht hatten dulden wollen. Die Polizei wiederum duldete nicht deren Einschreiten, im Tumult waren am Ende achtzehn Personen erschossen worden.

Schüsse waren hier und heute nicht zu hören, jedoch erneut ein Klirren.

»Das kommt vom Schinkenkrug«, stellte Levi fest.

Er blieb unwillkürlich stehen, löste sich aber alsbald aus der Starre. Entgegen seinen Gewohnheiten nahm er ihre Hand und zog sie energisch mit sich.

»Im Grindeler Schinkenkrug befindet sich doch das Hamburger Parteilokal der NSDAP«, rief sie und wehrte sich gegen seinen Griff. »Oh, wenn man der braunen Bagage die Bude einschlägt, muss ich das sehen.«

»Felicitas!«

»Was denn, was denn? Dass sie bei den letzten Wahlen abgeschmiert sind, verleiht den Roten wohl den Mut, ihnen eins auf den Deckel zu geben. So gefällt es mir. Das ist eine gerechte Strafe dafür, dass sie jüngst mehrere jüdische Läden geplündert haben.«

»Auch die Kommunisten zerstören Läden.«

»Aber nicht nur die jüdischen. Und sie klauen, damit ihre Kinder was zu essen kriegen, das ist etwas anderes.«

»Die hässlichen Gesichter, zu denen Gewalt führt, sehen immer gleich aus.«

Sie wäre beinahe bereit gewesen nachzugeben. Allerdings mussten sie am Schinkenkrug vorbei, um zu Levis Wohnung zu gelangen, und obwohl sie nicht stehen blieb, verlangsamte sie den Schritt, um die Scherben, die im Licht der Straßenlaternen glitzerten, zu begutachten. Tatsächlich waren drei Fenster eingeschlagen worden. Doch wer immer es getan hatte, war nicht auch auf eine Prügelei erpicht gewesen, sondern ins Dunkel der Nacht geflohen. Ein paar der Braunhemden standen vor ihrem Parteilokal, schrien dem Täter Flüche nach, wollten sich aber nicht die Blöße geben, ihm nachzuhasten und womöglich mit leeren Händen zurückzukommen. Ihr Zorn richtete sich stattdessen auf den Polizeibeamten, der des Weges kam.

»Soll das die Zucht und Ordnung sein, für die ihr verantwortlich seid?«, blaffte ihn einer der Braunhemden an.

»Da reden die Richtigen«, murmelte Felicitas.

Sie war fast ein wenig enttäuscht, keinen echten Tumult zu erleben. Natürlich gab sie Levi recht damit, dass die Gewalt hässliche Gesichter erzeugte, aber als Kind, wenn sie mit Halbwüchsigen um etwas gebalgt hatte, was sie als ihr Recht betrachtete, hatte sie sich so lebendig gefühlt, wie in diesen Tagen nur mehr beim Tanzen.

Levi sagte nichts dazu. Er ließ Felicitas' Hand los und beschleunigte wieder den Schritt, als wäre auch er auf der Flucht, während Felicitas den ihren noch weiter verlangsamte. Ob es an seinem Rennen lag oder ihrem Schleichen, plötzlich traf sie eine Stimme.

»Bleiben Sie stehen!«

Der Beamte der Stadtpolizei trat auf sie zu. Er trug die obligatorischen schwarzen Schaftstiefel, seine Uniformjacke hatte einen hohen geschlossenen Kragen, hinter dem er wegen der Kälte sein Gesicht verbarg. Offenbar fühlte er sich genötigt, sich vor den Braunhemden zu beweisen. Wie lächerlich, ausgerechnet von ihnen die Ausweise zu verlangen, wie er es nun tat!

»Sehen wir denn aus, als würden wir unsere Nächte damit verbringen, Fensterscheiben einzuschlagen?«, fragte sie schnippisch.

Der Polizist sagte nichts, gab ihr den Ausweis rasch wieder zurück, beschäftigte sich etwas länger mit Levis. »Levi Augustinus Cohn«, las er laut.

Seine Stimme glich dem Winseln eines Hundes, der dem stärkeren den Knochen überlässt, um selbst das räudige Fell nicht über den Kopf gezogen zu bekommen. Er sprach Levis Namen nicht einfach nur aus, er warf ihn den vier, nein mittlerweile fünf Braunhemden regelrecht vor die Füße.

»Wir... wir haben nichts damit zu tun«, rief Levi in Richtung der Männer.

Mehrere Atemzüge vergingen, bis der Polizist ihm endlich wieder den Ausweis aushändigte. Zu viele, um danach einfach verschwinden zu können. Während der Beamte den Kopf einzog und sich entfernte, hatten die fünf sie eingekreist.

»Ihr Saujuden habt nichts damit zu tun, so?«, sagte der Schrank von einem Mann, der sich vor Levi aufbaute. Felicitas fühlte, dass Levi sich am liebsten geduckt hätte, und es imponierte ihr zutiefst, dass er es nicht tat, sondern dem anderen ins Gesicht sah. Leider machte das auf diesen nicht ebenso viel Eindruck, wiegelte ihn nur weiter auf. »Ihr habt ja nie mit irgendetwas zu tun! Ihr macht verächtlich, was uns heilig ist, ihr schätzt selbst eine tote Ratte mehr wert als einen toten Helden, ihr bereichert euch an unserer Arbeitskraft, während ihr selbst nichts leistet, nur rafft. Ihr sät und erntet nicht, grast nur ab und verratet uns regelmäßig an den Feind.«

Kurz starrte Felicitas die Männer so fassungslos an, wie Levi es tat. Dann übernahm ihr Instinkt die Regie. Fünf Männer... nur einer hatte die Statur eines Schranks... zwei waren noch Jünglinge... ein dritter dickbäuchig, er schwitzte selbst jetzt in der kalten Nacht... und dann war da noch ein schmächtiger mit Brille. Wenn sie mit dem Schrank fertigwurde, hätten ihr die anderen wenig entgegenzusetzen, und dem gegenüber hatte sie trotz seiner bulligen Gestalt einen Vorteil: Er rechnete nicht mit Gegenwehr, zumindest nicht von ihrer Seite.

Felicitas senkte den Kopf, als wäre sie ein verängstigtes Frauenzimmer, nutzte diesen Moment, um tief Luft zu holen. Ihr Über-
raschungsangriff musste schnell folgen, sonst würde die Wirkung
verpuffen. Am besten, sie versetzte dem Schrank einen Kinnhaken und zugleich dem neben ihm einen Tritt zwischen die Beine,
dann müsste genug Platz entstehen, um sich vorbeizuzwängen, zu
fliehen. Wie aus weiter Ferne vernahm sie Beleidigungen, wie aus
weiter Ferne Levis Bitte, sie gehen zu lassen. Als der Schrank den
Arm hob, auf Levis Brust eindrosch, hörte sie gar nichts mehr,
sie sah nur mehr rot, aber jede Faser ihres Körpers wusste, was zu
tun war.

Emil war wie immer um halb elf ins Bett gegangen, und wie immer
lag er gerade auf dem Rücken, die Decke bis zur Brust hochgezogen, die Arme rechts und links, weil das in seinen Augen die dem
Schlaf zuträglichste Haltung war. Der Schlaf kam trotzdem nicht –
auch das war wie immer. Manchmal war es die Stille in seiner kleinen, zweckmäßig eingerichteten Wohnung in der Bieberstraße, die
in seinen Ohren dröhnte. Heute störte das fortwährende Geschrei
aus der Ferne, vielleicht das Lallen von Betrunkenen, vielleicht das
Zeichen einer Prügelei. Er wollte es nicht herausfinden, erhob sich,
als Mitternacht längst vorbei war, nur um dreißig Liegestütze zu
machen. Eigentlich waren es mehr, so viele, dass das Keuchen aus
seinem Mund die Stimmen übertönte. Zumindest die Stimmen
von draußen. Nicht die Stimmen in seinem Inneren.

Hatte er einen Fehler gemacht, als er zuließ, dass Anneliese
sich von ihm lossagte? Hätte er um diese Frau kämpfen sollen?
Das fragte er sich nunmehr seit Wochen. Und war es ein Fehler
gewesen, Grotjahns Angebot, an seine Schule zu kommen, abzu-
lehnen?

Anders als Anneliese, die er seit jenem Tag im September nicht mehr gesehen hatte, hatte Grotjahn nach ihrer Begegnung im Turnsaal noch einige Male das Gespräch mit ihm gesucht.

Er machte weitere Liegestütze, spürte irgendwann seine Oberarme kaum mehr, sank auf den Boden, blieb liegen. Vielleicht würde er hier einschlafen können. Der harte Boden machte ihm nichts aus. Das Harte war nicht gefährlich, an ihm prallte alles ab. Das Weiche hatte jene verschlingende Macht, die vergessen ließ, wo die Grenzen verliefen, die Grenzen zwischen gestern und morgen, auch die Grenze zwischen ihm und seinem Leben, hinter der er sich als Zuschauer verschanzen könnte.

Er schloss die Augen, öffnete sie wieder. Da war noch eine Stimme, nicht lallend, nicht wütend, Hilfe suchend. Sie kam nicht von unten, sie kam aus dem Hausflur.

»Um Gottes willen, Felicitas!«, rief er wenig später. Nein, er rief es nicht, er war noch zu atemlos. Er konnte seine Oberarme weiterhin nicht spüren, nur sein Herz hämmern hören. Blut... da war überall Blut... auf Felicitas' Kleid, auf ihren Schuhen, auf ihrem Gesicht. Er hielt den Knauf seiner Wohnungstür noch in der Hand, umklammerte ihn regelrecht, während sie über die Schwelle trat. Für eine, die schwer verletzt schien, konnte sie erstaunlich aufrecht gehen. »Felicitas...«

Erst jetzt schien ihr aufzufallen, wie entsetzt er sie musterte. Sie wischte sich über die Wange und sah in ihre blutverschmierte Hand. »Es ist nicht mein Blut, es stammt von diesem Dummkopf hier.«

Aus dem Schatten des Gangs trat Levi. Nein, er humpelte... wankte... fiel ihm nahezu in die Arme. Emil ließ erst, als er ihn auffing, den Türknauf los.

»Dummkopf...«, echote Emil, fühlte sich selbst wie einer, weil er sich nicht erklären konnte, warum Levi schlaff in seinen Armen lag. Er hatte seine Brille verloren, sah ohne sie fremd aus.

»Er dachte, er müsse mich beschützen … gar verteidigen. Anstatt so schnell wie möglich loszurennen, als ich mich in den Kampf stürzte, hat er geglaubt, ebenfalls die Fäuste schwingen zu müssen. Natürlich hat er am Ende fast alles abbekommen. Himmel, als ob ich mit solch einer Bande brauner Lumpen nicht allein fertigwürde. Ich brauche keinen, der den Helden spielt.«

Levi hatte so gar nichts mit einem Helden gemein. Er versuchte zwar nun, sich aus seinem Griff zu lösen, schaffte es aber nicht. So wie er sich krümmte, musste er mehrere Faustschläge in den Bauch abbekommen haben … oder vielmehr Fußtritte, nachdem er bereits wehrlos auf dem Boden gelegen hatte.

Was für Schweine, ging es Emil durch den Kopf, als er das Gesicht des Kollegen betrachtete, das – wie Schrammen an Schläfen und Stirn, die blutende Nase und ein geschwollenes Auge verrieten – ebenfalls nicht verschont worden war. Sogar der Kiefer wirkte verrenkt, wahrscheinlich würde es Wochen dauern, bis er ohne Schmerzen kauen konnte.

»Ich habe Arnika. Damit können wir seine Wunden desinfizieren …«

Er schleppte Levi in den schlichten Wohnraum. Es gab hier nur einen Lehnstuhl, kein Sofa, und Felicitas trat an ihnen vorbei, um in sein Schlafzimmer zu lugen. Kurz schämte sich Emil, als er die Decke sah, die er entgegen seiner Gewohnheit zerknüllt hatte liegen lassen. Aber zerknüllte Decken waren nichts, womit man Felicitas verstören konnte.

»Arnika allein wird nicht genügen, doch wie mir das Türschild zeigte, wohnt hier im Haus ein Arzt. Kannst du ihn holen?«

Emil half Levi auf sein Bett. Er wusste von Dr. Schwedler nur, dass er in der Klinik in Eppendorf arbeitete, sehr groß und sehr dünn war, sehr schweigsam und sehr höflich.

»Ich … ich versuche es.«

Dr. Schwedler lebte nicht nur allein wie er. Er schien ebenfalls oft keinen Schlaf zu finden. Jedenfalls sah er nicht aus, als hätte er schon geschlafen, als Emil wenig später vor seiner Tür stand. Sobald er geschildert hatte, was passiert war, griff er nach der Arzttasche und folgte ihm ein Stockwerk nach oben. In der Zwischenzeit hatte Felicitas die Bettdecke zur Seite geschoben, damit Levi mehr Platz hatte. Der krümmte sich wieder oder immer noch.

»Na komm«, sagte Emil, als er sah, wie sein Anblick Felicitas zusetzte, »lass Dr. Schwedler seine Arbeit tun.«

Sie folgte ihm mit leerem Blick. Im Wohnzimmer verharrte sie in der Mitte des Raumes, nahm unwillkürlich Levis Gestus an, der stets durchs Leben ging, als wollte er möglichst nirgendwo anstreifen.

»Soll ich einen Kaffee kochen?«, fragte Emil.

Sie starrte ihn an, als wüsste sie nicht recht, was er in diesem Bild verloren hatte. Auch nicht, warum Blutflecken auf seinem Pyjama waren. Ein Zittern lief über ihren Körper, wohl die Nachwirkungen des Schocks. Doch eine wie Felicitas ließ sich davon nicht in die Knie zwingen, im Gegenteil, es schien sie zu beleben.

»Ich hätte ja vermutet, dass du eine Haushälterin hast, die dir Kaffee kocht.« Klang sie nur belustigt oder spöttisch?

Er ging in die kleine Küche, brachte Wasser zum Kochen, sie blickte sich indes im Wohnzimmer um, was er durch die geöffneten Türen beobachtete. Viel würde sie dort nicht zu sehen bekommen. Er hatte den Raum äußerst schmucklos eingerichtet, nur das Nötigste aus dem Familienhaus mitgenommen. Die Wände waren nackt, der Vorhang war grau, auf dem länglichen Esstisch befand sich kein Schmuck, im Wandschrank nur wenig Geschirr. In dieser Wohnung lebte ein Mann ohne Vergangenheit, ein Mann ohne Sinn fürs Schöne.

Dabei stimmte das nicht. Sie fand er schön, als er mit der Kaffeetasse ins Wohnzimmer trat, zusah, wie sie vor dem kleinen ovalen Spiegel die Blutspuren abzuwischen versuchte. Ihre Haare standen wirr nach allen Seiten ab, ein Riemchen ihrer Schuhe war gerissen. Der rote Fleck am Kinn erwies sich als besonders hartnäckig, es war wohl kein Blut, sondern Lippenstift. Je länger sie ihn bearbeitete, desto größer wurde er.

Erstaunlich, dass sich Blut leichter beseitigen ließ als Lippenstift. Erstaunlich, dass sein Entsetzen über die Blutflecken weniger langlebig war als die Faszination, die von ihren geschminkten Lippen ausging.

Seine Hände bebten, rasch stellte er den Kaffee ab.

»Brauchst du … brauchst du ein Tuch?« Je länger er zusah, wie sie in ihrem Gesicht herumfuhrwerkte, desto deutlicher glaubte er zu fühlen, wie nicht ihre Fingerkuppen, sondern seine ihre Haut berührten. Sie antwortete nicht. »Bist du sicher, dass du nicht schwerer verletzt bist?«

»Es wäre eine Schande für ein einstiges Hafenmädchen, sich von dieser braunen Bagage verschrecken zu lassen. Mindestens drei von ihnen habe ich erwischt, der eine wird seine Eier noch in drei Tagen spüren, das schwör ich dir, und …« Unwillkürlich ging sein Blick zur Schlafzimmertür, um sich zu vergewissern, dass sie verschlossen war. »Was denn? Denkst du, dass den guten Doktor ein obszönes Frauenzimmer so verschreckt wie dich?«

»Du verschreckst mich doch nicht …«, brach es aus ihm hervor.

Seine Worte waren schneller als seine Gedanken. Sie kamen nicht nach, sein Wille kam nicht nach, der Wille, sämtliche Gefühle zu unterdrücken, die ihr Anblick in ihm wachrief. Du hast mich nie verschreckt, dachte er, na ja, ein bisschen schon … damals … aber die Sehnsucht war größer … langlebiger … Wie dumm zu glauben, sie würde schwinden, wenn er genug Zeit mit Anneliese verbrachte.

»Oder ärgert es dich, dass ich von der braunen Bagage spreche?«, rief sie. »Dr. Schwedler kann ruhig hören, was ich von dieser Mischpoke halte, alle können es hören. Ich hätte es ihnen gern ins Gesicht gesagt, dass sie nichts weiter sind als …«

Er vermutete, dass ihr Repertoire an Schimpfwörtern riesig war, er wollte es aber lieber nicht kennenlernen.

»Passt … passt künftig einfach besser auf«, sagte er schnell.

Sie wandte sich vom Spiegel ab. Der rote Fleck am Kinn war fast verschwunden, aber plötzlich erschienen rote Flecken auf ihren Wangen, wohl durch Anstrengung, Ärger, Erschöpfung bedingt, auch durch jene Verachtung, die in ihrem Blick stand.

»Warum soll ich denn aufpassen?«, fragte sie langsam, trat näher. »Bei den letzten Wahlen haben sie doch ordentlich Stimmen eingebüßt, so dumm sind die Deutschen bestimmt nicht, dass sie ihnen ihr Land überlassen und …«

»Das kann sich schnell wieder ändern«, fiel er ihr ins Wort.

»Und dann?« Ihre Stimme klang heiser. »Dann richtest du dein Fähnlein nach dem Wind und marschierst im Gleichschritt mit diesen Horden mit?«

»Es sind doch vor allem die Jungen, die über die Stränge schlagen. Und asozialen Abschaum findest du auch bei den Roten.«

»Für dich sind die Kommunisten also schlimmer?«

Warum hörte er nicht auf zu widersprechen? Warum sie nicht? Woher nahm sie diese Dreistigkeit, diesen Mut, dieses Selbstbewusstsein, nicht einfach zu schweigen, obwohl im Nebenzimmer ihr schwer verletzter Freund lag, der sichtbare Beweis dafür, dass es klüger gewesen wäre, den Kopf einzuziehen und zu rennen, statt die Konfrontation zu suchen. Aber er suchte sie ja auch, die Konfrontation – mehr noch, den Kampf, den Kampf mit ihr. Weil man beim Kämpfen einem Menschen manchmal noch näherkam als beim Lieben und Küssen.

»Es ist nicht alles schlecht, was die Nationalsozialisten vorhaben.«

»Kannst du dafür ein Beispiel nennen?«

»Die Maßnahmen gegen die Arbeitslosigkeit…«

»Du bist nicht arbeitslos. Und ich auch nicht. Was sich aber ändern könnte, wenn diese Bagage…«

»Die Lehrer haben doch nichts zu befürchten. Ich war letzten Oktober bei einem Treffen des Nationalsozialistischen Lehrerbundes. Es ist nicht so, dass da lauter rohe, fanatische Gestalten herumlaufen. Ich habe ein paar kluge Ideen gehört, zum Beispiel, dass man den Englischunterricht ausbauen soll und…«

»Du warst in ihrem Vereinslokal?«

»Was ist denn schon dabei?«

Er klang leichtfertig, obwohl er sich an jenem Tag durchaus unwohl gefühlt hatte, in jenem Moment nämlich, als plötzlich an die fünfzehn Mann aufgesprungen waren, die rechte Hand erhoben und geschrien hatten: »Deutschland, Hindenburg und Hitler, verlangt von uns, was ihr wollt, wir deutschen Lehrer werden Deutschland schicksalsmäßig in unsere Arme nehmen, die deutsche Jugend zu dem führen, was sie sein muss. Wir folgen euch blindlings, wohin ihr uns führt.«

Aber das konnte er Felicitas unmöglich anvertrauen. »Es wurde auch über lebensnahe Erziehung diskutiert. Dass es in der Schule nicht allein darum gehen darf, Schüler mit Wissen vollzupumpen. Dass sie vielmehr das Leben lernen müssen.«

»Welches Leben genau? Das Leben eines Gelehrten? Das Leben eines Soldaten?«

Während ihres Wortwechsels war er unwillkürlich zu ihr getreten. Seine Beine hatten sich einfach selbstständig gemacht. Seine Hände taten das plötzlich auch. Sie legten sich auf ihre Schultern, woraufhin sie sich prompt anspannte – eine Regung, die er so gut kannte, die er verstand. Dennoch hätte er ihr am liebsten gesagt: Lass uns nicht weiter streiten, lass uns nicht noch härter werden, nicht jede Faser des Körpers dem Willen unterordnen.

Vielleicht war das Weiche ja doch nicht gefährlich.

Er vergaß ... vergaß kurz so viel ... vergaß nur nicht, wie sich ihre Lippen damals angefühlt hatten. Nun machte sich auch sein Kopf selbstständig. Er beugte sich vor, nicht weit, sie waren ja fast gleich groß, und dann lagen seine Lippen auf den ihren. Ihr Blick mochte hart sein, ihre Zunge spitz, aber ihre Lippen waren weich und warm.

Er fühlte, wie sie sich kurz noch mehr anspannte, dann, wie ein Zittern ihren Körper durchlief. Es genügte nicht, seine Lippen auf ihre zu pressen, er zog sie an sich, fühlte ihre Muskeln wie seine, fühlte noch etwas anderes, etwas, das man nicht trainieren musste, etwas, das lebendig zu halten nicht anstrengend war. Es war einfach da ... kam von selbst ... musste nicht erzwungen werden ... Dieses Lodern, dieses Brennen ... dieser Hunger, auch die Verheißung, dass er satt werden könnte.

Doch dann lagen ihre Hände plötzlich auf seiner Brust, stießen ihn weg, nur ihre Lippen verharrten noch auf seinen. Als ihr Kopf zurückfuhr, schlug sie auf seine Brust, drosch regelrecht zu. Er stieß gegen den Tisch, etwas Kaffee schwappte über, perlte auf die Untertasse, auch die Tischplatte bekam ein paar braune Tropfen ab.

»Was ist denn in dich gefahren?«, rief sie. »Du hast mir damals recht deutlich zu verstehen gegeben, dass du mich für eine Hure hältst!«

»Das habe ich nie gesagt.«

»Aber gedacht hast du es.«

»Ich war ein Narr. Oder hatte einfach nur Angst. Ich weiß nicht, ob vor dir oder vor mir selbst. Ich weiß nur, dass ich dich all die Jahre nicht aus dem Kopf bekommen habe ... aus meinem Herzen ...«

»Dann hast du Anneliese also nur etwas vorgemacht?«

»Ich wollte sie nie verletzen, wirklich nicht. Sie ist ein liebes Mädchen, ich mag sie aufrichtig, nur ...«

»Nur kannst du dich nicht entscheiden.« Sie schlug auf die Tischplatte, noch mehr Kaffee schwappte über. »Das fällt dir grundsätzlich schwer, oder? Du weißt ja nicht einmal, auf welcher Seite du stehst ... auf ihrer, unserer.«

Wer waren sie? Wer waren wir? Warum sah sie die Welt so eindeutig in Schwarz-Weiß-Tönen? Sie war doch grau, ein Nebel, in dem man sich verlief.

»Felicitas ...«

Er war nicht sicher, was er sagen wollte. Nicht sicher, was er noch sagen könnte, nun, da er sie verloren hatte, noch endgültiger als damals.

Schon wandte sie sich ab, öffnete die Schlafzimmertür, fragte Dr. Schwedler, wie es um Levi stehe. Eine Weile vernahm er nur ein Rauschen, dann wurde Gemurmel daraus. Dr. Schwedler hatte alle Wunden behandelt, konnte innere Verletzungen aber nicht ausschließen. Würde sich Levis Zustand verschlechtern, müsste er sofort ins Krankenhaus.

Hinterher konnte Emil nicht mehr sagen, wann der Arzt die Wohnung verlassen, ob er sich von ihm verabschiedet, ihm seinen Dank bekundet hatte. Er wusste nur, dass er plötzlich im Schlafzimmer stand, wo Felicitas gerade versuchte, Levi aufzuhelfen.

»Nicht!«, rief er. »Er kann doch bleiben.«

»Wie willst du dich vor dem braunen Lehrerbund denn dafür rechtfertigen, dass dir ein Jude das Bett vollblutet?«

Levi versuchte, sich hochzukämpfen, Felicitas stützte ihn so gut wie möglich. Trotz der sichtbaren Anstrengung blieb ihm genug Kraft, ein Zitat herauszupressen: »Ich bin einmal so tief in Blut gestiegen, dass, wollt' ich nun im Waten stille stehn, Rückkehr so schwierig wär, als durchzugehn.‹«

»Goethe?«

»Shakespeare.«

Irgendwie schaffte er es, an sie gelehnt zu stehen.

»Wenn ihr schon nicht bleiben wollt, dann lass mich wenigstens Levi heimbringen«, rief Emil.

Felicitas sah ihn nicht an. »Ich brauche keine Hilfe. Dass Levi mir vorhin helfen wollte, hat auch nur alles schlimmer gemacht. Wie gesagt, ich wäre mit dieser Bagage allein fertiggeworden.«

Emil brachte es nicht über sich, ihnen nachzusehen, starrte auf das Bett, nahm keine Blutflecken wahr, nur Knitterfalten. Er musste es trotzdem neu überziehen, die Decke, die zerknüllt am Fußende lag, auch. Aber ob das reichte, um Schlaf zu finden? Er sank auf den Boden, streckte die Arme aus. Wenn er hier einfach steif liegen blieb, die Augen zusammenpresste, seinem flachen Atem lauschte, würde er vielleicht Ruhe finden, die Nacht irgendwie hinter sich bringen. Nicht dass er sich auf den nächsten Tag freute, darauf, Felicitas in der Schule zu begegnen, mit wieder gewaschenem Gesicht, aber Ekel im Blick. Ekel vor diesen Horden. Ekel vor ihm.

Der Morgen dämmerte, als er wusste, dass er Grotjahns Angebot annehmen und die Alsterschule verlassen würde. Das Grau nahm die Farbe von Rost an, als die Ahnung in ihm hochstieg, dass das nicht genügte, um Felicitas aus seinen Gedanken zu verbannen.

Einen Vorteil hatte jener Zusammenstoß mit der braunen Bagage. Seit Wochen weinte sich Anneliese durch ganze Nächte, weil sie Emil immer noch nachtrauerte, doch falls sie auch in dieser Nacht Tränen vergossen hatte, versiegten die vor Schreck, als sie ihrer ansichtig wurde.

Anneliese schrie auf. »Was ist denn ...«

»Es ist nicht weiter schlimm«, würgte Felicitas sämtliche Fragen ab. Nachdem sie Levi heimgebracht und gewartet hatte, bis er in den Schlaf gefunden hatte, war sie zu erschöpft, um zu berichten, was geschehen war. Anneliese bedrängte sie zwar nicht, bestand jedoch darauf, ihr zu helfen, sich auszuziehen und zu waschen. Jeden einzelnen blauen Fleck quittierte sie mit einem weiteren Aufschrei. »Das ist doch gar nichts«, sagte Felicitas. »Als Kind habe ich Schlimmeres abbekommen. Damals habe ich gelernt, mich rechtzeitig zu ducken. Levi hat das scheinbar niemand beigebracht.«

Müdigkeit brannte in ihren Augen, aber zugleich tobte etwas Heißes durch ihre Adern. So viel Wut auf die braune Bagage, so viel Wut auf Emil.

Anneliese gab es irgendwann auf, sie verarzten zu wollen, erklärte dann, sie werde ihr Kleid waschen und bügeln.

»Ja, denkst du, ich will damit morgen in die Schule gehen?«, entfuhr es Felicitas.

»Willst du denn überhaupt in die Schule gehen nach allem, was geschehen ist?«

»Warum nicht? Zwei, drei Stunden Schlaf, und ich bin wieder die Alte«, erwiderte sie, obwohl sie sich dessen nicht so sicher war.

»Ich glaube, ich kann nicht mehr schlafen«, murmelte Anneliese.

»Ich wahrscheinlich auch nicht«, gab Felicitas zu. »Wir müssen es trotzdem versuchen.«

Sie nahm der Freundin das Kleid weg und zog sie mit sich in ihr Schlafzimmer. Sie mussten sich eng aneinanderkuscheln, um in Felicitas' schmalem Bett gemeinsam Platz zu finden, aber das war angenehmer, als allein zu liegen, die Augen zu schließen, vergebens auf gnädige Schwärze zu warten. Immer wieder lief das Geschehene vor ihr ab, die einzelnen Bilder grotesk verzerrt und durcheinandergeraten. So stieß sie nicht einem der Nazis das Knie zwischen die Beine, sondern Emil. Nur beließ sie es nicht dabei, alsbald wanderte auch ihre Hand dorthin, keineswegs, um zuzuschlagen und Schmerzen zu bereiten.

»Du kannst wegen Emil nicht schlafen, stimmt's?«, fragte sie unwillkürlich. »Schlag ihn dir doch endlich aus dem Kopf!«

Felicitas konnte sich nicht eingestehen, dass die Worte nicht nur Anneliese galten, auch ihr selbst, was leichter zu ertragen war, weil die Freundin niemals auf diese Idee gekommen wäre.

»Ich versuche es ja … aber ich frage mich immer wieder, ob es ein Fehler war, ihn einfach aufzugeben und …«

»Es war kein Fehler!«, rief Felicitas energisch.

Sie öffnete die Augen, sah, dass die von Anneliese schon wieder oder immer noch gerötet waren. Sie musste sie unbedingt ablenken von ihrem Leid. Sie musste sich selbst ablenken von ihrem Leid. Nein, es war kein Leid, Ärger war es, Verachtung.

»Damals in Lüneburg haben wir auch manchmal zusammen übernachtet. Und haben uns aneinandergekuschelt wie heute. Kannst du dich erinnern?«

»Die anderen Kinder haben dich schräg angesehen«, murmelte Anneliese, »sie hatten Angst vor Läusen.«

»Noch größere Angst hatten sie vor meinen Fäusten«, bestand Felicitas und fügte etwas gemäßigter hinzu: »Du warst die Erste, die mit mir gespielt hat.«

»Hattest du eigentlich gar keine Angst damals?«, fragte Anneliese unvermittelt. »Und hast du sie heute?«

Niemals, wollte sie sagen.

Dabei stimmte das nicht, sie hatte Angst gehabt, immer. Damals davor, Josephine und Fritz Marquardt zu enttäuschen. Und heute noch mehr als vor den braunen Horden vor Emils Kuss. Er hatte sich so gut angefühlt, viel zu gut für den Kuss eines Feiglings.

Aber das konnte sie Anneliese unmöglich anvertrauen. »Ein bisschen schon«, sagte sie ausweichend.

Anneliese nahm ihre Hand, drückte sie. »Ich glaube, ich kann doch noch schlafen«, murmelte sie.

Ich nicht, dachte Felicitas, versuchte dennoch, so zu tun als ob. Sie atmete gleichmäßig, widerstand dem Bedürfnis, sich hin und her zu wälzen und zu grübeln, wann wohl alles ausgestanden sein würde. Sie wusste nicht, ob sie die Hitlerpartei meinte, Emils Gefühle für sie … oder ihre für ihn.

1933

Februar

Die Backpflaumentorte war Anneliese zweifellos gelungen, obwohl sie alles andere als ein Kinderspiel war. Der Mürbeteig für den Boden war zwar leicht hinzubekommen und die Backpflaumen darauf zu verteilen auch keine Herausforderung, aber danach galt es, Eigelb mit dem Zucker zu verrühren, beides in Milch aufzukochen und zum rechten Zeitpunkt – die Milch durfte weder zu heiß noch zu kalt sein – das steif geschlagene Eiweiß unterzuheben. Und schließlich musste man das Werk kunstvoll mit Schlagsahne verzieren.

Während sie die Torte beglückt betrachtete, stiegen ihr Tränen in die Augen. Der Grund, warum sie sie gebacken hatte – Felicitas' Geburtstag –, brachte sie zwar nicht zum Weinen, aber zufälligerweise fiel dieser Geburtstag mit einem anderen Anlass zum Feiern zusammen. Anneliese kratzte mit dem Löffel den letzten Rest Schlagsahne zusammen, führte diesen zu ihrem Mund, schluchzte heftiger.

Die Tränen perlten über ihre Wangen, als Felicitas nach Hause kam. Für gewöhnlich betrat die Freundin ihre Wohnung nie ohne Lärm, ließ die Tür ins Schloss und die Schultasche zu Boden fallen. Jetzt klammerte sie sich an dieser regelrecht fest, und sie blieb mitten im Raum stehen, während ihr Blick von ihr, Anneliese, zur Backpflaumentorte wanderte und wieder zurück zu ihr.

»Dein Geburtstag…«, brachte Anneliese mit erstickter Stimme hervor.

Verspätet ließ Felicitas die Tasche fallen und eilte zu ihr. Verspätet nahm Anneliese wahr, dass sie eine Zeitung hielt, deren Kanten sich in ihren Rücken rammten, als Felicitas sie stürmisch umarmte.

»Ich weiß«, rief Felicitas, »nachdem sich der erste Schock gelegt hat, könnte man nur noch weinen. Aber das dürfen wir nicht. Weinen ist ein Ausdruck von Schwäche, wir müssen stark sein, so stark wie noch nie, wir müssen all unsere Kräfte bündeln und…«

Anneliese war so verblüfft, dass ihre Tränen endgültig versiegten. Ein letztes Mal wischte sie sich über die Augen, betrachtete Felicitas eindringlicher. Sie war blasser als sonst, die Ringe unter den Augen verrieten eine schlaflose Nacht, die geschwollenen Lider, dass auch sie geweint hatte.

»Du denkst, ich weine, weil ich traurig bin?«

»Ja, warum denn sonst?«

»Na, weil ich so unfassbar… unfassbar glücklich bin!«

Felicitas' verwirrter Blick ging zur Torte. Sie starrte plötzlich mit solchem Ekel auf sie, als befände sich unter der Sahne ein stinkender Fisch.

»Weil dir die Torte gelungen ist?«

»Ach nein, du Dummerchen«, Anneliese lachte auf, »komm, lass mich es dir erzählen.«

Sie zog Felicitas zum Esstisch, drückte sie auf den Stuhl. Obwohl sie eigentlich damit hatte warten wollen, schnitt sie ihr Backwerk an und schob den Teller mit einem Stück davon vor die Freundin. Diese machte allerdings nicht den Eindruck, als hätte sie Hunger. Und sie machte auch keine Anstalten, die Gabel in die Hand zu nehmen, hielt sie doch immer noch die Zeitung.

Anneliese wollte nicht darauf warten, dass sie sie endlich losließ. »Ich weiß, es kommt sehr überraschend. Ich habe es dir in den letzten Wochen schließlich verheimlicht. Sei mir nicht böse deswegen, aber ich wollte nicht, dass du dir Sorgen machst, sondern erst abwarten, ob diesmal alles gut geht.«

»Ob … was gut geht?«, fragte Felicitas entgegen ihrer Art fast tonlos.

»Er … er hat sich grundlegend verändert, wirklich! Ich glaube, es hat ihm sehr gutgetan, dass er die Schule gewechselt hat, nun am Harvestehuder Gymnasium unterrichtet. Das hat seinem Leben eine ganz neue Richtung gegeben, und plötzlich entwickelte sich alles zum Besseren. Wir haben uns noch im November ausgesprochen und danach fast jeden Tag gesehen. Und zu Weihnachten war er auf Besuch bei meinen Eltern – er … er wollte sie um meine Hand bitten, ehe er mich selbst fragte. Natürlich hätte ich dir spätestens dann davon erzählen sollen. Aber ich war mir eben nicht sicher, ob er es sich im letzten Augenblick nicht doch anders überlegen würde. Heute hat er nun endlich … endlich … endlich …«

Sie verhaspelte sich, brachte kein Wort mehr hervor, hob nur ihre linke Hand.

»Was hat er getan?«

Felicitas starrte darauf, aber das wichtigste Detail schien ihr zu entgehen. Immerhin ließ sie die Zeitung los, griff nach der Gabel.

»Er … er hat mir endlich einen Antrag gemacht. Sieh doch nur, der Verlobungsring! Er ist aus Gold und Platin, der Stein ist ein echter Diamant, er hat seiner Mutter gehört. Monika Tiedemann lebt ja nicht mehr in Hamburg, sondern ist zu ihrer Schwester ins Alte Land gezogen, und dort hat er sie besucht und ihr von mir erzählt. Ihr Verhältnis ist etwas … schwierig, aber ich glaube, sie nähern sich wieder an, und dass er heiratet, freut sie durchaus. Leider ist sie nicht mehr bei bester Gesundheit und …«

Felicitas führte die Gabel langsam zum Tortenstück. Jedoch nicht, um einen Bissen zu ihrem Mund zu führen, sie zerhackte es in viele kleine Teile. Den Mürbeteig musste sie nur kurz anstechen, und schon zerfiel er in Brösel.

»Emil«, sagte sie irgendwann mit belegter Stimme.

»Ich weiß«, sagte Anneliese, »du magst ihn nicht besonders, und du hast nicht erwartet, dass er sich so grundlegend ändert. Ich habe es ja auch nicht mehr zu hoffen gewagt, und ich will nicht leugnen, dass ich seinetwegen großen Kummer durchlitten habe. Aber jetzt... jetzt bin ich einfach nur glücklich. Du freust dich doch mit mir, oder? Du hast immer gesagt, gegen einen Satz, der mit ›Ich will‹ beginnt, hast du nichts einzuwenden, und ich will ihn heiraten, will es so sehr.«

Die Gabel samt Backpflaume fiel klirrend auf den Teller. Felicitas senkte den Kopf so tief, dass Anneliese nicht in ihrer Miene lesen konnte, sie hörte sie nur atmen, laut und schwer.

»Dass er sich Grotjahn andient und an seiner Schule unterrichtet... ausgerechnet jetzt... Dass er dem NSLB beitritt... ausgerechnet jetzt...«

»Was ist denn der NLB?«

Langsam hob Felicitas den Kopf. Falls sie sich Sorgen um sie machte oder Bedenken wegen Emil hatte, war beides hinter blanker Wut versteckt. Einer, aus der Hilflosigkeit sprach, Ohnmacht.

»Der NSLB ist der Nationalsozialistische Lehrerbund. Du weißt aber auch gar nichts!«

Obwohl sie leise sprach, hatte Anneliese das Gefühl, sie würde schreien. »Was ist daran falsch, jetzt, da Hitler Reichskanzler ist?«

Felicitas griff unwillkürlich nach der Zeitung, nicht um darin zu lesen, um damit auf die Tischplatte zu schlagen. Danach ließ sie sie fallen, die Zeitung öffnete sich.

»Das ist es ja.«

Jetzt schrie sie wirklich, obwohl es gedämpft klang, weil sie ihr Gesicht hinter ihren Händen verbarg.

Anneliese wusste nicht, wohin mit ihrem Blick, studierte schließlich die Zeitung, in der seit Tagen vom Machtwechsel in Berlin berichtet wurde. Unter anderem wurde eine begeisterte Hanseatin zitiert. *Selig wandeln wir umher wie im schönen unglaubhaften Traum. Hitler ist Reichskanzler! Es ist wahr! Marxismus lebe wohl! Kommunismus lebe wohl! Parlament lebe wohl! Jud lebe wohl! Jetzt kommt Deutschland.*

Anneliese seufzte. »Ich mag Hitler ja auch nicht, er schreit immer so, wenn er Reden hält, aber sieh dir die Regierungen der letzten Jahre doch an. Keine blieb lange im Amt, das wird schon vorbeigehen.«

»Und was, wenn es nicht vorbeigeht?« Felicitas schlug nun mit der blanken Hand auf den Tisch. »Lies mal, was hier steht!«

Sie deutete auf den Artikel unter dem Zitat. Anneliese konnte nichts sehen, die Buchstaben verschwammen hinter neuerlichen Tränen. Diesmal weinte sie vor Enttäuschung. Ihr Glück war so vollkommen, aber Felicitas setzte ihm mit Worten zu, die spitz wie die Zinken der Gabel waren.

Immerhin brachte sie die nächsten Worte etwas gemäßigter hervor. Ganz nüchtern las sie: *Gestern wurde eine Verordnung des Reichspräsidenten zum Schutz des deutschen Volkes erlassen. Die Versammlungs-, Rede- und Pressefreiheit werden drastisch eingeschränkt.*

Anneliese suchte ein Taschentuch, schnäuzte sich lautstark. »Das ... das wird doch keine Auswirkungen auf unser Leben haben ... auf die Schulen.« Felicitas sah sie zweifelnd an. »Und falls du unsere Verlobung für zu voreilig hältst – es ist nicht so, dass ich gleich hier ausziehen oder meine Stelle an der Schule kündigen werde. Wir heiraten frühestens im Herbst.«

Felicitas löste den Blick nicht von ihr. Etwas in ihrem Gesichtsausdruck erinnerte sie an Emil, obwohl die beiden rein gar nichts miteinander gemein hatten. Er beherrschte sein Mienenspiel stets, sie fast nie. Allerdings hatte sich Emil ihr gegenüber in den letzten Wochen verletzlich wie früher nie gezeigt, sich ihr geöffnet, sich ihr anvertraut, erklärt, warum er sie so oft vor den Kopf gestoßen hatte. Es habe nicht an ihr gelegen, nur an ihm. Wie ein Boot auf offener See fühle er sich oft, zwar mit einem Ruder ausgestattet, an dem er sich abarbeiten könne, aber ohne Steuer, um eine Richtung vorzugeben.

Jetzt begann er langsam zu ahnen, dass sie der Hafen war. Sie fühlte sich ihm nah – Felicitas dagegen fühlte sie sich fern. Umso mehr, als diese erst ihre Gefühle schluckte, dann erneut mit der Gabel in das Tortenstück stach, einen Bissen zum Mund führte, kaute, ewig kaute. Endlich schluckte sie ihn, nahm den nächsten Bissen. An ihrer Nasenspitze blieb etwas Schlagsahne haften, es sah lustig aus. Anneliese war trotzdem nicht zum Lachen zumute. Felicitas umklammerte die Gabel, als wollte sie sie nicht zum Essen nutzen, sondern als Waffe, sie zumindest verbiegen. Sie wurde immer bleicher, es gab bald kaum mehr einen Unterschied zwischen dem Farbton ihrer Haut und dem der Schlagsahne.

»Ich wünsche dir wirklich, dass du glücklich wirst«, sagte sie und ließ die Gabel fallen.

In den nächsten Wochen erwachte Felicitas stets mit zwei Gedanken, die die Macht hatten, noch den süßesten Traum zu vergällen. Anneliese hat sich mit Emil verlobt. Hitler ist Reichskanzler.

Nicht dass sie ihnen gleich viel Gewicht zusprach. Wenn Anneliese und Emil sich unglücklich machen wollten – es war ihre Entscheidung, sie waren erwachsen. Angesichts der politischen

Lage hatte sie weder Kraft noch Muße, in sich zu horchen und festzustellen, ob dort nicht nur Sorge um die Freundin wucherte, auch Neid gärte. Was wiederum diese politische Lage anging, blieb die Hoffnung, dass der Spuk bald vorbei sein würde.

Ganz Deutschland fuhr eine Runde in der Geisterbahn, und am Ende würden alle aussteigen. Es stimmte ja, was Anneliese gesagt hatte – dass sich keine Regierung auf Dauer hielt. Auch Oscar Freese schien damit zu rechnen. Als er eine Lehrerkonferenz mit der Mitteilung begann, dass das Motto »Aufbruch der Nation« zum Unterrichtsprinzip erklärt wurde und damit einige sogenannte »schulpolitische Sofortmaßnahmen« verbunden seien, grinste er unübersehbar, um deutlich zu machen, was er davon hielt.

Otto Matthiessen lachte sogar laut auf. Aufbruch, das sei gut, schließlich stecke das Wort »brechen« darin, und erbrechen müsse man sich ja jetzt jeden Tag, sagte er. Bei jenen, die auf solche schulpolitischen Sofortmaßnahmen setzten, könne man wiederum darauf hoffen, dass sie sich das Genick brächen.

Hier und dort ertönte ein leises Lachen. Als Oscar Freese keine Anstalten machte, es zu unterbinden, schwoll es zu einem lauten Lachen an. Felicitas lachte auch, es war plötzlich so leicht zu lachen. Wie konnte man denn nicht lachen, wie konnte man sich mit dem vielsagenden Schweigen, den noch vielsagenderen Blicken begnügen, die man sich seit dem 30. Januar, dem Tag der Ernennung Hitlers zum Reichskanzler, im Lehrerkollegium zuwarf? Wir dürfen uns in dieser Geisterstunde doch nicht zu Gespenstern machen lassen, die kraftlos und blutleer über die Gänge schweben, dachte Felicitas.

»Ich habe gehört, dass wir mit den Klassen die Schriftenreihe Der junge Staat lesen müssen«, meldete sich ein Lehrer zu Wort, »aber bislang ist kein Exemplar davon angekommen.«

Oscar Freeses Augen funkelten. »Ich fürchte, es gibt Lieferengpässe, letzten Monat ist ja auch das Toilettenpapier zu spät angekommen.«

Wieder ertönte Gelächter, in das hinein Otto Matthiessen rief: »Ein Bild des Führers ist dagegen schon geliefert worden. Stimmt es, dass wir eins im Lehrerzimmer aufhängen müssen?«

Oscar Freese lächelte nun doch maliziös. »Ich denke, wir können selbst bestimmen, wo der rechte Platz dafür ist.«

»Wie wär's, wenn wir es über Agathe aufhängen würden?«, schlug ein Lehrer vor.

Agathe war das Skelett, mit dem im Biologieunterricht der menschliche Knochenbau erklärt wurde. Zu dem Gelächter, das aufbrandete, gesellte sich nun Applaus.

»Ich weiß nicht, ob Agathe damit ihre Freude hätte«, erklärte Freese.

Felicitas lachte wieder mit, wenn auch nicht ganz so laut wie zuvor. Aus den Augenwinkeln nahm sie wahr, dass sich nicht alle von den Spötteleien anstecken ließen. Fräulein Dreyer blieb schmallippig wie immer, in Verordnungen sah sie wohl etwas, dem grundsätzlich Folge zu leisten war. Andere saßen mit starren Gesichtern da, Levi ebenso.

»Wir haben eine Liste mit jenen Schriftstellern bekommen, deren Werk wir nicht mehr durchnehmen dürfen«, erklärte er nach der Konferenz bekümmert.

»Wer soll denn kontrollieren, dass du dich daran hältst? Oscar Freese ganz sicher nicht. Hast du vorhin nicht gehört, dass er den Biologen freigestellt hat, Vererbungslehre und Rassenkunde zu behandeln? Und jetzt lass uns von etwas anderem reden. Eigentlich will ich überhaupt nicht mehr reden, nicht einmal nachdenken, tanzen will ich, Gespenster können nicht tanzen.«

»Bist du sicher?«

»Ich vermute jedenfalls, dass sie sich nicht amüsieren, und ich habe das in den letzten Wochen auch viel zu wenig getan.«

Die folgende Nacht brachte ihr einen üblen Kater ein. Selten hatte sie so viel getrunken und das wild durcheinander – Cocktails, Wein und etwas, das sich wie Feuer angefühlt hatte.

Wie ein schlechter Witz erschien es ihr, als Anneliese am nächsten Morgen von einem Brand sprach. Sie meinte allerdings nicht den in ihrer Kehle, sondern den im Reichstag.

Felicitas blickte auf die Tageszeitung, die Buchstaben schienen aus waberndem Rauch zu bestehen. Sie erkannte keinen einzigen, schluckte gegen das Brennen an, legte sich ein kühles Tuch auf die Augen.

»Wie kannst du dich unter der Woche nur so gehen lassen?«, fragte Anneliese streng.

Nach einer Weile zog sie das Tuch von den Augen, die Buchstaben waberten nicht mehr, sie tanzten. Alles in ihr war erstarrt.

Als sie später zu Fuß zur Schule ging, hatten sich auf der Straße viele kleine Grüppchen gebildet, die aufgeregt diskutierten.

»Das waren die Kommunisten, ganz sicher. Die knien doch alle vor Karl Marx, die Ärsche in die Höhe gestreckt.«

»Es heißt, es ist einer allein gewesen.«

»Wie soll denn ein einzelner Mann in so kurzer Zeit ein Gebäude von der Größe des Reichstags in Brand setzen?«

»Der hatte eben Hintermänner.«

»Sag ich doch! Dahinter steckt der Bolschewismus, die Erfindung des Judentums. Die wollen die Deutschen endgültig zu Knechten machen. Es wird Zeit, dass wir uns wehren.«

»Danken wir Gott, dass er uns solch einen Führer geschickt hat. Die vierzehn Jahre, da diese Wahnsinnspest auf unserem Volke lag und die deutsche Seele vergiftet hat, waren genug.«

Den empörten Stimmen zu lauschen fühlte sich an, als wollte jemand einen glühenden Nagel in ihren Kopf hämmern. Ich hätte nichts trinken sollen, nicht unter der Woche, dachte sie, wobei sie sich in der feuchten, kalten Morgenluft nicht trunken fühlte. Sie war nüchtern, viel zu nüchtern, kein gnädiger Schleier stand zwischen ihr und der Welt und machte aus allem, was sie sah, ein Traumgebilde, das sich auflöste, wenn sie es hartnäckig genug anstarrte.

Auf dem Schulhof hatte sich eine Menschenmenge versammelt, alle starrten in die Höhe. Es war fast das ganze Kollegium, auch Oscar Freese und viele Schüler – darunter Paul Löwenhagens Klasse und die seiner um ein Jahr jüngeren Schwester Helene, die ebenfalls die Alsterschule besuchte und in diesem Schuljahr die Untertertia abschließen würde. Verspätet ging Felicitas' Blick zum Dach des Schulgebäudes. Der Himmel war so farblos, als wäre er gefroren, deutlich hob sich das leuchtende Rot der Flagge von ihm ab, von diesem Rot ein weißer Kreis und von diesem weißen Kreis ein schwarzes Hakenkreuz.

Sie wusste, über manchem Schulhof hing mittlerweile die Hakenkreuzfahne, Dr. Waldemar Grotjahn hatte sicher nicht gezögert, eine hissen zu lassen. Und Emil, der seit einigen Monaten dort unterrichtete, war das bestimmt recht gewesen. Aber Oscar Freese hatte sich entschieden dagegen ausgesprochen, als es vor ein paar Tagen ein Lehrer vorschlug.

»Wer ... wer war das?«, fragte sie.

Levi gesellte sich zu ihr. Anders als sie wankte er nicht. Ihm war nie anzusehen, wenn er zu wenig geschlafen hatte, vielleicht, weil er ohnehin nie viel schlief. Er trank nie mehr als ein paar Schluck, und wenn er rauchte, zog er endlos an einer einzigen Zigarette, weniger, weil er die Lunge mit Rauch, sondern die Welt um sich herum in Nebel tauchen wollte.

»Jemand, der Angst hat«, murmelte er.

»Jemand, der sich anbiedern will«, platzte es aus Felicitas hervor. Das Sprechen tat weh, die eigene Stimme zu hören auch. »Aber wer ist so dumm? Am 5. März sind Reichstagswahlen, dann wird der Spuk doch ohnehin vorbei sein.«

»Wenn's nur ein Spuk wäre. Wie es aussieht, ist Deutschland von allen guten Geistern verlassen.«

Otto Matthiessen hatte das gesagt. Durch seine Stimme drang kein Spott, bei den Umstehenden war kein Gelächter zu hören wie noch während der Konferenz, nur ein Murmeln, aus dem die Frage tönte, ob man nicht endlich mit dem Unterricht beginnen sollte. In vielen Gesichtern las Felicitas Angst – Oscar Freeses Miene verriet Trotz.

»Ich betrete dieses Gebäude nicht … unter diesen Vorzeichen.«

Kurz hingen die Worte stolz wie die Fahne in der Luft, doch alsbald wurde ihr Echo von noch mehr Gemurmel übertönt. Gerüchte machten die Runde, wonach der Nationalsozialistische Lehrerbund seine Mitglieder aufgefordert hatte, alle Lehrer zu melden, die sich über Hitler lustig machen würden. Erst folgte Schweigen, dann das Scharren von Füßen, schließlich schlichen ein paar Kollegen in Richtung Schulgebäude, gefolgt von etlichen Schülern.

Paul Löwenhagen musterte sie verächtlich. »Ich bleibe beim Schulleiter!«, rief er entschlossen, und Felicitas sah ihm alles nach, womit er ihr je das Leben schwer gemacht hatte.

»Ist das wahr?«, fragte sie Otto Matthiessen. »Es wurde dazu aufgerufen, Lehrer zu denunzieren?«

»Der Gauleiter hat das anscheinend sofort wieder verboten«, erwiderte er schulterzuckend. »Die … die können ja auch nicht einfach machen, was sie wollen.«

Und wir, dachte Felicitas, können wir machen, was wir wollen?

Und was genau ist das, außer uns die Füße in den Bauch zu stehen?

Sie ging zu Rektor Freese, was leicht gelang, weil Schwindel und Kopfschmerz nachgelassen hatten, auch weil sich der Schulhof so weit geleert hatte, dass sie sich nicht mühsam ihren Weg bahnen musste.

»Warum nehmen wir die Fahne nicht einfach ab?«, fragte sie.

Oscar Freese sah mindestens so elend aus, wie sie sich fühlte. Er hatte dunkle Ringe unter den Augen, die mehr als nur eine schlaflose Nacht verrieten und noch etwas anderes – jene Angst nämlich, die er bis jetzt so gekonnt verborgen gehalten hatte.

Anstatt ihr zu antworten, begann er plötzlich zu singen. Er war schon bis zur zweiten Strophe gelangt, als Felicitas erkannte, dass es die *Internationale* war, das Kampflied der sozialistischen Arbeiterbewegung.

»Völker, hört die Signale! Auf zum letzten Gefecht! Die Internationale erkämpft das Menschenrecht.«

Während ihrer Kindheit im Hafenviertel hatte sie die Internationale oft genug gehört, um den Text zu beherrschen. Ob sie auch die Melodie halten konnte, wusste sie nicht, aber das tat Oscar Freese ebenfalls nicht. Es spielte keine Rolle. Sicher war, dass eine Stimme nicht genügte, es musste ein Chor sein. Schon stimmte sie in seinen Gesang ein, nicht als Einzige, bald sangen auch Otto Matthiessen und etliche Schüler. Es dauerte nicht lange, bis sie mit dem Text vertraut waren.

»Es rettet uns kein höh'res Wesen, kein Gott, kein Kaiser noch Tribun. Uns aus dem Elend zu erlösen können wir nur selber tun! Leeres Wort: des Armen Rechte. Leeres Wort: des Reichen Pflicht! Unmündig nennt man uns und Knechte, duldet die Schmach nun länger nicht!«

Es war kein wohlklingender Chor, aber es war ein lauter, durchdringender, entschlossener. Felicitas trat zurück zu Levi, der den Mund bewegte und dennoch keinen Ton von sich gab.

»Wenn ich Paul Löwenhagen im Deutschunterricht aufgefordert habe, ein Gedicht zu lernen, hat er sich immer geweigert«, murmelte er. »Jetzt tut er's freiwillig.«

Levis Brillengläser waren beschlagen, sie konnte nicht in seinen Augen lesen, nur seiner Stimme entnehmen, dass die Freude über Pauls Eifer kleiner war als die Trauer... und als die Furcht. Wieder bewegten sich seine Lippen, was genau er zitierte, würde sie jedoch nie erfahren.

»Völker, hört die Signale! Auf zum letzten...«

Das »Gefecht« blieb in den Kehlen hängen. Abrupt riss der Gesang ab. Oder wurde vielmehr übertönt, von Schritten, die sich dem Schulhof näherten, lauten Schritten, wie sie nur schwere Schaftstiefel verursachen konnten. Diese war das Erste, was sie sah, als sie herumfuhr, hatte sie doch unwillkürlich den Kopf eingezogen, das zweite war die braune Uniform der SA. Sie zählte sieben Männer, acht, neun, kam nicht weiter, es waren noch mehr.

»Heil Hitler!«, bellte einer über den Schulhof.

Gefecht, dachte Felicitas, *singt auf zum letzten Gefecht.* Aber sie sang nicht, keiner der anderen Lehrer sang, selbst Paul Löwenhagen war verstummt. Nicht dass er sich so schnell einschüchtern ließ. Doch seine kleine Schwester Helene redete auf ihn ein, verhinderte, dass er den Mund erneut öffnete.

Gott sei Dank schweigt er, dachte Felicitas plötzlich und schämte sich dafür, schämte sich auch, dass ihr der kalte Schweiß ausbrach, als ein erneutes »Heil Hitler!« erscholl.

Oscar Freeses Stimme klang daran gemessen verschwindend leise, er hatte sich heiser gesungen. Gleichwohl war deutlich zu hören, wie er antwortete: »Moin, moin.«

Felicitas Mund öffnete sich, um ein Lachen auszuspucken,

aber es kam keines heraus, sie konnte nur zusehen – wobei sie nicht einmal das schaffte, nur wieder den Kopf einzog. Feigling, schimpfte sie sich, doch die Wut auf sich selbst, die Wut auf die SA-Männer, sie war kleiner als die Angst. Von nirgendwo und überall schien diese Angst zu kommen, sich in jeder Faser ihres Körpers einzunisten, den festen Willen zum Schmelzen zu bringen, während alles andere erstarrte. Warum hatte Oscar Freese diese Angst nicht länger? Warum verweigerte er den Hitlergruß vor der Fahne, zu dem die SA ihn nun aufforderte, warum wiederholte er bloß sein trotziges »Moin, moin«?

Ein Seufzen drang zu ihr herüber, riss alsbald ab, dann kam ein Schrei, Oscar Freeses Schrei. Jemand trat in seine Kniekehlen, er ging zu Boden, ein Fuß bohrte sich in seinen Rücken. Andere traten zu, auf seinen Rücken, seine Hände und Füße. Sie sah nur aus den Augenwinkeln hin, hob den Kopf erst, als sein Schreien zu einem Ächzen verkommen war und das Ächzen im Gejohle der SA-Männer unterging, als er aus Nase und Mund blutete, eine Lücke dort klaffte, wo er eben noch einen Zahn gehabt hatte, ein Auge zugeschwollen war, seine Hände voller Blut. Man zerrte ihn hoch wie eine leblose Puppe. Einer packte ihn am Nacken, ein anderer hob seinen rechten Arm. Und wieder kam der Befehl, den Hitlergruß auszuführen, und wieder gehorchte Oscar Freese nicht, weil er nicht wollte, weil er nicht konnte. Noch nicht einmal ein »Moin, moin« kam aus seinem Mund, nur ein Krächzen. Und auch das verstummte, als man ihn über den Schulhof zerrte. Der eben noch gestreckte Arm hing leblos herunter, als gehörte er nicht zu seinem Körper.

Felicitas war dagegen nicht mehr leblos. Ein Ruck durchfuhr sie, die Überzeugung, wir können nicht einfach tatenlos zusehen, wurde zum Befehl, dem sie blindlings gehorchen wollte. Doch Levi hielt sie fest, als sie Freese nachstürzen wollte. Er hatte sie oft gestützt, selten umarmt, nie an sich gepresst wie jetzt. Sein Körper war drahtiger als erwartet, stärker.

»Du kannst es nicht mit ihnen aufnehmen. Weißt du nicht, wer sie sind?«

Gestalten aus einer Spukgeschichte… Aber Mitternacht war vorbei, und sie hatten immer noch Macht.

»Die Polizei…«, stieß sie hervor. »Wir müssen die Polizei rufen.«

»Hast du es nicht gehört? Die neue Reichsregierung hat den Hamburger Senat angewiesen, einem überzeugten Nazi die Führung der Hamburger Polizei zu übertragen. Das heißt, das hier ist die Polizei, zwar vorerst nur die Hilfspolizei, aber man hat sogar Schwerstverbrecher aus dem Gefängnis geholt, um die Reihen der SA zu schließen.«

»Das… das darf doch nicht sein. Wir haben Gesetze, wir leben in einem Rechtsstaat.«

»Hamburg ist gerade dabei, seine Selbstständigkeit zu verlieren. Die Bürgerschaft wird ausgeschaltet. Und ich fürchte, nach dem Reichstagsbrand wird das Volk alle Maßnahmen erdulden, die erlassen werden, um ebendieses Volk vermeintlich zu schützen.«

»Vor Oscar Freese?«

»Er ist Sozialist.«

»Das ist kein Verbrechen.«

»Ich fürchte, ab jetzt schon«, sagte Levi betroffen.

Nicht alle SA-Männer waren verschwunden, einer war stehen geblieben. »Ihr habt die Wahl«, rief er jenen Lehrern und Schülern zu, die immer noch ausharrten, die nicht mit eingezogenen Köpfen geflohen waren, während Oscar Freese niedergeschlagen worden war. »Ihr könnt in die Schule gehen oder mit uns mitkommen. Und ihr könnt die Fahne akzeptieren oder anstelle der Fahne dort hängen.«

Die Worte waren wie die Schläge, die sie ihrem Schulleiter versetzt hatten. Wie sollte man aufrecht stehen bleiben, wie weiter trotzen?

Otto Matthiessen wurde blass. »Ich muss an meine Familie denken«, murmelte er, ehe er im Schulgebäude verschwand.

Pastor Rahusen, dem Felicitas hoch anrechnete, bis jetzt ausgeharrt zu haben, hob hilflos die Hand, als wollte er ein vermaledeites Kreuz schlagen. Am Ende ließ er sie wieder sinken, steckte sie in die Manteltasche und ging auch in Richtung Schulgebäude.

»Komm«, sagte Levi zu Felicitas. »Komm.«

Sie war nicht sicher, was sie getan hätten, wären sie die beiden Letzten auf dem Schulhof gewesen. Aber da waren noch Paul und ein paar seiner Mitschüler, auch seine kleine Schwester. Sie war ihre Lehrerin, sie trug die Verantwortung.

Anstatt Levi zu widersprechen, trat sie zu den Schülern. »Kommt«, wiederholte sie seinen knappen Befehl. »Kommt.« Es war kaum erträglich, den Kopf zu senken, sie tat es trotzdem. Erst als sie im Inneren vom üblichen Geruch nach Büchern, Bohnerwachs, jungen Menschen und Kreide eingehüllt wurde, fand sie ihre Stimme wieder, obwohl diese müde klang. »Geht jetzt in eure Klasse.«

»Und wenn wir streiken, bis sie uns unseren Schulleiter freigeben?«

»Geht in eure Klassen«, wiederholte sie diesmal energischer. »Hier und heute müssen wir nachgeben, aber das … das ist noch nicht das Ende.«

Sie versuchte, einen hoffnungsvollen Ton in die Stimme zu legen, doch was aus ihrem Mund kam, klang nicht wie eine Verheißung, es klang wie eine Drohung.

April

Sie warteten vergebens auf Oscar Freeses Rückkehr. Wenn die Gerüchte stimmten, war er zwar nicht lange inhaftiert geblieben, jedoch vom Amt des Schulleiters entbunden worden. Ein neuer Rektor wurde nicht geschickt, und so erklärte Otto Matthiessen, der die meisten von Oscar Freeses Aufgaben übernommen hatte, dass sie nicht wie ein Kaninchen auf die Schlange starren, sondern zur Normalität zurückkehren sollten und weiter unterrichten, als wäre nichts geschehen.

Nicht dass Felicitas das leichtfiel, erst recht nicht am 5. März, dem Tag der Reichstagswahl. Obwohl die NSDAP nicht die erhoffte absolute Mehrheit erlangt hatte, waren noch am gleichen Abend sowohl im Altonaer als auch im Hamburger Rathaus Hakenkreuzfahnen gehisst worden, und man hatte begonnen, die Stadt vom »roten Gesindel« zu befreien. Das bedeutete nicht nur, dass in allen Vierteln die KPD-Flaggen zu Boden gerissen wurden, zudem beurlaubte man zahllos sozialdemokratische Beamte, darunter viele Lehrer.

Die Gerüchte über Entlassungen und Verhaftungen rissen auch im April nicht ab, aber weiterhin mahnte Otto Matthiessen, dass der Schulalltag seinen Gang nehmen müsse.

Neben dem Unterricht verbrachte Felicitas viel Zeit damit, auf der Schulbühne in der Aula das Theaterstück zu proben, das demnächst zur Aufführung gelangen würde – das Ergebnis eines fächerübergreifenden Projekts. Im Deutschunterricht bei Levi hatte die Klasse Don Carlos gelesen, im Geschichtsunterricht hatte Felicitas sie mit den historischen Hintergründen vertraut gemacht und den Text dementsprechend umgeschrieben, im Kunstunterricht von Alfred Hüsenbeck waren ein Bühnenbild und die Kostüme entworfen worden. Bis jetzt hatte Felicitas gut mit ihm zusammengearbeitet, doch an diesem Tag mischte sich der Kollege wieder und wieder inhaltlich ein.

»Der Ausruf ›Geben Sie Gedankenfreiheit!‹ muss unbedingt gestrichen werden«, erklärte er eben.

»Warum?«, gab Felicitas zurück. »Weil Gedankenfreiheit nicht mehr in Mode ist?«

Hüsenbeck stand auf der Bühne, starrte auf seine Füße. »Der echte Don Carlos war geistesgestört und folglich unmöglich solcher Gedankengänge fähig.«

»Was für ein Unsinn«, rutschte es Felicitas heraus. »Er hat selbst mehrmals betont, dass er nicht verrückt sei, nur verzweifelt, und dass dies allein die Schuld seines Vaters sei. Und selbst wenn nicht – wir könnten einer anderen Figur diese Worte in den Mund legen und…«

Felicitas brach ab. Paul Löwenhagen, der den Don Carlos spielen würde, begann, seinen Körper gerade grotesk zu bewegen, um die vielen Gebrechen des Infanten zu imitieren. Nicht nur, dass dieser schmalbrüstig gewesen war, eine Schulter war höher als die andere, das linke Bein länger als das rechte und der Rücken von einem Buckel verformt. Felicitas seufzte. Hatte er sich nach und nach zum Musterschüler entwickelt – zumindest bei ihr –, nutzte er seit den Ereignissen im Februar jede Gelegenheit, um Unsinn zu machen, als wollte er das Lehrerkollegium dafür bestrafen, dass es vor der SA gekuscht hatte.

Felicitas wollte laut »Schluss!« rufen, doch es kam kein Ton hervor. Im nächsten Moment erscholl dieser Befehl jedoch aus anderen Kehlen. Die Tür zum Theatersaal hatte sich geöffnet, und eine Gruppe Jugendlicher stürmte herein, vielleicht vierzehn oder fünfzehn Jahre alt. Sie alle trugen eine Uniform bestehend aus einer kurzen braunen Hose, schwarzen Halbschuhen und einem Fahrtentuch, das mit einem schwarzbraunen Lederknoten gehalten wurde. Das Hakenkreuz war nicht nur auf ihren Armbinden zu sehen, auch auf zahlreichen Fahnen, die sie trugen und mit denen sie, ohne um ihre Erlaubnis zu fragen, ja ohne überhaupt auf sie zu achten, die Aula zu schmücken begannen.

Die Hitlerjugend, kurz HJ genannt. Seit Hitlers Amtsantritt wurde allseits dafür geworben, dass Jugendliche der Organisation beitraten, auch etliche Schüler der Alsterschule hatten sich durch die Aussicht auf gemeinsame Fahrten und Zeltlager dazu verlocken lassen. Otto Matthiessen hatte ihnen zwar verboten, im Schulgebäude die Uniform zu tragen, doch sein Verbot schien kein Gewicht zu haben, zumal sich unter den Burschen einige befanden, die nicht die Alsterschule besuchten. Einer kam Felicitas vage bekannt vor. Konnte es sein, dass das Willy Grotjahn war? Nun, irgendwie sahen sie alle gleich aus mit ihren stolzen, dreisten Grimassen.

Wieder wollte sie den Mund öffnen, fragen, was das solle. Wieder kam ihr ein anderer zuvor – Paul, der sich nicht mehr krümmte, als hätte er einen Buckel, vielmehr den Rücken durchstreckte.

»Geben Sie Gedankenfreiheit!«, rief er durch den Raum.

Sie konnte es ihm nicht verdenken, hielt ihn auch nicht davon ab, es zu wiederholen, das tat ein anderer.

»Geben Sie…«

»Jetzt sei schon still, Löwenhagen!«, rief Hüsenbeck, den die

Hitlerjungen von der Bühne verscheucht hatten, um dort ein Rednerpult und rechts und links davon Standarten aufzustellen. »Die Probe ist für heute beendet.«

In Felicitas erwachte Kampfgeist. »Sagt wer?« Hüsenbeck antwortete nicht, indes Paul wieder verrückte Verrenkungen vollführte. Diesmal sah es nicht so aus, als hätte er einen Buckel, sondern als würde er auffällig hinken, wahrscheinlich imitierte er Joseph Goebbels. Er hörte auch nicht auf, als noch mehr Menschen in die Aula strömten, bald der gesamte Lehrkörper versammelt war. »Sagt wer?«, wiederholte Felicitas. Es klang schrill.

»Einer der neuen Schulsenatoren von Hamburg, der sich heute an das Kollegium und die Schüler wenden will«, erklärte Pastor Rahusen, seit jenem Tag im Februar immer etwas atemloser als früher. »Wir wurden gerügt, weil wir keine Schulfeier nach dem Zusammentritt des gewählten Reichstags begangen und den Schülern bewusst gemacht haben, dass sie den Beginn einer neuen Epoche deutscher Geschichte unter dem Zeichen des völkischen Staatsgedankens miterleben.«

»Hätten wir auch feiern sollen, dass bei dieser ersten Reichstagssitzung die Mandate der KPD annulliert wurden und die Nazis nur deshalb die absolute Mehrheit haben?«, fragte sie.

Pastor Rahusen blickte sich um, schien erleichtert, dass nur Otto Matthiessen ihre Worte gehört hatte.

»Nicht so laut«, ermahnte er sie.

»Wir sollen also alle verstummen, am besten auch blind und taub werden? Oh, taub bin ich sogar sehr gern, ich will keinesfalls zuhören, was der Schulsenator zu sagen hat.«

Sie wandte sich in Richtung Ausgang, doch nicht Pastor Rahusen, sondern Otto Matthiessen stellte sich ihr in den Weg.

»Du kannst nicht gehen«, raunte er ihr zu, »wenn du jetzt gehst, unterschreibst du deine Entlassungsurkunde quasi selbst.«

Felicitas blickte sich um. Nachdem sie den Saal ausstaffiert hatten, standen die Mitglieder der Hitlerjugend Spalier. Immer mehr Schüler und Lehrer kamen aus den Klassen, und wer zögerte, Platz zu nehmen, den zwangen sie dazu. Die Blicke, die sich die Kollegen zuwarfen, waren ratlos. Sollen wir uns fügen oder aufbegehren? Nur manche schafften es, sich gänzlich gleichgültig zu geben, und bei einigen wenigen glaubte sie Zufriedenheit wahrzunehmen. Das waren die, die bereits ein Hakenkreuzabzeichen am Revers trugen.

»Wie können sie Oscar Freese bloß so in den Rücken fallen?«, stieß Felicitas aus und schämte sich, als ihr auffiel, dass sie ihre Stimme unwillkürlich gesenkt hatte.

»Lieber fallen sie ihm in den Rücken, als dass andere ihnen in den Rücken treten.«

Übermächtig wurde das Bild vom geschundenen Kollegen. Bis sie ihre Fassung wiedergefunden hatte, war das Gemurmel erstorben, und Hamburgs neuer Schulsenator betrat die Bühne, in fasanbrauner Amtswalteruniform, ebenfalls mit Hakenkreuzabzeichen am Revers. Es war Dr. Waldemar Grotjahn. Ausgerechnet!

»Jetzt setz dich doch endlich«, raunte ihr jemand zu.

Sie fühlte, wie ihre Hand gepackt, sie zu einem der freien Stühle gezogen wurde. Erst als sie saß, bemerkte sie, dass es Levi war. Sie hatte nicht gesehen, wann er den Saal betreten hatte, nahm nun seine Anspannung wahr, den Wunsch, sich unsichtbar zu machen. Sie wiederum wäre immer noch am liebsten taub gewesen, aber sie hörte, wie Grotjahn einen Hitlergruß durch den Saal bellte, wartete, bis es totenstill wurde.

Wer hatte Paul auf den Stuhl gezogen? Seine Schwester?

Felicitas fühlte sich vollkommen zerrissen. Da war dieser übermächtige Wunsch, er möge noch einmal rufen: Geben Sie Gedankenfreiheit! Und zugleich die panische Angst, dass er es tatsächlich tun und das gleiche Schicksal wie Oscar Freese erleiden würde.

»Die liberale Idee von dem absoluten Wert des Einzelmenschen«, begann Dr. Grotjahn seine Rede, »auch die Idee von der übervölkischen Menschengemeinschaft, von der Allmacht des Verstandes und der Notwendigkeit einer Allgemeinbildung haben in unserem Schulwesen zur Lebensfremdheit, inneren Verworrenheit und äußeren Zerrissenheit geführt, die die ersten Schrittmacher völkischer Zersetzung waren. Ja, man muss es so offen sagen. Auch die Devotheit der Lehrer, ihr Mangel an Willens- und Entschlusskraft haben zu Deutschlands Verfall geführt. Schuldig gemacht haben sie sich ferner der vollkommenen Überschätzung ihres Berufsstands. Sie glauben, man könne den Menschen erziehen, den Menschen bilden, und ignorieren dabei die Tatsache, dass der Mensch einer Pflanze oder einem Tier gleicht, seine Entwicklungsmöglichkeit folglich begrenzt ist. Glaubt jemand ernsthaft, ein Elefant könnte wie ein Eichhörnchen auf Bäume klettern, nur weil er die richtigen Bücher liest? Glaubt jemand, das Kaninchen wird eines Tages den Wolf fressen, weil man ihm unaufhörlich einredet, es sei dazu imstande? Nicht nur die Unterschiede zwischen Tier und Tier sind immens, auch die zwischen Mensch und Mensch. Und das bedeutet: Seine Anlagen entscheiden über sein Geschick, nicht seine Ausbildung. Wie töricht ist es, von einem Lehrer zu behaupten, er könne bei seinem Zögling geistiges und sittliches Wachstum erreichen. Ein Same, der auf trockene Erde fällt, beginnt nicht zu wachsen. Zu einem wahrhaften Deutschen wird man nicht erzogen, man wird als solcher geboren. Nur dann besitzt man jene Assimilationsorgane, die auf die Zufuhr von deutschem Bildungsgut, von nationalem Willen, von rassischer Erkenntnis ausgerichtet sind.«

Bei Grotjahns ersten Worten schienen alle im Saal den Atem

angehalten zu haben. Die meisten hatten wie erstarrt auf ihrem Stuhl gesessen, andere sich klein gemacht, als wollten sie zu ihrem eigenen Schatten werden, und in der kurzen Stille, die folgte, ließ nicht nur Felicitas laut die Luft entweichen.

Doch plötzlich rief jemand neben ihr: »Wollen Sie etwa sagen, es bedarf keiner Lehrer mehr? Dass es keinen Unterschied macht, ob ein Kind die Schule besucht oder nicht? Wird der Arier etwa mit Wissen um das Einmaleins geboren und muss sich nicht die Mühe machen, es sich anzueignen?«

War das wirklich Levi, der den Mut aufgebracht hatte zu widersprechen? Als sie sich zu ihm umdrehte, saß er jedenfalls entgegen seiner üblichen Körperhaltung stolz und aufrecht da, und das Gemurmel, das ertönte, verriet breite Zustimmung.

Grotjahn hatte bis jetzt seine Hände aufs Pult gestützt, hob sie nun aber und ballte sie zu Fäusten. »Ich will Ihnen ganz genau sagen, welcher Lehrer es nicht mehr bedarf! Die Demokraten, Schulbolschewisten und Juden haben mit ihren undeutschen und volksfeindlichen Ansichten, die sie selbst so gern als Reformpädagogik bezeichnen, unser Land in den Irrgarten des Pazifismus, des Rassenchaos und der Religionslosigkeit geführt. Was in deutschen Schulen heute vor sich geht, das hat mit Nationalerziehung nichts mehr zu tun, das ist … geistige Päderastie.« Wieder erfüllte ein Raunen den Saal, wuchs in manchen Reihen zu einem empörten Gejohle. Lauter, ging es Felicitas durch den Kopf, buhen wir ihn aus, übertönen wir ihn. Aber das war nicht möglich, denn Grotjahn fuhr nun schreiend fort: »Dass man heute die Macht des Rohrstocks anzweifelt, dass man fordert, auf Gefühle von Schülern Rücksicht zu nehmen, anstatt ihnen Gehorsam und Disziplin einzubläuen, dass der Lehrer zur zärtlichen Mutter verkommt, die ihren Schützling zum kleinen Tyrannen erzieht, indem sie jedes Bedürfnis sofort erfüllt – das ist ein erschütterndes

Zeichen von marxistischer Verrohung, das gleicht babylonischer Verwirrung.«

Jetzt wurden die Buhrufe aus der letzten Reihe doch unüberhörbar. Kamen sie aus den Mündern von Schülern oder Lehrern? Noch lauter waren dann allerdings die Schreie der Hitlerjugend, auch ihr Getrampel, als sie die Unruhestifter einkreisten. Felicitas drehte sich wieder um, sah, dass sich einige Kollegen empört erhoben hatten, von den Jugendlichen hingegen niedergerungen wurden.

Sie merkte erst, dass sie aufgestanden war, als Levi ihr zuraunte: »Setz dich wieder.«

Er ahnte wohl, dass weiterer Widerspruch kein Ausdruck von Mut gewesen wäre, nur Torheit. Sie ahnte das ebenso, wollte es aber nicht wahrhaben.

»Wir ... wir können doch nicht einfach den Mund halten!«

»Ich fürchte, wir müssen es.«

Die meisten der Kollegen sahen es wohl wie er. Die Buhrufe rissen ab, verkamen wieder zu einem Gemurmel, aus dem nicht mehr Empörung sprach, nur Verstörtheit.

Grotjahn schlug mit der Faust aufs Rednerpult und brüllte in den Saal: »Den Rohrstock in der Faust und das deutsche Märchen im Herzen werden echte Lehrer kraft ihres deutschen Bluterbteils die neudeutsche Nationalerziehung schon zu deichseln wissen. Dann wird endgültig aufgeräumt mit all den jüdisch-marxistischen Hirngespinsten. Mit eisernem Besen werden wir beseitigen, was sich uns entgegenstellt, und ich kann Sie nur dringlichst ermahnen: Wagen Sie es nicht, die Erziehung im nationalen Geist zu behindern! Wer sich außerhalb der neuen Ordnung stellt, soll die Konsequenzen ziehen und seinen Dienst quittieren. Wenn Sie aber, wovon ich ausgehe, begeisterte Lehrer sind, werden Sie Ihre Schüler in jene unermesslichen, herrlich strahlenden

188

Gefilde führen, über denen der Glorienschein einer tausendjährigen Geschichte steht. Sie werden in den jungen Herzen den ewigen Deutschen zum Leben erwecken, ihn in den Fächern Rassenkunde, deutsche Geschichte und deutscher Glaube, deutsche Rechtslehre und deutsche Kunst zu einer volksbewussten Persönlichkeit formen.«

Er machte eine kurze Pause, die er nicht nur nutzte, um Atem zu holen, auch, um den Blick schweifen zu lassen. Er schien zufrieden mit dem, was er sah – ein regloses, vor Schreck verstummtes Kollegium. Er lächelte flüchtig, und seine Stimme war wieder leise, als er sagte: »Und nun lassen Sie mich Ihnen Ihren neuen Schulleiter vorstellen.«

Emil hatte nicht erwartet, so bald zurückzukommen, erst recht nicht unter diesen Umständen. Aber am Ende hatte er erkannt, dass er eine solche Chance kein zweites Mal bekäme, und als er neben Grotjahn die Schulbühne betrat, bereute er es nicht.

Gewiss, niemand applaudierte, nachdem er ein paar Grußworte an das Kollegium und die Schüler gerichtet hatte. Allerdings wagte sich auch niemand zu rühren. Und kein einziger Blick traf ihn, in dem die Frage stand: Was will denn der kleine Turnlehrer hier?

Ein solcher war er nicht mehr, er war jetzt der Rektor der Alsterschule, der nach der Ansprache in der Aula das Lehrerzimmer betrat, um hier diverse neue Maßnahmen zu verkünden und dafür zu sorgen, dass auch diese Schule künftig so stramm organisiert sein würde wie eine Kaserne.

Noch hatte das Lehrerzimmer rein gar nichts mit einer Kaserne gemein. Wegen der Ulme vor dem Fenster war es ein etwas düsterer und doch heimeliger Raum, beengt auch, denn es gab zu wenige Tische. Auf dem, der für den Rektor bestimmt war, lagen noch Unterlagen von Oscar Freese, und Emil zögerte, darauf zuzutreten, sie beiseitezuschieben.

Waren ihm die Lehrer zunächst totenstill gefolgt, schob nun jemand in das Schweigen die Frage:»Was genau ist eigentlich mit Rektor Freese geschehen?«

Otto Matthiessen, natürlich, er war immer ein Querulant gewesen. Ihn musste er unbedingt im Blick behalten. Allerdings schaffte er das nicht lange, starrte stattdessen Felicitas an, die nach ihm das Lehrerzimmer betreten hatte, ganz steif neben der Tür stand, die Hände über der Brust gekreuzt. Ihr Gesicht war bleich, die Ringe unter den Augen waren tief und dunkel, sie sah ihn an wie den ... Feind. Aber es war wahrscheinlich gut, wenn sie alle in den Kategorien des Krieges zu denken begannen.

»Oscar Freese arbeitet künftig als Lehrer in einer Hilfsschule«, sagte er.»Einer der Schulen für Kinder, deren geistige Fähigkeiten nicht ausreichen, um die Volksschule zu besuchen.« Seine Stimme klang fest. Wie auch nicht, wenn er etwas gelernt hatte, war es Beherrschung. Und es war ja nicht so, dass ihn Freeses unerhörte Degradierung nicht insgeheim befriedigte. Er trat zum Rektorentisch, legte die eigenen Unterlagen auf die seines Vorgängers. »Ich verstehe, wenn einige von Ihnen von den Worten des Schulsenators Grotjahn schockiert sind, weil es scheint, dass alle Prinzipien, die diese Schule ausgemacht haben, sofort aufgehoben werden«, sprach er weiter.»Ich kann versprechen, dies ist nicht der Fall. Im preußischen Kulturministerium arbeiten viele Beamte, die die Ideen der Reformpädagogik nicht allesamt abschaffen, sie nur überdenken wollen. Weiterhin werden fächerübergreifende Projekte möglich sein. Weiterhin ist vorgesehen, dass die Schüler auch Zeit unter freiem Himmel verbringen werden, nicht nur im stickigen Klassenzimmer. Und weiterhin gilt, dass sie nicht nur mit dem Kopf lernen, ebenso mit den Händen, ist handwerkliches

Geschick doch erstrebenswert.« Dass sie zudem mit dem Herzen lernen sollten, ließ er aus. Warum das Herz auch überschätzen? Es war ein Muskel wie jeder andere, Muskel trainierte man, beherrschte man. »Einige Dinge werden sich gleichwohl ändern«, fuhr er fort. »Ab sofort werden die Schüler nur noch in einer einzigen Fremdsprache unterrichtet. Es gilt das Wort des Führers, wonach es sinnlos ist, dass Millionen von Menschen im Laufe der Jahre zwei oder drei fremde Sprachen erlernen, sie dann aber nur zu einem Bruchteil verwerten können. Die bevorzugte Fremdsprache ist Englisch. Was eine tote Sprache wie Latein anbelangt, so ist das Ziel nun, dass man sie übersetzen können muss, nicht sprechen.«

Sein Blick ging wieder zu Felicitas. Die Hände, die sie nun ineinander verkrampfte, waren rot, ihre Brust schien sich kaum zu heben und zu senken. Es war ihr anzusehen, wie viel Kraft sie brauchte, um zu schweigen.

Na, Zinnsoldatin, ging es ihm durch den Kopf. Weißt du jetzt, wie man sich fühlt, wenn man nicht tun und lassen kann, was man will?

Nicht nur ihr Anblick erfüllte ihn mit heimlicher Genugtuung, auch die folgenden Worte, die er an das Kollegium richtete, zudem an den toten Vater.

»Die zweite große Änderung betrifft den Turnunterricht. Jeden Tag wird in allen Klassen mindestens eine Turnstunde stattfinden, diese wird auch zur Musterung der Knaben genutzt, um festzustellen, ob sie für die HJ geeignet sind. Die Schule hat künftig darüber Meldung zu machen, wer infrage kommt. Der Turnunterricht wird überdies erweitert, sämtliche Kampfsportarten wie Boxen sind künftig wieder erlaubt. Ergänzt wird ferner der Lehrplan, zunächst um rassenbiologische Lebenskunde. Jeder Schultag beginnt von nun an mit der Flaggenhissung sowie dem Absingen des Deutschlandliedes und des Horst-Wessels-Liedes. Das ist fürs Erste alles. Heil Hitler.« Das Atmen war ihm schwergefallen, als er sprach, aber das hatte auch sein Gutes, denn so klangen seine Worte abgehackt wie Befehle. Und die Zeit für lange Reden war ohnehin vorbei. »Das ist fürs Erste alles«, wiederholte er, als sich niemand rührte. »Gehen Sie jetzt in den Unterricht.«

Aus den Augenwinkeln nahm er wahr, dass manche gehorchten, ihre Unterlagen zusammensuchten, das Lehrerzimmer verließen. Felicitas gehörte zu denen, die sich nicht rührten.

»Stimmen die Gerüchte, wonach mittlerweile schon an die zweihundert Lehrer in Schutzhaft genommen wurden?«

Schon wieder Otto Matthiessen. Er hörte ihn nur, denn sein Blick war weiterhin starr auf Felicitas gerichtet, sie schienen einen Zweikampf auszufechten, wer zuerst zwinkerte, gar wegsah.

»Das ist üble Propaganda aus dem Ausland«, erklärte er ohne Regung, »der Vorstand des Nationalsozialistischen Lehrerbundes höchstpersönlich hat erklärt, dass das übliche Leben in Deutschland seinen Gang nimmt.«

Einmal mehr öffnete sich die Tür, schloss sich wieder. Hatte Otto Matthiessen das Lehrerzimmer verlassen? Felicitas machte immer noch keine Anstalten dazu, noch nicht, doch eben trat Levi zu ihr.

»Das Theaterstück … ihr könnt nun weiterproben …«

Sie zwinkerte nicht, aber ihre Lippen bewegten sich. Emil war nicht sicher, welche Worte sie formten, nur dass ihr die Stimme fehlte. Weil du nicht gelernt hast zu reden, wenn dir die Luft zum Atmen fehlt, dachte er, weil du nicht gelernt hast, deine Gefühle zu bezwingen.

Er zwinkerte weiterhin auch nicht, aber seine Mundwinkel zuckten. Zuckten erst recht, als Felicitas sich abwandte, Levi folgte.

Allein im Lehrerzimmer konnte er nicht anders, er musste lächeln. Er war nicht mehr der kleine Turnlehrer, er hatte mehr Macht als je zuvor, auch über Felicitas. Doch der Triumph währte nicht lange, das Lächeln schwand. Eine der verordneten Maßnahmen hatte er noch nicht verkündet. Sie umzusetzen würde ihm schwerfallen.

Zwei Wochen später fand Felicitas auf ihrem Tisch im Lehrerzimmer ein Briefcouvert vor. Es war nicht verschlossen, und als sie es öffnete, fiel ihr eine Seite entgegen.

»Das sind Fragebogen«, raunte ihr jemand zu, »in den nächsten drei Tagen müssen wir sie ausfüllen.«

Felicitas überflog die ersten Zeilen.

Welcher Partei haben Sie von wann bis wann angehört?

In welcher Gewerkschaft waren Sie?

Welche Funktionen haben Sie dort bekleidet?

Haben Sie in oder außerhalb der Organisation Vorträge gehalten, Artikel geschrieben? Wenn ja, sind Belege einzuschicken.

Sie sah, dass auch Levi ein Couvert öffnete, es überflog.

»Schaffst du es, wenigstens eine dieser Fragen mit Ja zu beantworten?«, fragte sie betont heiter. »Ich leider nicht. Gott behüte, dass sie mich noch für eine vorbildliche nationalsozialistische Lehrerin halten. Lass mich mal überlegen, ob ich irgendetwas angestellt habe. Zählt ein Artikel in einer Schülerzeitung, den ich einst geschrieben habe und in dem ich die Vorteile der Demokratie preise, vielleicht dazu? Ich habe ihn allerdings nicht allein verfasst.«

Levi war so versunken in das Schreiben, dass er nicht auf sie achtete. Fräulein Dreyer, die ebenfalls den Fragebogen erhalten hatte, warf ihr einen mahnenden Blick zu. Auch Otto Matthiessen wirkte nicht belustigt.

»Mach lieber keine Scherze darüber«, murmelte er. »Wer irgendeine dieser Fragen bejaht, wird vor eine Dreierkommission geladen, die der Gauleiter selbst mit Lehrkräften besetzt hat. Diese entscheidet dann über die Zukunft. Wer der KPD angehört hat, wird sofort entlassen.«

Felicitas lag eine schnippische Bemerkung auf den Lippen, sie schluckte sie, fiel ihr Blick doch in diesem Augenblick auf die Aufforderung am Ende des Fragebogens – binnen wenigen Wochen hätten alle Lehrer einen Ariernachweis vorzulegen.

Wieder ging ihr Blick zu Levi. Der Brief war seinen Händen entglitten, nicht auf den Tisch, sondern auf den Boden geflattert.

»Was ist los?«, fragte sie.

Stille breitete sich im Lehrerzimmer aus, alle Blicke richteten sich auf Levi. Sie konnte ihm ansehen, dass er sich am liebsten so klein wie möglich gemacht hätte. Doch er hob den Kopf und reckte sein Kinn, hielt ihrem Blick stand, auch dem der anderen.

Traurig, aber mit fester Stimme erklärte er: »Das ist mein Entlassungsschreiben.«

Er blieb steif stehen, während Getuschel aufbrandete, überrascht, verstört, ungläubig. Wie von weit her drang eine Stimme zu Felicitas. Vom Gesetz zur Wiederherstellung des Berufsbeamtentums war die Rede und dass man alle nichtarischen Kollegen in den Ruhestand versetzen würde.

»Ruhestand«, ein Wort so absurd wie »Entlassungsschreiben«. Es gab keine Ruhe, sie durfte keine geben. Und Levi durfte doch nicht einfach entlassen werden!

Sie löste sich aus der Starre, bückte sich nach dem Brief, überflog ihn.

Herrn Levi Augustinus Cohn, Studienrat! Der Senat hat der Landesunterrichtsbehörde eröffnet, dass Sie aufgrund des Par. 4 des Reichsgesetzes zur Wiederherstellung des Berufsbeamtentums vom 7.4.1933

*aus dem Staatsdienst zu entlassen sind. Die Entlassung erfolgt ohne
Ruhegehalt, weil die Voraussetzungen des Par. 8 des oben genannten
Gesetzes nicht erfüllt sind.*

Sie bemerkte erst, dass sie laut gelesen hatte, als sie endete. Von
Levi kam kein Ton, das Getuschel wurde lauter, ein paar erwähnten befreundete Lehrer, die ebenfalls entlassen worden waren,
manche ohne Gehalt und ohne Pension.

»Einer war bereits im Ruhestand«, sagte Pastor Rahusen, »und
hat nun erfahren müssen, dass er seine ohnehin bescheidene Pension verlieren wird. Das ist doch… das ist doch…«

… ein Unrecht.

Das Wort schwebte im Raum, aber niemand wagte, es zu packen, alle duckten sich. Das Getuschel erstarb, es war nur noch
Rascheln von Papier zu hören, als sich jeder dem eigenen Fragebogen widmete.

Levi trat zu seinem Tisch. Anders als auf den anderen lagen
hier viele Bücher, und er begann, sie zu einem Stoß zu stapeln.

»Hol dir eine Kiste«, riet ihm irgendjemand.

Felicitas hielt den Entlassungsbrief immer noch in ihren Händen, zerknüllte ihn unwillkürlich.

»Das ist doch… das ist doch…«, setzte auch sie an, hatte aber
ebenfalls Angst vor dem Wort, das zu groß erschien, zu sperrig.
Das ist ein Unrecht. Noch schlimmer. Ein Verbrechen.

Levi legte den Kopf etwas schief, sein Mund verzog sich
ebenso. »Ich habe es erwartet. Es ist ja auch nicht so, dass nur
jüdische Lehrer entlassen werden. Fächer wie Geschichte und
Deutsch gelten als Gesinnungsunterricht, auf diesen Stellen wollen sie nur überzeugte Nazis sitzen haben.«

Der Bücherstapel wuchs immer höher, ein Wunder, dass er
nicht wackelte. Levi gelang es sogar, ihn hochzustemmen, er verschwand bis zur Nasenspitze dahinter.

»Du … du kannst nicht kampflos aufgeben!«

»Im Brief steht, dass ich das Schulgebäude sofort zu verlassen habe und es niemals wieder betreten darf.«

Nun begann der Stapel zu zittern. Vielleicht zitterte Levi selbst. Er wandte sich in jene Richtung, wo er die Tür vermutete, erreichte sie nicht, weil Felicitas sich ihm in den Weg stellte.

»Wir können das nicht zulassen«, rief sie, nicht länger an ihn, sondern an die anderen Lehrer gewandt. Einer spitzte seinen Bleistift, ein anderer begann, seinen Fragebogen auszufüllen. Fräulein Dreyer saß schmallippig an ihrem Tisch, wandte als eine der wenigen immerhin nicht den Blick von ihr ab. Pastor Rahusen rang hilflos die Hände. Felicitas trat auf ihn zu. »Heute wird er entlassen, morgen vielleicht Sie. Es gibt Gerüchte, wonach man den Religionsunterricht zugunsten von Lebenskunde abschaffen will.«

Die Bewegungen seiner Arme glichen missglückten Schwimmbewegungen. Sie konnte es ihm nachfühlen, sie hatte selbst den Eindruck zu ertrinken.

»Die Sache mit dem Religionsunterricht ist nur ein Gerücht«, ließ sich Fräulein Dreyer vernehmen, »aber wir alle haben gesehen, was Oscar Freese zugestoßen ist. In einer anderen Schule wurde ein Lehrer von sechs SA-Männern niedergeschlagen – und das vor seiner Klasse –, weil er sich weigerte, seinen Pensionierungsantrag zu unterschreiben.«

Pastor Rahusen ließ die Hände sinken, nahm die Bibel und ein weiteres Buch, nuschelte, dass er in seine Klasse müsse. Andere folgten ihm rasch, viele mit eingezogenem Kopf.

Otto Matthiessen trat zu Levi. »Ich helfe dir mit den Büchern.« Levi schüttelte energisch den Kopf, Matthiessen blieb zögernd stehen. Er schien ihm die Hand geben zu wollen, aber Levi hatte ja keine Hand frei. Am Ende klopfte er ihm auf die Schulter. »Du bist … du warst ein großartiger Kollege.«

Und wir sind alle Feiglinge, dachte Felicitas, wollte am liebsten jedem Einzelnen, der das Lehrerzimmer verließ, diese Beleidigung nachrufen.

»Aber ich«, sagte sie am Ende bloß zu Levi, »ich werde dir helfen. Ob du willst oder nicht.«

»Es genügt, wenn du mir den Weg weist.«

Er konnte tatsächlich nichts mehr sehen, weil der Bücherstapel so hoch war, sie nicht, weil Tränen in ihre Augen traten, die umso heftiger brannten, weil sie von Wut genährt waren. Sie versuchte, sie zu schlucken, aber ihre Kehle war zu eng geworden.

»Von hier aus schaffe ich es allein«, sagte Levi, sobald sie den Schulhof betraten, »du musst jetzt unterrichten.«

»Den Teufel muss ich! Ich begleite dich nach Hause und…«

Sie brach ab. Eben war es ihr noch unvorstellbar erschienen, den Platz an seiner Seite aufzugeben – das Mindeste, was sie für ihn tun konnte, war, ihn nicht allein davonschleichen zu lassen wie einen geprügelten Hund. Doch dann sah sie vor der Turnhalle Anneliese und Emil stehen.

Die Freundin kam jetzt oft zur Alsterschule – manchmal, um den Verlobten abzuholen, noch häufiger, um ihm ein Jausenpaket zu bringen. Felicitas hatte mehrmals beobachtet, wie er sich überschwänglich dafür bedankte, jedoch nie gesehen, dass er aß. Er gab sich stets zu beschäftigt, um ans Essen zu denken.

Anneliese fragte ihn offenbar nie, womit genau er beschäftigt war. Sie fragte auch Felicitas nicht, was sie davon hielt, dass Emil wieder an der Alsterschule war. Als sie Emil an dem Tag, da er die Schulleitung übernommen hatte, als Verräter beschimpft hatte, sobald sie nach Hause gekommen war, hatte Anneliese ihr zu schweigen geboten. »So sprichst du nicht über meinen zukünftigen Mann.«

Dass er das sein wird, macht ihn erst recht zu einem Verräter, war es Felicitas durch den Kopf gegangen, und zwar an mir. Auch Anneliese betrachtete sie als Verräterin, weil sie Deckchen und Servietten für ihre Aussteuer bestickte und ihr Kostüm für die Hochzeit nähen ließ und ständig Kuchen buk und glücklich war. Weil sie immer wieder beteuerte, so schlimm wird es nicht werden, etwas mehr Ordnung, dafür weniger Arbeitslose, das schadet schon nicht, das ist ein guter Handel …

Doch etwas in Annelieses sonst weicher Miene hatte ihr verraten, dass sie die Freundin zu verlieren drohte, wenn sie weiter wütete, und so hatte sie am Ende versprochen, dass sie zu Hause nicht über ihre Arbeit reden würde. Im Schweigen war sie mittlerweile ja gut, nur war aus diesem Schweigen eine bleierne Wolke erwachsen, die sie zu ersticken drohte.

Sie kämpfte sich durch diese Wolke, hastete auf Emil und Anneliese zu.

»Wie kannst du zulassen, dass Levi entlassen wird?«, fuhr sie Emil an. »Wie kannst du zulassen, dass diese Fragebogen verteilt werden? Wie kannst du zulassen, dass unser Kollegium nur mehr aus Duckmäusern besteht? Wann bist du selbst zu einem geworden?«

Es war befreiend zu toben, die Worte zu schleifen, bis sie scharf waren. Nicht dass sie genügten. Am liebsten hätte sie ihn gepackt, gerüttelt, geschlagen, hätte alle Kraft und Energie, die sie in den letzten Jahren wohlfeil dosiert aufs Tanzen und Unterrichten gelenkt hatte, wieder für das genutzt, was sie als Kind gelernt hatte: die zu verdreschen, die ihr zusetzten.

Und Emil mochte zwar gestählt sein, doch so verloren, wie er sie anblickte, schien er auf ihren Angriff nicht vorbereitet. Sie war ja nicht minder vorbereitet gewesen auf das, was da geschah, hatte sich vom Leben einlullen lassen. Ich meine es gut mit dir, hatte es gesäuselt, so schlimm deine Kindheit in einer rohen, armseligen, dreckigen Welt auch war, sie liegt nun wie ein dunkler Traum hinter dir. Ich habe dir freundliche Zieheltern geschenkt, die beste Ausbildung, Freude an der Arbeit, Spaß in der Freizeit. Und jetzt ... ein Kinnhaken aus dem Nichts, ein Fausthieb in die Magengrube. Aber sie wollte sich nicht länger krümmen, sie wollte zurückschlagen, und Emils Gesicht bot so viel Angriffsfläche. Sie könnte auf seinen Mund schlagen, den sie zweimal geküsst hatte. Auf die Augen, die oft voller Begehren auf sie gerichtet waren. Auf die Nase, die er oft über sie gerümpft hatte.

»Wie kannst du nur?«, schrie sie, holte aus, schlug tatsächlich zu, traf etwas Weiches. Kurz hatte sie Angst, es wäre Annelieses Gesicht, doch die hatte blitzschnell das Jausenpaket erhoben. Was immer sich darin befand, Kuchen oder Brote, es war noch ganz. Nur sie selbst, sie war es nicht. Heiser wiederholte sie: »Wie kannst du nur?«

Annelieses Stimme dagegen war voller Kraft. »Ja, bist du denn von Sinnen? Er tut doch alles, um eure Schule zu retten! Nur weil er hier Rektor ist, kann er den Ruf abwenden, es wäre eine Kommunistenschule, eine Judenschule, eine Gottlosenschule. Weißt du, wie viele Schüler, die von solchen Schulen kommen, andernorts verprügelt werden? Und er hat sich so dafür eingesetzt, dass, wenn auch nicht die jüdischen Lehrer, so wenigstens die jüdischen Schüler bleiben dürfen, und zwar mehr als die anderthalb Prozent, die noch erlaubt sind, und nicht nur die Kinder der Frontkämpfer im Großen Krieg! Weißt du, dass er sich Tag und Nacht dafür starkmacht, dass ...«

Sie holte tief Atem, um den Satz zu Ende zu bringen. Doch so wie sie das Jausenpaket zwischen Felicitas' Faust und Emils Gesicht gehalten hatte, schob er sich jetzt zwischen die beiden Freundinnen.

»Es ist gut, Anneliese.«

Nichts war gut. Aber es würde auch nicht besser werden, wenn sie ihn schlug.

Levi trat zu ihnen, und ob er Emils Worte gehört hatte oder nicht, er erklärte ebenfalls: »Es ist gut, Felicitas.«

Während Emils Stimme ausdruckslos geklungen hatte, war seiner anzuhören, dass er sich der Lüge bewusst war. Er nahm die Worte dennoch nicht zurück, wiederholte sie, und als Emil erklärte, ihm zu helfen und einen Teil seiner Bücher zu tragen, lehnte er dieses Angebot nicht ab wie das von Otto Matthiessen oder Felicitas. Er nickte, Emil nahm einen Stapel, beide schritten über den Schulhof.

»Siehst du?«, sagte Anneliese, als sie ihnen nachblickte.

Plötzlich lag ihre Hand auf Felicitas' Schulter, und die immense Kraft, die sie eben noch verschleudern wollte, schwand. Sie hätte nicht einmal mehr die Hand wegstoßen können, einzig die Gedanken liefen noch Sturm.

Wer sagt, dass Emil wirklich Levi helfen will?, ging es ihr durch den Kopf, vielleicht will er nur vor mir fliehen.

Sie war nicht sicher, wie lange sie auf dem Schulhof ausgeharrt hatte, auch dann noch, als Emil und Levi und Anneliese längst verschwunden waren. Sie löste sich erst aus der Starre, als einige Schüler das Schulgebäude verließen.

»Stimmt es, dass Herr Cohn entlassen wurde?« Sie blickte in Paul Löwenhagens Gesicht, aufgewühlt wie ihres, nicht einfach nur verstört, sondern voller Wut. Zaghaft nickte sie. »Und stimmt es, dass niemand dagegen protestiert hat?«

Wieder blieb ihr nichts anderes übrig, als zu nicken.

Paul heulte auf, stampfte auf den Boden, und sie witterte in ihm den gleichen Drang, wie sie ihn selbst kaum bezähmen konnte – zu schreien, um sich zu schlagen, irgendetwas zu zerstören.

Er schien ihr die heftigen Gefühle abzunehmen, aber sie sah ein, dass man damit nicht weiterkam.

»Geht nach Hause«, sagte sie energisch. »Geht nach Hause. Und morgen kommt ihr wieder. Und dann … dann …«

Ja, was dann? Das Kündigungsschreiben würde sich nicht in Luft aufgelöst haben, weitere Lehrer jüdischer Abstammung würden eines erhalten.

Einmal mehr stampfte Paul auf. »Dann sollen wir auf dem Schulhof wie Soldaten marschieren und vor Tiedemann salutieren?«

»Ich verstehe euch«, sagte Felicitas schnell. »Es ist unerträglich, die neuen Maßnahmen hinzunehmen. Aber ich verspreche: So wird es nicht weitergehen, wir dürfen nicht in Angst erstarren, den Mund halten, blind und taub werden. Irgendetwas müssen wir tun. Darüber müssen wir allerdings gründlich nachdenken. Es nutzt nichts, nur zu provozieren und wild um sich zu schlagen.«

Es dauerte eine Weile, bis Paul Herr seiner Regungen wurde. Er löste seinen Blick dennoch nicht von ihr, und je länger sie ihm standhielt, desto mehr Trotz und Kampfgeist schwappten von diesem widerborstigen Schüler, der ihr das Leben so oft schwer gemacht hatte, auf sie über. Sie war schließlich auch immer aufsässig gewesen, sie würde nicht damit aufhören, nein, jetzt erst richtig damit beginnen. »Geht nach Hause«, sagte sie wieder, »und ab morgen … ab morgen machen wir ihnen das Leben so schwer wie möglich.«

Mai

Irgendetwas müssen wir tun«, sagte Felicitas einige Tage später auch zu Otto Matthiessen. »Man darf nicht einfach nur schweigend zusehen, besonders nicht als Lehrer.«

Otto blickte sich im Lehrerzimmer um. Anstatt zu antworten, erwiderte er laut und vernehmlich: »Ich habe heute Aufsicht auf dem Schulhof, willst du mich nicht dorthin begleiten?«

Seit Wochen war es im Lehrerzimmer beängstigend still, wenn überhaupt war nur ein Raunen, ein Flüstern zu vernehmen. Gerüchte wurde weitergegeben, von sozialistischen Lehrern, die man aus Klassen geholt, in eine der SA-Kaschemmen geschleppt, dort gezwungen hatte, das Horst-Wessel-Lied zu singen. Wer sich weigerte, wurde mit Peitschen und Stahlruten zur Räson gebracht.

Felicitas verstand, was Otto bezweckte – er wollte an einem anderen Ort mit ihr reden. »Bei diesem schönen Wetter komme ich gern mit dir«, sagte sie betont fröhlich.

Sie erhob sich, ging zur Tür, als Pastor Rahusen erklärte: »Sie wissen aber schon, dass das verboten ist?«

»Dass Lehrer in der Pause auf den Schulhof gehen?«

»Dass mehr als nur einer die Aufsicht übernimmt.«

Die Lippen des Pastors verzogen sich zu einem verächtlichen Lächeln, bekundend, wie lächerlich er diese Vorschrift fand, in seinen Augen stand jedoch etwas ganz anderes – nackte Angst. Zwei oder drei Lehrer könnten über Politik sprechen, könnten sich Maßnahmen überlegen, die vielen neuen Verordnungen für den Unterricht zu umgehen.

Felicitas wollte schon sagen, dass Emil ihr das höchstpersönlich verbieten müsste. Aber wahrscheinlich, dachte sie, wird er genau das tun, wenn ich ihn provoziere – mit dieser kalten, ausdruckslosen Stimme, mit der er Tag für Tag besagte Verordnungen verkündet.

»Nun«, erklärte sie, »ich gehe ja nicht auf den Hof, um Otto Matthiessen zu begleiten, ich gehe dorthin, um zu rauchen, weil das im Lehrerzimmer neuerdings nicht mehr gestattet ist.«

»Wenn im Lehrerzimmer das Rauchen verboten wurde, dann gilt das auf dem Hof sicher auch«, warf der Pastor ein.

»Das wurde so aber nicht ausdrücklich gesagt.«

Draußen blendete sie die Maisonne. Otto hatte nach ihr das Schulgebäude verlassen und drehte erst eine Runde, ehe er unauffällig zu ihr trat und einen Griffel vor ihr Gesicht hielt.

»Soll ich etwa aufschreiben, was ich zu sagen habe?«, fragte sie. »Ist das nicht umso gefährlicher, weil man die Aufzeichnungen finden könnte?«

»Unsinn! Aber du hast behauptet, du würdest rauchen. Wo ist die Zigarette? Vom Lehrerzimmer aus betrachtet fällt der Unterschied zwischen Zigarette und Griffel nicht auf.«

Felicitas blickte hoch zu den weißen Sprossenfenstern, halb verborgen von der mächtigen Ulme. »Denkst du wirklich, wir werden beobachtet?«, fragte sie.

Otto zuckte mit den Schultern, drückte ihr den Griffel in die Hand. »Es gibt Gerüchte von einer schwarzen Liste, auf der neben jedem Namen eines Lehrers der Grad seiner Gefährlichkeit vermerkt ist. Keine Ahnung, wer diese Liste erstellt hat. Keine

Ahnung, welchem Zweck sie dient. Ich traue jedenfalls niemandem mehr. Pastor Rahusen mag ein freundlicher Mann sein, aber er lässt sich leicht einschüchtern. Und Fräulein Dreyer würde uns wohl liebend gern denunzieren.«

Felicitas kam sich lächerlich vor, führte dennoch den Griffel an ihre Lippen und schmeckte Holz. »Was genau könnte sie uns denn vorwerfen?«

»Sag du es mir. Du hast mir doch vorhin erklärt, dass wir etwas tun müssen.«

Seit Levis Entlassung war sie von grimmiger Entschlossenheit erfüllt. Nie wieder wollte sie mit dem dummen Ausdruck einer Übertölpelten, die immer noch glaubte, dass alles gut werden würde, weiteres Unrecht bezeugen.

»Es ist nicht so, dass es keinen Widerstand gibt«, sagte sie leise. »Als am 1. April zum Boykott gegen die jüdischen Läden und Praxen aufgerufen wurde, hat Max Haack am Steinwall doppelt so viel Umsatz gemacht, obwohl er Jude ist. Unzählige Kommunisten und Sozialisten kamen einkaufen. Es gab einen Rabatt, Luftballons wurden verschenkt. Und als sich in Übersee der Boykottaufruf herumsprach, weigerten sich viel Hafenarbeiter in Nordafrika, deutsche Schiffe zu entladen.«

»Ein Lob auf die nordafrikanischen Hafenarbeiter«, erwiderte Otto, »und auf alle, die bei Max Haack einkaufen. Auf einer Schule ist das etwas anderes. Was genau willst du denn hier tun?«

Bis jetzt hatte sie tatsächlich keine Ahnung gehabt. Aber plötzlich hörte sie sich sagen: »Hineinstechen.« Otto blickte sie verwundert an. »Mehr als etwas vom Ungeist, nicht vom Geist Aufgeblähtes ist diese Bagage ja nicht«, erklärte sie, »und genau so müssen wir sie künftig behandeln. Wir können uns nicht offen gegen die Verordnungen stellen, sie jedoch umgehen, wann immer es möglich ist. Einen Griffel statt einer Zigarette an den Mund zu führen mag ein erster kleiner... winziger Schritt sein.«

»Und wie könnte der nächste kleine Schritt aussehen?«

Felicitas ließ den Griffel sinken, blickte sich um. Bis vor Kurzem hatte in den Pausen lustiges Treiben auf dem Schulhof geherrscht. Die Kinder hatten gespielt, gelacht, gestritten. Nun mussten sie nicht nur in Zweierreihen an- und abtreten, sondern die ganze Pause über im Kreis marschieren und dazu Lieder singen. Der Musiklehrer, Herr Kahrmann, hatte eine Liste mit geeigneten Liedern erstellt und dafür gesorgt, dass sämtliche Strophen saßen.

»Sturm, Sturm, Sturm, Sturm, Sturm, Sturm!«, tönte es zu ihr herüber. »Läutet die Glocken von Turm zu Turm! Läutet, dass Funken zu sprühen beginnen. Judas erscheint, das Reich zu gewinnen. Läutet, dass blutig die Seile sich röten, rings lauter Brennen und Martern und Töten. Läutet Sturm, dass die Erde sich bäumt.«

Bis zum ersten Refrain taten sich die Schüler leicht, danach gerieten sie ein wenig ins Stocken, hatten sich doch nicht alle den ganzen Text eingeprägt. Felicitas wusste, welche Zeilen folgten. Unter dem Donner der rettenden Rache! Wehe dem Volk, das heute noch träumt! Deutschland, erwache, erwache!

Aber es waren nicht diese Worte, die ihr über die Lippen kamen, als sie in die Mitte des Schulhofs trat.

»Wind, Wind, fröhlicher Gesell«, sang sie zur Melodie des Sturmliedes, »jagst die braunen Wolken, können dir kaum folgen. Wind, Wind, Wind, Wind, fröhlicher Gesell.« Die Schüler starrten sie verwundert an. »Kommt!«, rief Felicitas, »singt alle mit, es ist nicht erlaubt, nicht zu singen, auch nicht erlaubt, stehen zu bleiben. Na los, Paul, streck den Rücken durch, watschel nicht wie eine Ente und quak erst recht nicht wie sie. Wind, Wind, fröhlicher Gesell, jagst die braunen Wolken ...«

Paul war der Erste, der ihre Worte aufnahm, bald stimmte der Rest mit ein. Nachdem die Zeilen oft genug gesungen worden waren, rief Felicitas: »Ich glaube, ich kenne noch ein Sturmlied. Wollen wir es auch mal probieren? ›Lass ich heut den Himmel lachen? Oder aber Donner krachen? Laue Luft mit Sonnenschein? Oder lass ich's noch mal schneien? Der April, der April…‹«

Paul wurde wieder zum Stimmführer, ein anderer Junge wandte dagegen ein: »Haben Sie sich nicht in der Zeit geirrt? Wir haben nicht April.«

»Oh, glaub mir, ich habe mich nicht in der Zeit geirrt. Vielleicht ist es ja nur ein Aprilscherz, dass wir schon Mai haben.«

Ein befremdeter Blick traf sie, Paul sang dennoch entschlossen das Aprillied weiter, und andere stimmten ein.

Als die Pause endete, trat Felicitas zurück zu Otto. Ihr entging nicht, dass sein Grinsen seine Augen nicht erreichte, in seinem Blick zwar keine offene Angst stand, aber… Unbehagen.

»Du meinst, es genügt, darauf zu setzen, dass der Wind die braunen Wolken vertreibt?«

»Nein«, sagte Felicitas und tat wieder so, als würde sie am Griffel ziehen, »es genügt nicht. Aber wir dürfen uns nicht vor dem Sturm ducken, wir müssen uns gegen ihn stellen. Wer weiß, vielleicht flaut er ab, vielleicht ist er nur eine einzelne Böe, kein Orkan. So oder so kann ich jetzt wieder etwas freier atmen.«

Otto Matthiessen und sie wechselten im Lehrerzimmer oft kein Wort, aber sie trafen sich weiterhin regelmäßig auf dem Schulhof.

Stolz berichtete sie einige Tage nach ihrer ersten Unterredung, dass sie einen Schüler gerügt habe, weil der behauptete, Hitler werde einen neuen Krieg vom Zaun brechen.

»Ich habe ausdrücklich auf den Friedenswillen des Führers verwiesen«, schloss sie.

»Und das soll Wirkung zeigen?«

»Nun«, erwiderte sie lächelnd, »als Strafe habe ich nicht nur be-
sagten Schüler, sondern die ganze Klasse mehrere Sätze aus Mein
Kampf abschreiben lassen, wo es heißt: ›So wie unsere Vorfahren den Boden, auf dem wir heute leben, nicht vom Himmel geschenkt erhielten, sondern durch Lebenseinsatz erkämpfen mussten, so wird auch uns in Zukunft den Boden und damit das Leben
für unser Volk keine völkische Gnade zuweisen, sondern nur die
Gewalt eines siegreichen Schwertes.‹ Ich glaube, sie waren alle
recht verwirrt.«

Wieder grinste Otto, wieder blieb sein Blick eigentümlich leer.

»Ich weiß, das alles ist so gut wie … nichts. Aber auch wenn
man nur kleine Schritte macht, kommt man irgendwann ans
Ziel.«

Dann kam ein Tag Mitte Mai, als durch die geöffneten Fens-
ter ein lauer Frühlingsduft in den Klassenraum, in der sie die
Obertertia unterrichtete, strömte, vom Gang her jedoch plötzlich
Schritte und Geschrei ertönten.

Kurz ignorierte sie den Lärm, sie war mittlerweile geübt, sich
taub zu stellen, wenn eine Horde der HJ an ihr vorbeikam, aber
die Stimmen, die da draußen zu hören waren, schwollen an.

»Wartet!«, sagte sie zu ihren Schülern.

Sie warteten nicht. Als sie nach draußen in den Gang trat,
fragte, was da vor sich gehe, folgten ihr ein paar der Vierzehn-
jährigen, und drei oder vier schlossen sich prompt der johlenden
Schar an. Felicitas lehnte sich gegen die Wand.

Es wurden keine roten Lehrer verhaftet, wie sie kurz befürchtet
hatte, aber … Bücher. Wobei man Bücher nicht verhaften konnte.
Allerdings konfiszieren. Und vernichten.

Mitglieder des SA-Studentensturms, der Hochschulgruppe

des Frontkämpferbundes Stahlhelm und von etlichen schlagenden Verbindungen stürmten in die Schulbibliothek, um gründlich auszumisten, wie sie erklärten, das Unkraut auszureißen, den intellektuellen Nihilismus auszuräuchern.

Felicitas brauchte alle Willenskraft, um sich von der Wand zu lösen, den Scharen in die Bibliothek zu folgen, dort zuzusehen, wie stapelweise Bücher in Leiterwagen fortgeschafft wurden.

Gut, dass Levi nicht mehr hier ist, ging es ihr durch den Kopf, Levi würde diesen Anblick nicht verkraften.

Sie nahm Emil wahr, der mit ungewohnt hängenden Schultern dastand. Er verkraftet ihn auch nicht, dachte sie. Aber für ihn blieb kein Mitleid übrig, nur Verachtung.

»Wohin bringen sie die Bücher?«, fragte sie tonlos.

Er sah sie aus leeren Augen an. »Ans Kaiser-Friedrich-Ufer.«

Was dort geschehen würde, fügte er nicht hinzu. Sie konnte es sich denken, sie hatte die Bilder in der Zeitung gesehen, wusste, was fünf Tage zuvor, am 10. Mai, in Berlin geschehen war. Schriften von Heinrich Mann, Sigmund Freud, Theodor Wolff, Erich Maria Remarque waren den Flammen übergeben worden, auch die von vielen anderen Autoren, denen man Dekadenz und moralischen Verfall, volksfremden Journalismus und Verfälschung der Geschichte, Verrat an den Soldaten und die dünkelhafte Verhunzung der deutschen Sprache vorwarf.

»Warum geschieht das in Hamburg erst jetzt, nicht schon an jenem Tag, da in Berlin die Bücher brannten?«

»Weil bei uns am 10. Mai die neu formierte Bürgerschaft feierlich ins Amt eingeführt wurde«, murmelte Emil.

»Ich verstehe«, höhnte sie, »nun muss man sich sputen, oder? In den fünf Tagen könnte die zersetzende undeutsche Literatur ja zu gären begonnen und uns alle vergiftet haben, gleich so, als hätte man heimlich die Gasleitungen aufgedreht, oder?«

Sein Blick wurde nur noch leerer, der Hohn prallte an ihm ab. »Werden sie sie wirklich verbrennen?«, hörte sie Paul Löwenhagen fragen, sobald sie Emil hatten stehen lassen.

Immer mehr Schüler strömten aus den Klassen, manche schockiert, ungläubig, andere bereit, sich von der Begeisterung anstecken zu lassen und tatkräftig zu helfen, immer mehr Leiterwagen zu beladen.

Sie hatte noch nicht genickt, als Paul auf einen von diesen losgehen wollte. »Du Verfluchter!«

»Nicht!«, rief Felicitas, hielt ihn fest, rangelte kurz mit dem Halbwüchsigen. Er war stark, sie war stärker, zumal sie auch auf Worte setzte. »Es sind doch viel zu viele. Wir … wir können uns ihnen nicht in den Weg stellen.«

»Aber gewähren lassen dürfen wir sie auch nicht!«

Kurz fühlte sie sich unendlich hilflos, ohnmächtig, der Sprache beraubt.

Ein Buch fiel auf den Boden, irgendwer trat darauf. Ein Quietschen ertönte, als die Ledersohle des Stiefels auf den Ledereinband traf. So klingt es also, wenn Bücher weinen, dachte Felicitas, bückte sich blitzschnell, um das Buch aufzuheben, presste es an sich, sammelte noch mehr ein, verbarg sie unter ihrer Jacke. Bald waren es so viele, dass sie sie kaum mehr halten konnte. Auch Schüler begannen, das eine oder andere Buch zu retten.

Nur Paul nicht, Paul machte etwas anderes.

Inmitten des Tumults begann er plötzlich zu rezitieren: »Ihr und die Dummheit zieht in Viererreihen in die Kasernen der Vergangenheit. Glaubt nicht, dass wir uns wundern, wenn ihr schreit, denn was ihr denkt und tut, das ist zum Schreien.‹«

Er sprach nicht sehr laut, Felicitas verstand trotz des Lärms jedes Wort. »Was … was zitierst du da?«

Er antwortete nicht, einer seiner Mitschüler tat's für ihn. »Es ist ein Gedicht von Erich Kästner. Er zählt ebenfalls zu den verfemten Autoren … Wir haben es im Deutschunterricht durchgenommen, als wir noch Levi Cohn als Lehrer hatten.«

Paul blickte immer noch an ihr vorbei, seine Stimme wurde schneidender, als er fortfuhr:»Ihr kommt daher und lasst die Seele kochen, die Seele kocht, und die Vernunft erfriert. Ihr liebt das Leben erst, wenn ihr marschiert, weil dann gesungen wird und nicht gesprochen.«Ach Levi, dachte Felicitas, und obwohl sie gerade noch erleichtert gewesen war, dass ihm dieser Anblick erspart blieb, hätte sie ihm jetzt gewünscht, dass er Paul sah … dass er Paul hörte.»Ihr liebt die Menschen, die beim Töten sterben, und Helden nennt ihr sie nach altem Brauch, denn ihr seid dumm, und böse seid ihr auch. Wer dumm und böse ist, rennt ins Verderben.«

Zu spät fiel ihr auf, dass sie nicht die Einzige war, die Pauls Worte vernahm. Ob es nur diese Worte waren, sein starrer Blick, die Verachtung, die aus seiner Miene sprach – plötzlich traten zwei Burschen auf sie zu. Sie trugen zwar keine SA- oder HJ-Uniform, schienen sich aber unglaublich wichtig zu fühlen.

»Was quatscht du denn da?«, rief einer von ihnen und stieß Paul an.

Felicitas zuckte zusammen, und ihre erste Regung war, sich schützend vor Paul zu stellen. Doch solange er keine Furcht zeigte, wollte sie sich nicht von dieser bezwingen lassen, und sie ließ ihn gewähren.

»Ihr liebt den Hass und wollt die Welt dran messen, ihr werft dem Tier im Menschen Futter hin, damit es wächst das Tier, tief in euch drin. Das Tier im Menschen soll den Menschen fressen.«

Ein zweiter Stoß traf seine Brust, der dumpfe Laut weckte Erinnerungen daran, wie Oscar Freese niedergeschlagen worden war. Felicitas unterdrückte dennoch weiter die Angst, trat selbstbewusst auf die zwei Burschen zu.

»Kapiert ihr denn nicht, was er da tut? Mein Schüler zitiert einen dieser undeutschen Schriftsteller, die alles verhöhnen, was uns heilig ist. Auch dessen Bücher werden heute Abend verbrannt werden. Aber es genügt doch nicht, nur die Seiten in die Flammen zu werfen. Er spuckt den Unsinn aus, den die Juden und Marxisten ihn gelehrt haben.«

Zugegeben, das klang lächerlich, sie konnte sich kaum vorstellen, dass die beiden ihr das abnehmen würden. Als sie lachten, klang es trotzdem nicht böse, eher gutmütig, und sie verzichteten auf einen weiteren Schlag.

»Ich glaube, das gefällt mir!«, rief einer.

Pauls Lippen wurden noch schmaler. Schon reckte er sein Kinn, schon fuhr er fort: »Ihr wollt die Uhrenzeiger rückwärtsdrehen und denkt, das ändere der Zeiten Lauf, dreht an der Uhr, die Zeit hält niemand auf, nur eure Uhr wird nicht mehr richtig gehen.«

Das Gelächter riss ab, die Stirn des einen Burschen runzelte sich. Er erhob die Hand, um zuzuschlagen.

»Es reicht nicht, die Bücher zu verbrennen«, rief Felicitas. »Man muss auch den Geist töten. Stellt euch einen Luftballon vor, aus dem langsam die Luft entweicht. Was er sagt, sind nur die knatternden Geräusche, die dabei entstehen. Lasst ihn nur machen, das ist Teil der großen Reinigungsaktion.«

Misstrauisch starrten sie erst sie, dann Paul an. Aber ehe sie erneut auf die Idee kamen zuzuschlagen, riefen andere um Hilfe mit den Leiterwagen, und sie verloren das Interesse.

Die Bücher, die Felicitas an sich gerafft hatte, waren plötzlich sehr schwer, die Hände taten ihr weh. Und doch, sie fühlte sich nicht mehr hilflos, ohnmächtig. Gegen die Bücherverbrennung konnte sie nichts tun, das hieß jedoch nicht, dass man sie zum Schweigen brachte. Sie nickte Paul ermutigend zu, und der zitierte die letzte Strophe von Erich Kästners Gedicht.

»Wie ihr's euch träumt, wird Deutschland nicht erwachen, denn ihr seid dumm, ihr seid nicht auserwählt, die Zeit wird kommen, da man sich erzählt: Mit diesen Leuten war kein Staat zu machen.‹«

Es war einige Tage nach der Bücherverbrennung, als Emil im Lehrerzimmer erklärte, es gelte, weitere verbotene Bücher einzusammeln. Die Schüler sollten aufgerufen werden, die heimischen Bibliotheken hinsichtlich verbotener Werke zu kontrollieren und notfalls auszurangieren.

Alle schwiegen, nur Felicitas meldete sich zu Wort. »Warum das denn?«, fragte sie unschuldig. »Liegt es etwa daran, dass sich die NSDAP-Gauleitung enttäuscht von der Aktion gezeigt hat und auf Wiederholung pocht? Ein Wunder, dass die Beteiligung nicht als ausreichend erschien, es waren doch sämtliche Studentenbünde und die SA auf den Beinen. Kann es sein, dass der gemeine Hamburger Bürger sich der Aktion widersetzt hat? Oh, welch eine Schande!«

Emil starrte sie ausdruckslos an. »Es ist überdies nicht hinzunehmen«, erklärte er, statt ihr die Freude zu machen, darauf einzugehen, »dass immer noch nicht alle Lehrer ihren Unterricht mit einem ›Heil Hitler!‹ beginnen und Gleiches ihren Schülern abverlangen. Eigentlich sollte das eine Selbstverständlichkeit sein.«

Felicitas spürte Ottos Blick auf sich ruhen, wahrscheinlich erwartete er eine weitere Wortmeldung ihrerseits. Doch diesmal verkniff sie sich eine, blickte vermeintlich demütig zu Boden.

Das tat sie auch, als sie wenig später Pauls Klasse betrat. Schwungvoll stellte sie ihre Schultasche auf das Katheder, trat dann zurück zur Tür, als hätte sie etwas vergessen, zog dort ihren Sommermantel aus und hängte ihn ebenfalls schwungvoll an den Haken.

Als ihr Arm fast durchgestreckt war, nuschelte sie: »Heil Hitler!« Hinter ihr herrschte Stille. »Warum höre ich nichts?«, fragte sie.

Ihre Stimme klang streng, aber sie lächelte. Zwei Mädchen standen etwas unbeholfen auf, doch ehe sie ein »Heil Hitler« ausstoßen konnten, kam Paul ihnen zuvor. Er sprang auf, stand erstaunlich steif da, glich fast einem Soldaten. Einen Augenblick schien es, er würde den Arm strecken. Am Ende hob er nur sein rechtes Bein.

»Heil Hitler!«, sagte er. Zischende Laute folgten, als würde ein Hund einen Laternenmast markieren.

Noch herrschte Stille in der Klasse, dann brach irgendjemand in Gelächter aus.

Felicitas blickte sich um, in keinem der Gesichter las sie Angst, Misstrauen, Wut. Alle schienen auf Pauls Seite zu stehen, auf ihrer Seite zu stehen. Hier war sie sicher, hier war sie frei, hier war das Fleckchen Erde, wo man dem Wahnsinn trotzen und sie die alte Felicitas sein konnte.

Sie stimmte in das Lachen ein.

Emil saß in seinem Bureau, vor ihm stapelten sich neue Verordnungen. Sie kamen allesamt aus dem Curiohaus, dem Sitz des NS-Lehrerbundes, wo sich auch die Gauwaltung Hamburg befand. Kaum hatte er eine umgesetzt, ließ man sich etwas anderes einfallen.

»Gemächlich schreitet nur der Schlafwandler durchs Leben«, hatte Grotjahn ihm erklärt, »ein Soldat, ein Turner bewegt sich zackig.«

Dabei fühlte auch er sich manchmal wie ein Schlafwandler, der nicht sicher war, was er da tat und warum.

Am 9. Mai waren alle Lehrerorganisationen bis auf den

NS-Lehrerbund aufgehoben worden. Knapp zehn Tage später waren zudem die Beamtenvertretungen – das, was für den Arbeiter die Gewerkschaft war – Geschichte. Wenn ein Lehrer künftig eine Beschwerde vorzubringen hatte, durfte er das nur noch allein vor dem Vorgesetzten tun, sich nicht mit anderen Kollegen zusammenschließen.

Als Nächstes galt es, eine Ariererhebung unter allen Schülern durchzuführen, und die Schulausweise jener, die keinen Nachweis erbringen konnten, mit den Buchstaben NA – Nichtarier – zu versehen. Und außerdem musste die Abschaffung von Kulturkunde vollzogen werden, sollten doch die Fächer Deutsch, Geschichte und Religion inhaltlich komplett neu ausgerichtet werden in die Richtung, die Grotjahn als »völkische Prägung« bezeichnete.

Emil stützte seine Ellenbogen auf dem Tisch ab, hob seine Hände zu den Schläfen, fühlte sich plötzlich sehr müde. Wie auch nicht, als Schlafwandler bekam man zu wenig Schlaf. Und obwohl er kaum mehr zum Turnen kam, vermeinte er manchmal, außer Puste zu sein.

Auch jetzt atmete er plötzlich sehr heftig, als nämlich die Tür aufgestoßen wurde. Sein Herz dröhnte – nicht dort, wo es sich befand, sondern tiefer in der Magengegend.

Felicitas stürmte in sein Bureau – ohne Hitlergruß –, ließ sich von den vielen Verordnungen auch nicht abhalten, auf die Tischplatte zu schlagen.

»Paul Löwenhagen wurde von der Schule verwiesen!«, rief sie vorwurfsvoll.

Die Erinnerung durchzuckte ihn, wie er Paul im Schwitzkasten gehalten hatte, bereit zuzudrücken. Er hatte damals die Beherrschung verloren, was ihm heute nicht mehr passieren würde. Und auch Felicitas musste lernen, dass man nicht weiterkam, wenn man um sich schlug. Er lehnte sich zurück.

»Und das wundert dich bei dem aufrührerischen Verhalten, das er an den Tag gelegt hat?«

»Aufrührerisches Verhalten? Er hat höchstens mal einen... Witz gemacht.«

»Zu dem du ihn wieder und wieder ermutigt hast.«

Er genoss es zu sehen, wie sie mit sich kämpfte. Wie das Bedürfnis, noch einmal auf die Tischplatte zu schlagen, wuchs, sie sich dann aber doch zurückhielt und über seine Worte nachdachte.

»Wo... woher weißt du denn, dass ich ihn dazu ermutigt habe?«

Er legte seine Hände auf die Armlehnen. »Weißt du, dass für dieses Verhalten nicht nur Paul von der Schule verwiesen werden sollte, sondern du fristlos entlassen? Den Gesang auf dem Schulhof stören... die Bücherverbrennung boykottieren... über den Hitlergruß spotten...«

»Es war ein Witz«, sagte sie wieder, diesmal kläglicher.

»Ein äußerst missratener, wenn du mich fragst, der niemand Geringeren als den Führer selbst ins Lächerliche ziehen sollte.«

Seine Hände umklammerten die Lehnen nunmehr. »Anderswo fliegen Lehrer bereits raus, weil sie beim Horst-Wessel-Lied die Aula verlassen. Schlimmer noch, wenn sie sich weigern, die erste und letzte Strophe stehend und mit erhobenem Arm zu singen. Einer musste seine Sachen packen, als er die Weimarer Verfassung pries. Ja, glaubst du denn, du kannst dir alles erlauben?« Er machte eine kurze Pause, bevor er weitersprach: »Paul Löwenhagen muss die Konsequenzen für sein Verhalten tragen. Und du... nun, du kommst zwar mit einer Verwarnung davon, aber in Zukunft solltest du dich hüten, dich über irgendetwas lustig zu machen oder eine der neuen Verordnungen zu umgehen.«

Felicitas stützte sich auf die Tischplatte. Eben noch hatte er geglaubt, sie würde erneut daraufschlagen, nun schien sie zu schrumpfen. Der Anblick verstörte ihn, eine wie sie zeigte doch keine Schwäche. Der Anblick gefiel ihm zugleich, es war ja eine Anmaßung von ihr zu glauben, sie sei aus anderem Holz geschnitzt wie er. Sie waren alle nicht aus Holz oder Eisen oder Zinn. Sie waren alle verwundbar, erst recht, wenn sie sich in den Wind stellten, sich nicht rechtzeitig duckten.

»Helene«, presste sie hervor, »Pauls jüngere Schwester, wurde ebenfalls von der Schule verwiesen. Sie kann doch nichts für sein Benehmen. Sie geht noch nicht einmal in eine meiner Klassen.«

»Auch darüber, dass er den Namen seiner ganzen Familie beschmutzt, hätte er vorher nachdenken müssen. Er hat einfach seinen niederen Trieben stattgegeben.«

Ein Ruck durchfuhr sie, der Wettstreit zwischen blindem Toben und nüchterner Berechnung flammte wieder auf. »Komm mir nicht mit nachdenken! Das wurde doch abgeschafft. Und komm mir nicht mit niederen Trieben, solange die grölende HJ oder SA durch Schulen zieht.«

Die Stuhllehne bohrte sich in seine Handflächen, es tat weh, und es tat gut, er ließ sie los, sprang auf. Es tat auch gut zu spüren, wie ihre Empörung auf ihn überschwappte.

»Eben! Deswegen kannst du nicht unterrichten, wie es dir beliebt. Du kannst dir nie sicher sein, ob in deiner Klasse das Kind von einem überzeugten Nazi sitzt, das nur darauf wartet, dir eins ans Zeug zu flicken.«

Ihm entging nicht, dass sie zusammengezuckt war, aber sie wich nicht zurück. »Wer?«, fragte sie tonlos. »Wer hat Paul verraten? Wer hat mich verraten? Die Schüler ... sie standen doch alle auf seiner Seite!«

Er wusste es. Er sagte es noch nicht. Sagte auch nicht, wie

schwer es war, den Denunzianten davon zu überzeugen, dass genug damit getan war, nur Paul Löwenhagen und seine Schwester zur Verantwortung zu ziehen, während er Felicitas eine letzte Chance zu geben gedachte.

»Wer?« Diesmal schrie sie.

Er starrte sie unverwandt an. »Es war kein Schüler, es war ein Lehrer.«

»Oh, dann weiß ich es«, brach aus ihr heraus. »Zumindest kann ich es mir denken. Es war Fräulein Dreyer, nicht wahr? Sie hat mich nie gemocht, Levi auch nicht. Im Grunde waren ihr alle jungen, modernen Lehrer stets ein Dorn im Auge. Sie steht doch noch mit beiden Beinen im Kaiserreich, und von dort muss man nur einen winzigen Schritt machen ins Hitlerland und fühlt sich genauso wohl. Sie wird etwas mitbekommen, an der Klassentür gelauscht haben … Oh, diese freudlose alte Schachtel kann was erleben, wenn …«

Sie ließ die Tischplatte los, wandte sich ab, stürmte auf die Tür zu. Er erreichte sie, noch ehe sie den Griff zu fassen bekam, packte sie an den Schultern und hielt sie trotz verbitterter Gegenwehr fest. Wie unwürdig dieses Gerangel war. Wie schön. Ihr heißer Atem, ihre blitzenden Augen, ihr angespannter Körper. Es war zu lange her, dass er ihr so nahe gekommen war.

Sie war stark, aber er war stärker, zumal Worte genügten, ihren Widerstand zu brechen.

»Es war nicht Fräulein Dreyer, die dich denunziert hat. Es war Otto Matthiessen.«

Augenblicklich hielt sie still. Er packte sie trotzdem fester. Nicht um sie aufzuhalten, um sie zu stützen. Ihre Augen weiteten sich – nein, es waren nicht ihre Augen, lebendig, feurig, es war ja kurz auch nicht Felicitas, die er da festhielt. Felicitas war alles, nur kein armseliges, jämmerliches Geschöpf. Und doch fühlte er, wie etwas in ihr zerbrach, wie sie verzweifelt die Scherben zusammenzusetzen versuchte, wie nichts daraus wurde, was der Fassungslosigkeit standhielt.

Sie begriff. Begriff, dass sie es mit einem Gegner zu tun hatte, den man nicht mit Spötteln und gutmütigem Lachen kleinmachen, einlullen, in die Enge treiben konnte. Keinem, dem man davontänzelte oder vor dem man die drohende Faust schwang. Es war ein Feind, bei dem nur eines blieb. Bedingungslose Kapitulation.

»Otto…«, formten ihre Lippen den Namen. »Otto… ausgerechnet er… Ich dachte… er sei mein Freund, er stünde auf meiner Seite…«

Er zog sie unwillkürlich an sich, ihr Kopf lag plötzlich an seiner Brust. »Otto hat eine Familie, die er schützen will… schützen muss. Er hat sich an jenem Tag, da Oscar Freese sein Amt verloren hat, verdächtig gemacht, auch später noch, weil er am häufigsten widersprach. Umso mehr muss er nun seine Gesinnungstreue beweisen, und deswegen hat er dich ausgehorcht und denunziert. Du musst lernen, niemandem zu vertrauen, du darfst nicht mehr sagen, was du denkst und was du fühlst. Du musst dich beherrschen, du muss stillhalten, du musst dich anpassen.« Sie schien in seinen Armen immer kleiner zu werden, und das erfüllte ihn mit ebenso viel Bedauern wie Genugtuung. Wo sie kleiner wurde, glaubte er zu wachsen. »Nur mir…«, fuhr er heiser fort. »Mir kannst du vertrauen. Ich werde dich schützen. Ich habe dich auch jetzt geschützt, habe verhindert, dass du vor den Schulsenator zitiert wirst. Auch deshalb habe ich hier das Amt des Rektors übernommen. Ich wusste doch, du würdest über kurz oder lang in Schwierigkeiten geraten, und ich müsste dich retten. Aber du hast deinen Teil zu erledigen. Du musst deinen Mund halten und deine Faust in der Tasche. Du musst es schlucken, alles schlucken, verstehst du? Ich weiß, wie schwer es dir fällt. Einer wie dir ganz besonders. Du gehörst zu den Menschen, die in den letzten Jahren ständig von Freiheit gefaselt und geglaubt haben, Freiheit sei wie ein reifer Apfel, der auf dem untersten Ast hängt. Man müsse ihn nicht einmal pflücken, nur den Mund auftun und hineinbeißen. Ihr habt nicht gemerkt, wie viele hungrig geblieben sind, ihr habt nicht mitbekommen, dass viele weder mit Freiheit etwas anfangen können noch mit dieser neuen Zeit. Und deswegen ist es damit jetzt vorbei. Wenn du weiterkämpfst, landest du auf der Straße.«

Eine Weile regte sie sich nicht. Er spürte ihren Atem, vielleicht war es auch der seine, sie standen zu nah beisammen, um das zu unterscheiden. Selbst beim Pochen des Herzens wusste er nicht, ob es ihr oder ihm selbst derart in der Brust dröhnte. Er hatte alles im Griff, nur nicht den eigenen Puls, erst recht nicht, als sie langsam den Kopf hob. Ihre Augen waren schmal, boten keinen Einblick in ihre Seele.

»Willst du mich wirklich schützen? Mir nicht vielmehr drohen? Willst du mir wirklich helfen? Mich nicht vielmehr bestrafen? Willst du, dass es mir gut geht, oder genießt du es insgeheim, dass es mir schlecht geht... so schlecht wie dir?« Wenn man sie zwang, Scherben zu schlucken, konnte man sicher sein, dass sie mindestens eine ausspie. »Oder kann es sein, dass du selbst nicht so genau weißt, was du von mir willst?«, fuhr sie fort. »Bis jetzt warst du dir ja auch nicht sicher, ob du mich verachtest oder liebst, dich vor mir ekelst oder mich begehrst.«

Er löste die Hände von ihren Schultern. Während sie sich wieder aufrecht hielt, war er derjenige, den nun ein Beben überlief. Bald hatte er es im Griff. Es kostete ihn noch nicht einmal Überwindung, ihr dreist ins Gesicht zu lügen: »Glaub nicht, ich tue das für dich. Ich schütze dich allein Annelieses wegen.«

Sie drückte die Türklinke herunter. »Und glaub du nicht, dass ich dir dankbar bin.«

Ihre Spitze tat nicht weh. Wo genau sollte sie ihn denn treffen? »Oh, du musst mir nicht dankbar sein. Zusammenreißen, das musst du dich. Hetz keine Schüler mehr auf. Stell Otto Matthiessen bloß nicht zur Rede. Mach keine politischen Äußerungen mehr, halte dich an den neuen Lehrplan. Und jetzt geh, du hast Unterricht.«

Sie ließ die Tür offen. Just als sie den Gang betrat, kam ein Lehrer vorbei. Er hielt einen älteren Schüler am Oberarm gepackt, riss ihn unsanft mit sich.

Der schien erst erbost, wirkte mit jedem Schritt aber jämmerlicher, rief schließlich kläglich: »Was Sie vorhaben, ist verboten!«

»Jetzt nicht mehr«, antwortete der Lehrer.

Emil musste nicht in Felicitas Miene lesen, um ihre unausgesprochene Frage zu erahnen.

»Die Prügelstrafe wurde wieder eingeführt«, erklärte er. »Allerdings erfolgt die Züchtigung nicht vor der Klasse, sondern an einem statthaften Ort. Und es gilt, Protokoll zu führen, die Anzahl der Schläge in ein Buch einzutragen.«

Es muss ja alles seine Ordnung haben …

War das sein Gedanke oder ihrer? Und wurde er von Spott, Verzweiflung oder Befriedigung genährt?

Er selbst fühlte jedenfalls all das, als sie hilflos ansetzte: »Es kann doch nicht sein …«

»Wer, glaubst du denn, sollte dagegen protestieren? Die Klassensprecher wurden abgeschafft. Die Elternvertreter werden bald dieses Schicksal teilen.« Felicitas sagte nichts, ging aber auch nicht weiter. »Es wird ihn schon nicht umbringen«, sagte er. Ganz langsam setzte sie sich in Bewegung. »Es wird auch dich nicht umbringen«, rief er ihr nach. Sie schien ihn nicht zu hören.

Und mich ebenfalls nicht, fügte er in Gedanken hinzu.

Das Gegenteil war der Fall. Es tat ihm weh, ihr zuzusetzen, sie zu quälen, ihr Feuer einzudämmen. Aber es war wie beim Sport, wenn er seinem Körper alles abrang – es tat zugleich gut.

September

Felicitas blickte den Kindern nach. Sie hatten die Klasse in Zweierreihen verlassen, doch diese lösten sich nun rasch auf. Sie liefen durcheinander, sprangen, tanzten, lachten, Laute, die in Felicitas' Ohren so fremd klangen, so wohltuend... so schmerzlich. Wie lange hatte sie kein Kinderlachen mehr vernommen? Wie lange hatte sie selbst nicht gelacht?

Jetzt konnte sie auch nicht lachen. Das Lied, das die Kinder anstimmten, trieb ihr Tränen in die Augen. Sie hatte zwar keine Ahnung, worum es in diesem Lied ging, die Sprache war ihr fremd, aber sein Klang war so... hoffnungsvoll, brachte eine Saite in ihr zum Klingen, von der sie dachte, sie sei längst gerissen.

»Sie lernen es so schnell«, riss eine Stimme sie aus ihren Gedanken.

Sie fuhr herum. »Zu singen?«

Levi schüttelte den Kopf. »Hebräisch«, sagte er. »Nun gut, ein paar hatten schon Vorkenntnisse, als sie auf die Schule kamen, aber andere beherrschten kein Wort. Und jetzt können sie Lieder singen, ganze Reden halten, während ich...«

»Du machst doch auch Fortschritte.«

»Hm«, machte er. »Ich weiß jetzt, was Kirsche heißt. ›Duvdevan.‹ Und Erdbeere. ›Tut.‹ Und Birne. ›Agas.‹ Das haben wir gestern im Hebräischkurs durchgenommen.«

»Na also!«

»Das ist zu wenig.«

Zu wenig, um Lieder singen, zu lachen. Zu wenig, um Bücher zu lesen, zu schreiben. Zu wenig, um wie diese Kinder voller Hoffnung auf einen Neuanfang im Gelobten Land Israel zu warten. Felicitas vermutete, dass seit ihrem letzten Besuch an der Talmud-Tora-Schule wieder etliche von Levis Schülern die Klasse verlassen hatten, um mit ihren Eltern nach Palästina aufzubrechen.

»Polnisch lerne ich übrigens auch«, sagte Levi. »Viele Kinder hier kommen aus polnischen Familien.«

»Und was heißt Birne auf Polnisch?«

»Keine Ahnung. Da haben wir mit der Kleidung angefangen. Hose heißt spodnie.«

Die eigene Hose saß ihm sehr locker. Er war immer dünn gewesen, jetzt mutete sein Gesicht hager an. Seit sie beobachtete, dass er immer mehr Gewicht verlor, verstand sie erstmals Annelieses Drang, andere zu bekochen. Aber sie wusste, womit sie ihm wirklich half, waren keine köstlichen Gerichte, die er ja doch ausschlagen würde, sondern ihre Anteilnahme, war die Tatsache, dass er mit ihr über alles offen reden konnte – so wie sie mit ihm.

»Und wie steht's mit Jiddisch?«, fragte sie.

»»Bay ferd kukt men af di tseyn; bay a mentshn afn seykhl«, zitierte er. »Bei dem Pferd guckt man auf die Zähne, beim Menschen auf den Verstand.« Sie lachte. »A beheyme hot a lange tsung un muz shvaygn««, fügte er hinzu. »Eine Kuh hat eine lange Zunge und muss schweigen. Auch hier sind mir die Kinder haushoch überlegen. Eigentlich müssten sie mich unterrichten, nicht umgekehrt.«

»Aber die deutschen Klassiker kennen sie bestimmt nicht annähernd so gut wie du. Und überhaupt, hast du nicht gesagt, dass die Grundsätze der Reformpädagogik in Deutschland neuerdings auf jüdischen Schulen umgesetzt werden?«

Er setzte seine Brille, die er in den Händen gehalten hatte, wieder auf, sie saß etwas schief. Sein Lächeln war auch schief. »Man könnte meinen, wir Juden seien richtige Glückspilze.«

Etwas in seinem Tonfall bewirkte das Gleiche in ihr wie zuvor das Lied der Kinder – es trieb ihr Tränen in die Augen. Entschlossen schluckte sie sie.

»Ich bin unendlich froh, dass du wieder als Lehrer arbeiten kannst.«

Als sie gemeinsam den Gang entlangschritten, dachte sie an die letzten Monate und wie viele Sorgen sie sich um Levi gemacht hatte. Er hatte immer abgewiegelt, ihr das Mitleid verboten, es traf ja so viele. Felicitas fand, dass das aus seiner Notlage keine geringere machte, im Gegenteil. Auf die Entlassungswelle im April waren weitere gefolgt, denn unter den neuen Schulleitern war ein regelrechter Wettstreit ausgebrochen, wer sein Kollegium als Erstes »gesäubert« hatte. Glücklich konnte sich nennen, wer nur strafweise versetzt wurde oder wer bereits auf zehn Dienstjahre zurückblickte, die ihm zu einer kleinen Pension verhalfen. Alle anderen bezogen für gerade noch drei Monate ihr Gehalt, ehe sie ihrem Schicksal überlassen wurden.

Levi war zunächst noch zuversichtlich gewesen, hatte ihm doch ein befreundeter Buchhändler angeboten, bei ihm im Laden auszuhelfen. Aber schon nach der ersten Woche hatte der ihm erklären müssen, dass er von der NS-Gemeinschaft für Buchhändler verwarnt worden sei: Jüdische Mitarbeiter dürfe man nur beschäftigen, wenn diese keine Bücher anfassten – was für die Arbeit natürlich unumgänglich sei.

Levi hatte seine neuerliche Entlassung mit spöttischen Worten kommentiert: »Leider gibt es nicht so viele Toiletten in Buchhandlungen. Toilettenpapier zu berühren würde man uns gewiss gestatten.«

Danach war er in den Kaffeehandel eingestiegen – zumindest nannte er es so. In Wahrheit war er den ganzen Tag mit einem Rucksack unterwegs gewesen, um den Bekanntenkreis mit Bohnenkaffee zu beliefern. Felicitas hatte noch nie so viel Kaffee gekauft und getrunken und gesagt: »Jetzt kann ich noch mehr Nächte durchtanzen, wunderbar! Ich werde immer hellwach sein.«

Sie hatte nicht darüber gesprochen, dass sie keine Lust mehr aufs Tanzen hatte, denn wem sich das Herz ständig zusammenknotete, dem gehorchten auch die Beine nicht. Levi wiederum hatte nicht viele Worte darüber verloren, dass der Großhändler, von dem er den Kaffee bezog, verhaftet worden war: Zwischen Kaffeetüten hatte er illegales politisches Material der verbotenen SPD versteckt und seinen Handel benutzt, um dieses unter die Leute zu bringen.

»Hast du davon gewusst?«, hatte Felicitas gefragt. Levi hatte weder bejaht noch verneint, nur mit den Schultern gezuckt. »Bist du verrückt, dich in solche Gefahr zu bringen?«

»In Gefahr bin ich sowieso. Und ich bin es lieber wegen etwas, das ich tue, nicht wegen etwas, das ich bin.«

Danach hatte er sich um die Stelle eines Kegeljungen beworben, dessen Aufgabe es war, die Kegel auf der Bahn wieder aufzustellen. Ein anderer entlassener jüdischer Lehrer bestritt damit seinen Lebensunterhalt.

»Das ist doch unwürdig!«, war ihr herausgerutscht.

»Es ist immer noch besser, Kegel aufzustellen, als von den Deutschen als Kegel benutzt zu werden. Ich brächte womöglich all meine Zitate durcheinander und würde irgendwann sagen: ›Zu Dionys, dem Tyrannen, schlich, Damon, den Mops im Gewande.‹«

Zu diesem Zeitpunkt hatte Felicitas das Lachen schon verlernt, Levi auch.

Doch eines Tages hatte seine Stimme glücklich geklungen. Er hatte eine Anstellung als Lehrer auf der Talmud-Tora-Schule im Grindelhof bekommen, einer der namhaftesten jüdischen Schulen der Stadt, auf die Jugendliche aus dem ganzen Reichsgebiet gingen. Es wurden händeringend Lehrer gesucht. Vorzugsweise zwar solche, die Hebräisch lehren konnten – die Unterrichtssprache der oberen Klassen –, aber auf dem Lehrplan standen ebenso Erdkunde, Naturkunde und Allgemeine Literaturgeschichte. Direktor Arthur Spier hatte sogar ausdrücklich erklärt, dass man in den Schülern das Bewusstsein für den Wert und die Schönheit der deutschen Kultur erwecken müsse, was mit der Lektüre von Goethes Egmont, den Erzählungen von Thomas Mann, den Gedichten von Hofmannsthal oder den Novellen von Stefan Zweig wunderbar gelänge.

Felicitas war erleichtert, dass Levi einen Ort gefunden hatte, wo sein Geist gefragt war. Und sie war ebenso erleichtert, dass es noch Schulen gab, in denen Nazis nichts zu sagen hatten und Kinder nicht wie Soldaten auf dem Schulhof umhermarschierten. Schulen, in denen Gruppenarbeiten stattfanden und Tische in Kreisform aufgestellt waren, wo mit Kopf, Herz und Hand gelernt wurde und das Verhältnis zwischen Lehrer und Schüler ein kameradschaftliches war.

»Bald wirst du fließend Hebräisch sprechen«, sagte sie.

»Sprichst du denn mittlerweile Nazi-Deutsch fließend?«, gab er zurück, sie war nicht sicher, ob spöttisch oder traurig, vielleicht traf beides zu.

Felicitas verdrehte die Augen. »Nach den Sommerferien wurde der Geschichtsunterricht für acht Wochen ausgesetzt, stattdessen folgte der Lehrgang ›Einführung in die Bedeutung und Größe des historischen Geschehens der nationalen Revolution‹. Den Kindern soll das gigantische und tragische Ringen des deutschen Volkes im Großen Krieg verdeutlicht werden sowie dem danach beginnenden erfolgsgekrönten deutschen Freiheitskampf unter der Führung Adolf Hitlers.«

»Diese acht Wochen sind bald vorbei.«

»Das Fach Geschichte wird dennoch keinen anderen Zweck mehr haben, als den Nationalstolz zu wecken. Alle anderen Völker der Welt stehen vor der Wahl, mit uns zu siegen oder im Kampf gegen uns unterzugehen, es gibt nichts dazwischen.«

»Was soll es auch dazwischen geben? Wir können doch auch nichts anderes tun, als uns anzupassen oder unterzugehen.«

Sie sagte nichts, er ebenfalls nicht. Oft genug hatten sie sich in den letzten Monaten einander anvertraut – sie ihm gesagt, wie gern sie Widerstand leisten würde, es aber nicht wagte, er ihr, wie verloren, weil nicht als ganzer Jude er sich oft fühlte. Manchmal tat es gut, schonungslos ehrlich zu sein. Ein anderes Mal tat es weh.

Nun, sich bei ihm unterzuhaken, sich an ihn zu pressen, sich damit aufzurichten, dass, mochte die Welt auch in Scherben liegen, ihre Freundschaft unverwundbar war, ja stark wie nie, tat nicht weh, sondern war ein Trost. Mit einem Vertrauten wie Levi ließ sich nicht alles, aber vieles meistern – auch die nächste Prüfung. Es war vielleicht übertrieben, es so zu nennen, für sie fühlte es sich dennoch so an.

»Wirst du mich morgen begleiten?«, fragte sie leise, nachdem sie das Schulgebäude verlassen und die Synagoge am Bornplatz erreicht hatten.

Ihr entging nicht, dass er seine rechte Braue hob. »Ausgerechnet ich?«

»Bitte«, bedrängte sie ihn. »Du kannst mich nicht allein dorthin gehen lassen.« Als er zögerte, fügte sie schnell hinzu: »Stell dir vor, ich trinke zu viel, und zwar Hochprozentiges, und falle betrunken in die Hochzeitstorte! Ich brauche unbedingt einen Begleiter, der nüchtern ist.«

»Warum fragst du nicht einen deiner vielen Männer? Die meisten von ihnen können einen Ariernachweis vorlegen.«

»Das ist ja das Problem«, rutschte es Felicitas heraus. Sie fuhr nicht fort, das musste sie auch nicht. Levi wusste schließlich, dass sie, die früher nie ein Kind von Traurigkeit gewesen war, seit geraumer Zeit vermied, sich mit Männern einzulassen. In einer Welt, in der ein wohlmeinender Kollege und glühender Reformpädagoge wie Otto Matthiessen zum Denunzianten wurde, erhob sich ein Mann, mit dem sie des Nachts tanzte, schäkerte, lachte, flirtete, am nächsten Morgen womöglich mit schneidigem Hitlergruß vom gemeinsamen Lager. »Also – kommst du nun mit?«

»Weißt du schon, welche Hochzeitstorte es gibt?«, fragte er zurück.

»Keine Ahnung, vielleicht was mit Himbeere.«

»Himbeere heißt auf Hebräisch ›petel‹. Brombeere übrigens ›petel schachor‹, also schwarze Himbeere. Ich bin nicht sicher, ob Anneliese eine schwarze Himbeere auf ihrer Torte haben möchte. Oder ein schwarzes Schaf auf ihrer Hochzeit.«

»Du bist kein schwarzes Schaf.«

»Was denn dann?«

»Du bist mein Freund, mein allerbester, mein einziger. Wirst du mich begleiten?«

Ihr entging nicht, wie gerührt er sie kurz betrachtete. Doch rasch wurde er wieder ernst. »Hm …«, murmelte er. »Wenn man älter wird, so lernt man eben einsehen, dass man von einem Menschen nicht alles verlangen kann und dass man zufrieden sein muss, wenn ein Weinstock Trauben trägt. In jüngeren Jahren verlangt man auch noch Erd- und Himbeeren dazu.«« Er machte eine kurze Pause. »Das ist das einzige Zitat, das ich kenne, in dem Himbeeren vorkommen. Es stammt von Theodor Fontane.« Er zögerte eine Weile, schien nicht länger gerührt, eher misstrauisch. Überwand sich dann doch und versprach ihr: »Und ja, wenn du unbedingt willst, begleite ich dich zu Emils und Annelieses Hochzeit. «

Anneliese hatte alle Platten und Schüsseln des kalten Büfetts mit Bedacht positioniert, sodass keine zu dicht an der anderen stand. Es sah alles so köstlich aus, wie sie es sich vorgestellt hatte: die Matjesfilets und die Entenpastete mit Cumberlandsauce, der Kaviar mit kleinen Pfannkuchen, das Roastbeef in Salzhülle und der Seeaal in Gelee.

Gewiss, all die Gerichte riefen auch ein schlechtes Gewissen in ihr hervor. Erst kürzlich hatte die Partei zum »ersten Eintopfsonntag« in Hamburg aufgerufen. Das Geld, das bei den Einkäufen übrig blieb, weil man auf teure Zutaten verzichtete und stattdessen nur mit Resten kochte, sollte in den Sammelbüchsen der SA-Mitglieder landen, die durch die Straßen zogen, um nationale Solidarität einzufordern. Auch Anneliese fand es großartig, dass später Arbeitslose und Kriegsversehrte damit bedacht werden würden. Allerdings heiratete sie nur einmal im Leben und wollte der Hochzeitsgesellschaft ihre Kochkünste beweisen.

»Für die eigene Hochzeitsfeier Gerichte zuzubereiten bringt Unglück«, hatte Frau Anke schmallippig bekundet, eine Haushaltshilfe, die Emil eingestellt hatte, konnte er sich als Schulleiter doch Personal leisten. Sie hatte es sich dennoch nicht ausreden lassen, bis spät in der Nacht selbst in der Küche zu stehen.

»Es handelt sich schließlich nur um die standesamtliche Trauung«, hatte sie Frau Ankes Einwände zur Seite gewischt. Schweiß hatte ihr auf der Stirn gestanden, galt es doch nicht nur, derart viele Köstlichkeiten zuzubereiten, sondern das in einer fremden Küche zu tun – in der neuen Wohnung, die Emil erst kürzlich angemietet hatte und in der sie, wenn die Feier vorbei war, zum ersten Mal übernachten würde. »Im kommenden Frühjahr wird die kirchliche Trauung in Lüneburg stattfinden, und ich verspreche, dass ich mich dann beim Vorbereiten zurückhalten werde.«

Frau Anke wurde noch schmallippiger, empfand sie einen solch langen Abstand zwischen standesamtlicher und kirchlicher Trauung, wie sie ihr indirekt zu verstehen gegeben hatte, wohl nicht als angemessen. Anneliese wollte sich jedoch nicht rechtfertigen, zumal überzeugte Nazis seit geraumer Zeit gänzlich auf Gottes Segen verzichteten. Ihr selbst wiederum war alles recht, Hauptsache, Emil wurde endlich ihr Mann.

Während sie nach der standesamtlichen Trauung in der Innenstadt sofort zum Büfett geeilt war, um sich zu vergewissern, dass alles noch frisch aussah, führte Emil den wichtigsten Besucher in ihrem neuen Heim herum – Dr. Waldemar Grotjahn, dem sein Sohn Willy hinterherdackelte, sehr groß gewachsen dieser und dürr, was ob der breiten Schultern seiner Jacke, die er nicht ausfüllte, etwas lächerlich anmutete.

Emil zeigte sich gerade höchsterfreut über den Zufall, dass ausgerechnet in dem Haus in der Bieberstraße, in dem er seit Langem wohnte, eine Wohnung frei geworden war, viel geräumiger natürlich. Das Wohnzimmer, das Anneliese gern Salon nannte, hatte sogar einen kleinen Erker.

Dr. Grotjahn tätschelte seine Schulter. Anders als bei seinem Sohn, dachte Anneliese, bekommt er bei ihm echte Muskeln zu spüren.

»Man muss eben die richtigen Beziehungen haben.«

In der Tat war es Grotjahn gewesen, der noch vor Emil erfahren hatte, dass die bisherigen Bewohner ihren Lebensabend in Frankreich verbringen wollten. Eine glückliche Fügung war es so oder so gewesen.

Nicht Glück, sondern allein ihrem Können war es zu verdanken, dass im Kühlschrank, mit dem Emil ihr ihren größten Wunsch erfüllt hatte, eine köstliche Friesentorte darauf wartete, kredenzt zu werden. Sie wollte noch einmal prüfen, ob die Sahnewellen ihre Form behalten hatten, doch Frau Anke, die an diesem besonderen Tag ein schwarzes Kleid mit weißem Spitzenkragen trug, gebot ihr, sich um die Gäste zu kümmern.

Immer wieder ertönte die Türglocke, erreichten doch die Geladenen, die die Strecke vom Rathausplatz, der neuerdings Adolf-Hitler-Platz hieß, mit der Hochbahn zurückgelegt hatten, nun die Wohnung. Die meisten waren ihr fremd. Es waren ein paar Lehrer dabei, die an der Alsterschule unterrichteten und die sie zumindest schon mal gesehen hatte, doch persönlich vorgestellt hatte ihr Emil die wenigsten. Die Mitglieder des NS-Lehrerbundes kannte sie wiederum nicht einmal vom Sehen. Immerhin hatte der Schulsenator seine Frau mitgebracht. Carin Grotjahn war ihr etwas hilfloser Blick offenbar nicht entgangen.

Sie trat zu ihr, hakte sich bei ihr unter und erklärte beschwingt: »Wir beide machen das schon.« Eigentlich machte es in der nächsten halben Stunde nur sie allein – die richtigen Namen nennen, Begrüßungsfloskeln sprechen, ein paar Sätze Konversation betreiben, ehe es zum nächsten Gast ging. Erleichtert stellte Anneliese fest, dass von ihr kaum mehr erwartet wurde, als zu lächeln, nicht nur, wenn ihr gratuliert wurde, auch wenn man über baldigen Nachwuchs scherzte, der das Herz des Führers erfreuen würde. »Ich denke, Sie können bald das Büfett eröffnen, alle Gäste sind nun hier.«

Anneliese löste sich von Frau Grotjahns Arm, blickte sich um.

Es waren noch nicht alle da, der wichtigste Gast fehlte noch. Dass ihre Eltern nicht kommen konnten, weil ihr Vater seit geraumer Zeit an einem Magenleiden laborierte, war ihr ganz zupassgekommen. Aber die Feier konnte doch nicht beginnen ohne...

Sie war erleichtert, als einmal mehr die Türglocke ertönte. Frau Anke kam ihr diesmal zuvor, um zu öffnen. Nicht mehr ganz so erleichtert, eher befremdet war sie, als sie Felicitas musterte. Sie selbst trug ein beiges Kostüm aus Brokatstoff mit knielangem Rock und taillierter Jacke, die etwas breitere Schultern hatte, wie es gerade in Mode war. Felicitas passte mit ihrem Kleid dagegen eher in einen Nachtclub. Die Träger waren viel zu schmal, die Pailletten übertrieben. Und musste es schwarz sein, die Farbe von Trauer- oder Bedienstetenkleidung? Immerhin war sie nicht so stark geschminkt wie abends, dafür in eine Rauchwolke gehüllt. Und dass sie gerade erst die letzte Zigarette ausgedrückt haben musste, war noch nicht einmal das Schlimmste. Anneliese erschrak, als sie sah, wer neben ihr stand.

»Wieso... wieso«, brach es grußlos aus ihr heraus, »... wieso hast du ausgerechnet ihn mitgebracht?«

Es war unhöflich, das zu fragen, anstatt die Freundin hereinzubitten. Doch nicht minder unhöflich war es, dass sich die an ihr vorbeidrängte, um laut und vernehmlich zu sagen: »Warum soll Levi mich denn nicht begleiten? Levi hat lange mit Emil zusammengearbeitet. Sie sind sogar Freunde gewesen, bevor er ihn entlassen musste, weil er Jude ist.«

Anneliese lag ein »Nicht so laut!« auf den Lippen, aber sie ahnte, dass das Felicitas nur noch mehr aufstacheln würde. »Das war nicht Emil persönlich«, sagte sie schwach, »Emil hat das nicht gewollt...«

»Und dass sich so viele Nazis in eurer Wohnung aufhalten, will er das auch nicht?« Felicitas senkte ihre Stimme immer noch nicht, gottlob war die Konversation im Salon so lebhaft, dass niemand darauf aufmerksam wurde. Levi war auf der Schwelle verharrt, wirkte nicht nur verlegen, regelrecht bekümmert. Augenblicklich bereute Anneliese ihre unsensible Frage – Felicitas dagegen bereute nichts. »Worauf wartest du?«, wandte sie sich an ihn. »Ich vermute, Annelieses Gäste werden höflich genug sein, nicht auf die Idee zu kommen, dir den Schädel zu vermessen und auf die fehlenden arischen Merkmale hinzuweisen.«

Anneliese ahnte, worauf Felicitas anspielte. Im Juli waren alle Klassen der Alsterschule auf Emils Anweisung hin nach Sieseby gefahren, einer Stadt in Schleswig-Holstein, deren Bevölkerung der Schädel vermessen worden war. Den Schülern war solcherart veranschaulicht worden, welcher Gesichtsschnitt den nordischen Menschen ausmachte.

»Auch das nicht Emils Idee, sondern eine Weisung von …«

»Und Emil hält sich selbstverständlich daran.«

»Felicitas …«

Täuschte sie sich, oder war das Gemurmel im Salon etwas leiser geworden?

Zweifellos zögerte Levi immer noch, die Schwelle zu übertreten, woraufhin Felicitas, erneut sehr laut und vernehmlich, sagte: »Keine Angst, wahrscheinlich denken sie bei deinem Anblick nur, sagen es aber nicht laut, dass ein Tropfen unreines Blut das ganze edle zerstört.«

Anneliese entging nicht, dass Levi die Röte ins Gesicht schoss. Sie selbst spürte Flecken auf ihren Wangen brennen, machte einen ungestümen Schritt auf die Freundin zu, packte sie am Arm.

»Bitte verdirb mir meinen Hochzeitstag nicht!«

Felicitas' Oberarme waren immer etwas zu muskulös für eine Frau gewesen. Nun erschienen sie ihr dürr wie nie.

»Ich verderbe ihn?«, fragte sie heiser. »Nicht etwa die braune Bagage?«

»Felicitas, du weißt doch …«

Sie wollte ihr sagen, was Emil ihr mehrmals erklärt hatte: Dass er alles andere als ein überzeugter Nazi sei, aber dass man sich mit ihnen arrangieren müsse, weil sie nun mal an der Macht seien. Und dass sie durchaus auch Gutes bewirken könnten. Sie war dennoch nicht sicher, ob sie die richtigen Worte finden würde, und erst recht nicht, ob Felicitas zustimmen würde.

Levi kam ihr ohnehin zuvor. »Ich gratuliere dir von Herzen«, sagte er leise, »ich hoffe, du wirst mit Emil glücklich, aber es ist wohl wirklich besser, wenn ich die Wohnung nicht betrete.«

Felicitas entzog sich ungestüm Annelieses Griff und packte ebenso energisch Levis Hand, um ihn über die Schwelle zu ziehen. »Du gehst nicht freiwillig! Wenn Anneliese und Emil darauf bestehen, dass sie keine jüdischen Gäste empfangen wollen, dann bleibt uns nichts anders übrig, als auf der Stelle kehrtzumachen. Aber wir leisten keinen vorauseilenden Gehorsam.«

Anneliese hörte, dass im Salon nun wirklich alle verstummt waren, und lief so rot an wie Levi. Allerdings wirkte der plötzlich nicht mehr verlegen, eher stolz. Mit einer entschiedenen Handbewegung, die an ihm, der sonst so vorsichtig, bedachtsam vorging, fremd anmutete, löste er sich von Felicitas und trat auf Anneliese zu.

»Ich weiß, dass du mir nicht die Tür weisen würdest. Dass ich für die anderen eine Zumutung bin, würdest du, so unangenehm es dir auch ist, ertragen. Aber du willst mir selbst die Zumutung ersparen, nicht wahr?«

Anneliese ließ ihren Atem entweichen. Was Levi sagte, war nicht das, was ihr eben durch den Kopf gegangen war, und doch stimmte sie ihm insgeheim zu.

»Ich würde mich sehr freuen, wenn du trotzdem bliebest«, sagte sie leise.

Ein flüchtiges Lächeln erschien auf Levis Lippen, Felicitas wurde endlich still. Sie starrte Levi ratlos an, erst recht, weil der ihrem Blick auswich, als er ein knappes »Na gut« murmelte, an ihr vorbeiging und als Erster den Salon betrat. Anneliese konnte fühlen, welche Überwindung ihn das kostete. Und die Freundin folgte ihm – nicht mehr mit stolz gerecktem Kinn, vielmehr betroffen. In Anneliese wuchs der Drang, sich irgendwo zu verstecken, aber als ihr Blick auf Carin Grotjahn fiel, riss sie sich zusammen und beendete das peinvolle Schweigen im Salon, indem sie das Büfett für eröffnet erklärte.

Die Friesentorte kam sehr gut an, Senator Grotjahns Rede auch. Eigentlich ging es in dieser kaum um ihre Eheschließung, aber es genügte Anneliese vollends, dass er Emil rühmte, nicht nur dafür, dass er seiner Aufgabe als Schulleiter so vorbildlich nachkam und sich als treuer Nationalsozialist erwies, auch, weil er einst ein außergewöhnlicher Schüler gewesen war. Er zitierte sogar aus einer Deutscharbeit, die Emil einmal bei ihm geschrieben hatte. Wenn Anneliese es richtig verstand, war es um ein Zitat des Philosophen Fichte gegangen, das Emil ganz richtig gedeutet hatte – dass nämlich der edle deutsche Mensch nur überleben könne, wenn er sich von Fremdherrschaft befreie, und dass jeder Einzelne die Verantwortung dafür trage. Grotjahn schloss seine Rede mit ebendiesem Zitat: »Und handeln sollst du so, als hinge von dir und deinem Tun allein das Schicksal ab der deutschen Dinge, und die Verantwortung wär dein.« Es hörte sich in Annelieses Ohren zwar etwas pathetisch an, insgesamt aber recht schön.

Leider sahen sich ein paar männliche Gäste, die schon einiges getrunken hatten, dazu genötigt, Emil auf die Schulter zu klopfen und ihm zu raten, jener Verantwortung insbesondere in der Hochzeitsnacht nachzukommen, schließlich gelte es, baldmöglichst deutschen Nachwuchs zu zeugen. Dass Emil ganz steif wurde, spornte die Unruhestifter nur noch mehr an, und während Anneliese den Spötteleien lauschte, gingen ihre Gedanken erstmals weiter als bis zur Frage, ob das Büfett perfekt angerichtet und die Torte gelungen seien. Sie würde in einigen Stunden nicht nur zum ersten Mal in der Wohnung in der Bieberstraße übernachten, sondern im gemeinsamen Ehebett mit Emil liegen, der seine Zuneigung bis jetzt nur mit flüchtigen Küssen bezeugt hatte, halbwegs regelmäßig auf ihre Wangen, so gut wie nie auf den Mund. Nun gut, dass Emil so zurückhaltend war, kein heißblütiger Mann, vielmehr durch und durch anständig, war genau das, was sie für ihn eingenommen hatte. Und vielleicht gestand er sich als Ehemann ja etwas mehr Leidenschaft zu.

Anneliese versuchte, sich abzulenken, indem sie ein paar leere Platten abräumte, rief damit aber einmal mehr Frau Ankes Missfallen hervor. »Lassen Sie mich nur machen, unterhalten Sie sich mit den Gästen.«

Wenn sie doch nur eine Ahnung hätte, worüber sie mit den Gästen reden könnte. Als sie zu Emil trat, diskutierte dieser gerade mit einem fremden Mann über den Turnunterricht, in dem laut neuster Verordnung künftig nicht nur Boxen erlaubt war, auch Schießen und Keulenwurf – kein Thema, zu dem sie etwas beitragen konnte. Die Lehrer, die sich wiederum um Grotjahn gruppiert hatten, diskutierten über den gewaltigen Kampf der deutschen Nation gegen eine Welt von Feinden und Vaterlandsverrätern. Hierzu wusste sie erst recht nichts zu sagen, sie hatte bloß Angst, dass Felicitas versucht sein könnte, sich einzumischen. Wo genau steckte die Freundin überhaupt?

Sie hatte nicht gesehen, ob sie etwas gegessen hatte. Das Hochzeitsgeschenk, das sie ihnen überreicht hatte – zwölf Zinnsoldaten in edler Verpackung –, war Anneliese jedenfalls sehr merkwürdig, wenn nicht gar geschmacklos erschienen.

Während sie sich suchend umblickte, vernahm sie jäh Stimmen aus der Küche. Als sie diese mit einer leeren Platte betrat, sah sie, dass Felicitas sich tatsächlich dorthin zurückgezogen hatte. In der einen Hand hielt sie ein halb leeres Weinglas, in der anderen eine Zigarette. Sie zog nicht daran, ließ sie herunterbrennen, klopfte dann und wann die Asche in das Weinglas. Levi trank und rauchte auch nicht, seine Hände waren in den Hosentaschen vergraben. Er stand in der Mitte der Küche, als gälte es, möglichst nicht Kochgeräte, Wandschrank und den kleinen Tisch zu berühren. Beide hatten sie nicht bemerkt.

»Du hast mich nicht als deinen Begleiter mitgenommen, sondern als … eine Art Trophäe.« Obwohl er leise sprach, war Levis Stimme schneidend.

»Wie kommst du bloß auf solchen Unsinn?«, begehrte Felicitas auf. »Eine Trophäe heimst man ein, wenn man in einem Wettkampf siegt, ich aber stehe in allen Belangen des Lebens als Verliererin da.«

»Weil du in allen Belangen des Lebens einen Kampf siehst. Und heute bin ich deine Waffe.«

»Ach ja? Wo genau verbirgt sich denn deren scharfe Klinge, mit der ich dem Feind zusetzen könnte?«

»Oh, es gibt viele Arten, Spitzen auszuteilen. Gib es zu: Dir macht es Spaß, deinen Hund in des Nachbarn Garten zu schicken, damit er dort einen großen Haufen legt.«

»Unterstellst du mir, dass ich dich, meinen besten Freund, für einen Hund halte?«

»Nun, für sie bin ich nicht mal ein dreckiger Köter, und du weißt das ganz genau. Ihnen mich zuzumuten erfüllt dich mit Schadenfreude.«

»Levi, ich würde dich nie benutzen.«

»Und was genau ist es, was du heute tust?«

Felicitas machte einen Schritt auf ihn zu, schien ihn berühren zu wollen, tat es jedoch nicht, als wäre ein Bannkreis um ihn gezogen. Anneliese konnte zwar nicht in ihrer Miene lesen, aber sie fühlte, wie widersprüchliche Gefühle in der Freundin tobten – Wut und Ohnmacht und Hilflosigkeit und Trotz. In ihr selbst stieg vor allem Verlegenheit hoch, weil niemand diese Auseinandersetzung hören sollte.

Erneut lag ihr ein »Nicht so laut!« auf den Lippen. Erneut blieb es ungesagt. Nicht nur sie war von dem Wortgefecht angelockt worden, auch Emil erschien plötzlich im Türrahmen, das Gesicht ausdruckslos wie immer. Anneliese fiel auf, dass sie nicht gesehen hatte, ob er etwas gegessen hatte. Er machte einen steifen Schritt auf Levi zu, noch einen.

»Ich freue mich, dass du gekommen bist«, sagte er zwar leise, aber entschlossen, »nicht obwohl, sondern gerade weil ich weiß, was es dich kostet. Es bedeutet mir viel nach allem, was geschehen ist – und was ich persönlich nie gewollt habe.«

Levi blieb kurz regungslos stehen, die Hände weiterhin in den Hosentaschen. Doch als sie schon damit rechnete, dass er es dabei belassen würde, zog er die rechte Hand hervor, reichte sie Emil, und der nahm sie und erwiderte den Händedruck.

Felicitas starrte erst Levi an, dann Emil. Betrachtete sie Emil als Freund oder Feind, als Verbündeten oder Gegner? War es möglich, dass er in diesem Augenblick für sie alles zugleich war?

»Ich gratuliere dir zu eurer Hochzeit«, sagte Levi mit fester Stimme zu Emil. »Sei mir nicht böse, dass ich nicht länger bleiben werde.« Er sah ihm, dann Anneliese in die Augen, nur Felicitas missachtete er, ehe er den Blick senkte, seine Hand zurückzog und sich beeilte, die Wohnung zu verlassen.

»Ich gratuliere euch auch«, kam es von Felicitas, doch ihre Stimme klang erstickt. Sie konnte ihnen nicht ins Gesicht sehen. Schnell hastete sie Levi nach.

Anneliese war nicht sicher, was sie mehr befremdete: die Erleichterung, weil Felicitas freiwillig ging, ohne für noch mehr Peinlichkeiten zu sorgen, oder dass Emil sich plötzlich duckte, wie es ansonsten nur Levi tat, inmitten des schmutzigen Geschirrs unendlich verloren schien. Er starrte auf die Asche im Weinglas, das Felicitas abgestellt hatte, fragte sich bestimmt, wie sie dorthin gekommen war. Vielleicht fragte er sich auch, wie er selbst hergekommen war.

Unsicher legte Anneliese den Arm um ihn, doch ihr entging nicht, wie er zusammenzuckte. Behutsam machte er sich von ihr los, nahm ihre Hand, um einen Kuss darauf zu hauchen. Seine Lippen berührten kaum ihre Haut.

»Lass uns wieder zu unseren Gästen gehen.«

Im Salon wurde nicht mehr über die Schule gesprochen, sondern über den Bau der Autobahn zwischen Bremen und Hamburg und die Weserkanalisierung, Themen, zu denen Anneliese nichts beizusteuern wusste. Was verstand sie schon vom neuen Programm zur Beseitigung der Arbeitslosigkeit. Aber bevor sie aus lauter Verlegenheit wieder begann, leere Platten abzuräumen, trat einmal mehr Frau Grotjahn auf sie zu und zog sie in eine Ecke, in der mehrere Frauen standen.

»Ich will Ihnen unbedingt meine Freundinnen vorstellen, Frau Tiedemann, und bei dieser Gelegenheit nachfragen, ob Sie sich uns vielleicht anzuschließen gedenken.«

Frau Tiedemann, das klang gut. Der Rest ging dagegen in einem eintönigen Rauschen unter. Nur vage erfasste Anneliese, dass Frau Grotjahn von der NS-Volkswohlfahrt, die demnächst am Mönckebergbrunnen zu Spenden aufrufen würde, und vor allem von der NS-Frauenschaft sprach. Aber was zählte schon, was sie sagte. Wichtig war, wie sie es sagte – mit freundlicher Stimme nämlich. Und dass keine Verlegenheit mehr aufkam, dass Frau Grotjahn ihr irgendwann anbot, sie Carin zu nennen und zum Du überging und dass alle Frauen ihr erneut Komplimente zum gelungenen Büfett und zur Friesentorte machten. Anneliese schluckte das Befremden, das erst Felicitas, dann Emil in ihr ausgelöst hatten, und wurde von Stolz über die gelungene Hochzeitsfeier erfüllt.

Als Felicitas die Straße erreichte, war Levi nirgendwo zu sehen. Er musste nicht nur schnell gegangen, regelrecht davongerannt sein. Und er war nicht vor Grotjahn und Konsorten geflohen, sondern vor ihr. Obwohl sie kaum an der Zigarette gezogen hatte, vermeinte sie, dass ihr Mund voller Rauch wäre. Alles schien sich in diese bitteren schwarzen Schwaden aufzulösen, auch die Worte, die ihr auf den Lippen lagen, nun aber ungesagt bleiben mussten. Es war nicht so gemeint, ich wollte dich nicht erniedrigen, im Gegenteil, ich wollte ihnen zeigen, dass wir uns nicht verstecken, dass ich dich nicht verstecke. Lass uns jetzt vergessen, was passiert ist, lieber etwas trinken gehen … tanzen … uns amüsieren. Von allem war das das leerste Wort.

»Es sieht nicht so aus, als ginge es dort drin lustig zu«, vernahm sie plötzlich eine Stimme.

Als Felicitas herumfuhr, war sie erstaunt, ausgerechnet Oscar Freese zu sehen. Er musste sich lautlos genähert oder schon seit geraumer Zeit vor dem Wohnhaus gestanden haben.

»Für sie schon, für unsereins dagegen …«, setzte sie an, brachte den Satz aber nicht zu Ende.

Sie sah die eigene Bitterkeit in der Miene des ehemaligen Schulleiters der Alsterschule gespiegelt, der nun an einer Hilfsschule arbeitete. Wie Levi waren ihm seine Anzüge immer zu groß gewesen, auch jetzt verschwand er nahezu in dem dunkelgrauen Stoff.

Warum werden wir immer magerer, während die anderen mit gutem Appetit Torte in sich hineinstopfen?, dachte sie.

Er machte einen Schritt auf sie zu. »Nun ja, ich werde mich dennoch hineinwagen in … Wie nennt man es am besten? Raubtiergehege, Schlangengrube?«

»Warum hat Emil dich überhaupt eingeladen?«

Oscar Freeses Mundwinkel erwiesen sich als gelenkiger als ihre, er brachte ein halbes Lächeln zustande. »Eine gute Frage. Man könnte meinen, es sei ein Ausdruck von Freundlichkeit, von Großzügigkeit. Ich vermute, er will mich bloßstellen, indem er aller Welt zeigt, was er jetzt ist – und was ich jetzt bin.«

»Und warum bist du der Einladung gefolgt?«

Das Lächeln schwand. »Das ist eine noch bessere Frage.«

Er starrte auf die Straße, nuschelte etwas, aus dem keine ganzen Sätze wurden. Liebkind machen … angewiesen auf die neue Stelle … Frau Halbjüdin … und überhaupt … gerade erst ein Kind bekommen.

Als er den Blick wieder hob, fühlte sie, dass er sich gegen einen Vorwurf wappnete. Dabei war sie die Letzte, der ein Urteil zustand.

»Ist es ein Junge oder ein Mädchen?«, fragte sie nur.

»Eine kleine Elise, wir haben sie nach meiner Frau benannt. Wir rufen sie Elly …«

»Ich gratuliere dir.« Zumindest diese Gratulation kam von Herzen, klang nicht erstickt.

Oscar Freese trat auf das Haus zu, in dem Anneliese fortan mit Emil leben würde, und als sie schon weitergehen wollte, sagte er leise, aber nicht mehr so resigniert wie eben noch: »Sie werden sich nicht mehr lange halten.« Langsam drehte sie sich um.

241

»Sieh dir doch die wirtschaftliche Lage an«, fuhr er fort. »All diese vollmundigen Versprechen, dieses ›Gesetz zur Verminderung der Arbeitslosigkeit‹, diese vermeintlich gewaltigen Arbeitsbeschaffungsprogramme und Steuersenkungen. Das alles ändert nichts daran, dass Hamburg ein Notstandsgebiet bleibt, noch mehr als viele andere Städte, weil wir hier vom Außenhandel abhängig sind, und der wird beharrlich abgewürgt. Die Menschen werden erkennen, dass sie einem Hirngespinst aufgesessen sind.«

Felicitas zuckte mit den Schultern. »Mag sein. Aber was sollen sie tun? Bei den kommenden Wahlen im November wird nur noch eine Partei auf dem Wahlzettel stehen.«

Oscar zögerte, trat dann dicht an sie heran. »Unter den Lehrern wächst... Widerstand.«

Sie lachte traurig auf. »Diesen Eindruck habe ich leider ganz und gar nicht. In der Alsterschule schleicht jeder mit eingezogenem Kopf durch die Gänge, fast alle sind der NSDAP beigetreten.«

»Ich höre anderes. Die vielen Entlassungen erschweren das Leben der Lehrer. Die Zahl der Pflichtstunden wurde erhöht, die Schüler pro Klasse ebenso. Etliche sind aus dem NS-Lehrerbund längst wieder ausgetreten. Und das ist kein Wunder. Hamburgs Lehrerschaft kann auf eine lange fortschrittliche Tradition zurückblicken, ich bin überzeugt, sie wird den Geist der Weimarer Republik lebendig halten.« Auf Felicitas schwappte kein Hochgefühl über. Sie musste an Otto Matthiessen denken, früher ein überzeugter Reformpädagoge, jetzt der Erste, der morgens im Lehrerzimmer die Hand zum Hitlergruß erhob. Auch er hatte die Hochzeitsfeier besucht, doch sie war ihm beharrlich aus dem Weg gegangen. Sie ertrug es nicht, ihn anzusehen geschweige denn mit ihm zu reden. Oscar schien ihre Skepsis zu spüren. »Gib die Hoffnung nicht auf.«

Sie fragte sich, ob es wirklich um Hoffnung ging, nicht vielmehr um Kampfgeist. »Gibt es denn noch oppositionelle Lehrergruppen?«, fragte sie leise. »Solche, die nach außen hin buckeln, sich aber heimlich treffen?«

Ihr kam der Verdacht, dass der einstige Schulrektor die Einladung zur Hochzeitsfeier nicht angenommen hatte, um sich zu erniedrigen, vielmehr die Gelegenheit zu nutzen, möglichst viele Informationen zu sammeln. Doch anstatt das zuzugeben, starrte er sie nur nachdenklich an.

»Eine junge, hübsche Frau, wie du es bist, sollte sich nicht in Gefahr begeben.«

»Aber …«

»Ich selbst bin weder jung noch hübsch, aber meine Frau und meine Tochter sind es, also darf ich mich ebenso wenig in Gefahr begeben.«

Er lächelte schmerzlich, nickte danach umso entschlossener, und sie ahnte, dass sie nichts mehr aus ihm herausbekommen würde.

Diesmal ging er zügig auf das Haus zu, in dem die Hochzeitsgesellschaft feierte, und verschwand alsbald dahinter. Felicitas blieb dagegen zögernd stehen, sie wusste nicht, wohin. Sie wollte Levi folgen, hoffte, ihn in seiner Wohnung anzutreffen, aber sie war nicht sicher, ob er sie sehen wollte, auch nicht sicher, was sie ihm sagen konnte. In der eigenen Wohnung warteten wiederum nichts als Einsamkeit und Leere, nachdem Anneliese ihre Habseligkeiten in ihr neues Zuhause geschafft hatte. Vielleicht sollte sie sich eine Untermieterin suchen, aber dafür fehlte ihr der Elan. Sie bezweifelte, dass dieser zum Tanzen reichen würde. An die Theke einer Bar könnte sie sich setzen, sich nach schönen Männern umsehen, mit ihnen schäkern. Sie würde allerdings nur mit jemandem lachen, dem sie vertraute, und es gab niemanden mehr, dem sie vertrauen konnte.

Mich betrinken, das kann ich, das will ich, dachte sie.

Es hatten ihr stets ein paar Schluck Sekt genügt, um sich lebendig zu fühlen. Jetzt würde sie wohl ein wenig mehr brauchen, um sich tot zu stellen. Vielleicht hatte Oscar ja doch recht, und das war nicht für lange Jahre, sondern nur mehr für eine kurze Zeit das Einzige, was sie tun konnte.

1935

Oktober

Emil fand kaum noch die Gelegenheit zu trainieren, und wenn er doch einmal eine freie Stunde am Reck oder auf dem Stufenbarren verbrachte, musste er sich eingestehen, dass er nicht mehr so viel Kraft in den Oberarmen hatte, seine Handflächen nicht verhornt und gefühllos wie einst waren. Benutzte er zu wenig Kreide, wurden sie rasch wund, und er schwitzte stärker als früher.

Aber seine Seele war ein Muskel, der funktionierte. Im ersten Jahr als Schulleiter hatte er während der Konferenz oft Unbehagen gefühlt, der Widerstand – ob in Form von Murren, Zwischenrufen oder lähmendem Schweigen – hatte ihm zugesetzt. Als er an diesem Morgen vor dem Unterricht im Lehrerzimmer diverse neue Verordnungen mitteilte, machte es für ihn dagegen keinen Unterschied mehr, ob er vor Menschen redete oder gegen eine Wand.

»Der Ablauf von Lehrerkonferenzen wird neu geregelt«, erklärte er. »Bis jetzt konnte sich jeder zu Wort melden, auch wenn keine Mehrheitsbeschlüsse getroffen wurden, sondern allein der Schulleiter entschied. Ab heute sind Meinungsbekundungen nicht länger erwünscht.«

»Man darf nicht einmal Fragen stellen?«

Er war nicht sicher, wer nachgehakt hatte, die Stimme klang zu leise.

»Nein, auch keine Fragen.«

Diesmal blieb es still.

»Sie fragen sich natürlich, warum es überhaupt noch Lehrerkonferenzen gibt«, fuhr er fort. »Nun, ihr Zweck ist …«

Bevor er zu Erklärungen ansetzen konnte, wurde die Tür aufgerissen. Ein Mann in Uniform stürmte zu ihnen herein und brüllte: »Erheben Sie sich.«

Emil stand bereits, und alle anderen Lehrer sprangen auf, streckten die Hand zum Hitlergruß. Vor einem Jahr wäre das noch zögerlicher geschehen, mittlerweile hatte er seinen Lehrkörper im Griff. Der Fremde hatte dafür kein anerkennendes Nicken übrig, er machte sich nicht einmal die Mühe, sich vorzustellen. Warum auch. Jeder konnte sich denken, dass er einer jener Schulräte war, die spöttische Kollegen früher borniertere Bildungsfeldwebel genannt hatten, vor denen man nun aber kuschte. Die Gauleitung schickte sie regelmäßig, um Gesinnungsunterricht zu erteilen – nicht den Schülern, sondern den Lehrern.

Der uniformierte Mann gab dem Lehrkörper ein Zeichen, sich zu setzen, einzig Emil blieb strammstehen.

»Weder Einzelmensch noch Menschheit können den Maßstab für die Erziehung abgeben, nur die rassenbiologisch gesehene Volksgemeinschaft, der alle Erziehungsarbeit zu dienen hat. Ein Volk kann nur bestehen, wenn seine Mitglieder gleich gesund an Körper, Seele und Geist sind, weswegen die formale Geistesschulung nur eine Säule der Erziehung sein darf, in gleicher Weise kommen Körper- und Willensbildung hinzu. Das deutschvölkische Gut muss möglichst lange alleiniger Bildungsstoff sein, sodass es in der Seele der Jugendlichen bereits als unverlierbare Kraft vorhanden ist, wenn ihr Blick auf nichtdeutsche Dinge gelenkt wird.«

Emil hatte die Worte so oft gehört, dass er sich nicht darauf konzentrierte, sondern lieber den Blick kreisen ließ. Für die Kollegen, die entlassen worden waren, waren neue gekommen. In Zeiten, als man noch zu spotten gewagt hatte, war gelästert worden, dass die Klassen immer größer würden, die Haare dieser neuen Kollegen dagegen immer kürzer. Gemeint waren damit die jungen Lehrer, die dem sogenannten Schulschutz angehörten, einer Gruppierung der SS, die regelmäßig Märsche und militärische Übungen veranstaltete und das, was sie dort lernte, später den Schülern beibrachte.

Am Anfang war noch manche Beschwerde über den schroffen Tonfall laut geworden, die älteren Lehrer hatten protestiert, wenn sie von den jungen Kollegen verhöhnt wurden, weil sie mit dem Fahrrad zur Schule gekommen waren. Ein Zeichen der Verweichlichung sei das, der deutsche Lehrer marschiere. Mittlerweile muckte kaum noch einer auf.

Emil stellte fest, dass sich auch jetzt in den Gesichtern nichts regte, nicht mal jemand zu gähnen wagte, obwohl die Rede kein Ende fand.

»Die nationale Revolution gibt der deutschen Schule und ihrer Erziehungsaufgabe ein neues Gesetz: Die deutsche Schule hat den politischen Menschen zu bilden, der in allem Denken und Handeln dienend und opfernd in seinem Volk wurzelt. Anstelle des Trugbildes der gebildeten Persönlichkeit hat es die Gestalt des durch Blut und geschichtliches Schicksal bestimmten deutschen Menschen gesetzt. Deutschland ist arm an Raum und an Schätzen des Bodens, sein wahrer Nationalreichtum liegt in der Kraft, der Gläubigkeit und Tüchtigkeit seiner Männer und Frauen. Aufgabe der deutschen Schule ist es deshalb, Menschen zu erziehen, die in echter Hingabe an Volk und Führer fähig sind, ein deutsches Leben zu führen.«

Emil ahnte, was als Nächstes kam, und kurz stieg ein Gefühl

in ihm hoch, das er sich für gewöhnlich nicht gestattete: Erleichterung darüber, dass er die neue Maßnahme seinem Kollegium nicht selbst übermitteln musste und dabei den Anschein erwecken könnte, dass er sie für nicht berechtigt hielt. Manchmal zuckte nun mal ein malträtierter Muskel, anstatt zu tun, was der Wille vorgab.

In seinem Gesicht allerdings zuckte nichts, seine Miene blieb starr, als der Schulrat fortfuhr: »Aus gutem Grund ist seit den Osterferien die Koedukation endgültig aufgehoben. Aus biologischen Erkenntnissen und völkischen Notwendigkeiten muss die Angleichung der Mädchenbildung an die Knabenanstalten völlig gebrochen werden. Bei den Mädchen hat die übertriebene formalgeistige Schulung noch weniger Berechtigung als bei der männlichen Jugend. Es müssen vielmehr neben den allgemein völkisch bildenden Fächern die Stoffe stärker betont werden, die für den mütterlichen Beruf wichtig sind und der weiblichen Eigenart entsprechen. Um dieses Ziel zu erreichen, genügt es nicht, Mädchen und Jungen voneinander fernzuhalten. Künftig wird auch das Kollegium getrennte Wege gehen, es jeweils ein Lehrerzimmer für männliche und weibliche Lehrer auf verschiedenen Stockwerken geben, und die Konferenzen werden gesondert abgehalten.«

In die Totenstille hinein hörte er jemanden laut atmen. Vielleicht war er das selbst. Sonst tat sich nichts – kein Ausdruck von Empörung, von Verwirrung, Befremden erschien auf den Mienen der Lehrerinnen und Lehrer. Sämtliche Gesichter waren ausdruckslos wie seines, er hatte sein Kollegium tatsächlich im Griff. Der Schulrat ließ ein letztes Mal forsch seinen Blick kreisen, es folgte ein schneidiges »Heil Hitler«, ehe er mit ebenso lauten Schritten das Klassenzimmer verließ, wie er es betreten hatte. Emil erwartete, dass spätestens jetzt Getuschel einsetzen würde, das Scharren von Füßen, doch er hörte nur Atemzüge.

»Die Maßnahme wird noch heute umgesetzt«, erklärte er. »Ich bitte die weiblichen Kollegen, ihre Sachen zu packen und sich in jenen Raum im zweiten Stock zu begeben, der bis vor Kurzem als Chemielabor diente.«

Die jungen Lehrer vom Schutzbund lächelten breit. Ein paar der Lehrerinnen erhoben sich sofort, andere blieben eine Weile wie betäubt sitzen. Manch eine warf der Nachbarin einen fragenden Blick zu, doch darin standen nicht Trotz und Aufruhr, nur Furcht. Fräulein Dreyer war am schnellsten fertig, kein Wunder, ihr Tisch war seit jeher immer penibel aufgeräumt, Felicitas brauchte am längsten. Nicht nur, dass auf ihrem Tisch stets Chaos herrschte, jede Regung erfolgte wie in Zeitlupe. Der Raum hatte sich längst geleert, als sie immer noch damit beschäftigt war, Schulbücher und Schulhefte zu ordnen – ganz so, als legte sie es darauf an, mit ihm allein zu sein.

Und er blieb steif stehen, als legte er es darauf an, mit ihr allein zu sein.

Irgendwann hatte sie alle Unterlagen geordnet, hob sie hoch, wandte sich zur Tür. Sie bedachte ihn nicht einmal mit einem verächtlichen Blick. Einem Blick, vor dem er sich gefürchtet, den er vermisst hatte.

»Bleib noch!«, rief er ihr nach.

Sie hielt ihm kurz den Rücken zugewandt, drehte sich dann ganz langsam um, ließ den Blick kreisen, als bemerkte sie erst jetzt, dass sie die Einzigen im Lehrerzimmer waren.

»Dürfen wir überhaupt hier zusammen sein? Ein Lehrer und eine Lehrerin in einem Raum – oh, was für ein Skandal!«

Dem Spott fehlte das Feuer. Ob des Berges an Büchern und Heften wirkte sie noch schmaler als sonst. Die Ringe unter den Augen verrieten, dass sie wenig schlief und zu viel rauchte. Er fragte sich unwillkürlich, wie er sie jemals hatte schön finden kön-

nen. Wobei er sie nie wirklich schön gefunden hatte, nur so…
lebendig.

»Ich muss noch ein paar Dinge mit dir besprechen«, sagte er
und deutete auf einen der Tische, damit sie sich setzte. Sie legte
die Unterrichtsmaterialien zwar ab, blieb aber stehen.

Es war nicht zum ersten Mal, dass er sie unter vier Augen für
ein Fehlverhalten tadelte. Als Teil des Seelentrainings bezeichnete
er es. Wenn er sie gleichgültig betrachten konnte und keines der
alten Gefühle hochschwappte, wertete er das als Zeichen seiner
Überlegenheit. Wenn er sich dazu herabließ, sie zu provozieren,
bis Funken flogen und seine Faszination wuchs, war es ein Zeichen dafür, dass er Willenskraft und Selbstbeherrschung noch zu
schulen hatte.

»Mir ist zu Ohren gekommen, dass du einen Schüler gerügt
hast, der abgeschrieben hat. Dabei weißt du doch, dass dies kein
Verhalten ist, das Tadel verdient. Schüler müssen gute Kameraden
sein, und die halten zusammen. Ein Schüler, der einen anderen
abschreiben lässt, ist wertvoller als der, der es nicht tut.«

Sie hielt seinem Blick stand, aber ihr rechtes Lid begann etwas
zu zucken. Seines auch.

»Nihil utilius rei publicae et populo quam exercitus ercitatus‹«,
sagte sie leise.

Er tat so, als hätte er sie nicht gehört. »Mir ist ebenfalls zu
Ohren gekommen, dass du Agnes Meier durchfallen lassen
willst – was nicht möglich ist, sie ist ein verdientes Mitglied beim
Bund Deutscher Mädel. Du kannst ebenso niemanden durchfallen lassen, der sich bei der HJ hervorgetan hat, insbesondere wenn
es sich um einen bewährten Jungvolkführer handelt.«

Nun zuckte einer ihrer Mundwinkel. »Solo terrore armorum
hostis coercetur.‹«

»Für den BDM gelten zwar nicht die gleichen Erleichterungen wie für die HJ, doch wenn ein Fackelzug stattfindet, müssen auch dessen Mitglieder am nächsten Tag erst ab zehn Uhr in der Schule sein.«

»In omni proelio non multitudo, sed virtus militum parat victorium.‹«

Himmel, was bezweckte sie mit den lateinischen Zitaten? Um sie übersetzen zu können, hätte er sich konzentrieren müssen, aber er brauchte alle Kraft, kühl weiterzusprechen. »Du hast ferner nicht darauf geachtet, ob jeder Schüler auch seine Schülerkarte trägt. Dabei soll laut Erlass des Reichserziehungsministers die Trennung von arischen und nichtarischen Schülern noch stärker kontrolliert werden.«

Kurz sagte sie nichts, doch als er schon dachte, ihr wären die lateinischen Zitate ausgegangen, murmelte sie: »Nihil militibus sanctius quam signum.‹«

Seine eigene Stimme klang etwas beklommener, als er fortfuhr: »Und es gibt das Gerücht, dass du es nicht lassen kannst, jüdische Schüler zu loben. Wir haben ohnehin nicht mehr viele, seit die Aufnahmebedingungen erschwert wurden, bei jenen wenigen gilt allerdings, dass man sie im Unterricht nie aufrufen sollte, wenn sie sich melden, und sie erst recht nicht für ihre Beiträge würdigen. Und man lässt sie nicht neben arischen Kindern sitzen, sondern auf einer Bank ganz hinten.«

»Duci miles oboedientissimus esto eumque magis timeto quam hostem.‹«

Da war es doch, das Feuer. Vor ihm stand eine Frau, die verwundet sein mochte, geschwächt, aber keine, die kapitulierte. Wie hatte er je glauben können, sie sei nicht mehr stark. Wie hatte er je glauben können, sie sei nicht mehr schön. Wie denken, es werde ihm nicht zusetzen, mit ihr allein zu sein.

»Kannst du nicht auf Deutsch antworten?«, zischte er.

Es zuckten nun beide Mundwinkel, sie lächelte.

»Was denn, was denn?«, fragte sie. »Ich gebe doch nur Sätze aus einem römischen Soldatenbüchlein wieder, das im ersten Lehrjahr auf dem Programm steht. Sätze, die den Soldaten auf Pflichtbewusstsein, Kampf- und Opferbereitschaft einschwören, die bekunden, dass der Einzelne nichts zählt, nur das Volk. Schließlich wurde mir gesagt, dass man im Lateinunterricht vorzugsweise militärische Befehle übersetzt, sonst nichts. Ich wollte nur zeigen, dass ich mich an diese Anweisung halte.«

»An die anderen auch?«, fragte er heiser.

Sie legte den Kopf etwas schief. »Jetzt würde ich gern auf Griechisch antworten, aber ich vermute, das darf ich nicht. Hast du gehört, dass an einer Schule die Unterrichtsvorbereitungen für Griechisch beschlagnahmt wurden, weil Geheimschrift verboten ist?«

Emil hatte nichts davon gehört, glaubte dennoch nicht, dass sie übertrieb. »Sei froh, dass du überhaupt noch Latein unterrichten kannst. Gut möglich, dass …«

Er brach ab. Sie musste nicht wissen, dass an einem Erlass zum Fremdsprachenunterricht gearbeitet wurde, der vorsah, dass Latein an den Oberschulen abgeschafft wurde.

»Wahrscheinlich darf ich auch unendlich froh sein, dass ich Geschichte unterrichten darf«, höhnte sie. »Natürlich gilt es – wie in jedem anderen Fach – darauf zu achten, kein lateinisches Wort zu benutzen. Warum sollen Kinder Fremdwörter lernen, wenn doch keine Sprache so schön wie die deutsche ist, oder?«

Emil waren tatsächlich Beschwerden über ihren Geschichtsunterricht zu Ohren gekommen. Wenn sie, wie gefordert, Heeresberichte aus dem Großen Krieg durchging, sang sie hinterher keine Lieder mit den Kindern, erst recht nicht *Flandern in Not, in Flandern da reitet der Tod.* Unwillkürlich machte er einen Schritt auf sie zu.

»All diese kleinen… Verfehlungen mögen jede für sich keine großen Konsequenzen nach sich ziehen. Aber wenn man sie alle gleichzeitig in die Waagschale wirft. Und obendrein versäumst du mit Absicht, darauf hinzuweisen, dass jüdische Schüler nicht mehr auf Klassenfahrten mitgenommen werden dürfen, weil die Jugendherbergen deren Bewirtung verweigern. Wenn das geprüft wird…«

»…dann drohen Untersuchungskommissionen, mündliche und schriftliche Befragungen, Schulungslager mit militärischen Übungen in einer Kaserne und im schlimmsten Fall eine Entlassung ohne vorherige Anhörung«, sagte sie leise, aber nicht kleinlaut, eher trotzig. »Ich weiß das durchaus.«

Wusste sie auch, was er für sie tat? Dass er die wöchentlichen Berichte über die einzelnen Lehrer in ihrem Fall um Lügen ergänzte? Darin bekräftigte, dass sie den vorgesehenen Umfang nationalsozialistischer Propaganda im Unterricht durchnahm, regelmäßig Treuebekundungen abgab, die wichtigsten Werke der NS-Literatur im Schlaf kannte, die Kinder aufrief, sich zur HJ und zum BDM anzumelden?

Es konnte ihr nicht entgangen sein. Und wenn sie wusste, was er tat, wusste sie wohl auch, warum er das tat. Er atmete tief durch, schaffte es immerhin, ihrem Blick standzuhalten.

»Du kannst jetzt gehen.«

Mit enervierender Langsamkeit nahm sie wieder den Bücherstapel, vielleicht, um ihn herauszufordern, vielleicht, weil die vormals so wendige, energiegeladene Felicitas dessen Gewicht nicht mehr so leicht stemmen konnte wie früher.

Sie war schon bei der Tür, als sie noch einmal innehielt und, ohne sich umzudrehen, fragte: »Wie geht es eigentlich Anneliese?«

Ein Zittern stahl sich in ihre Stimme, das sie hatte unterdrücken können, als sie von ihm zur Rede gestellt worden war. Er ahnte, dass sie den gleichen Schmerz empfand, wie er ihn manchmal an Anneliese witterte.

»Sie würde sich sicher freuen, wenn du sie wieder einmal besuchst. Seit letztem Frühjahr habt ihr euch nicht mehr gesehen, nicht wahr? Und auch damals war es nur kurz...«

Sie waren miteinander umgegangen wie zwei Fremde, höflich, aber distanziert. Hinterher hatte Anneliese geklagt, wie sehr sie die alte Felicitas vermisste. Und insgesamt hatte er gedacht, ich vermisse sie ebenso. Allerdings wäre die alte Felicitas längst entlassen worden, nur die neue, beherrschte, unterkühlte konnte in Zeiten wie diesen noch Lehrerin sein.

»Richte ihr meine Grüße aus«, sagte Felicitas, die Stimme zitterte nicht länger. »Es tut mir leid, dass ich sie nicht besuchen kann, aber mir fehlt die Zeit. Ich muss schließlich ständig darauf achten, nicht versehentlich etwas falsch zu machen, und jetzt gilt es auch noch, ein neues Lehrerzimmer zu beziehen. Was für ein Aufwand!«

Die Versuchung war groß, ihr seine Hilfe anzubieten, noch mehr Zeit mit ihr zu verbringen.

Dann ermahnte er sich, dass all das Seelentraining nicht umsonst gewesen sein sollte, er nicht der Versuchung erliegen und zu leichtsinnig werden dufte. Er folgte ihr in den Gang, widerstand der Regung, ihr nachzusehen.

Anneliese spähte immer wieder aus dem Fenster. Sie wusste, es war eine schreckliche Angewohnheit, wenn sich der Nachmittag neigte, konnte sie sich jedoch nicht beherrschen. Jedes Mal wich dann die emsige Betriebsamkeit einem tiefen Unbehagen, und der Wunsch, Emil möge endlich heimkommen, wurde fast schmerzhaft. Fast immer wurde es später, als er am Morgen angekündigt hatte. Fast immer schritt sie in dieser Stunde von Fenster zu Fenster, und wenn sie die Räume ihrer Wohnung betrachtete, erschienen diese ihr leer.

An diesem Abend war es besonders schlimm, denn sie hatte einen Brief entdeckt. Er war an Emil adressiert, aber er hatte ihn bereits geöffnet, sodass es ein Leichtes gewesen war, das Blatt Papier aus dem Couvert zu ziehen. Sie hatte augenblicklich bereut, ihn gelesen zu haben, sämtlicher Stolz, weil sie einen leckeren Küsterkuchen gebacken hatte, war verflogen. Auch der Anblick des gedeckten Tisches, auf dem immer eine Blumenvase stand – im Frühling vorzugsweise Schlüsselblumen oder Perlhyazinthen, im Sommer Weideröschen, jetzt im Herbst Astern –, tröstete nicht. Gerade verwob sich der Blumenduft mit dem der Kalbsleberfrikadellen, die sie gebraten hatte und die Emil wie stets als köstliche Speise loben würde, obwohl später ein Rest auf dem Teller zurückbleiben würde. Das größte Kompliment, das er ihr als Köchin machen konnte, war, wenn es nur ein Bissen war, nicht mehr als die Hälfte wie so oft.

Nun gut, über diese Unsitte, nicht aufzuessen, konnte sie hinwegsehen. Aber wenn sie danach in der Küche stand, auf die Reste starrte, fragte sie sich manchmal, ob er auch von ihr, der Ehefrau, nur das Nötigste nahm – nämlich die gute Hausfrau. Den Menschen dahinter schien er nicht wahrzunehmen.

Dieses vage Unbehagen war hingegen nichts gemessen an Scham und Hader, die sie mit sich herumtrug, seit sie den Brief gelesen hatte. Wieder schritt sie unruhig von Zimmer zu Zimmer, betrat Küche, Salon, Schlafzimmer, Esszimmer – nur nicht jenen kleinen Raum, von dem sie immer gedacht hatte, er würde als Kinderzimmer taugen.

Sie rieb ihre Hände, trat ans Fenster, blickte auf die Bieberstraße mit ihren schmucken Fassaden und hohen Bäumen. Immer noch war keine Spur von Emil zu sehen, aber die Straße war nicht leer. Etliche Kinder spielten noch draußen, Kibbel-Kabbel oder Himmel und Hölle. Sie wusste von jedem der Kleinen den Namen und das Alter, schenkte ihnen regelmäßig Stollwerck-Schokolade oder die dicken gelben Stricke, mit denen Apfelsinenkisten zusammengeschnürt wurden und mit denen man wunderbar Seil springen konnte. Manchmal hatte sie sogar mitgespielt, hatte getanzt und gelacht, war gesprungen und gehüpft, aber seit einiger Zeit hielt sie sich von den Kindern fern. Es tat zu weh.

In der Wohnung umherzugehen und zu warten tat auch weh. Sie trat zum Esstisch, strich über das Tischtuch – es war ohnehin glatt. Sie trat zu den Gardinen, strich ebenfalls darüber, sie waren weiß, frisch gebügelt. Ihr Rücken schmerzte, sie war seit Stunden auf den Beinen, doch just als sie aufs Sofa sinken wollte, vernahm sie Schritte. Schnelle Schritte, zugleich schwere.

Anneliese stürzte in den Flur.

Emil wirkte häufig müde, regelrecht erschöpft, wenn er heimkam, er zeigte es aber nie, bewahrte immer Haltung. Sein Kinn war gereckt, der Rücken durchgestreckt, nur die Augenlider zuckten manchmal. An guten Tagen brachte er ein Lächeln zustande, an sehr guten presste er mit dünnen Lippen einen Kuss auf ihren Mund. An diesem Abend erhielt sie nicht einmal die sorgfältig bemessene Dosis Nähe. Er sprach lediglich einen Gruß mit fester Stimme, wie er auch den Nachbarn grüßen würde, den Kollegen. Als er ihr seine Tasche reichte und sich aus dem Mantel helfen ließ, den sie schnell aufhängte, wich er ihrem Blick aus.

Er musste einen schweren Tag gehabt haben, wobei Anneliese nicht wusste, worin genau die Schwere bestand und was leichtgefallen wäre. Sie verkniff sich wie immer alle Fragen, hatte sie doch die Mahnung aus einem Frauenratgeber im Kopf, wonach man dem Mann zunächst die Gelegenheit geben musste, sich zu stärken. Schweigend wusch er sich die Hände, schweigend setzte er

sich an den Esstisch, schweigend servierte sie ihm die Kalbsfrika-
dellen und den Kartoffelsalat. Die ersten Worte nach dem Gruß
lauteten meistens: »Was hast du heute Feines gekocht?«

Nie sagte sie schnippisch: »Das siehst du doch«, sondern be-
nannte das Gericht. Nur jetzt brachte sie kein Wort über die Lippen, die Kehle war wie zugezogen.

Er begann zu essen. Ob er schmeckte, dass es Frikadellen
waren? Ob er ihr ansah, dass sie den Brief gelesen hatte? Allerdings war sein Blick starr auf die Blumenvase gerichtet, und die
Astern würden ihm zum Glück nicht verraten, was sie getan hatte.

Er hatte noch nicht einmal ein Drittel gegessen, als er herum-
zustochern begann.

»Wie ... wie war dein Tag?«, fragte sie, um die Kaugeräusche zu
übertönen, die – je langsamer und zögerlicher sie ausfielen – umso
unerträglicher klangen.

Für gewöhnlich konnte sie mit drei Antworten rechnen. Viel
Schreibarbeit, lange Konferenzen, disziplinarische Maßnahmen.
Ins Detail ging er nie, heute nickte er lediglich, fragte: »Und du?«,
führte das Wasserglas an den Mund. Früher hatte sie ihm oft ein
Glas Wein kredenzt, doch damit aufgehört, weil er bestenfalls drei
Schluck zu sich nahm.

Ihre Antwort lautete üblicherweise: Ich habe es uns fein gemacht, aber heute begnügte sie sich nicht mit diesen Worten,
heute sprudelte es aus ihr heraus: »Ich habe mir das Arbeitszim-
mer zur gründlichen Reinigung vorgenommen.« Sie nahm sich
jeden Tag ein anderes Zimmer vor, wenn sie mit allen durch war,
begann sie wieder mit dem ersten. »Ich habe den Boden gescheuert, dafür braucht man nicht unbedingt Bohnerwachs, Soda und
Schlämmkreide funktionieren genauso gut und sind obendrein
billiger. Noch billiger wären Sand und Essig, damit versuche ich
es beim nächsten Mal. Ich weiß zwar, du warst damals dagegen,

259

dass wir nach unserer Hochzeit Frau Anke bald wieder entlassen haben, weil ich selbst unseren Haushalt führen wollte, aber ich schaffe das wirklich gut allein. Ich mache es gern.« Emil hob endlich den Blick, sah ein wenig aus, als hätte er statt Wasser erwähnten Essig getrunken. »Und die Holzmöbel habe ich mit Leinöl aufgefrischt«, fügte sie hastig hinzu. »Man muss von unten nach oben wischen, sodass herablaufende Tropfen keine Flecken oder Putzstreifen hinterlassen.«

Mit so etwas behelligt man doch keinen Mann, ging es ihr durch den Kopf. Aber es war immer noch besser, als ihm anzuvertrauen, dass sie, seit sie den Brief gelesen hatte, von Panik erfüllt war.

»Danach habe ich Gusseisen, Schwarzblech, Weißblech und Zink mit Sodawasser gespült und mit Salz gescheuert. Und ich habe mir die Wasserkaraffe vorgenommen. Wenn man sie mit Würfeln aus rohen Kartoffeln und Wasser füllt, glänzt hinterher das Glas.«

Sein Blick ging von der Blumenvase zum Teller. »Das ist doch schön«, murmelte er.

»Leider ist mir die Karaffe aus der Hand gerutscht. Sie ist nicht gebrochen, aber der Henkel ist abgefallen.«

»Das ist doch schön«, murmelte er wieder.

Sie hatte immer geahnt, dass er ihr nicht richtig zuhörte, jetzt wusste sie es.

Gerade hatte er ein winziges Stück Frikadelle auf die Gabel gespießt, führte sie langsam zum Mund, und bei dem Anblick – Tag für Tag der gleiche, nur in kleinen Varianten – musste sie unwillkürlich an ein Grammofon denken, dessen Nadel in einer Rille hängen geblieben war.

Jäh sprang sie auf, hastete zu ihm, schlang ihre Arme um seine Schultern. Die Gabel fiel auf den Teller, verursachte ein leises Klirren. Ebenfalls leise war das Ächzen, das ihm entwich, verriet, wie unangenehm ihm die Berührung war. Als er sich versteifte, musste sie an Felicitas' kurioses Hochzeitsgeschenk denken, die Zinnsoldaten. Es war für sie ein Leichtes, Zinn zu scheuern und zu spülen, bis es glänzte. Aber es zum Schmelzen zu bringen war etwas anderes. Emil schmolz nie in ihren Armen, auch nicht in den Nächten. Sie wusste, sie konnte sich kaum beklagen, er war immer rücksichtsvoll, niemals grob, und selbst wenn Felicitas früher oft das Gegenteil behauptet hatte – Anneliese war der Meinung, dass die ehelichen Freuden zuvörderst für den Mann vorgesehen waren, der nach dem anstrengenden Tagewerk etwas Entspannung brauchte, während die Freuden der Frau woanders warteten.

Und doch, seit der ersten Nacht fiel es ihr schwer, das, was sie da im Finstern unter der Bettdecke trieben, als Freude oder gar Liebe zu bezeichnen, sie sah eher eine sportliche Übung darin. Und Emil war zwar gewohnt, Sport zu treiben – mit Disziplin, Entschlossenheit und einer gewissen Verbissenheit –, aber Spaß, erst recht Glückseligkeit, blieb aus. Er war noch nicht mal ein Mannschaftssportler, trainierte am liebsten allein am Reck, und wie ein Trainingsgerät fühlte sie sich ebenfalls manchmal. Es war etwas, das man benutzte, zwar niemals trat oder schlug, aber auch nicht liebkoste.

»Bitte, Anneliese«, sagte er mit seiner leisen, gleichwohl nachdrücklichen Stimme, »lass mich fertig essen, es war ein langer Tag.«

Wenn ich Emil nur fest genug drücke, ist er gezwungen, sich aus seiner Starre zu lösen, dachte sie. Wenn ich ihn anschreie – du isst ja gar nicht, du befüllst deinen Körper lediglich wie einen leeren Tank –, schreit er womöglich zurück.

Aber Männern durfte man keine kleinlichen Vorwürfe machen. Sie auch nicht mit Umarmungen, die eher ein Klammern waren, behelligen. Und wenn sie sich einen schreienden Mann gewünscht hätte, hätte sie weiterhin bei ihrem Vater leben können.

Sie löste sich von ihm, blieb jedoch hinter ihm stehen. Er starrte wieder auf die Blumenvase, sie auf seinen Nacken, der sorgfältig ausrasiert war.

»Ich weiß, was in dem Brief steht«, sagte sie leise.

Der Nacken veränderte sich nicht. Sein Gesicht wahrscheinlich auch nicht. Wenn er etwas konnte, war es, sich hinter einer Maske zu verstecken. Nur seine Stimme veränderte sich, klang etwas beklommener, rauer.

»In welchem Brief?«, fragte er gedehnt.

Wieder führte er langsam die Gabel zum Mund.

»Ich hatte so gehofft, dass wir noch im ersten Jahr unserer Ehe ein Glückwunschtelegramm erhalten werden«, sagte sie. »Ich habe es bei Frau Wolters gesehen, als sie den kleinen Horst bekommen hat. *Die NSDAP dankt Ihnen für das Kind, das Sie unserem Volk geschenkt haben, und spricht Ihnen die herzlichsten Glückwünsche aus.* In diesem Brief aber … der auf deinem Schreibtisch lag … da stehen keine Glückwünsche. Da wird offiziell angefragt, warum unsere Ehe bislang kinderlos geblieben ist. Schließlich seien Kinder so wichtig für den Bestand und das Schicksal des deutschen Volkes. Man bittet uns um schriftliche Erklärung.«

Als ob man es erklären könnte, ob schriftlich oder mündlich. Als ob es ein Wort gab, das dieses monatelange vergebliche Warten beschrieb. Mittlerweile waren es nicht mehr nur Monate. Der Hochzeitstag, den sie jüngst gefeiert hatten, war schon ihr zweiter gewesen. Und in diesen zwei Jahren hatte ihr immer deutlicher vor Augen gestanden, dass sie Emil nicht nur geheiratet hatte, um keine alte Jungfer zu werden und weil er ein so anständiger, wohlerzogener Mann mit ehrenwertem Beruf war. Sie hatte ihn geheiratet, weil ihre Vorstellung von einem glücklichen Leben vorsah, in der Küche am Herd zu stehen, während hinter ihr – aufgereiht wie Orgelpfeifen – eine Kinderschar mit dem Seil einer Apfelsinenkiste spielte. Dann und wann würde sie schmoren und köcheln lassen, was immer sich in den Kochtöpfen befand, sich zu ihnen auf den Boden setzen, sie kitzeln, Puppenkleider für sie nähen und mit ihnen hüpfen, tanzen, springen. Manchmal wäre sie so vertieft ins Spiel, dass der Kuchen verbrannte. Aber das wäre nicht schlimm, sie würde lachen, die Kinderschar würde auch lachen, sogar Emil würde lachen.

In Gedanken versunken, hatte sie nicht bemerkt, dass Emil seinen Teller von sich geschoben hatte. »Dieser Brief ist doch nur eine Formalität.«

»Und was ist unsere Ehe?«, brach aus ihr heraus. »Ebenfalls nur eine Formalität?«

So etwas durfte sie doch nicht sagen. Erst recht durfte sie nicht weinen. Sie drehte sich hastig um, wollte in die Küche fliehen, um die aufsteigenden Tränen zu verbergen, aber er sprang auf, stellte sich ihr in den Weg. Nun lagen seine Hände auf ihren Schultern, nicht so, als würde er bloß eine Reckstange umfassen. Sein Gesicht glich keiner Maske, sie witterte Hilflosigkeit, Ratlosigkeit.

»Bitte, mach dir nicht so viel Sorgen«, rief er eindringlich, »wir sind beide noch so jung.«

»Warum bekommen wir dann kein Kind?«

»Du warst doch bei Dr. Schwedler, er hat erklärt, dass es eine Frage der Zeit ist.«

»Dr. Schwedler ist kein Frauenarzt.«

»Ich finde, es ist viel zu früh, einen solchen hinzuziehen.«

Sie wusste, er hatte recht, trotzdem konnte sie nicht aufhören zu weinen. Er zog sie fester an sich, zumindest ihren Oberkörper, von der Hüfte abwärts hielt er Abstand. Gleichwohl konnte sie seinen Atem an ihrer Halsbeuge fühlen und wie warm dieser war.

Küss mich, dachte sie, küss mich dorthin, küss mich richtig, press nicht nur einfach deine Lippen auf meine Haut. Er küsste sie nicht, erklärte trotzdem energisch:»Wir werden ein Kind haben, ganz bestimmt.«

So viele Sachen, die er beteuerte, glaubte sie nicht – wie gut es heute schmeckt, du hast dich selbst übertroffen, ich bin glücklich mit dir –, aber dieser Satz erfüllte sie mit Hoffnung.

Sanft machte sie sich von ihm los.»Es gibt natürlich noch ein Dessert«, sagte sie, ehe sie in die Küche eilte,»Chantillycreme. Ich denke, sie ist mir vorzüglich gelungen.«

Felicitas hatte an diesem Tag mehr als nur einmal zu schleppen. Zunächst hatte sie das Lehrerzimmer für das weibliche Kollegium bezogen, danach war sie geradewegs zu ihrer Lieblingsbuchhandlung in den Colonnaden aufgebrochen, und sie würde diese mit einem so hohen Bücherstapel verlassen, dass sie kaum darübersehen konnte.

Die Buchhandlung war in den letzten Jahren zu einem ihrer Zufluchtsorte geworden, und wie so oft amüsierte sie sich auch an diesem Tag über das wie immer sehr originell gestaltete Schaufenster. Anstelle von Büchern war eine Reklame für ein Waschmittel zu sehen mit dem Motto»PERSIL BLEIBT PER-SIL«. Ein Fremder hätte sich darüber gewundert, sie dagegen wusste, dass der Besitzer der Buchhandlung Felix Jud hieß und ihm die Behörden geraten hatten, seinen unglücklichen Nachnamen, den doch kein Arier tragen sollte, zu ändern. Felix Jud hatte sich geweigert, weswegen er unter die Waschmittelwerbung ein Konfirmationsbild von sich selbst platziert hatte mit der Parole: »JUD BLEIBT JUD«.

Ihr herzhaftes Lachen lockte Felix Jud ins Freie.»Das ist noch gar nichts«, erklärte der Mann mit der hohen Stirn und dem rötlich braunen Haar in dem ihm eigenen leicht nasalen Tonfall. »Als im April alle Buchhändler den Befehl bekamen, am Führergeburtstag ein Bild ins Fenster zu stellen, habe ich einen Reisebericht über die Südseeinseln gewählt. Die Vorderseite des Buches zeigt eine dunkelhäutige Frau mit Blumen im Haar, tiefem Ausschnitt und weitem Rock, sie sitzt auf einer schief gewachsenen Palme, und der Titel lautet: *Heitere Tage mit braunen Menschen.*«

Felicitas' Lachen riss rasch ab. Wenn sie zu lange lachte, wurden häufig Tränen daraus, und so viele andere Dinge, die Felix Jud zu berichten gehabt hatte, waren ganz und gar nicht amüsant gewesen. Dass sein Sortiment immer kleiner wurde, weil auch noch lange nach den Bücherverbrennungen der Bestand regelmäßig kontrolliert wurde. Dass das Risiko, selbige im Hinterzimmer an ausgewählte Kundschaft zu verkaufen, dagegen wuchs. Würde er auffliegen und aus der Reichsschrifttumskammer ausgeschlossen werden, müsste er den Laden sofort schließen.

Nun gut, Felicitas suchte Felix Jud heute nicht auf, um verbotene Bücher zu kaufen, lediglich jenen Stapel abzuholen, den er ihr regelmäßig kostenlos überließ. Und diesen Stapel schleppte sie kurz darauf bis zur Talmud-Tora-Schule. Ihre Arme waren ob des Gewichts nahezu taub, doch eben lief ihr ein junger Lehrer entgegen.

»Schulbücher!«, rief er ehrfürchtig, als sie ihm den Schatz aushändigte.

»Es sind auch Lexika und Wörterbücher dabei. Und das nächste Mal versuche ich, wieder Schreibmaterial mitzubringen.«

»Das ist wirklich nicht nötig, dass Sie uns so überreich beschenken«, sagte der andere, aber er machte keine Anstalten, das Geschenk zurückzugeben. Sein Dank war aufrichtig, sein Lächeln glücklich, und als nach ihm Levi das Schulgebäude verließ, rief er ihm stolz zu: »Sieh mal, was wir bekommen haben.«

Wie immer erfreute sich Felicitas am Anblick der munteren Schülerschar, die lachend hinter ihren Lehrern ins Freie drängelte. Levi dagegen lachte nicht. Ihr war auch nicht entgangen, dass sein Dank für Unterrichtsmaterial seit geraumer Zeit immer schmallippiger ausfiel. Und heute klang es nahezu unwirsch, als er desgleichen erklärte: »Das ist doch nicht nötig.«

Felicitas wartete, bis Schüler und Kollege verschwunden waren, ehe sie sich entschlossen bei ihm unterhakte und erklärte: »Und ob es nötig ist! Ich weiß, dass ihr unter Büchermangel leidet. Ich weiß ebenso, dass du nicht gern Almosen annimmst, aber glaub nicht, dass ich aus Mitleid handle. Gönn es mir, dass ich nicht nur einfach dasitzen und schrecklichen Reden lauschen muss, sondern dass ich etwas Sinnvolles tun kann!«

»Und dass du dich dadurch in Gefahr bringst?«, fragte er. Ehe sie das Schulgelände verließen und auf die Straße traten, blickte er sich vorsichtig um, wie er es immer tat, seit im September die Rassengesetze verkündet worden waren. »Unlängst hat die Gestapo eine Frau verhaftet, die einen jüdisch aussehenden Mann küsste. Am Ende stellte sich heraus, dass er nicht Jude war, außerdem ihr Vetter. Zu diesem Zeitpunkt war sie jedoch schon zwei Tage im Gefängnis.«

»Dann ist es ja gut, dass ich dir nur Bücher gebe, keinen Kuss.«

»Das ist kein Scherz. Wenn jemand sieht, dass du regelmäßig die Schule betrittst...«

Wieder blickte er sich um, löste außerdem den Arm von ihrem.

»Mit dir zu plaudern ist doch nicht verboten, oder?«

Das nicht, aber ihre Gespräche waren in den letzten Jahren trotzdem zunehmend holpriger geworden. Nach Emils und Annelieses Hochzeit hatte er ihr zwar bald wieder verziehen, jener Tag hatte sich dennoch als Ruptur erwiesen, die zu einem immer größeren Spalt gewachsen war. Die Offenheit und Vertrautheit

von einst stellte sich nur mehr selten ein, und dass sie sie schmerzlich vermisste, bewies ihr, wie teuer ihr ihre Freundschaft war.
Mittel, um sie zu kämpfen, hatte sie kaum. In jüngster Zeit wich
er häufig von ihr zurück. Auch jetzt beschied er sie, nach Hause
zu gehen, anstatt ihn heimzubegleiten.

»Himmel«, entfuhr es Felicitas. »Du bist ja wie ein Aal – so
glitschig und sich windend, dass man ihn nicht zu fassen kriegt.«

Das schiefe Lächeln verzog gerade mal seinen halben Mund.
»Ein Aal, das ist was Neues. Man hat mich Juden schon mit vie-
lem verglichen – mit einem Ungeziefer, einem Parasiten, einem
Schädling, einem Bazillus, sogar einer gefährlichen Eiterbeule.
Ein Aal war noch nicht dabei.«

»Ich wollte nicht …«

»Weißt du, was ich unlängst gelesen habe? Einer streng wis-
senschaftlichen Untersuchung nach spüren die Juden absichtlich
die nationale Schwäche auf, um sich durch diese ›Wunde‹ in den
Volkskörper des ›Wirts‹ hineinfressen zu können, wie etwa der
Sackkrebs den Anus des Taschenkrebses nutzt, um in ihn einzu-
dringen und ihn von innen aufzufressen.«

Ein hysterisches Lachen stieg in ihr hoch, brach sich aber nicht
Bahn. »Da ist es ja noch harmlos, was ich im Geschichtsunterricht lehren muss«, sagte sie traurig, nicht spöttisch. »Wenn ich
über Griechen und Römer doziere, habe ich zu erklären, was zum
Untergang unseres rasseverwandten Bruderstammes führte – die
Weigerung der römischen Elite nämlich, genügend Kinder zu
zeugen, weswegen immer mehr kleinasiatische Völker die Gesellschaft unterwandert haben und ihre Zivilisation zusammengebrochen ist. Gottlob waren die germanischen Invasoren zur Stelle, die
dem Rassengemisch des dekadenten Römischen Reiches, frisches
und vor allem reines nordisches Blut zuführten.« Sie brach ab,
atmete tief durch. »Verstehst du nun, warum es mir ein Bedürf-

nis ist, immer wieder hierherzukommen und die Talmud-Tora-Schule zu unterstützen? Das Mindeste, was ich tun kann, ist, dafür zu sorgen, dass jüdische Kinder noch Schiller, Goethe und Hölderlin zu lesen bekommen. Dir ist es ja auch wichtig, die Kinder im Geist des deutschen Humanismus zu erziehen.«

»Gewiss, aber vielen Eltern ist es das nicht mehr.« Er blieb nun doch stehen. »Ich quäle mich durch jede Hebräischlektion, aber die Kinder beherrschen die Sprache und träumen von Palästina. Nicht alle Eltern sind überzeugte Zionisten, ein fremdes Land macht ihnen dennoch weniger Angst als das vertraute, das sie nicht wiedererkennen. Mir macht nur eines Angst – dass ich eines Tages kein Deutschlehrer mehr sein werde.«

»Ach Levi.«

Alle Worte waren zu groß oder zu klein, um ihn zu trösten. Unwillkürlich streckte sie die Arme aus, um ihn zu umarmen, doch einmal mehr stieß er sie zurück.

»Bist du verrückt? Habe ich nicht ausdrücklich gesagt, dass …«

»Ich weiß, ich weiß, auf Rassenschande steht Gefängnis, aber ich kann doch nicht in jedem Moment meines Lebens auf der Hut sein. Es muss doch kleine … Inseln geben.«

»Der Grindelhof ist keine. Und wenn du uns weiterhin Bücher schenken willst, hinterlegst du sie besser an einem anderen Ort und kommst mit keinem jüdischen Lehrer mehr in Kontakt.«

Sie wollte heftig widersprechen, Schritte ließen sie hingegen innehalten. Sie fühlte sich ertappt, zumal eine Frau auf sie zutrat, die keine Lehrerin an der jüdischen Schule war. Wie eine überzeugte Nationalsozialistin, die sie denunzieren könnte, sah sie allerdings auch nicht aus. In dem schwarzen Kostüm, fadenscheinig, völlig aus der Mode, wirkte sie schmal. Die Bewegungen waren fahrig, das Gesicht verhärmt. Sie achtete gar nicht auf Felicitas.

»Sind Sie Levi Cohn?«, fragte sie atemlos. Levi hatte die Fremde genauso überrascht gemustert wie Felicitas. Ehe er fragen konnte, wer sie sei, fuhr sie gehetzt fort: »Mein Mann … mein Mann hat Sie manchmal erwähnt … Ihr Name ist einer der wenigen, die ich mir gemerkt habe … Ich weiß nicht, an wen ich mich sonst wenden soll, ich habe solche Angst …« So entschlossen ihre Schritte eben noch gewesen waren, nun sackte sie in sich zusammen und wäre gefallen, wenn Levi sie nicht aufgefangen hätte. Die Frau brach in Tränen aus. »Sie haben ihn verhaftet, und ich weiß nicht, was ich tun soll.«

»Wer ist denn Ihr Mann? Und wie heißen Sie?«

»Elise … Elise Freese …«

Felicitas' letzte Begegnung mit Oscar lag zwei Jahre zurück. Als sie sich am Tag von Emils und Annelieses Hochzeit mit ihm unterhalten hatte, hatte er seine Frau erwähnt, auch sein kleines Kind.

Elise Freese holte ein Taschentuch aus ihrer Jacke, zerknüllt, feucht. Wahrscheinlich fuhr sie sich nicht zum ersten Mal an diesem Tag über ihr tränennasses Gesicht. Hinterher waren ihre Augen noch geröteter.

»Wurde er verhaftet, weil er sich weiter als Sozialist betätigt hat?«, fragte Felicitas.

Erstmals schien Elise Freese sie wahrzunehmen. »Ich weiß, Sie können mir nicht helfen … wie denn auch … Es ist ja so …« Sie begann den Kopf zu schütteln, hörte erst auf, als Levi sie fester packte. »Nein, er wurde nicht verhaftet, weil er Sozialist ist«, brachte sie erstickt hervor. »Anscheinend wirft man ihm ein viel schlimmeres Verbrechen vor. Aber ich weiß nicht, welches.«

November

Sie sehen also, dass es nichts gibt, was ich für Freese tun kann.«

Emil hatte Grotjahns Ausführungen schweigend gelauscht, er zeigte auch jetzt keine Regung. »Ich verstehe durchaus, dass er einen großen Fehler begangen hat«, sagte er, »eine Entlassung sehe ich als unumgänglich an, aber … aber dass er deswegen gleich verhaftet wurde und in ein Lager kam?«

Grotjahn zuckte mit den Schultern. »Das ist etwas, das nicht in die Entscheidungsbefugnis des Schulamts fällt.«

»Ich denke trotzdem, dass Sie als Schulsenator ein gutes Wort einlegen könnten und …«

Grotjahns Miene verfinsterte sich. Dass Emil sich für Oscar Freeses Schicksal interessierte, hatte ihn bereits irritiert. Dass er sich dermaßen für ihn starkmachte, raubte ihm augenscheinlich endgültig die Geduld.

»Tiedemann!«, sagt er so streng, wie er einst als Lehrer mit ihm gesprochen hatte, danach nie wieder. »Lassen Sie es gut sein. Es ehrt Sie, dass Sie sich für Ihren Vorgänger einsetzen, aber Freese hat Sie nie geschätzt, im Gegenteil. Warum verschwenden Sie auch nur einen Gedanken an ihn?«

Ganz kurz hatte Emil seine Miene nicht unter Kontrolle.

Weil Felicitas bei mir war und mich um Hilfe angefleht hat, ging es ihm durch den Kopf. Weil sie sich so verletzlich gezeigt hat.

Nun gut, sie war nicht gleich zu ihm gekommen, seit Oscar Freeses Verhaftung waren zwei Wochen vergangen, in denen sie selbst versucht hatte, die Hintergründe in Erfahrung zu bringen. Ein Kollege, der bei der Verhaftung dabei gewesen war, behauptete, dass man ihn ins Stadthaus in der Großen Bleichen gebracht habe, wo in den einstigen Bureauräumen des Wohnungsamts mittlerweile das sogenannte Kommando zur besonderen Verwendung seinen Dienst versah. Er hatte Gerüchte gehört, wonach die vier SA-Männer, die diesem angehörten, mit großer Brutalität vorgingen, bei Verhören gern mit Stuhlbeinen und Gummiknüppeln auf die Delinquenten einprügelten. Wahrscheinlich war das eine Übertreibung. Kein Gerücht, hingegen die Wahrheit war, dass es neuerdings Internierungsanstalten gab, die man Konzentrationslager nannte. In ein solches hatte man Oscar Freese angeblich gebracht – nach Fuhlsbüttel im Norden Hamburgs.

»Ich weiß nicht, an wen ich mich sonst wenden soll, um ihn dort wieder herauszubekommen«, hatte Felicitas am Ende gesagt. »Hilf du mir. Du billigst dergleichen doch nicht!«

Damit lag sie nicht falsch. Er war vor allem ihretwegen zu Grotjahn gegangen, aber nicht nur. »Ich halte es für ein Unrecht, was ihm widerfährt«, murmelte er.

Grotjahn lehnte sich zurück, sah ihn lange an. Eben noch hatte er seinen Ärger nicht verbergen können, nun tanzte ein Lächeln auf seinen Lippen. Nicht dass Emil sich davon täuschen ließ. Er hatte einmal erlebt, wie Grotjahn seinen Sohn Willy so angesehen hatte, um ihn im nächsten Moment aufs Schärfste zurechtzuweisen, konnte ihm der schlaksige, stets etwas unsichere Bengel doch nie etwas recht machen.

»Sie wissen, Tiedemann, dass die Neuorganisation des höheren Schulwesens in vollem Gange ist. Das dauert natürlich, es ist keine Sache von Monaten, sondern eine Sache von Jahren. So fähig unser Reichserziehungsminister auch sein mag – er allein kann dieses Werk nicht vollbringen. Die Mitarbeit vieler Lehrer ist unumgänglich, verdienter Lehrer, guter Lehrer … nationalsozialistischer Lehrer. Will sagen: Ihre Karriere muss nicht beim Amt des Schulleiters der Alsterschule enden. Nicht dass ich dieses Amt kleinreden will, ich denke dennoch, dass jemand wie Sie für Größeres bestimmt ist. Ist es Ihnen denn kein Anliegen, neue Unterrichtsrichtlinien nicht einfach nur zu befolgen, nein, sie selbst auszuarbeiten? Natürlich muss man hierfür das nötige Vertrauen in Sie setzen. Und deshalb dürfen Sie jetzt keinen Fehler machen.«

Es war der eigene Bauch, den Grotjahn gerade tätschelte, trotzdem hatte Emil das Gefühl, er würde ihn tätscheln, ihm in die Wangen kneifen, gutmütig … herablassend.

»Ist es ein Fehler, sich nach einem Kollegen zu erkundigen?«

»Freese ist nicht länger Ihr Kollege. Sie können nichts für ihn tun, ich übrigens auch nicht. Aber Sie können etwas anderes tun – uns unterstützen, einen neuen Lehrplan zu entwickeln. Der der Oberschulen wird sich grundlegend ändern, Ihr Fach Englisch soll fortan erste Hauptsprache sein, hinzu kommt ein ganzes Bündel deutschkundlicher Fächer. Vom Turnunterricht, mithin das wichtigste Fach überhaupt, will ich noch gar nicht reden. Ich kann Ihnen versichern, dass große Aufgaben auf Sie zukommen. Wenn …«

Diesmal brachte Grotjahn den Satz nicht zu Ende, das war auch nicht nötig. Es ging nicht nur darum, dass Emil keinen Fehler machte, sondern dass er sich nicht verweichlicht zeigte, dass er seine Gefühle im Griff hatte, erst recht ein so erbärmliches wie Mitleid.

»Ich verstehe«, sagte er und erhob sich steif. Er wusste, am besten wäre es, zu schweigen oder sich mit einem knappen »Heil Hitler« zu begnügen. Doch was immer ihn ritt – die eigene Sturheit oder die Erinnerung an Felicitas' verzweifelte Bitte –, hörte er sich plötzlich sagen: »Aber ganz egal, ob ich künftig Turnlehrer sein werde, Schulleiter oder mehr, ich finde, man tut gut daran, all diese Aufgaben mit geradem Rücken zu erledigen, nicht buckelnd.«

Er wandte sich zu hastig ab, um prüfen zu können, ob Grotjahns Lächeln verächtlich blieb, Enttäuschung verriet oder sich ein wenig Respekt hineinschlich.

Vor dem Curiohaus in der Rothenbaumchaussee, nicht nur Sitz der Gauwaltung Hamburgs, auch der des Lehrerbundes, warteten Felicitas und Levi. Sie standen vor einem marmornen Porträt von Johann Carl Daniel Curio, der 1805 die Gesellschaft der Freunde des vaterländischen Schul- und Erziehungswesens gegründet hatte. Die Inschrift gab deren bekanntestes Zitat wieder: »Lasset uns säen, pflanzen, begießen, damit unsere Enkel ernten können.«

Das Wort »ernten« ließ ihn jäh an eine frisch gewetzte Sichel denken, die jeden Getreidehalm, der etwas abstand, gnadenlos köpfte. Was für ein lächerlicher Gedanke. Und wie dumm von Felicitas, sich mit Levi in der Öffentlichkeit zu zeigen. Nun gut, der trug die Haare etwas kürzer, ein Fremder würde nicht sofort einen Juden oder Asozialen in ihm sehen. Aber Grotjahn kannte ihn. Rasch signalisierte Emil den beiden, mit ihm zu kommen, und blieb erst stehen, als sie sich ein Stück weit vom Curiohaus entfernt hatten. Er flüsterte nur, als er bestätigte, dass Oscar Freese tatsächlich im Konzentrationslager Fuhlsbüttel inhaftiert war.

»Aber was soll er denn getan haben?«, rief Felicitas. »Mit der SPD hat er nichts mehr zu schaffen, Elise hat mehrfach bekräftigt, dass er sich nach den großen Verhaftungswellen von den einstigen Genossen ferngehalten hat. Und dass sie Halbjüdin ist, ist doch kein Verbrechen, sie waren schon vor 1933 verheiratet und …«

»Er hat gegen das Gesetz zum Schutze der Erbgesundheit des deutschen Volkes verstoßen«, fiel Emil ihr hart ins Wort.

Felicitas schien es schwerzufallen, den Mund zu halten. Sie tat es dennoch, weil Levi ihr mit einer knappen Geste zu schweigen beschied.

Stockend berichtete Emil, was er erfahren hatte. Dass es einen Erlass über erbkranke Kinder gab, der etwas vorsah, das man ein »Verfahren der Unfruchtbarmachung« nannte. Dass Oscar Freese sich offenbar zu viele Gedanken über dieses zugegeben monströse Wort gemacht hatte. Dass er, als sich in der Hilfsschule sämtliche seiner Schüler einer Intelligenzprüfung hatten unterziehen müssen, um angeborenen Schwachsinn auszuschließen, nicht nur die Auskunftspflicht über den Erbgesundheitszustand verweigert hatte, er hatte zudem einem der Kinder vor dem Test die richtigen Antworten eingebläut, sodass das Ergebnis verfälscht worden war.

Felicitas öffnete ihren Mund, schloss ihn wieder. Er war nicht sicher, welches der vielen Wörter, die sich ständig in ihr anzustauen schienen, in ihrer Kehle stecken blieb.

»Das alles übersteigt die Zuständigkeit der Schulbehörde«, schloss Emil, »Grotjahn kann nichts für ihn tun.«

Sie fand die Sprache wieder. »Er will nichts für ihn tun.«

»Er fand es durchaus übertrieben, dass er gleich verhaftet wurde«, log er.

Felicitas wirkte immer noch verletzlich, doch nicht mehr hilflos und schutzsuchend, eher wie ein waidwundes Tier, das mit allem zu kämpfen bereit ist, womit es noch kämpfen kann.

»Das ist reine Heuchelei!«, brach es aus ihr heraus. »Natürlich könnte er sich schützend vor ihn stellen, aber damit riskiert er seinen Ruf, und das will er nicht.«

»Versteht doch …«

»So wie du deinen Ruf nicht riskieren willst.«

Dafür, dass er Grotjahn wahrscheinlich gerade vergrätzt hatte, verdiente er diese Anklage nicht, und dennoch wies er sie nicht zurück, starrte sie nur schweigend an.

Tu es, beschimpf mich, verlier deine Fassung, hörte er eine Stimme in seinem Kopf. Du wirst ja wohl nicht so dumm sein, dich ausgerechnet in der Nähe des Curiohauses gehen zu lassen, eine andere.

Felicitas stampfte auf, aber bevor aus ihrem Mund noch mehr Geschrei ertönte, packte Levi sie am Arm, zog sie mit sich.

»Danke«, sagte er in Emils Richtung, »danke, dass du uns geholfen hast.«

Wieder stampfte Felicitas auf, versuchte, sich loszureißen, Levis Griff erwies sich als erstaunlich fest. »Er hat uns nicht geholfen.«

»Wir wissen mehr als zuvor.«

»Und was genau hilft uns dieses … Wissen? Was genau hilft es, ein gebildeter Mensch wie Freese zu sein? Was genau hilft es, ein Herz zu haben wie er, ein Gefühl dafür, was Recht und Unrecht ist? Womit wir es zu tun haben, ist kein Staat, es ist eine riesige Kläranlage und …«

»Still!«

Kurz dachte Emil, er sei ihr selbst ins Wort gefallen, aber das hatte er nicht getan. Die Lust, sie wüten zu sehen, war zu groß. Es war Levis schneidende Stimme, die sie zur Räson brachte, sein immer noch fester Griff. Sie wehrte sich nicht länger, ließ sich endlich mitziehen.

Solange er ihnen nachstarrte, vermeinte er, derjenige zu sein, der sie hielt, der für sie da war, der das Beben spürte, das durch den Körper ging. Doch sobald sie in einer Menschentraube verschwunden war, verging ihm der Wunsch, es weiter anzuheizen, und auch die Empörung über das, was Oscar Freese widerfahren war, ließ nach. Wie konnte man sich ausgerechnet für ein schwachsinniges Kind starkmachen? Warum hatte er sich für einen aufrührerischen ehemaligen Kollegen starkgemacht und damit Grotjahns Wohlwollen riskiert? Er setzte seinen Hut auf und ging in die andere Richtung davon.

Sie legten den Weg zur Wohnung der Freeses, nicht weit von der jüdischen Schule entfernt, schweigend zurück. Manchmal hob Felicitas den Blick, um Levi von der Seite zu mustern, fand in seiner Miene aber nichts von der Hoffnung, die er noch in den letzten Tagen vermittelt hatte – es klärt sich alles auf, bald wird er freigelassen, Emil hilft uns.

Dies war das einzig Gute an Oscar Freeses Verhaftung gewesen: Sie hatten wieder zueinandergefunden, nicht nur mit vereinten Kräften versucht, mehr über das Schicksal ihres ehemaligen Schulleiters herauszufinden, auch wieder in alter Offenheit miteinander gesprochen. Sie hatte ihm anvertraut, dass sie an der eigenen Hilflosigkeit zu ersticken drohte. Er hatte sie damit getröstet, dass diese, solange sie etwas tun konnten, nicht das letzte Wort haben musste. Es hatte sich so gut angefühlt, dass die Sorgen nicht mehr zwischen ihnen standen, nein, dass sie diese teilten, doch nun gab es nichts mehr zu tun.

Wie viele der Gerüchte, die über das Konzentrationslager Fuhlsbüttel, im Volksmund Kola-Fu genannt, in Umlauf waren, erlogen waren oder der Wahrheit entsprachen, wusste sie nicht. Er hieß, dass dort keine gewöhnlichen Gefängniswärter ihren Dienst versahen, nur SA- und SS-Leute. Dass die Schutzhaft, in die Menschen genommen wurden, ohne richterlichen Beschluss und zeitlich unbefristet verhängt werden konnte. Dass Fuhlsbüttel schon früher als Gefängnis gedient hatte und eigentlich hätte abgerissen werden sollen, weil die Gebäude veraltet waren, aber die Nazis einen Ort brauchten, wohin sie die Verhafteten bringen konnten – das Gerichtsgebäude am Sievekingplatz und das Untersuchungsgefängnis am Holstenglacis waren heillos überfüllt.

Das waren noch die harmloseren Dinge. Man konnte sie aussprechen, ohne dass einem Bilder von Gequälten vor Augen standen. Über anderes wurde nicht gesprochen, nur geflüstert – von wochenlanger Einzelhaft, die Menschen um den Verstand brachte, von Handschellen, die man Tag und Nacht tragen musste, von Folterungen.

Wieder warf sie Levi einen Seitenblick zu. Er schien es zu spüren, verlangsamte den Schritt.

»Ich ... ich kann auch allein zu Elise Freese gehen und ihr die traurige Nachricht überbringen ...«

»Du musst mich nicht schonen. Ich ertrage es, selbst wenn sie wieder stundenlang weint wie beim letzten Mal. Sie hat schließlich die Ungewissheit zu ertragen, während ich dich wohlbehalten an meiner Seite weiß.«

Falls ihn die Worte, mit denen sie offen wie nie bekundete, wie teuer er ihr war, erstaunten, zeigte er es nicht.

Wenig später hatten sie ein mehrstöckiges Mietshaus im Grindelweg erreicht. Vier Tage zuvor waren sie zuletzt in den zweiten Stock hochgestiegen, heute spürte Felicitas schon beim Eingang, dass etwas anders war. Sie konnte es nicht genau benennen, aber da lag ein merkwürdiger Geruch in der Luft. Der nach Angst? Ganz sicher war es heller als sonst. Das Tageslicht drang nicht nur durch winzige Luken im Gang, sondern durch eine weit aufgerissene Tür ... die Tür der Freeses. Levi verharrte noch auf der Schwelle, sie stürzte hinein. Der Geruch, den sie unten schon gewittert hatte, verstärkte sich, es war nicht nur der nach Angst, auch solcher nach Schweiß und Urin. Sie stolperte fast über etwas, das auf dem Boden lag, eine Jacke oder ein Mantel, nicht das Einzige, was jemand achtlos fallen lassen und nicht wieder aufgehoben hatte. Sie öffnete die Tür zur Küche, sie war leer... schmutzig... unaufgeräumt. Auf dem Boden lagen Kartoffelschalen.

Als sie Schritte hörte, fuhr sie herum, doch es war nur Levi, ansonsten war es still... totenstill.

»Und wenn sie auch Elise verhaftet haben?«

»Sie hat sich nichts zuschulden kommen lassen!«

Sie las Zweifel in der Miene, das Schweigen blähte sich auf, aber dann war da doch ein Laut, ein Stöhnen.

Sie suchten im Wohnzimmer, fanden sie erst im Schlafzimmer.

Oscars Frau war nicht verhaftet worden, Elise Freese lag auf dem Boden. Sie schien nicht einfach nur gefallen, sondern gefällt worden zu sein. Die Laute, die sie ausstieß, hätten ein Schluchzen sein können, wenn sie genug Kraft gehabt hätte. Elise fehlte diese, obwohl eine Fremde neben ihr hockte und auf sie einredete.

»Frau Freese, Sie müssen sich zusammenreißen. Sie dürfen sich jetzt nicht gehen lassen, denken Sie an Ihr Kind.«

Richtig, das Kind. Irgendwo in dieser Wohnung musste die kleine Elly stecken. Doch Felicitas schob den Gedanken beiseite, trat näher. Die Frau fuhr herum und musterte sie und Levi misstrauisch.

»Sie hat das nicht zum ersten Mal«, erklärte sie nahezu bissig, als wäre das, was Elise ihr da zumutete, eine persönliche Beleidigung. »Immer mal wieder liegt sie bloß rum und steht nicht auf, als wären ihre Beine gelähmt. Wie oft ich hier ausgeholfen habe, kann ich nicht sagen. Ich verstehe nicht, wie man seine Wohnung zu einem Drecksloch verkommen lassen kann, wenn man doch zwei gesunde Hände hat.«

An Elise wirkte nichts gesund. Ihre Augen waren weit aufgerissen, der Mund ebenfalls. Jeder Laut schien in der Kehle zu ersticken, ehe er über die Lippen trat. Und es war noch mehr erstickt – der Wille zum Leben.

»Sind Sie eine Nachbarin?«

Die Fremde nickte. »So schlimm wie heute war es noch nie«, stellte sie missmutig fest. »Natürlich bricht man zusammen, wenn man eine solch schlimme Nachricht erhält. Aber wenn man ein Kind hat, steht man hinterher wieder auf. Seit zwei Stunden rührt sie sich aber nicht, schon die letzten Tage hat sie meist wie eine Spinne in der Ecke gehockt. Wenn ich der Kleinen nicht dann und wann Milch gebracht hätte…« Sie erhob sich. »Ich kann nicht ständig Milch verschenken… unter diesen Umständen schon gar nicht… Mir tut ja leid, was mit Herrn Freese passiert ist, aber einen unschuldigen Mann hat es bestimmt nicht getroffen.«

Wortlos ging sie an Felicitas vorbei, kurz war diese so gelähmt wie Elise.

Levi hingegen war geistesgegenwärtig genug, sich der Frau in den Weg zu stellen. »Welche Nachricht hat Frau Freese denn erhalten?«

Die Lippen der Frau zuckten, kurz kaute sie auf ihnen herum. Ehe sie an Levi vorbeihuschte, deutete sie mit dem Kinn auf ein Blatt Papier. Es lag neben Elise auf dem Boden, war zerknüllt, voller Flecken. Felicitas bückte sich danach, strich es glatt, die Worte sprangen ihr entgegen. Es waren nicht viele, sie bildeten gerade mal einen Satz, zwei von ihnen genügten bereits, um dessen Bedeutung zu erfassen.

Gefängniszelle.

Erhängt.

Levi hatte diese Worte mitgelesen, sank auf die Knie. Sie dachte, das Entsetzen hätte auch ihn gefällt, doch er hob nur etwas anderes auf, das auf dem Boden lag. Es war die Armbanduhr, die Oscar Freese stets getragen hatte.

»Erhängt?«, brach es aus Felicitas hervor. »Er hat sich niemals erhängt! Er hätte nie Frau und Kind im Stich gelassen, er hätte für sein Recht gekämpft und …«

Sie sprach ins Nichts. Elise schien sie gar nicht zu hören. Und zu Levi konnte sie nichts sagen, was er nicht schon wusste. Was er nicht ändern konnte.

Sie haben ihn umgebracht.

Er erhob sich wieder, legte die Uhr auf das Nachttischchen. So bekümmert er auch wirkte, er schaffte es, seines Entsetzens Herr zu werden, ganz nüchtern zu sagen: »Wir müssen uns um Elise kümmern und um das Kind.«

Felicitas starrte auf die reglose Frau. »Sie hat einen schweren Schock erlitten.«

»Ich fürchte, es ist mehr als das«, sagte Levi leise. »Ich wollte es dir nicht sagen, solange es nur eine Vermutung ist, aber Oscar hat früher mal angedeutet, wenn auch nicht offen zugegeben, dass sie an einer Krankheit leidet. Damals war es ihm wohl nur unangenehm, darüber zu reden, später verschwieg er es, um sie zu schützen.« Levi beugte sich über Elise Freese, machte Anstalten, sie hochzuheben, unterließ es. Vielleicht weil er fühlte, dass er nicht stark genug war. Vielleicht weil er fühlte, dass es für sie keinen Unterschied machte, ob sie im Bett oder auf dem Boden lag. »Ich … ich hole Dr. Schwedler, gut möglich, dass er weiß, was zu tun ist«, fügte er hinzu.

»Dr. Schwedler?«

Erst als Levi jene Nacht erwähnte, in der er zusammengeschlagen worden war, fiel ihr wieder ein, dass er den Arzt meinte, der in Emils und Annelieses Wohnhaus in der Bieberstraße lebte. »Das ist zwar nicht sein Fachgebiet«, fügte Levi hinzu, »aber ihm können wir vertrauen. Ich bin sicher, er wird sie nicht anzeigen.«

Unverständnis regte sich. Warum sollte jemand eine Frau anzeigen, nur weil sie nach der Todesnachricht von ihrem Mann zusammengebrochen war? Seit wann war es ein Verbrechen, krank zu sein? Aber bevor es sie ganz und gar erfüllte, legte sich dumpfe Taubheit darüber.

Wenn man verhaftet wurde, weil man ein Kind vor der Zwangssterilisation bewahren wollte, kam man womöglich auch ins Gefängnis, wenn man an der falschen Krankheit litt. Die Nachbarin mochte von Bequemlichkeit und fehlendem Willen reden, wenn jemand kraftlos auf dem Boden lag, obwohl er keine sichtbaren Wunden trug und nicht an Fieber litt. Die Nazis nannten es wahrscheinlich erbkrank. Angeborene Faulheit, zirkuläres Irresein, erbliche Fallsucht.

»Es hat sich anscheinend durch Ellys Geburt verschlimmert«, murmelte Levi, ehe er sich zum Gehen wandte. »Bleib du hier. Dr. Schwedler kann ich allein holen, besser, du siehst nach dem Kind.«

Wie alt Elly mittlerweile wohl war? Zwei Jahre ungefähr? In einem Alter jedenfalls, da Kinder sich noch nicht richtig ausdrücken konnten. Mit kleinen Kindern hatte sie nie so viel anfangen können wie mit ihren Schülern. Felicitas nickte zwar entschlossen, folgte Levi aus dem Zimmer, aber nachdem er die Wohnung verlassen und ganz leise die Tür zugezogen hatte, um nicht noch mehr Nachbarn aufmerksam zu machen, blieb sie ratlos im Wohnungsflur stehen. Wieder stieg ihr der Gestank in die Nase, nach Urin und Schweiß und schlimmer noch: nach Kot. In der Nähe der Küche vermischte er sich mit dem von etwas Verbranntem, in Richtung Wohnzimmer wurde er schwächer.

Aber da war noch ein Raum, eine winzige Kammer. Der Gestank hing wie eine dicke Wolke über einer Kommode, einem Kinderbettchen, über Spielsachen, die auf dem Boden verstreut lagen. Sie musste sie mit dem Fuß zur Seite schieben, um das Bettchen zu erreichen. Das Mädchen hockte in einer Ecke des

Bettchens, hatte die Decke bis ans Gesicht gezogen, nur ein paar Löckchen lugten hervor.

»Elly?«

Felicitas unterdrückte mühsam ein Würgen. Auch wenn sie es nicht sehen konnte, weil die Decke darübergebreitet war – das Mädchen musste in den eigenen Exkrementen sitzen, vielleicht nicht erst seit die Todesnachricht eingetroffen war, schon seit Tagen, da die Nachbarin nur Milch gebracht, nicht mehr getan hatte. Kein Verständnis, Mitleid hatte zeigen können, keine Fürsorge schenken.

Auch sie selbst glaubte in diesem Augenblick nichts davon zu besitzen. Sie wusste, sie sollte die Decke ganz vorsichtig wegziehen, so lange mit ruhiger Stimme auf das Kind einreden, bis es Vertrauen fasste, es dann vorsichtig reinigen, umziehen. Aber wieder stieg ein Würgen in ihr hoch. Was immer sie zu tun hatte – sie konnte es nicht langsam tun. Mit einem Ruck zog sie die Decke fort, der Gestank wurde noch durchdringender. Kurz war der Blick des Kindes so starr und leblos wie der seiner Mutter, doch im nächsten Augenblick fuhr es hoch, sauste der Kopf auf ihre Hand zu.

»Elly!«, stieß Felicitas hilflos hervor.

Ein brennender Schmerz durchzuckte sie, als die Kleine zubiss.

Bis Levi in Begleitung von Dr. Schwedler zurückkam, war es Abend geworden. In der Zwischenzeit hatte Elly sie auch in die andere Hand gebissen, hatte mit dem Fuß gegen ihre Oberschenkel getreten, hatte durchdringend gekreischt, war dann abrupt verstummt. Felicitas hatte keine Ahnung, wie sie das Mädchen reinigen geschweige denn sein Vertrauen erwecken sollte.

Levi blickte nicht minder hilflos auf Elly wie sie.

»Elise kann sich in der nächsten Zeit nicht um sie kümmern«, stellte er klar.

Wir beide können das ebenfalls nicht, ging es Felicitas durch den Kopf.

Sie starrte auf ihre Hände. Auf einer Hand waren nur Abdrücke der Zähne zu sehen, aus der anderen sickerte Blut. Sie schämte sich, eigentlich kam sie doch mit den aufrührerischsten Schülern zurecht! Aber Anneliese hatte schon früher darüber gespottet, dass sie Säuglinge wie ein Holzscheit halten würde. Die Freundin hielt Säuglinge dagegen wie lebendige, schutzbedürftige Wesen, die es zu liebkosen und zu besingen galt, zu trösten und zu wärmen.

»Ich ... ich weiß, wohin wir sie bringen können.«

Anneliese betrachtete Emil. Er schlief, wie er immer schlief – auf dem Rücken, die Decke bis zur Brust hochgezogen, die Arme rechts und links daneben. Noch das Reich der Träume schien er als Soldat mit strammer Haltung zu beschreiten. Allerdings erinnerte sie diese Haltung nicht nur an einen Soldaten, auch an einen Toten, der nicht im Bett, sondern im Sarg lag. Nun gut, ein solcher würde nicht ächzen, wie Emil es nun tat. Ein anderer mochte um sich schlagen, wenn böse Träume ihn quälten, bei Emil verkrampfte sich der Körper nur.

»Emil ...«, flüsterte sie.

Er hörte sie meist nicht mal, wenn er wach war, wie dann erst im Schlaf? Anneliese ahnte, dass sie selbst wie so oft keine Ruhe finden würde. Sie erhob sich, schlüpfte in den Schlafmantel und betrat die Küche, um sich einen Tee zu machen.

Für gewöhnlich war die Küche aufgeräumt, in dieser Nacht nicht. Sie hatte am Tag zuvor alle Gegenstände aus Kupfer mit einer Mischung aus Buttermilch, Molke und Zitrone gereinigt und sie hinterher stehen lassen. Solange ihr Hausrat glänzte, glänzte ihr Leben. Jetzt spiegelte sie sich in der Oberfläche eines

Kupferkessels, doch ihr Gesicht war verzerrt. Es war nicht mondrund wie sonst, nur ein schmaler Strich, ihr Zopf dagegen quoll auf und glich einer Schlange. Ein Lachen brach über ihre Lippen, vielleicht war es auch ein Weinen.

Es war kaum verstummt, als ein anderer Ton sie zusammenzucken ließ. Ein Poltern. Sie stellte die Teetasse ab, huschte ins Wohnzimmer, vielleicht war etwas umgefallen. Im Wohnzimmer war alles wie immer, wieder ertönte das Poltern… nein… das Klopfen. Es kam von der Haustür, gefolgt von einer Stimme.

Sie erkannte die Stimme sofort. Sie konnte sich nur nicht erklären, warum sie so hoch klang, nahezu panisch. Erst recht konnte sie sich nicht erklären, warum Felicitas, als sie die Tür aufriss, nicht allein vor der Haustür stand, sie hielt ein Kind auf dem Arm. Eigentlich konnte von Halten keine Rede sein. Es sah aus, als würde sie mit dem Kind kämpfen oder vielmehr das Kind mit ihr. Es wand sich, klammerte sich zugleich fest, als könnte es nicht entscheiden, ob es sich in ihr verkriechen, sie erwürgen oder von ihr fliehen wollte. Die Laute des Kindes erinnerten sie ein wenig an Emils Ächzen, sie klangen erstickt, als traute es der eigenen Stimme nicht.

Felicitas schien wiederum ihr nicht zu trauen, warum sonst wich sie verlegen ihrem Blick aus. »Bitte«, sagte sie auf eine Weise, die so flehentlich war, dass sie fremd an der Freundin anmutete. »Bitte hilf mir, ich weiß nicht, wohin…«

»Was ist denn passiert? Wer ist dieses…«

Bevor sie die Frage beenden konnte, stieß Felicitas einen Schrei aus. Der Kopf des Kindes war vorgefahren, als wollte es sich in ihrer Achselbeuge verstecken, doch im letzten Moment entschied es anders. Als Felicitas das Kind aus dem Arm rutschte, erkannte Anneliese die Bissspuren auf ihrer Hand. Das Kind prallte auf dem Boden auf, doch es entkam ihm kein Schmerzenslaut. Schon

huschte es an Anneliese vorbei ins Wohnzimmer wie ein waidwundes Tier auf der Flucht. Es sah sich kurz um, und im nächsten Augenblick hatte es sich unter dem Tisch verkrochen und war
hinter der Tischdecke, die fast den Boden berührte, nicht mehr
zu sehen. Gestank stieg Anneliese in die Nase, das Kind musste
völlig verwahrlost sein.

Felicitas folgte ihm nur zögerlich. »Du musst mir helfen«, kam
es beschwörend, »ich schaffe das nicht allein.«

Unter der Tischdecke schien sich etwas zu bewegen, doch das
Kind machte keine Anstalten hervorzukommen.

»Elly Freese ... ihr Vater ist verhaftet ... tot ... Die ... Mutter
kann sich nicht kümmern ...«

Anneliese konnte sich keinen Reim auf diese Worte machen,
aber dass das Kind verstört war und Felicitas auch, war offensichtlich. Sie schob Felicitas in die Küche, drückte ihr die Tasse Tee in
die Hand, die sie sich selbst aufgebrüht hatte. Die Freundin trank,
wiederholte ihre Worte, fügte weitere hinzu. Anneliese verstand
immer noch nicht alles, aber genug. Felicitas brauchte Hilfe, dieses Kind brauchte Hilfe.

»Wir müssen es umziehen und baden«, erklärte sie.

Während Felicitas die Teetasse umklammerte, mechanisch daraus trank, füllte Anneliese warmes Wasser in eine Waschschüssel und holte aus dem Schlafzimmer frische Kleidung. Sie hatte
keine Kleidung für Kinder dieses Alters, doch Hauptsache, alles
war sauber und trocken. Emil ächzte nicht mehr, lag so starr, als
wäre das Bett ein Sarg. Diesmal hingegen war der Anblick nicht
verstörend, er erleichterte sie vielmehr. Solange er tief und fest
schlief, würde er nicht fragen, was sie da trieb. Sie kramte nach
einer alten Bluse, kramte weiter. Was sie suchte, war nicht nur
Kleidung.

Als sie ins Wohnzimmer zurückkehrte, hatte Felicitas die Tee-

285

tasse abgestellt und stand ratlos vor dem Tisch. Kein Laut war zu hören, keine Bewegung wahrzunehmen.

»Wir … wir müssen sie irgendwie unter dem Tisch hervorkriegen«, sagte Felicitas. »Aber wie?«

Anneliese hatte keine Ahnung. Sie hielt die Bluse in der einen Hand und in der anderen eine Puppe – die eigene Puppe, mit der sie als Kind gespielt und die sie später nach Hamburg mitgenommen hatte, weil sie irgendwann ihrer Tochter gehören sollte.

»Ich weiß auch nicht so viel über so kleine Kinder«, murmelte sie. »Auf dem technischen Lehrerinnenseminar war Säuglingspflege nur ein Randgebiet. Vor einiger Zeit habe ich allerdings einen Ratgeber gelesen.«

»Und was stand darin?«

Anneliese begann zu wiederholen, was sie aus dem Buch Die deutsche Mutter und ihr erstes Kind von Frau Dr. Johanna Haarer gelernt hatte. Vor einem Jahr war sie noch zuversichtlich gewesen, dass es ihr selbst bald nützlich sein könnte.

»Die Autorin schrieb, dass das Kind in einem eigenen Zimmer untergebracht werden und in diesem allein bleiben müsse. Wenn es schreie oder weine, solle man es ignorieren. Man darf das Kind nicht trösten, es wiegen, auf dem Schoß halten. Das Kind begreift sonst unglaublich rasch, dass es nur zu schreien braucht, um eine mitleidige Seele herbeizurufen und Gegenstand solcher Fürsorge zu werden. Nach kurzer Zeit fordert es diese Beschäftigung mit ihm als ein Recht und gibt keine Ruhe mehr, bis es wieder liebkost, gewiegt oder gestreichelt wird – und der kleine, aber unerbittliche Haustyrann ist fertig!«

Felicitas starrte sie an. »Du denkst, das stimmt?«

Anneliese hatte sich gar nichts gedacht, als sie das Buch gelesen hatte. Sie war ganz und gar von der Sehnsucht erfüllt gewesen, endlich schwanger zu werden. Jetzt schüttelte sie energisch den

Kopf. »Das ist alles Unsinn. Ein Kind ist ein Kind, kein Hund, den man abrichten kann.«

Sie ging vor dem Tisch in die Hocke, hob vorsichtig die Tischdecke, das Kind glich einem eingerollten Igel. Sie stellte fest, dass es Locken hatte, rotblonde Locken. Anstatt sich ihm zu nähern, hob sie die Puppe hoch.

»Das ist Viktoria«, sagte sie, »sie würde dir gern Guten Tag sagen.« Keine Regung. »Und sie würde gern mit dir spielen.« Nun hob sich das Köpfchen ein wenig, große runde Augen starrten die Puppe an. »Viktoria würde auch gern wissen, wie du heißt.« Es kam keine Antwort, aber die Augen schienen noch größer zu werden. »Und Viktoria würde sehr gern baden.«

»Kleid ... kaputt«, flüsterte Elly.

Anneliese lächelte, kroch unter den Tisch.

»Natürlich müssen wir Viktoria zu diesem Zweck entkleiden.«

Sie begann, die Puppe auszuziehen, wie sie es als Kind so oft getan hatte. Die meisten ihrer Kleider hatte sie selbst genäht.

Elly sah ihr zu. »Und jetzt?«, fragte sie, als die Puppe nackt war.

»Jetzt bist du dran.« Als Anneliese nach ihr greifen wollte, zuckte das Mädchen zurück und schlug sich den Kopf an einem Tischbein an. Anneliese ließ die Hand sinken. »Vielleicht kann Viktoria dir helfen.«

Sie setzte die Puppe neben das Kind, kroch wieder unter dem Tisch hervor. Felicitas sah sie ebenso fragend wie ratlos an, aber Anneliese kümmerte sich nicht um sie, sie schob erst die Waschschüssel unter den Tisch, danach einen Teller mit einem Stück Hamburger Kaffeebrot, das sie zwei Tage zuvor gebacken hatte.

Elly entkleidete sich nicht, hatte die Puppe jedoch fest an sich gezogen.

»Baden ist anstrengend, am besten du stärkst dich erst ein bisschen.«

Sie wies auf den Teller, Elly machte keine Anstalten, sich etwas zu nehmen. Aber plötzlich landete das Gesicht der Puppe im Kaffeebrot.

Anneliese machte schmatzende Geräusche. »Ich glaube, Victoria schmeckt es ganz vorzüglich.«

Im nächsten Moment fuhr Ellys Kopf vor. Anstatt sich mit den Händen ein Stück abzubrechen, biss sie in den Kuchen, Krümel klebten an den Lippen, als sie den Kopf wieder hob. Sie kaute, schluckte, nahm noch einen Bissen.

»Willst du dich vielleicht jetzt ausziehen, um dich zu waschen?«, fragte Anneliese. Elly rührte sich nicht. »Na, ich lasse euch mal allein, und du klärst das mit Viktoria.«

Mit leerem Teller kroch sie erneut unter dem Tisch hervor. Felicitas stand immer noch ganz starr davor.

»Woher ... kannst du das?«

Das ist nichts, was man kann, man tut es einfach, wollte sie sagen, aber dann fiel ihr etwas ein. »Lange vor Johanna Haarer habe ich andere Bücher gelesen ... Bücher, die du mir gegeben hast ... Bücher über Reformpädagogik. Darin stand, dass man kleine Kinder ganz anders behandeln muss als üblich – nicht streng, sondern liebevoll. Dass man ihnen zu allen Zeiten ihre Würde lassen muss.«

Felicitas nickte wie betäubt, dann verzog ein Lächeln ihren Mund, wie sie es ihr seit Ewigkeiten nicht geschenkt hatte. Zuletzt sagte sie etwas, das sie wohl noch nie zu ihr gesagt hatte: »Danke.«

»Ich glaube, du kannst auch ein Stück Kuchen vertragen.«

Felicitas schüttelte den Kopf. »Ich brauche keinen Kuchen ... nur einen Platz, wo dieses Kind vorerst bleiben kann. Ich weiß nicht, wie lange Elise Freese ...«

Anneliese hatte Mühe, ihr Schaudern zu unterdrücken, als Felicitas ein wenig mehr von Oscar Freeses Geschick erzählte. Sie hatte den ehemaligen Schulleiter der Alsterschule nicht gemocht, seit sie damals Zeugin davon geworden war, wie er Emil zusammengestaucht hatte. Das, was ihm widerfahren war, fand sie trotzdem schockierend.

»Natürlich kümmere ich mich um die Kleine.«

»Du musst wissen: Ihre Mutter Elise ist nicht nur krank und unfähig, sich ihres Kindes anzunehmen. Sie ist Halbjüdin, Elly folglich eine Vierteljüdin. Wenn du unter diesen Umständen doch nicht...«

Anneliese machte einen entschiedenen Schritt auf sie zu, nahm ihre Hand. »Für wen hältst du mich?«

Felicitas Blick flackerte. »Das weiß ich nicht.«

»Da ist ein Kind, das ein Zuhause braucht, mehr muss ich nicht wissen. Und Emil... Ich bin sicher, Emil hat nichts dagegen.« Gewiss, wenn er ein fremdes Kind unter dem Wohnzimmertisch vorfand, das sich als Oscar Freeses Tochter entpuppte, würde er nicht begeistert sein. Erst recht bezweifelte sie, dass sie eine Entscheidung von dieser Tragweite ohne seine Zustimmung treffen durfte. Allerdings musste sie hinnehmen, dass er ihr nie anvertraute, was ihm auf der Seele lastete, dass er nicht zuhörte, wenn sie ihm etwas erzählte. Dieses eine Mal wollte sie sich das Recht zugestehen, auch ihm etwas zuzumuten. »Elly bleibt bei uns.«

»Ich muss mich umziehen, ich habe Elly getragen«, murmelte Felicitas und entzog ihr ihre Hand. »Morgen komme ich wieder, vielleicht gibt es Neuigkeiten von Elise Freese.«

Anneliese wartete nicht ab, bis sie die Wohnung verlassen hatte, sondern kroch wieder unter den Tisch. Elly hatte sich nicht ausgezogen, war aber mit nassem Kleidchen und Viktoria fest an sich gedrückt eingeschlafen. Anneliese strich zärtlich die Krümel um den Mund weg, streichelte danach über die Löckchen, genauso

weich, wie sie bei ihrem Anblick erwartet hatte. Immer noch entströmte Elly ein beißender Gestank, sie störte sich jedoch nicht
daran, setzte sich neben das schlafende Kind unter den Tisch, zog
seinen Kopf auf ihren Schoß, hörte nicht auf, es zu streicheln. Wie
so oft sah sie einem Wesen beim Schlafen zu, lauschte den regel-
mäßigen Atemzügen, vernahm dann und wann ein leises Ächzen,
gewahrte, wie die Lider zuckten. Anders als bei Emil war es allerdings nicht quälend, sondern beglückend.

Dezember

Emil beobachtete Anneliese und Elly. Das Wohnzimmer hatte sich in den drei Wochen, da die Kleine bei ihnen lebte, in ein Spielzeuggeschäft verwandelt. So akribisch seine Frau es bislang mit der Ordnung gehalten hatte, jetzt konnte man keinen Schritt machen, ohne zu riskieren, über einen Teddybären oder einen der vielen Einrichtungsgegenstände des Puppenhauses zu stolpern – ob winzige Stühle, ein Tischchen oder eine Badewanne. Die noch kleineren Dinge wie Teller und Gabeln in Miniaturformat hatte Anneliese versteckt, weil Elly diese begeistert in den Mund gesteckt und mindestens eines davon verschluckt hatte. Emil vermutete, dass Annelieses Begeisterung für das Puppenhaus weitaus größer als die des Kindes war. Dieses spielte am liebsten mit der Puppe, verschmähte den Teddybären und zeigte nicht sonderlich großes Interesse an dem Plüschpapagei, der auf der Stange saß und dessen krächzende Geräusche Anneliese gerade sehr gekonnt nachäffte.

»Guten Abend, Elly.«

Immerhin, Elly lachte. In Emils Gesicht zuckte auch etwas, er war nicht sicher, was es war. Anneliese war zweifellos glücklich, viel glücklicher als in den Stunden, da sie mit ihm zusammen war. Elly schien ebenfalls glücklich, obwohl oder gerade weil er stets mindestens drei Meter Abstand zu ihr hielt. »Onkel Emil wird dir einen Purzelbaum beibringen«, hatte Anneliese jüngst verkündet.

Er hatte sich gefragt, wann aus ihm ein Onkel geworden war, und hastig eingeworfen, Elly sei noch viel zu klein dafür.

Elly war auch zu klein zum Handarbeiten, doch das hatte Anneliese nicht davon abgehalten, einen Handarbeitskasten zu kaufen, in dem sich Häkel- und Stricknadeln und ein Knäuel Wolle befanden. Außerdem hatte sie eine Singer-Kindernähmaschine, die in Wittenberg hergestellt wurde, liefern lassen. Elly hatte sie bis jetzt nicht angerührt, aber Anneliese nähte aus abgelegter Kleidung ständig neue Anziehsachen für die Puppe Viktoria. Jetzt schlug sie sogar vor, für den Papagei ein Kleidchen zu schneidern.

Wie lächerlich das aussehen würde, dachte Emil.

Wie lächerlich er wohl selbst aussah, wie er da stand, mit Hut und Mantel und Tasche, weil die Frau, die ihm sonst sofort alles abnahm, wenn er die Wohnung betrat, ihn nicht hatte kommen hören. Wie er es nicht über sich brachte, seine Familie zu stören.

Rasch legte er seinen Mantel ab, schlich lautlos in die Küche, während der Papagei krächzend darauf bestand, eine Mütze zu bekommen. In der Küche saß Felicitas und blickte ihm entgegen.

So wenig, wie er zu einem Papagei passte, passte sie zur Weihnachtsdekoration, mit der Anneliese den kleinen Tisch geschmückt hatte. Auf einer Spitzendecke mit Weihnachtsbaummotiven lagen goldene und silberne Äpfel, und wie Knospen und Blüten keimten Zuckermandeln und bunte Bonbons auf einem Kranz aus Tannenzweigen.

Felicitas rauchte, drückte nun aber die Zigarette aus und nutzte als Aschenbecher den Weihnachtsstern, der in der Mitte des Tisches stand. Ob der nun verwelken würde?

Allerdings war es Annelieses Weihnachtsstern, und unter deren Händen blühte alles auf, auch dieses Kind, das Anneliese mit dem schönsten Weihnachtsfest, das sie jemals gehabt hatten, beglücken wollte.

Der Papagei sang mittlerweile krächzend: »A, a, a, der Winter, der ist da. Herbst und Sommer sind vergangen, Winter, der hat angefangen. A, a, a, der Winter, der ist da.«

Felicitas lächelte schief. »Du lässt zu, dass sie so etwas singt? Warum schlägst du nicht eines der Lieder vor, die unsere Schüler in den Pausen singen?« Sie hielt kurz inne, intonierte dann: »Viele Jahre zogen dahin, geknechtet das Volk und betrogen, Verräter und Juden hatten Gewinn, sie forderten Opfer Legionen.«

Emil lag ein schroffes »Hör auf!« auf den Lippen, doch am Ende überwog die Müdigkeit. Er setzte sich auf den Stuhl ihr gegenüber, ihre untere Gesichtshälfte war nun vom Weihnachtsstern verborgen.

»Kann ich auch eine Zigarette haben?«

Sie kramte nach ihrem Päckchen, zog eine Zigarette hervor. Anstatt sie ihm zu geben, steckte sie sich selbst zwischen die Lippen, gab sich Feuer, sog daran. Erst nach dem zweiten Zug reichte sie sie ihm. Ihre Fingerkuppen berührten sich. Viel zu lange. Nicht lange genug.

Der Rauch schmerzte in der Kehle, er rauchte nie. Aber der Schmerz in der Kehle war angenehmer als der in seinen Schultern. Sie waren immer verspannt, weil er zu selten trainierte.

»E, e, e«, sang Anneliese, »nun gibt es Eis und Schnee. Blumen blüh'n an Fensterscheiben, sind sonst nirgends aufzutreiben. E, e, e, nun gibt es Eis und Schnee.«

Felicitas' Finger klopften unruhig auf den Tisch, die einzigen Körperglieder, die sie bewegte, der Rest war wie erstarrt. Sie blickte auf den Weihnachtsschmuck, während sie leise berichtete, dass Dr. Schwedler Elises Depression nicht gemeldet habe, sich Elises Schwester nun um sie kümmern werde, diese aber für Elly nicht auch noch die Verantwortung übernehmen könne. Sie hob den Blick.

»Oscar Freese hat keine Verwandtschaft. Es gibt niemanden, der für dieses Kind sorgen kann. Aber … aber ich habe von einem Fall gehört, dass ein Lehrer die Vormundschaft für ein Mädchen übernahm, dessen Eltern inhaftiert wurden. Das wurde sogar vom Amtsgericht bestätigt, zumal die Pflegeeltern überzeugte Nationalsozialisten waren.«

Emil konnte sie nicht länger ansehen. Er konnte auch nicht mehr rauchen. Er erhob sich, öffnete das Fenster, warf die Zigarette hinaus. Eisige Dezemberluft stieg in Nase und Mund, er war nicht sicher, ob ihm die Kälte guttat oder ebenfalls schmerzte. Rasch schloss er das Fenster wieder, auch die Küchentür. Damit er das Kinderlied nicht mehr hören musste. Oder Anneliese sie beide nicht hören konnte.

Nicht wenn er Felicitas beschied: Das geht nicht, das ist unmöglich, wir können die Vormundschaft für dieses Kind nicht übernehmen, ich will das nicht.

Aber als er sich Felicitas zuwandte, rang er bloß schweigend die Hände.

»Ich weiß«, sagte sie schnell, »ich weiß, wenn du dir eine Vierteljüdin ins Haus holst, könnte das deinem Ruf schaden, deine Karriere ruinieren.« Sie brach ab, ihre Finger hörten zu trommeln auf. »Ich weiß …«, setzte sie wieder an.

»Nein«, unterbrach er sie, »du weißt rein gar nichts.« In seinem Mund schmeckte es nach Rauch und Kälte. »Du weißt rein gar nichts«, wiederholte er. »Unsere Ehe … sie funktioniert nicht. Natürlich ist das allein meine Schuld, nicht Annelieses, du siehst ja, wie sie mit dem Kind umgeht, sie ist freundlich und lieb, sie hat ein großes Herz. Wenn man an der Seite eines solchen Menschen verhungert und verdurstet, dann liegt das nicht an diesem, sondern daran, dass man selbst durch und durch zerstört ist. Nur bei dir habe ich mich nie … zerstört gefühlt.«

Sie schlug jetzt auf den Tisch. »Hör auf damit.«

»Aber du musst es wissen.« Er musste es auch wissen, und dafür musste er endlich aussprechen, was bis jetzt nur eine vage Ahnung gewesen war. »Es war ein Fehler, dass ich Anneliese geheiratet habe. Ich mag sie, ich schätze sie, ich habe sie nur nie geliebt, und ich kann sie nicht glücklich machen. Ich ... ich habe beschlossen, mich von ihr zu trennen, nicht meinetwegen, ihretwegen. Ein anderer Mann kann ihr geben, was sie braucht, aber ... aber ...«

... aber dann bist du aufgetaucht und hast ein Kind gebracht. Und dieses Kind sorgte dafür, dass Lachen und Lieder durch die Wohnung hallten. Dass Felicitas nicht unnahbar und finster und vorwurfsvoll vor ihm saß. Aus dem Waffenstillstand zwischen ihnen könnte ein Frieden werden, und er sehnte sich nach Frieden.

»Anneliese will keinen anderen Mann. Sie hat sich für dich entschieden, und es wird ihr das Herz brechen, wenn du sie verlässt.« Sie hielt kurz inne. »Du musst bei ihr bleiben«, fuhr sie eindringlich fort, »du musst für das Kind sorgen, weil ... weil ...« Wieder zögerte sie. »Weil ich dich darum bitte. Ich habe dich nie um etwas gebeten. Nicht einmal darum, dass du mich in der Schule schützt, dass du all mein Fehlverhalten vertuschst. Jetzt bitte ich dich.« Ihre Stimme klang beschwörend, ihr Blick dagegen wich seinem aus. »Und was deine berufliche Zukunft anbelangt ...«

»Auch da liegst du falsch«, fiel er ihr schroff ins Wort. »Ja, ich wollte immer mehr sein als nur ein Turnlehrer, wollte meinem Vater beweisen, wozu ich tauge. Aber mein Vater ist tot, und ich ... ich sehne mich manchmal nach dem Reck. All diese Verordnungen ... Erlässe ... diese neue Schulreform ... Ich weiß nicht, ob ich dafür gemacht bin. Ich weiß nicht, welchen Sinn ...«

Nun war sie es, die ihn unterbrach: »Dass Elly hier ist, ergibt

295

einen Sinn! Und damit es Elly weiterhin gut geht, ist es nicht das Schlechteste, wenn du so einen einflussreichen Mentor wie Grotjahn hast.«

Sie sprach den verhassten Namen sehr leise aus – aber sie brachte ihn ins Spiel.

»Ausgerechnet du verlangst von mir, dass ich mich bei Grotjahn Liebkind mache, damit er seine schützende Hand notfalls über Elly hält?«, fragte er fassungslos.

Ihr Kiefer mahlte. »Wäre es so undenkbar, dass er es tut? Er scheint dich mehr zu schätzen als den eigenen Sohn und…«

»Ich kann nicht fassen, dass ausgerechnet du mich zu so etwas drängst!«

Nun sah sie ihn an, und er las in ihrem Blick die eigene Zerrissenheit, die Erkenntnis, wie verloren, wie orientierungslos man sich in einer Welt fühlte, die doch nicht so eindeutig schwarz und weiß war wie gedacht.

»Ich sehe einfach keine andere Möglichkeit«, stieß sie hervor.

Er sah auch keine andere Möglichkeit. Er konnte ihr die Bitte nicht abschlagen, er konnte Elly nicht wegschicken, er konnte Anneliese nicht das Herz brechen. Weitermachen wie bisher, die eigenen Gefühle unterdrücken, eifrig seinen Dienst versehen, mit ausdrucksloser Miene all das schlucken, was ihm widerstrebte – das konnte er hingegen, das hatte er gelernt.

Jetzt wich er ihrem Blick aus, aber er nickte.

Sie stand auf, ließ das leere Zigarettenpäckchen inmitten des Weihnachtsschmucks liegen, stieß etwas aus, vielleicht ein Seufzen, vielleicht ein »Ach Emil«. Es klang… mitleidig.

»Ich werde alles tun, was Grotjahn verlangt, ich werde engagiert an der Schulreform mitarbeiten, ich werde ihn vergessen machen, dass ich mich für Oscar Freese starkgemacht habe und jetzt auch noch sein Kind bei mir aufnehme. Ich werde…«

War das noch ein Versprechen? Oder war das schon die Strafe für sie, weil sie ihm dieses abgerungen hatte? Es war jedenfalls eine klare Ansage. Was ich künftig tun werde, wirst du mir nicht mehr vorwerfen können.

»Ach Emil«, sagte sie jetzt ganz sicher, und diesmal klang es nicht mitleidig, es klang traurig.

Als sie die Küche verließ, zog sie einen Kreis um ihn, als hätte sie Angst, ihm nahe zu kommen.

Er sah ihr nicht nach, er hörte Anneliese weiter singen.

»I, i, i, vergiss des Armen nie. Hat oft nichts, sich zuzudecken, wenn nun Frost und Kält' ihn schrecken. I, i, i, vergiss des Armen nie.«

Levis Wohnung bestand aus einem kleinen Zimmer, einer winzigen Küche, einem Flur, in dem nur ein schmaler Mensch wie Levi genug Platz fand. Sie war ähnlich schlicht und schmucklos wie die frühere von Emil, aber nicht so seelenlos. Es gab, wie sie schon vermutet hatte, kein einziges Fleckchen, an dem kein Buch lag, viele davon aufgeschlagen, etliche aufeinandergestapelt. In Emils Wohnung hatte man sich früher wie in einem Pensionszimmer gefühlt, Levi wohnte in einer riesigen Bibliothek.

Doch was immer er gerade getan hatte – er hatte nicht gelesen, denn er trug keine Brille. Er brauchte eine Weile, bis er sie gefunden, poliert, sie aufgesetzt hatte. Und in diesem Zeitraum schwand die Gewissheit, dass sie ihm gewohnt offen und vertrauensvoll erzählen konnte, was geschehen war, wie verstört sie von Emils Bekenntnis war und wie verstört von der eigenen Forderung, vor Grotjahn zu buckeln. Schwand die Gewissheit, dass sie die schwarze Nacht, von der sie sich nie zuvor in diesem Ausmaß bedroht gefühlt hatte, wenigstens von diesem Ort aussperren konnte. Schwand die Gewissheit, dass sie bei ihm Verständnis finden würde, Trost, dass er dem Urteil, das sie über sich selbst gefällt hatte, ein wenig Schärfe nehmen würde.

Bevor sie ihm nämlich überhaupt gestehen konnte, was geschehen war, witterte sie in seiner Miene etwas Fremdes: Distanziertheit, Härte. Und aus der Stimme klang Gleiches, als er knapp fragte: »Elly?«

»Sie kann bei Emil und Anneliese bleiben, es geht ihr gut, Anneliese hat ihr Vertrauen erworben, sie macht das wirklich großartig. Ich bin glücklich, dass wir zumindest für die Kleine etwas haben tun können, auch wenn das bedeutet, dass ich…«

»Das ist schön«, fiel er ihr ins Wort.

Nichts war schön.

Nichts an seiner brüchigen Stimme, nichts an seiner verschlossenen Miene, nichts an der Ahnung, dass er ihr jene Nähe und Vertrautheit, zu der sie im gemeinsamen Einsatz für Oscar Freese zurückgefunden hatten, ein zweites Mal aufkündigte, obwohl sie beides nie so nötig gehabt hatte wie an diesem Abend.

»Levi…« Sie fand keine Worte, versuchte, das Schweigen zu überbrücken, indem sie auf ihn zutrat, um ihn zu umarmen. Doch er wich zurück. Es war nicht das erste Mal, dass er das tat. Jedoch das erste Mal in der eigenen Wohnung. »Levi!« Diesmal rief sie den Namen.

Er wandte sich ab. »Wir haben getan, was wir tun konnten, aber jetzt… jetzt ist es besser, wenn wir uns nicht mehr sehen… Du darfst mich auch nicht mehr besuchen.«

»Um Himmels willen, warum denn nicht? Wir sind Freunde!«

»Wir sollten es nicht mehr sein. Wir dürfen es nicht mehr sein.«

»Aber…«

»Ich bin dir dankbar, wenn du der jüdischen Schule weiterhin Schreibmaterial und Bücher bringst, nur übergib sie mir nicht persönlich, hinterlege sie dort.«

»Das kann doch nicht dein Ernst sein!«

»Es ist mein Ernst. Du hast es schwer genug. Du machst es dir nicht leichter, wenn du einem jüdischen Freund die Treue hältst.«

Sie wollte es doch nicht leicht haben. Sie wollte gern eine Last auf ihren Schultern spüren, solange sie überhaupt noch etwas spürte.

»Levi …«

Wieder fand sie nicht die rechten Worte, wieder wollte sie ihn umarmen, wieder wich er zurück.

»Die Sache mit Oscar Freese hat mir die Augen geöffnet«, sagte er leise. »Bis dahin konnte ich mir sagen, dass es genüge, den Kopf einzuziehen. Jetzt weiß ich, dass man schon mit dem kleinsten Fehler den Tod riskiert. Ich kann nicht zulassen, dass dir Ähnliches passiert wie ihm, weil du wieder und wieder meine Nähe suchst.«

»Ich lasse mir nicht von den Nazis vorschreiben, wer mein Freund ist«, rief sie. Sie klang wütend, aber die Wut fand keinen Platz in diesem Raum, die Sehnsucht auch nicht, nicht die Zuneigung, die sie für Levi empfand. Wie konnte sie sich anmaßen, sich kämpferisch zu geben, wenn sie Emil doch gerade aufs Kuschen eingeschworen hatte. Wie mit dreistem Selbstbewusstsein verkünden, dass sie es notfalls mit der ganzen Welt aufnehmen würde, wenn sie sich doch erstmals deren Gesetzen unterworfen hatte. Wie ihm anvertrauen, was ihr auf der Seele lastete, wenn sie doch das Gefühl hatte, ihre Seele an diesem Abend verkauft zu haben.

»Nun, von mir musst du es dir vorschreiben lassen«, sagte er. »Wenn ich es dir sage, dass ich nicht länger dein Freund bin, dann musst du es akzeptieren.«

Er sah sie an, und in seinem Blick las sie nicht nur Trauer, auch Stolz. Vielleicht war es Härte, vielleicht gab es Stolz nicht ohne Härte. »Geh jetzt.«

Sie hätte widersprechen können. Aber Emil hatte auch nicht widersprochen, Emil hatte genickt, als sie ihm abverlangt hatte, sich zu verleugnen. Wie konnte sie dann Levis Wunsch zuwiderhandeln?

Gehen konnte sie dennoch nicht. Zumindest nicht ohne die rechten Abschiedsworte, nicht ohne ihm noch einmal zu beteuern, wie wichtig er ihr war, wie einsam sie sich ohne ihn fühlen würde.

Sie hatte zwar die eigene Sprache verloren, aber es gab ja noch seine Sprache – die der Bücher. Sie nahm eines von Nietzsche aus dem Regal, schlug eine Seite auf, begann, wahllos daraus vorzulesen.

»Die Krähen schrei'n und ziehen schwirren Flugs zur Stadt: Bald wird es schnei'n – wohl dem, der jetzt noch – Heimat hat!«

Die Worte blieben im Raum stehen, echoten von den Wänden. Sie fühlte deutlicher als je zuvor, dass sie einander Heimat geworden waren, sich nun aber eine solche nicht mehr bieten konnten, waren sie doch beide ins innere Exil gegangen.

Er nahm ihr das Buch ab, fing ebenfalls zu lesen an.

»Die Welt – ein Tor zu tausend Wüsten stumm und kalt! Wer das verlor, was du verlorst, macht nirgends Halt. Nun stehst du bleich, zur Winter-Wanderschaft verflucht, dem Rauche gleich, der stets nach kältern Himmeln suchst.« Gab es etwas an der Botschaft dieser Zeilen, das nicht trostlos war? Sie konnte ihr jedenfalls keine fröhlichere entgegensetzen. »Geh jetzt!«, forderte er sie wieder auf.

Und sie ging.

Wenig später stand sie auf der Straße. Im Licht der Straßenlampen glänzte der Schnee gelblich, in ihrem Schatten war er schwarz. Unter ihren Füßen knirschte es, als sie auf grobe Salzkörner stieg. Kalte Luft fraß sich in ihre Kehle, jedem Atemzug folgte ein Schluchzen, sie stieß es stoßweise aus, ging schnell, immer schneller, lief nun, wusste nur nicht, wohin.

Eigentlich kannte sie Hamburg gut genug, um sich nicht mehr zu verirren, heute tat sie es. Jede Straße, jede Gasse, in die sie kam, mutete fremd an. Vielleicht war sie die Fremde, auf dieser Welt, in ihrem Leben. Sie schluchzte wieder auf, kaum hörbar diesmal, denn plötzlich war da ein anderer Ton, lauter, heller und klarer: ein Lachen, gefolgt von Schritten.

»Fräulein Lehrerin!«

Sie hielt inne. Kurz dachte sie, der Ruf hätte jemand anders gegolten. Aber da waren kaum Menschen auf der Straße, und sie war bestimmt die einzige Lehrerin ringsum. Von dem Grüppchen junger Leute wiederum war nur ein Einziger ihr Schüler gewesen … früher … in einer anderen Zeit.

»Paul!«

Während er sich von den anderen entfernte und auf sie zutrat, rief sie sich ins Gedächtnis, was sie über ihn in Erfahrung gebracht hatte, nachdem er von der Alsterschule verwiesen worden war. Demnach besuchten er und Helene seitdem die Lichtwarkschule, eine deutsche Oberschule wie die Alsterschule, einst ein Zentrum der Reformpädagogik. Fragen sprudelten aus ihr heraus. Wie es ihm ging, wie Helene, ob auch auf der Lichtwarkschule alle Freidenker geknechtet würden, die Koedukation abgeschafft worden war, ob es noch Unterricht gab, der etwas anderes erreichen wollte als stures Einlernen der nationalsozialistischen Lehre, ob man dort noch frei atmen konnte. Als Lehrerin, als Schüler.

Paul erreichte sie, blieb vor ihr stehen. Er hatte einen ordentlichen Schub gemacht, war nun mindestens einen halben Kopf größer als sie. Sein Haar trug er lang, es fiel in haselnussbraunen

Wellen bis zu den Schultern. Welch ein wohltuender Anblick, da man fast nur kurz geschorenes sah. Seine Miene zu studieren war auch wohltuend, weil sie darin immer noch den Rebellen sah, den Spötter, den Querulanten. Genau ein solches Lächeln brauchte sie nach diesem Abend, ein amüsiertes, ein sich seiner selbst gewisses, kein herablassendes.

»Unsere Schule ist gleichfalls ein Gefängnis, aber dann und wann haben wir Freigang.«

Ehe sie sichs versah, hatte er ihre Hand genommen und sie mit sich gezogen, und dann war sie Teil des Grüppchens, das darauf wartete, Einlass in ein Haus zu bekommen. Die Fassade war nüchtern, doch aus dem Inneren drang ihnen Musik entgegen.

Paul war nicht der Einzige in dieser Runde, der die Haare lang trug und sich solcherart dem Gebot widersetzte, dass junge Männer es auf Streichholzlänge zu kürzen hätten. Manch einer hatte es sogar zu einem Entenschwanz zusammengebunden. Ebenfalls miteinander gemein hatten viele dieser Jünglinge ein langes Jackett mit Karomuster, einer kleinen, zum Windsorknoten gebundenen Krawatte und Schuhe mit Kreppsohle. Hinzu kamen weiße Seidenschals und dunkle Hüte, einer hielt sogar einen schwarzen Schirm in der Hand.

Die Mädchen wiederum trugen keine strammen Zöpfe oder Einschlagfrisuren, sondern ihr Haar lang und offen. Geschminkt waren sie alle, und sie hatten die Fingernägel lackiert. Einige hatten gleichfalls Hüte auf – diese mit runden Krempen –, und unter kürzeren Röcken sah man Seidenstrümpfe.

Felicitas löste ihre Hand aus Pauls. »Wo sind wir denn hier?«

»Sie wollen doch sicher noch nicht heimgehen, Fräulein Marquardt, die Nacht ist noch jung.«

Nein, dachte sie, die Nacht ist nicht jung, sie ist alt, uralt, alles ist zur Nacht geworden. Aber es kam nicht nur Musik aus diesem

Haus, auch Lichtschein, und Pauls Lächeln war immer noch so schief und stolz und herausfordernd. Lebenslustig.

»Wird hier getanzt?«, fragte sie.

»Hier wird geswingt!«

Er begann, geschmeidige Bewegungen zu vollführen, dazu zu singen.

»Song Swing, that's the thing. Why'gotta dig it Bust loose'n give it a try? Go! Go! Go! Swing it! Swing it! Swing it!«

Als er endete, lachte er, einer der anderen auch.

»Swing Heil!«, rief der und tat so, als wollte er die Hand zum Hitlergruß erheben.

»Heil du ihn doch«, gab ein weiterer zurück, noch mehr Gelächter brandete auf. »Swing high, Swing low«, ging es durcheinander, dann sang noch jemand ein Lied, ein junges Mädchen.

»Der boy, das girl, die lieben den Hot und meiden die Meute stupider HJ. Marschiert voran, Hot, Jazz und Swing. Come on boy and girl, wir gehen zum Ding. Tritt General HJ einst gegen uns an, dann werden wir hotten Mann für Mann, der eine am Bass, der andere am Kamm.«

Paul hatte nicht aufgehört, wilde Tanzbewegungen zu machen.

»Na, Fräulein Lehrerin, kommen Sie mit uns? Oder haben Sie Angst? Wenn uns die HJ erwischt, setzt es Prügel.«

Sie hatte Angst, aber nicht vor der HJ. Vor der Nacht hatte sie Angst, aber hier konnte sie die Nacht zum Tag machen. Vor der Einsamkeit, aber hier ließ sich diese verbannen. Vor der Lähmung, dagegen konnte sie zwar nicht ankämpfen, aber vielleicht antanzen. Sie lachte nun auch, und anders als das Atmen schmerzte es nicht in Brust und Kehle.

»Was ihr könnt, kann ich schon lange«, rief sie.

Sie drängte sich an ihm vorbei zur Musik, zum Licht, zur Wärme, und wenig später tanzte sie sich die Seele aus dem Leib.

1936

September

Packen Sie sofort Ihre Sachen.«

Emils Worten folgte erst Schweigen, dann das Rascheln von Papier. Die anderen Lehrerinnen im Raum taten so, als würden sie nichts dabei finden, dass gerade eine ihrer Kolleginnen ihre Stelle verlor. Alle hielten sie Abstand, als wäre ein unsichtbarer Bannkreis um die Betroffene gezogen.

Fräulein Dreyer reagierte gefasst auf seine rüden Worte, ganz so, als hätte sie schon seit Langem damit gerechnet, während Emil insgeheim verblüfft war, dass ausgerechnet sie ihre Entlassung provoziert hatte. Als er damals sein Amt als Schulleiter angetreten hatte, hatte er gedacht, dass die strenge Mathematik- und Physiklehrerin die Letzte sei, die Schwierigkeiten machen oder in welche geraten würde. Zunächst hatte sie sich an alle Verordnungen gehalten, hatte im Sommer auch gewissenhaft an einem der dreiwöchigen Schulungslager teilgenommen, wie sie vom Lehrerbund veranstaltet wurden.

Aber seit einem Jahr waren immer wieder Beschwerden über sie laut geworden. Und nun konnte er nicht anders, als ein Exempel zu statuieren – nicht nur vor dem restlichen Kollegium, vor allem vor Grotjahn. Seit Monaten suchte er ihm zu beweisen, dass er einer der linientreusten Schulleiter Hamburgs war, einer, der knallhart jeden Funken Aufmüpfigkeit im Keim erstickte.

»Packen Sie sofort Ihre Sachen«, wiederholte er schneidend, weil sich Fräulein Dreyer nicht rührte.

Endlich folgte sie der Aufforderung, begann, Unterlagen und Bücher in eine Kiste zu packen. Als er schon dachte, sie würde sich ihrem Schicksal schweigend ergeben, fragte sie jedoch plötzlich: »Können Sie mir noch den Grund meiner Entlassung nennen?«

Emil wusste, er musste sich nicht rechtfertigen. Und wähnte sich dennoch verpflichtet, ihr die Erklärung nicht schuldig zu bleiben.

»Können Sie sich das nicht denken?«

»Bei den letzten Klassenarbeiten habe ich die geforderten Aufgaben gestellt.«

Richtig, damit war sie im vergangenen Jahr zum ersten Mal in Schwierigkeiten geraten: Sie hatte sich geweigert, Rechenaufgaben aus den neuen Schulbüchern zu geben.

Rechenaufgabe 1:

Ein Geisteskranker kostet täglich etwa 4 Reichsmark, ein Krüppel 5,50 Reichsmark, ein Verbrecher 3,50 Reichsmark. Nach vorsichtigen Schätzungen sind in Deutschland 300 000 Geisteskranke in Anstaltspflege. Wie viele Ehestandsdarlehen zu je 1000 RM könnten von diesem Geld jährlich ausgegeben werden?

Rechenaufgabe 2:

Der Bau einer Irrenanstalt erforderte 6 Millionen Reichsmark. Wie viele Siedlungshäuser zu je 15 000 Reichsmark hätte man dafür erbauen können?

Rechenaufgabe 3:

Angenommen, ein Volk besteht zu 50% aus hochwertiger Bevölkerung mit je drei Kindern und 50% minderwertiger Bevölkerung mit je 4 Kindern. Wie verändern sich die Prozente nach 100 Jahren (Lösung: 23%/77%) und 300 Jahren (Lösung: 4% und 96%)

»Das ist nicht Mathematik, das ist Politik«, hatte sie gemeint. Nun, am Ende hatte sie eingesehen, dass sie sich in dieser Sache beugen musste. Bei einer anderen hatte sie sich nicht so willfährig erwiesen.

»Der Vater eines Schülers hat Sie angezeigt«, sagte Emil. »Demnach haben Sie im Unterricht die Relativitätstheorie durchgenommen.« Sie hielt kurz mit dem Packen inne, sah ihn herausfordernd an. Das »Na und?« kam ihr zwar nicht über die Lippen, aber er glaubte es zu hören. »Sie wissen doch, dass im Physikunterricht nicht länger die Relativitätstheorie besprochen werden darf. Die Lehrer müssen sich auf arische Physik beschränken«, fuhr er schroff fort. »Nur diese ergründet die Wirklichkeit, liefert brauchbares Naturwissen und ein Verständnis für hochentwickelte Technik, während die jüdischen Forscher mit ihren kruden Hirngespinsten verwirren. Anders als den arischen Forschern fehlt ihnen der Wahrheitswille. Die Relativitätstheorie wurde aus allen Lehrbüchern entfernt.« Fräulein Dreyer starrte ihn schweigend an, ehe sie ihren Zirkel in die Kiste legte, diese ergriff. Die anderen Lehrerinnen wichen noch weiter zurück. Ich sollte jetzt besser gehen, dachte er. Doch er konnte es nicht. »Ich verstehe es einfach nicht«, fügte er in etwas gemäßigterem Ton hinzu. »Sie wussten, in welche Schwierigkeiten Sie geraten würden.«

»Gewiss, ich war mir der Konsequenzen bewusst.«

»Gerade Sie, Fräulein Dreyer, fühlten sich stets jeder Vorschrift verpflichtet! Niemand hat so streng über die Hausordnung gewacht. Sie haben sie nicht nur selbst akribisch eingehalten, Sie haben argwöhnisch beobachtet, dass das auch alle anderen tun, und nun …«

»Das ist es ja gerade«, fiel sie ihm schneidend ins Wort. »Es gibt Gesetze, die man nicht nach Lust und Laune außer Kraft setzen kann. Gesetze der Mathematik. Gesetze der Naturwissenschaft.«

Sie atmete tief durch. »Ich lasse mir einreden, dass man den Unterricht auf die Praxis ausrichtet, auf alles, was für Gas- und Luftschutz, Luftwaffe und Heereswesen relevant ist. Ich habe die Kinder gelehrt, wie die Horchgeräte funktionieren, Flakscheinwerfer, Raumbildentfernungsmesser, Panzerkampfwagen, Panzerschiffe. Ich weiß auch, warum im Fach Geometrie vorgesehen ist, regelmäßig in ein Quadrat und einen Kreis je ein Hakenkreuz einzuzeichnen, denn durch Aufgaben dieser Art werden die Schüler zur sorgfältigen, formschönen Ausführung des Symbols angeleitet werden. Aber wissen Sie, Mathematik und Physik sind die exaktesten Wissenschaften, Zahlen lassen sich weder verbiegen noch beschmutzen. Ich diene den Zahlen, ich lasse nicht zu, dass sie ihrerseits in den Dienst von etwas gestellt werden, über das sie erhaben sind. Aus einem Kreis lässt sich kein Quadrat machen, Statistiken haben keinen Wert, wenn das Ergebnis schon vorher feststeht, und Forschungsergebnisse darf man nicht anzweifeln, nur weil der, der auf sie gekommen ist, der falschen Rasse angehört. Wissenschaft lässt sich nicht einteilen in arische und jüdische. Das habe ich nicht gelernt. Das werde ich nicht lehren.« Sie atmete tief durch. »Ich habe einen Anspruch auf eine Rente erworben. Die Zeit bis dahin werde ich zu überbrücken wissen.«

Sie hatte ob der schmalen Lippen immer etwas verkniffen gewirkt, jetzt strahlte sie Würde aus, mehr noch: die gleiche Unfehlbarkeit, wie sie sie der Wissenschaft zuschrieb. Ob nur er sich deswegen schäbig vorkam?

Er blickte sich um. Die Gesichter der anderen waren ausdruckslos, aber das hatte nichts zu bedeuten. Gut möglich, dass sich Mitleid und Entsetzen dahinter verbargen oder tiefe Befriedigung. Gut möglich, dass auch eine der anderen Lehrerinnen damit haderte, im Deutschunterricht anhand von Kleists Hermannsschlacht darzulegen, wie verheerend demokratische Mitsprache war, oder im Biologieunterricht anhand von Wasserpest und Bisamratte, wie gefährlich Schmarotzer und Parasiten waren. Fräulein Dreyer presste die Kiste an sich, trat an ihm vorbei zur Tür, kam allerdings nicht weit. Pastor Rahusen stellte sich ihr dort entgegen, im Aufruhr der Gefühle schien er Emil gar nicht zu bemerken.

»Ist es wahr, Fräulein Dreyer?« Er wartete die Antwort nicht ab, die Worte sprudelten aus ihm hervor. »Himmel, ich habe Ihnen doch gesagt, Sie sollen vorsichtiger sein. Man muss sie ja nicht mit der Nase darauf stoßen, sie provozieren. Mir wurde verboten, das Alte Testament durchzunehmen, weil das als abgelegtes Judenbuch mit Zuhältergeschichten gilt. Dann nehme ich stattdessen eben die Apostelgeschichte durch. In dem Kapitel, in dem es um die Verhaftung von Stephanus geht, werden etliche Stellen vom Alten Testament erwähnt. Dass man wiederum nicht behaupten darf, dass Jesus Jude war oder die drei Weisen aus dem Morgenland stammen, ist nicht so schlimm, solange …«

»Halten Sie sofort den Mund!«

Obwohl auch Emil diese Worte auf den Lippen gelegen hatten, hatte nicht er sie ausgesprochen. Noch jemand war vom Gerücht, dass Fräulein Dreyer entlassen worden war, herbeigelockt worden, und auf der Türschwelle zum Lehrerinnenzimmer erschienen. Felicitas.

»Bringen Sie sich selbst doch nicht auch noch in Teufels Küche«, zischte sie den Geistlichen an.

Der Pastor fuhr herum, erstarrte kurz. Dann folgte eine der üblichen Gesten – er fuchtelte hilflos mit seinen Händen, zugleich senkte er rasch den Kopf. Wenn Emil ihn ermahnt hätte, hätte er vielleicht etwas länger an seiner Empörung festgehalten. Dass es ausgerechnet Felicitas war, die eigentlich dafür bekannt war, ihre

Meinung offen zu bekunden, schien ihm sämtlichen Wind aus den Segeln zu nehmen.

»Ich bin sicher, er hat das nicht so gemeint«, sagte Fräulein Dreyer schnell, »das ist ihm bloß im Eifer des Gefechts herausgerutscht, weil er mich in Schutz nehmen wollte. Das ist allerdings nicht notwendig. Ich wusste, was ich tat, ich wusste, was mir drohte, ich komme zurecht. Lassen Sie mich nun vorbei.«

Kurz verharrte Pastor Rahusen, dann machte er seufzend Platz. Auch Felicitas ließ Fräulein Dreyer durch.

Die Felicitas von früher hätte ihren Respekt mit einem Nicken bekundet. Die Felicitas von heute hatte seit jenem Tag, da sie ihn eingeschworen hatte, sich bei Grotjahn Liebkind zu machen, zu schweigen gelernt. Sie schwieg, als Fräulein Dreyer ging, sie schwieg, als Pastor Rahusen das Lehrerinnenzimmer verließ. Sie schwieg, als Emil ihm folgte, die Tür hinter sich zuzog, sie nun beide allein im Gang standen. Wahrscheinlich hätte sie noch weiter geschwiegen, sie wechselten so gut wie kein Wort mehr. Warum auch? Er hatte sie nie wieder für ein Fehlverhalten zurechtweisen müssen, sie ihm nicht seine Erbärmlichkeit vorwerfen. In gewisser Weise waren sie Verbündete. Mehr noch: Komplizen.

Doch genau deswegen verlor er kurz die Beherrschung. »Ich wollte sie nicht entlassen, aber sie war nun mal …«

Was genau? Ein leichtes Opfer?

»Vor mir musst du dich nicht rechtfertigen.«

Die Stimme verriet ihre Gefühle nicht, sodass er sie genauer musterte. Er hatte erwartet, ins Gesicht einer Getriebenen zu sehen, zu seinem Erstaunen wirkte sie nicht aufgewühlt, eher … gelassen. Auch verschlossen, das schon, mehr wie eine Hülle als wie ein Mensch. Zugleich aber unverwundbar, als könnte alles, was sich in der Schule zutrug, ihr nichts mehr anhaben.

Und ihm fiel noch etwas anderes auf: Die dunklen Ringe unter den Augen, die sich immer abzeichneten, wenn sie zu wenig Schlaf fand, und dass sie trotzdem weder müde noch erschöpft wirkte. In den Augen stand ein matter Glanz, der verriet, dass sie auf den Schlaf freiwillig verzichtete, ihre Nächte genoss.

Gab es einen neuen Mann an ihrer Seite? Oder sogar mehrere?

Er brachte es nicht über sich, das zu fragen, platzte allerdings mit etwas anderem heraus: »Wie machst du das? Früher wärst du am Schweigen erstickt.«

Sie zuckte mit den Schultern. »Den Atem flach zu halten hilft. Richtig tief Luft hole ich erst, wenn der Tag vorbei ist.«

Und was genau passiert dann?, wollte er fragen. Was tust du in den Nächten?

Er verkniff sich die Frage. »Es gelingt mir zu vergessen, was ich tue«, hörte er sich murmeln. »Aber es gelingt mir nicht zu vergessen, was ich nicht tue, obwohl ich es tun sollte.«

Wieder zuckte sie mit den Schultern. »Besser, du grübelst nicht. Wenn man an seinen Taten zu schleppen hat, sollte man sich nicht auch noch mit Gedanken belasten.«

Für sie schien es keine Herausforderung zu sein, dem eigenen Rat zu folgen. Sie wirkte so leicht… die Bewegungen waren von jener katzenhaften Geschmeidigkeit, mit der sie ihn früher in den Bann geschlagen hatte. Wie steif er sich neben ihr vorkam, wie gekrümmt. Doch als sie sich von ihm abwandte, den Gang entlangging, streckte er den Rücken durch. Biegsam zu sein war eine Möglichkeit zu überleben. Hart zu sein die andere.

Es war nicht seine Sache, wie Fräulein Dreyer mit ihrer Entlassung klarkam.

Es war nicht seine Sache, was Felicitas in den Nächten trieb und woraus sie Kraft schöpfte.

Sie durchtanzte die Nächte nicht nur, sie ließ sich in die Nächte fallen. Je länger, schwärzer, tiefer sie waren, desto besser. Es waren keine Nächte, die auf Tage folgten, sie waren von ihnen abgetrennt, hingen nicht einmal an einem dünnen Faden an ihrem Leben als Lehrerin. Sie hätte nicht gedacht, dass man ein Leben einfach in zwei Hälften schneiden könne. Aber sie hatte auch nicht gedacht, dass man eine Sprache entzweischneiden konnte, und doch gab es nun Worte, die sie nur am Tag gebrauchte, und Worte, die für die Nacht bestimmt waren.

Tagsüber machte sie nicht viele dieser Worte, sie lauschte lieber, ob im Lehrerzimmer oder in der Straßenbahn, wenn sie mal in die Innenstadt fuhr. »Wie großartig, dass der Autobahnbau nun Hamburg erreicht hat, dass so viele Menschen Arbeit finden, der Führer sorgt für uns wie ein guter Vater.« Auch dieser Satz schien wie entzweigeschnitten. Felicitas konnte sich keinen Faden denken, der die Wörter Führer und Vater zusammenhielt.

Aber sie schwieg, und wenn man sie lange anstarrte, nickte sie sogar. Dann kamen die Nächte. In den Nächten leistete sie ebenfalls keinen Widerstand. In den Nächten ging es ja auch nur ums Tanzen. Wenn sie sich zum Swingen trafen – im Vier-Jahreszeiten-Keller, dem Trocadero, dem Café Heinze an der Reeperbahn –, waren alle anderen jünger als sie, und sie empfand es gerade deshalb so leicht, sich selbst wieder jung zu fühlen. Niemand trug Namen – Jazzkatzen oder Lotterladys nannte man die Mädchen, Swingheinis die Jungen –, und deswegen gesellte sie sich nicht als Dr. Felicitas Marquardt zu ihnen, sondern als ein Mädchen, das nicht durch die Welt marschieren, sondern schlendern wollte, die Hände in den Taschen vergraben, den Rücken gekrümmt. In dieser Welt gaben englische Songs und nicht Volkslieder den Rhythmus vor, in dieser Welt hielt niemand den Atem an und erstarrte. Alles keuchte und tanzte, der Tanz war ein Schweben über dem festen Boden. Die Lampen an den Decken waren eingehüllt von dickem Rauch, der in der Kehle kratzte, doch gerade deshalb ließ sich vergessen, woran sie tagsüber oft würgen musste.

Einen Namen gab es allerdings, den sie nicht nur in den Nächten aussprach, der ihr auch tagsüber im Kopf herumspukte. Paul Löwenhagen. Tagsüber dachte sie an ihn als an ihren einstigen Schüler, in den Nächten war der Jüngling an der Schwelle zum Erwachsensein ihr Tanzpartner, der Gefährte, mit dem sie dieses Niemandsland betrat. Hier gab es keine Regel, erst recht nicht die, dass ein junger Bursche nicht mit der ehemaligen Lehrerin flirten durfte, sie mit Komplimenten überhäufen, sie beim Tanzen ständig vermeintlich zufällig berühren, an Schulter und Bauch und Gesäß. Viel zu oft näherte sich sein Gesicht dem ihren. Er wagte es nicht, den letzten Abstand zu überbrücken, er wagte es auch nicht, sie zu duzen. Aber daran, was er wollte, ließ er keinen Zweifel.

»Schenken Sie mir einen Kuss?«, fragte er immer wieder.

»Ich bin zu alt für dich.«

»Das weiß der Kuss ja nicht.«

Sie entzog sich ihm lachend, er fasste es weder als Kränkung noch als Zurückweisung auf. Es war Teil des Spiels, bei dem es galt, immer in Bewegung zu bleiben, mal aufeinander zuzustreben, mal voneinander weg, Hauptsache, man blieb katzenhaft geschmeidig. Im Swing gab es keine festen Formationen, in Pauls Buhlen wenig Verlässlichkeit. Ob er es wirklich ernst meinte, wusste sie nie. Gut möglich, dass er nur Witze machte, wenn er den Minnesänger gab, der die edle Dame anschmachtete. Sie spielte jedenfalls gern mit, sie kannte dieses Spiel in- und auswendig, und solange es nicht ernst wurde, machte es Spaß. An einer Schwärmerei verbrannte man sich nicht. Selbst dem Herzschmerz, den er pathetisch beschwor, weil sie ihm immerzu den Kuss verwehrte, schien nichts Schweres anzuhaften. Dass Paul ihr

Schüler gewesen war, hatte ja kein Gewicht. Er war kein Nazi, er war übermütig und lebensfroh, das war alles, was zählte.

Anfangs hatten sie sich meist in den Lokalen getroffen, jetzt holte sie ihn immer öfter von zu Hause ab und begleitete ihn später zurück. Mehrmals war sie versucht zu fragen, was die Eltern davon hielten, dass er sich ganze Nächte lang herumtrieb. Aber von Eltern zu sprechen hätte bedeutet, eine Welt zu beschwören, in der die einen das Sagen hatten und die anderen sich fügen mussten, in der Freiheit etwas war, das man erkämpfen musste, das nicht auf einen herabrieselte wie ein Lichterregen.

»Krieg ich einen Kuss?«, fragte er einmal mehr, als sie wieder unterwegs waren.

»Und wenn du ihn bekämst, was könntest du denn mit dem Kuss anfangen?«

Schalk blitzte in seinen Augen auf, gepaart mit ein wenig Gönnerhaftigkeit, auch Überheblichkeit. »Der Kuss allein würde sich recht einsam fühlen, ich denke, ein zweiter sollte bald folgen.«

Und was folgt dann?, fragte sie sich. Sie konnte sich denken, dass eins zum anderen führen würde. Allerdings war in dieser nächtlichen Welt Denken nicht angesagt, und hier führte nicht eins zum anderen, hier war das Leben ein Kreisen um das Licht. Als Paul den Kopf vorneigte, wich sie gekonnt zurück.

»Na komm«, sagte sie, lief auf das Licht zu, das aus einem Lokal floss, lief auf die Musik zu.

»So you met someone who set you back on your heels, goody goody! So you met someone and now you know how it feels, goody goody! So you gave him your heart too, just as I gave mine to you. And he broke it in little pieces, and now how do you do?«

Mehrere Dutzend Personen waren auf der Tanzfläche, kein Paar tanzte wie das andere, es tanzten auch nicht nur Paare, manchmal zwei junge Männer mit einem Mädchen, manchmal drei Paare im Kreis. Einige fassten sich an den Händen und blickten sich an, andere tanzten in gebückter Stellung, den Oberkörper schlaff nach unten hängend, die langen Haare wild vor dem Gesicht wehend. So viel Improvisation wie möglich war angesagt, so wenig Gleichschritt wie nötig. Je verrückter der Tanz ausfiel, desto interessanter, gelungener war er, wer herausstach, hatte gewonnen. Felicitas reihte sich ein, tanzte mit den Girls, den Boys und immer wieder mit Paul.

»Krieg ich nun einen Kuss, Fräulein Lehrerin?«

»Einen Klaps kriegst du«, erwiderte sie lachend und schlug ihm auf die Hände.

»Der Kuss ist auf den Klaps schrecklich neidisch.«

Wenn ich tagsüber in der Klasse stehe, bin ich auf die Felicitas der Nächte neidisch, dachte sie, aber an den nächsten Tag wollte sie noch nicht denken. Sie drehte sich, drehte sich immer schneller, fühlte sich, wie sich ein Bläschen im Champagner fühlen musste, kurz bevor es platzte. Wieder tanzte sie mit Boys, mit Girls, wieder stand plötzlich Paul vor ihr. Sein Gesicht kam ganz nahe an ihres heran, er sprach nicht vom Küssen, rief sie nur bei ihrem Namen.

»Felicitas!«

Bevor sie ihm diesmal einen Klaps versetzen konnte, hielt er ihre beiden Hände fest. Alles war beim Swingen erlaubt, nur das nicht. Man hielt sich, aber man packte sich nicht, nicht so, dass man kaum mehr Luft bekam, nicht so, dass man nicht länger Herr der eigenen Bewegungen war, sondern mitgezerrt wurde.

»Paul!«

Es hatte empört klingen sollen, stattdessen klang es beklommen. Es war nicht Rauch, der in ihrer Kehle kratzte, es war Angst. Diese Angst las sie in seinem Gesicht, diese Angst packte sie so plötzlich, wie er es getan hatte.

»HJ«, stieß er aus.

Die Nacht fiel vom Himmel, aus federnden Schritten wurde Getrampel, aus Girls und Boys wurden verschreckte Mädchen und Jungen, aus englischen Songs laute Schreie.

»Die sehen ja aus wie in Hysterie geratene Neger bei Kriegstänzen!«

Erst konnte Felicitas nicht sehen, wer da gehöhnt hatte, weil zu viele Köpfe vor ihr waren. Dann nicht, weil Paul sie von der Tanzfläche wegzog. Das Orchester hörte zu spielen auf, wie aus weiter Ferne vernahm sie noch mehr Beschimpfungen.

Das sei keine Tanzveranstaltung, hier würde die Musik verspottet, man spiele keine Instrumente, man misshandle sie, es würde keine Leidenschaft ausgelebt, nur ein dunkler Trieb, der die nationale Moral zersetze.

Und jene Truppe Jugendlicher, die in den Saal gestürmt war, setzte nicht nur auf Beschimpfungen, auch auf Faust- und Knüppelschläge. Sie ging brutal auf die Swing Kids los, die sich nach dem ersten Schrecken zu wehren versuchten.

»Wir müssen ihnen helfen«, japste Felicitas.

»Wenn die jungen Leute hier verhaftet werden, bekommen sie höchstens eine Standpauke, wenn Sie verhaftet werden, droht Ihnen die Entlassung.«

Die HJ konnte doch niemanden verhaften ... Aber dann sah sie, dass nicht nur immer mehr Jugendliche in Uniformen den Saal stürmten, auch Erwachsene. Gehörten sie der SA an ... gar der Gestapo? Seit wann hatte es die Geheime Staatspolizei auf die Swing Kids abgesehen?

Sie konnte es nicht mehr herausfinden, denn Paul zog sie energisch weiter, und alsbald fand sie sich in der Toilette wieder. Selbst dort ließ er sie nicht los, er presste sie gegen die gekachelte Wand.

»Ich habe Sie gerettet, krieg ich jetzt einen Kuss?«

Nun drang ihr nicht mehr beißender Rauch, sondern beißender Uringestank in die Nase. In einer anderen Lage wäre das völlige Fehlen jeglicher Romantik ganz nach ihrem Geschmack gewesen. So löste sie sich abrupt von ihm.

»Und wenn sie uns hier suchen?«

Paul deutete auf ein schmales Fenster. Um es zu erreichen, mussten sie auf eines der Wasserklosetts steigen.

»Frauen zuerst«, sagte er und machte Anstalten, sich zu bücken, damit sie sich auf seinen Schultern abstützen konnte.

»Nein, Kinder zuerst«, sagte sie und nickte bekräftigend, als er empört den Mund öffnete.

Es war wohl nicht nur ihr Blick, der ihn zum Nachgeben bewog, auch die Schreie, die vom Saal kamen, der Tumult, der dort tobte. Als sie beide nach draußen gekrochen waren, war er etwas leiser geworden, doch nun drang das Dröhnen von Motoren in ihren Ohren. Mindestens vier oder fünf Autos fuhren los.

»Und wenn ihnen nach der Verhaftung doch nicht nur eine Standpauke droht?«, fragte Felicitas bang.

Erinnerungen stiegen in ihr hoch, denen sie in den letzten Monaten keine Macht gewährt hatte. Von dem Brief, in dem behauptet worden war, Oscar Freese habe sich im Konzentrationslager Fuhlsbüttel, das neuerdings Polizeigefängnis genannt wurde, erhängt. Von Elise, die wie eine Tote auf dem Boden gelegen, von Elly, die in den eigenen Exkrementen gehockt hatte.

»Die meisten sind doch viel zu jung, um ins Gefängnis zu kommen«, sagte Paul, versuchte, sich unbekümmert zu geben. Sie selbst fühlte sich nicht mehr jung, sie fühlte sich plötzlich alt. Zu alt, um sich in diese Gefahr zu begeben, zu alt, um zuzulassen, dass Paul das tat. Sie wollte es ihm sagen, aber da rief er panisch: »Schnell!«

Was er hinter ihrem Rücken gesehen hatte, erfasste sie nicht.

Aber wenn er auf Flucht setzte, tat sie sicher gut daran, dem Beispiel zu folgen. Und ob jung oder alt – rennen konnte sie. Sie rannten, bis sie außer Atem waren, rannten noch weiter, bis das Stechen in Brust und Seite unerträglich wurde, rannten, bis sie am Ende einer dunklen Gasse irgendwo zwischen Alt- und Neustadt angelangt waren. Dann konnten sie nicht mehr, hörten jedoch immer noch Schritte hinter ihnen.

»Sie laufen da lang, ich dorthin.«

Sie wollte widersprechen, erneut erklären, dass Kinder vor Frauen kamen, Schüler vor Lehrerinnen, aber ihr fehlte die Luft. Schon versetzte er ihr einen Stoß, und sie brauchte alle Kraft, um nicht zu fallen, sondern in die Richtung zu hasten, in die er gedeutet hatte. Jeder Schritt schmerzte, jeder Atemzug schmerzte – in den Beinen, in der Kehle, in der Seele.

Was für eine Närrin sie war zu glauben, man könnte in diesen Zeiten das Leben zum Spiel machen und dessen Regeln selbst bestimmen. Zu glauben, es gäbe einen sicheren Ort, wohin ihr niemand im Stechschritt nachsetzen konnte. Zu glauben, sie könnte sich in diesen Zeiten fallen lassen, ohne auf dem harten Boden der Wirklichkeit aufzuprallen.

Sie hielt inne, lehnte sich an eine Wand, keines der Häuser in dieser Straße, die Fenster dunkel wie tote Augen, kam ihr bekannt vor.

»Paul?«, stieß sie hervor. Sie vernahm keine Schritte mehr. Nicht von ihren Verfolgern, aber auch nicht von ihm. »Paul!«

Wie sie sich schämte, dass sie ihn im Stich gelassen hatte, ihm vorgemacht hatte, dass sie ihn, wenn er bloß beharrlich genug darum warb, tatsächlich irgendwann küssen würde. Sie würde ihn nie küssen, das wusste sie längst. Nicht weil sie seine Lehrerin gewesen und so viel älter war. Sondern weil es zu wehtat. Wenn sie an Emil dachte, tat etwas weh, wenn sie an Levi dachte, tat etwas weh, wenn sie an Paul dachte, hatte bis heute nichts weh-getan, er war für sie das gewesen, was für Elly ihre Puppe war. Als Mutter konnte sich so ein Mädchen fühlen, ohne die Pflichten einer Mutter übernehmen zu müssen, die Puppe ablegen, wenn es genug vom Spiel hatte. Und die Puppe blieb stumm, stellte keine Ansprüche, verlangte keine Fürsorge und Nähe und warme Milch. Aber Paul war kein Spielzeug, sie hätte ihn beschützen müssen, die Reifere sein, die Verantwortungsbewusste.

»Paul…«, ihre Stimme brach, sie war den Tränen nahe.

Sie presste sich regelrecht gegen die Wand, wieder formten ihre Lippen seinen Namen, brachten aber keinen Laut hervor. Als sie schon dachte, ihre Knie würden nachgeben, Wand hin oder her, vernahm sie plötzlich Schritte. Nein, es waren keine Schritte, eher ein Schleichen. Und es ertönten keine Worte, es ertönte ein Ge-sang.

»So you lie awake just singin' the blues all night, Goody Goody.«

»Paul! Sie haben dich nicht erwischt?«

»Natürlich nicht, was denken Sie denn.« Er lachte auf. »So you think that love's a barrel of dynamite. Hooray and hallelujah. Drei Haken habe ich geschlagen, und weg waren sie.«

»Oh Paul, wir müssen vorsichtiger sein! Es… es ist gewiss kein Zufall, dass sie ausgerechnet jetzt beginnen durchzugreifen. Wäh-rend der Olympischen Spiele haben sie sich zurückgehalten, aber nun erklären sie dem Jazz den Krieg.«

»Kein Wunder, wo der Jazz doch ihre Marschmusik durchein-anderbringt.« Er lachte wieder, hatte sie nun erreicht. »You had it comin' to ya. Goody Goody for him. Goody Goody.« Er griff nach ihren Händen, zog sie von der Wand weg, wollte ausgelassen mit ihr durch die dunkle Gasse tanzen. »Goody goody.«

»Paul, wir müssen wirklich aufpassen.«

»Wenn es gefährlich ist, macht es doch umso mehr Spaß.«

»Nein, du darfst nicht …«

Er hielte inne, blickte sie treuherzig an. »Krieg ich jetzt endlich meinen Kuss?«

So viele Worte lagen auf ihren Lippen: Dass dies ihre letzte Nacht sein würde, dass sie sich nicht wieder treffen, sich nicht wieder in diese Gefahr begeben durften. Aber sie wusste, seine Lust, mit dem Feuer zu spielen, war zu groß, um sich davon abbringen zu lassen, und trotz des ausgestandenen Schrecks und des schlechten Gewissens – ihre war es auch.

»Vielleicht«, sagte sie, dann beugte sie sich vor, küsste ihn auf die Stirn, und als er sein Gesicht enttäuscht verzog, entfuhr ihr ein Laut, halb Lachen, halb Schluchzen.

»Tut mir leid, mehr kriegst du nicht«, rief sie.

Sie ließ ihn los, lief davon, bald holte er sie ein. Er hörte nicht auf, durch die grauen Straßen zu tanzen, und sie hörte auf, vor Sorgen und Ängsten zu vergehen.

Als sie am nächsten Tag erwachte, lag sie verkehrt herum in ihrem Bett. Ein Arm kribbelte, weil sie mit dem Kopf darauf gelegen hatte, der andere schmerzte, weil er unnatürlich verbogen aus dem Bett hing. Am schlimmsten waren die Kopfschmerzen.

Sie rieb sich die Augen, bis sie tränten, beeilte sich, in die Küche zu kommen, wo sich schmutziges Geschirr von Wochen stapelte. Sie kochte nie viel, aß noch weniger, aber von Luft und Swing allein hatte sie nicht leben können und sich dann und wann etwas zubereiten müssen. Sie schob das schmutzige Geschirr beiseite, kochte sich Kaffee und presste eine Zitrone hinein. Es schmeckte grässlich, das Schlucken tat weh, die Kopfschmerzen verkamen dafür zu einem Brummen, und sie erinnerte sich wieder vage daran, wie sie im Morgengrauen Paul heimgebracht hatte. Was für eine verrückte Nacht.

Nachdem sie sich angekleidet und die Haare gekämmt hatte, musterte sie sich. Ihr Gesicht schien aus mehreren Teilen zu bestehen. Da war eine verhärmte, etwas müde Felicitas, voller Hader, dass das Tanzen nur wie eine Insel im braunen Meer war. Aber da war auch der Glanz der alten Felicitas, bei der leben und unterrichten und sich amüsieren und flirten und lieben immer schillernde Regentropfen gewesen waren, die ineinanderliefen.

»Swing Heil!«, rief sie ihrem Spielbild zu, ehe sie ihr Gesicht mit kaltem Wasser wusch.

Sie war gerade dabei, sich abzutrocknen, als ein Klopfen sie zusammenzucken ließ. Als sie die Tür öffnete, lag wieder ein Swing Heil auf den Lippen, aber es blieb ihr im Mund stecken.

Wie ihr Bruder hatte sich auch Helene Löwenhagen in den letzten Jahren verändert, war größer, etwas weiblicher geworden. Aber an den dunklen, fast schwarzen Augen, in denen nie so viel Aufbegehren wie bei Paul gestanden hatte, immer deutlich mehr Vorsicht, erkannte sie sie sofort. Was sie auch erkannte, war eine tiefe Erschütterung, ein tiefes Entsetzen, das in dem Mädchen wohnte.

»Paul...«, stieß sie aus. »Sie haben gerade Paul verhaftet.«

Felicitas hatte nicht nur Swing Heil sagen wollen, auch den immer noch kribbelnden Arm zu einem lächerlichen Hitlergruß erhoben. Sie ließ ihn sinken... fallen... fiel beinahe selbst. Die Augenblicke, die folgten, versanken in einem Rauschen. Sie wusste nicht mehr, wie sie dorthin gelangt war, stand nur plötzlich mit Helene in der unaufgeräumten Küche, stützte sich auf den Küchentisch, starrte auf den Kaffee mit Zitrone. Wenn sie mehr davon trank, könnte sie vielleicht verstehen, was die andere ihr sagte, der Kopf würde sich nicht mehr vollgesogen wie ein Schwamm anfühlen, der keinen weiteren Tropfen aufnehmen konnte.

»Heute Morgen standen zwei Männer vor unserer Tür«, berichtete Helene. »Sie trugen dunkle Mäntel und blaue Schlapphüte. Die Mäntel haben grässlich gestunken, sie waren wohl aus falschem Leder. Paul wurde beschuldigt, an einer verbotenen Tanzparty teilgenommen zu haben. Er hat es geleugnet, aber dann … dann haben sie Schallplatten bei ihm gefunden.« Erinnerungsblitze durchzuckten sie.

»Aber … aber wir sind ihnen doch entkommen!«

»Irgendjemand muss ihn denunziert haben. So eine schlimme Razzia gab es bei den Swing Kids noch nie, auch noch nie Verhaftungen, soweit ich weiß.«

Sie hastete zur Spüle und erbrach sich auf dem schmutzigen Geschirr. Viel gab sie nicht von sich, doch mit dem wenigen schwanden sämtliche Reste von Leichtgläubigkeit, Glücksgefühl, dieser Lust am Nervenkitzel, am Verbotenen, all das, was sie sich auch nach der letzten Nacht noch hatte bewahren können.

Irgendwann hockte sie geschwächt am Boden, die Stirn an ein Küchenregal gepresst, und Helene stand hinter ihr, berührte ihren Nacken … nein, hielt ihr die Haare zurück, damit sie sich nicht mit Schweiß und Erbrochenem vollsogen.

So darf sie mich nicht sehen, ging es ihr durch den Kopf, das darf ich ihr nicht zumuten. Sie steht genug Sorgen um den Bruder aus, warum sollte sie sich noch mit Verachtung für eine Lehrerin, die sich so gehen ließ, herumschlagen.

Als sie sich den Mund abwischte und sich dem Mädchen zuwandte, las sie allerdings keine Verachtung in Helenes Miene. Sie las auch nicht Ohnmacht, Hilflosigkeit, Angst, sondern etwas anderes … Unerwartetes. Entschlossenheit. Was immer kommt, ich trotze dem Sturm.

In der Nacht zuvor hatte sie diese Entschlossenheit noch geteilt, allerdings nur, solange sie auf Zehenspitzen getanzt war. Helene tanzte nicht, sie stand auf festem Boden.

Als das Mädchen ihr einen feuchten Lappen reichte, nahm Felicitas ihn und wischte sich über das Gesicht. Sie überlegte, wohin man Paul gebracht haben könnte, hatte aber zu viel Angst, den Namen Fuhlsbüttel zu hören, um Helene zu fragen.

»Es ... es wird sich bestimmt alles aufklären«, brachte sie krächzend hervor. »Paul hat ja nichts Schlimmes gemacht, nur getanzt.«

»Mein Vater kennt einen Anwalt, er kümmert sich darum.«

Felicitas nickte wie betäubt. »Du musst jetzt zur Schule«, murmelte sie.

Helene erhob sich. »Das stimmt. Ich wollte nur Bescheid geben ... falls Paul Ihren Namen nennt ... und auch Sie befragt werden. Er hat mir erzählt, dass Sie bei diesen Swing-Abenden häufig dabei waren.«

Wenn ein Schüler in ein Konzentrationslager kam, weil er eine verbotene Tanzparty besucht hatte, was drohte dann ihr als Lehrerin? Ein hysterisches Lachen stieg in ihr hoch, doch sie sperrte es in ihren Mund ein, unterdrückte auch die neue Woge der Übelkeit, die in ihr aufstieg, kämpfte sich hoch.

»Danke, dass du mich gewarnt hast«, murmelte sie, obwohl sie nicht wusste, was sie mit der Warnung anfangen sollte. Sie konnte ja doch nichts anderes tun, als weiterzumachen, als wäre nichts geschehen, zur Schule gehen, an der Tafel stehen, den Mund voller Asche.

Helen nickte. »Am besten, Sie verhalten sich unauffällig ... Wir alle verhalten uns unauffällig.«

Wieder witterte Felicitas – trotz aller Sorge um den Bruder – eine Ruhe an ihr, die sie selbst verlernt, vielleicht nie gekannt hatte.

»Wie schaffst du es, so beherrscht zu sein?«

Helene zuckte mit den Schultern. »Die rechte Geistesnahrung ist ein Antidot gegen das Gift.«

Felicitas war nicht sicher, wen sie da zitierte – einen bekannten Philosophen oder Schriftsteller –, sie hätte nur schwören können, dass sie sich die Worte nicht selbst ausgedacht hatte.

Nachbohren wollte sie zwar nicht, aber als sie Pauls Schwester zur Tür begleitete, sah sie, dass ihr Schulranzen, den sie im Wohnungsflur abgestellt hatte, umgefallen war. Ein Buch war herausgerutscht, kein Schulbuch, sondern ein Roman. Jud Süß von Lion Feuchtwanger. Rasch steckte Helene das Buch wieder in den Ranzen, doch in dem Blick, den sie Felicitas danach zuwarf, stand erstmals Unsicherheit. Und Trotz. Nie hatte sie ihrem Bruder so ähnlich gesehen.

»Wo… woher hast du das?« Helenes Lippen waren wie verriegelt. »Dieses Buch… du darfst das nicht lesen… Lion Feuchtwanger ist Jude, ein verbotener Schriftsteller!« Die Lippen wurden noch schmaler. »Wo kriegt man heute so etwas noch her? Etwa in der Buchhandlung von Felix Jud?«

Ein wenig öffneten sich die Lippen. »Es gibt noch mehr Läden, die mit verbotenen Büchern handeln. Auch die evangelische Buchhandlung am Jungfernstieg, die Agentur des Rauhen Hauses oder Conrad Kloss in der Dammtorstraße. Aber… aber es stammt nicht von dort. Es ist nur geliehen, wir lesen es gerade gemeinsam und…«

»Wir?«, fragte Felicitas. »Paul und du?«

»Paul gehört nicht zu uns.«

»Zu uns?«

Kurz lächelte Helene. »Das ist ein Geheimnis. Ich darf es niemandem anvertrauen, auch Ihnen nicht. Jedenfalls ist es so, dass… dass…«

… dass es nicht nur Nazis, nicht nur die HJ gab, man sich auf der Suche nach einer Insel, nach einem Stück festen Boden, nicht nur auf eine Tanzfläche retten konnte.

»Du kannst mir vertrauen… ich würde dich nie verraten, was immer es ist. Sprichst du von einer Büchergemeinschaft? Einem Lesekreis?«

Helenes Miene verschloss sich endgültig. »Ich kann es wirklich nicht sagen. Ich schütze nicht nur mich selbst.«

Wen dann? Wer gehörte alles zu diesem Wir?

Sie wollte das Mädchen trotz all der Fragen, die ihr durch den Kopf schossen, nicht länger bedrängen. »Wenn du etwas von Paul erfährst, sag es mir bitte sofort. Vielleicht wollen sie ihm ja nur ein wenig Angst machen, und er wird noch heute freigelassen.«

»Möglich.«

Echte Zuversicht stand nicht in der Miene des Mädchens, aber ganz und gar hoffnungslos war es auch nicht.

Nachdem Helene gegangen war, warf Felicitas wieder einen Blick in den Spiegel. Sie ertrug den Anblick ihres Gesichts nicht, hastete in die Küche, um die Spuren von Erbrochenem zu beseitigen, das Geschirr abzuwaschen. Nur mühsam widerstand sie dem Drang, ein paar Teller in Scherben zu schlagen, weil ein Klirren erträglicher gewesen wäre als das Echo ihrer Schuldgefühle.

Oktober

Anneliese hatte sich im Park Planten un Blomen mit Felicitas verabredet. Er war von der Bieberstraße aus gut zu erreichen und einer der wenigen Orte, an denen es Elly gefiel. Am Hafen, wohin sie einmal einen Ausflug unternommen hatte, hatte sie ein Signalhorn zu Tode erschreckt, auf einem Spielplatz hatte sie nur so lange fröhlich geschaukelt, bis plötzlich ein Zug vorbeigefahren war, und als sie einen der vielen Kirchtürme bestiegen hatten, hatte die Kleine zwar eifrig Stufe um Stufe nach oben erklommen, doch hinunter hatte Anneliese sie tragen müssen – der Klang der plötzlich läutenden Glocken hatte Elly zutiefst verstört.

Inmitten der größtenteils verblühten Blumenbeete fühlte sich Elly dagegen wohl. So wie sie sich in der Wohnung am liebsten unter dem Esstisch verkroch, spielte sie hier im Schatten eines Strauches hingebungsvoll mit der Puppe Viktoria. Nun ja, spielen konnte man es nicht nennen. Am liebsten zog sie sie unaufhörlich an und wieder aus, ähnlich wie an jenem Tag fast ein Jahr zuvor, an dem Elly zu ihnen gekommen war. Anneliese war nicht sicher, was das zu bedeuten hatte, jedenfalls nähte sie bereitwillig Puppenkleider, die mittlerweile einen ganzen Picknickkorb füllten.

Elly war zweifellos ängstlicher als andere Kinder, aber trotzdem glücklich. Und Anneliese wusste zwar nicht immer, wie sie sie beruhigen sollte, wenn etwas sie in Panik stürzte, trotzdem war sie glücklich, ein Kind zu haben.

Leider sah es heute nicht so aus, als könnte sie ihr Glück teilen. Nicht nur dass Felicitas verspätet kam. Weder umarmte sie sie noch begrüßte sie sie, sie setzte sich lautlos auf den äußersten Rand der Parkbank, als wäre nicht genug Platz für sie beide da. Ihr Haar war etwas länger als früher und wirkte gänzlich unfrisiert, die Augen kniff sie zusammen, obwohl die Sonne nur schwach schien.

»Du hast anscheinend nicht viel Schlaf bekommen.«

Felicitas nickte nur.

Anneliese musterte sie eingehender, nahm wahr, dass die Freundin nicht einfach nur müde, erschöpft aussah, sondern … leer. Wenn sie früher die Nächte durchtanzt hatte, hatte man ihr das zwar angesehen, aber ihre Bewegungen hatten jenes Selbstbewusstsein ausgestrahlt, als gehörte ihr die Welt. Jetzt schien diese Welt geschrumpft zu sein und Felicitas mit ihr. Sie überschlug die Beine und beugte sich vor, als gälte es, sich noch kleiner zu machen.

Ob es eine gute Idee gewesen war, sich zu treffen? Anfangs hatte Anneliese ihr beweisen wollen, wie sehr sie ihrer Pflicht als Ziehmutter gerecht wurde. Felicitas hatte allerdings nie den Eindruck gemacht, sie würde sich groß für sie und Elly interessieren – ihr ging es nur darum, dass die Kleine ein Zuhause hatte, nicht, was sie dort trieb –, und in ihr war das Bedürfnis gewachsen, um sich und ihr Glück einen möglichst tiefen Graben zu ziehen, den Menschen mit dunklen Ringen unter den Augen nicht überwanden. Gewiss, es war schäbig, so zu denken, und noch schäbiger, dass sie diesen Graben insgeheim auch zwischen sich und Emil ziehen wollte, aber Anstalten, ihn zu überwinden, gar zuzuschütten machte sie trotzdem nicht.

329

»Du siehst aus, als hättest du Sorgen«, setzte sie lediglich vorsichtig hinzu.

»Ja«, bekannte Felicitas tonlos.

»Um wen? Um Ellys Mutter?«

Aus ihrer Stimme war nicht nur Mitleid zu hören, auch Furcht. Sie wollte Frau Freese nichts Übles, aber sie hoffte inständig, ihr Zustand möge sich niemals ändern, sie lethargisch oder – wie dieses andere Wort dafür hieß – depressiv bleiben, jedenfalls nicht in der Lage sein, sich jemals wieder selbst um Elly zu kümmern. Deswegen fühlte sie sich ebenfalls schäbig, doch Felicitas machte nicht den Anschein, als wollte sie ihre Motive erforschen.

»Es geht um jemand anders … einen ehemaligen Schüler.«

»Was ist ihm widerfahren?« Felicitas krümmte sich, als tobten in ihrem Magen Krämpfe. »Wurde er verhaftet wie Oscar Freese?«, fragte Anneliese. Wieder ein knappes Nicken. »Und du hast keine Ahnung, wie du seine Freilassung erwirken könntest?«

Diesmal nickte die Freundin nicht einmal mehr. »Er ist seit fast einem Monat inhaftiert«, flüsterte sie.

Anneliese gingen die Worte aus. »Ach Felicitas …«

Sie legte den Arm um sie, spürte Knochen unter der Haut, die sie früher nie gespürt hatte, dachte sich, wie gern sie sie füttern würde wie Elly, ihr auch ein Kleid nähen und ihr die Haare kämmen. Aber für Felicitas war wohl selbst die Berührung zu viel. Schon entzog sie sich ihr, erhob sich.

»Mach es gut.«

Verstört blickte Anneliese zu ihr hoch. Warum hatten sie sich denn überhaupt getroffen, wenn sie schon wieder gehen wollte? Immerhin verschwand sie nicht gleich, sondern wandte sich an Elly, hielt zwar Abstand, ging aber in die Knie.

»Du hast eine wirklich schöne Puppe.« Elly blickte hoch, lächelte. »Wie heißt sie denn?«

»Psst, das ist ein Geheimnis.«

Felicitas lächelte, Anneliese auch, zumindest bis die Freundin verschwunden war. Dann begannen ihre Mundwinkel zu zucken. Ein Geheimnis …

Sie hatte keine Ahnung, warum Elly anderen nicht erzählte, dass die Puppe Viktoria hieß, vielleicht wollte das Kind etwas haben, das sie allein mit ihr teilte. Warum sich Felicitas allerdings nur in Andeutungen erging, war noch rätselhafter.

Auch Emil sparte in letzter Zeit mehr als sonst an Worten. In den Nächten spannte er überdies die Decke so fest um seinen Körper, als wollte er sich einen Panzer schaffen. Sie wagte nicht, sie wegzuziehen, wagte erst recht nicht, darauf zu drängen, mit ihr zu schlafen. Sie konnte seine Gedanken förmlich hören: Du hast doch dein Kind, lass mich jetzt in Ruhe.

Sollte Elly nicht *unser* Kind sein?, dachte Anneliese manchmal.

Genau betrachtet wollte sie Elly allerdings gar nicht teilen, nur die Sorgen, die sie manchmal überkamen, die Angst, sie zu verlieren und …

»Aber, aber, du kannst doch nicht mit dieser Puppe spielen.«

Anneliese zuckte zusammen. Sie hatte nachdenklich auf den Boden gestarrt und deshalb nicht bemerkt, dass sich die Kleine etwas entfernt hatte. Eine Frau richtete sich vor ihr auf, warf erst nur einen abfälligen Blick auf die Puppe, packte diese dann an den Haaren und versuchte, sie Elly zu entreißen. Elly entfuhr ein Schrei, und obwohl er leise war, traf er Anneliese mitten ins Herz. Und dass sie danach nur Augen und Mund aufriss, ansonsten völlig lautlos blieb, machte es nicht leichter.

Anneliese stürzte auf das Kind zu und zog es an sich, packte die Puppe an den Beinen, zog daran. Die andere schien nicht nachgeben zu wollen, aber die Wut gab Anneliese Kraft, sodass sie sich am Ende als die Stärkere erwies.

»Lassen Sie doch das Kind …« Der Satz blieb ihr in der Kehle stecken, als sie die Frau erkannte. Rasch richtete sie sich auf, strich ihr Kleid glatt. »Ach Carin …«

Sie spürte, wie sie errötete. Immer noch brodelte Wut in ihr. Wie konnte Carin Grotjahn Elly das Kostbarste nehmen, sie so erschrecken! Zugleich war es ihr unendlich peinlich, auf die Gattin von Emils Vorgesetztem womöglich einen schlechten Eindruck gemacht zu haben. Deren Drängen, der NS-Frauenschaft beizutreten, hatte sie zwar nie nachgegeben, es in den letzten Jahren jedoch immer als Ehre betrachtet, wenn sie zu Kaffee und Kuchen eingeladen worden war. Und erst recht war sie geschmeichelt gewesen, wenn Carin Grotjahn sie ihrerseits besucht hatte.

»Anneliese.« Die Miene der anderen wurde kurz freundlich, aber als sie sich wieder dem Kind und der Puppe zuwandte, wirkten ihre Augen kalt. Anneliese war nicht sicher, ob die Verachtung Viktoria oder Elly galt. Die Kleine verkroch sich hinter ihr, umklammerte die Puppe mit beiden Armen. »Du kannst das Mädchen doch nicht mit einer Negerpuppe spielen lassen«, mahnte Carin, »die gehören nach Afrika zu den Wilden und Heiden.« Anneliese starrte auf die Pupe, als nähme sie zum ersten Mal deren schwarzes Gesicht wahr. Es war das, was sie so besonders machte, was als Kind ihren Stolz geweckt hatte. Elly war es wohl egal, welche Hautfarbe Viktoria hatte, Hauptsache, es gab eine Gefährtin in dieser oft fremden, gefährlichen Welt. Sie hob den Blick wieder, rang nach Worten, um sich zu erklären, aber Carin Grotjahn schien nunmehr entschlossen, Puppe und Kind zu ignorieren. »Abgesehen davon freut es mich natürlich, dass wir uns wieder einmal sehen.«

Anneliese nickte, suchte fieberhaft nach einem Gesprächsthema, deutete schließlich auf den Korb, den Carin Grotjahn mit sich trug.

»Du kommst vom Einkaufen?«

»Den Gemischtwarenladen Hildeberg kann ich dir wärmstens empfehlen«, sagte Carin Grotjahn, während sie den Korb auf der Bank abstellte. »Im Angebot befinden sich ausschließlich deutsche Markenprodukte, ob Schleswig-Holsteinische Butter aus der Großhandlung Hammonia oder Kaffee der Mischung Usambara und Tanganjika, du weißt doch, das ist die, die aus unseren deutschen Kolonien kommt. Und natürlich bekommt man Zigaretten der Marke Balilla. Jeder deutsch Empfindende raucht nur diese Zigaretten und leistet dadurch einen Beitrag gegen die internationale Finanzversklavung.« Anneliese hatte keine Ahnung, was Zigaretten mit der Finanzversklavung zu tun hatten. Sie war nicht einmal sicher, was mit Finanzversklavung überhaupt gemeint war. Aber das wollte sie nicht zugeben, und gottlob vertiefte Carin Grotjahn das Thema nicht, sondern setzte sich neben den Einkaufskorb. »Wie gut, dass wir uns zufällig treffen, ich wollte schon seit Längerem mit dir über eine Sache reden.«

Anneliese setzte sich erst neben sie, als Elly sich in einem Gebüsch verkroch. Ob sich das Kind wirklich beruhigt hatte, konnte sie nicht sagen, zumindest waren die Augen nicht mehr schreckgeweitet und der Mund wieder geschlossen.

»Du hast doch früher als Hauswirtschaftslehrerin gearbeitet, oder?«, fragte Carin Grotjahn.

»Ich unterrichte schon seit Jahren nicht mehr.«

»Das solltest du aber.« Annelise musterte sie verblüfft. So eine Antwort wäre von Felicitas zu erwarten gewesen, zumindest in den besseren Tagen ihrer Freundschaft, als sie sich nicht über Politik empört hatte, sondern über die Tatsache, dass die eigene Berufstätigkeit nie das höchste Gut für sie dargestellt hatte. Carin entging der verwirrte Gesichtsausdruck wohl nicht, sie lachte auf.

»Natürlich ist es für jede Frau ein großes Glück, für Mann und

333

Kind zu sorgen, zugleich ist es ein bisschen selbstsüchtig, nur das Wohl der eigenen Familie im Blick zu haben, nicht auch das des deutschen Volkes.« Anneliese konnte mit den Worten so viel anfangen wie mit der exotischen Kaffeemarke. »Versteh doch«, fuhr die andere da aber schon fort. »Fächer wie Handarbeit und Hauswirtschaft sind von großer Bedeutung, wenn es darum geht, unsere Mädchen zu deutschen Frauen zu erziehen, ihnen ein Bewusstsein für Gemeinschaftssinn zu geben, die ganz besonderen Fähigkeiten, die jeder Frau zu eigen sind – Hingabe, Anpassung, Einfühlungsvermögen –, zu erwecken und zu stärken.«

»Vielleicht werde ich ja wieder unterrichten, wenn… wenn Elly größer ist.«

Carin beugte vor. »Ich sehe dich nicht unbedingt im Klassenzimmer. Die NS-Frauenschaft bietet regelmäßig Kurse an, bei denen Frauen lernen, wie eine gesunde, ressourcensparende und zeitgemäße Ernährung aussieht. Darüber hinaus erstellen wir bei unseren Treffen Informations- und Aufklärungsmaterial. Oh, du musst endlich einmal dabei sein. Jemand wie du könnte uns auf wertvolle Weise unterstützen.« Sie erhob sich wieder. »Jetzt muss ich mich sputen, nicht dass die Butter schmilzt. Du kommst doch einmal zu einem Treffen?« Anneliese sah sie ratlos an. »Elly kannst du meinetwegen mitnehmen, nur nicht… nur nicht…«

Nur nicht die Puppe. Anneliese bezweifelte, dass sie Elly bewegen könnte, ohne Viktoria das Haus zu verlassen. Aber sie war plötzlich sicher, dass sie lieber mit anderen Frauen übers Kochen und Backen und Hauswirtschaften plaudern würde, anstatt mit denen der NS-Frauenschaft, hinter deren bleichen Gesichtern sie Geheimnisse witterte. Das, was sie immer davon abgehalten hatte, sich diesen Frauen anzuschließen, war ihre Kinderlosigkeit gewesen – ein Makel, der sie nun allerdings nicht länger belastete.

»Ich komme sicher einmal«, sagte sie schnell.

Nachdem sie sich verabschiedet hatten, war sie nicht nur erleichtert, dass Carin Grotjahn sich am Ende doch noch als freundlich erwiesen hatte, sondern dass sie Emil am Abend von der Begegnung erzählen konnte. So blieb ihr erspart, ihm schweigend gegenüberzusitzen, wenn er gehetzt und ohne Appetit sein Abendessen zu sich nahm.

»Sie haben ihn entlassen! Sie haben ihn endlich entlassen!«

Felicitas war noch nicht ganz im zweiten Stockwerk angekommen, wo sich die Wohnung der Löwenhagens befand, als ihr Pauls Mutter entgegenstürzte. Der Weg nach oben wurde ihr jedes Mal, wenn sie die Familie besuchte, lang, schleppte sie doch eine unsichtbare Last mit sich. Ob der Worte fiel sie ab, aber ihr Herz verkrampfte sich auf eine Weise, die fast schmerzlich war. Als wären Freude und Erleichterung zu starke Gefühle, an die sie sich nach den letzten bleiernen Wochen erst wieder gewöhnen musste.

Unwillkürlich umklammerte sie das Treppengeländer. »Gott sei Dank!«, brach es aus ihr heraus. Pauls Mutter stützte sich nun selbst aufs Geländer, als forderte die Zeit, da sie unaufhörlich um den Sohn gebangt hatte, ihm nur einmal hatte frische Wäsche bringen dürfen, erst jetzt ihren Tribut. »Ich bin ja so froh«, fügte Felicitas hinzu.

Obwohl ihre Knie bebten, überbrückte sie die letzte Distanz. Sie schaffte es auch, ihre Miene zu kontrollieren. Dass sie, die einstige Lehrerin, sich regelmäßig nach dem Wohlbefinden des Jungen erkundigte, hatte sich Frau Löwenhagen wohl mit ihrer Freundlichkeit erklärt. Hätte sie jetzt vor Erleichterung geweint, wäre der Bogen endgültig überspannt worden.

Frau Löwenhagen las gottlob nicht gründlich genug in ihrer Miene, um die Zerrissenheit zwischen grenzenloser Freude und peinigenden Schuldgefühlen wahrzunehmen. Ihre Augen glänz-

335

ten, aber die Mundwinkel zuckten, als säße ihr ein Schluchzer in der Kehle. Und als Felicitas ihr die Hand reichte und fragte, wie es Paul gehe, da brachte sie kein Wort hervor, zuckte nur hilflos mit den Schultern.

Felicitas machte sich aufs Schlimmste gefasst, als sie wenig später die Tür zu Pauls Zimmer öffnete. Sie rechnete mit einem ausgemergelten Jüngling voller blauer Flecken und Blessuren, einem Menschen, dem man ansah, dass das, was die Gestapo Befragung nannte, in Wahrheit Folter war. Doch nichts davon war zu sehen: Paul hatte die Decke bis zum Kinn gezogen und überdies seinen Kopf unter dem Kissen vergraben. Er schien darunter nicht einmal zu atmen.

Dieser Anblick war noch schlimmer als der eines Verwundeten. Ein Paul Löwenhagen verkroch sich nicht vor der Welt!

Felicitas brachte es nicht über sich, an sein Bett zu treten, erst recht nicht, an der Decke zu ziehen. Sie musste nicht in seine leeren Augen sehen, um zu wissen, dass Paul Löwenhagen nicht mehr der Alte war, es vielleicht nie mehr sein würde.

So wie kurz zuvor noch am Treppengeländer, hielt sie sich nun am Türrahmen fest. »Paul…« Der Name war wie ein leeres Wort, da war keiner mehr, den es zu rufen gab. Alle anderen Worte, die sie sich für den Tag des Wiedersehens zurechtgelegt hatte, erschienen ihr aber als noch leerer. Ich freue mich so… ich wusste ja, dass sie dich nicht ewig festhalten können… du bist noch jung… du wirst es überwinden… künftig darfst du nicht mehr so unvorsichtig sein… das Tanzen, das Tanzen kann dir keiner verbieten. Doch das war Unsinn. Die Angst würde es ihm verbieten, nicht nur ihm, ihr auch. Die Angst und dieses Unbehagen, das ihr wie ein Gift über ihr Rückgrat rieselte, sich von dort im Körper ausbreitete, ihn lähmte. Schon in den letzten Wochen hatte sie sich kaum rühren können, war ihr jede schnelle Bewegung, jeder zu tiefe Atemzug wie ein Verrat an Paul vorgekommen, jetzt war sie vollends erstarrt. »Paul, was haben sie mit dir gemacht?«, fragte sie kraftlos.

Zwischen Bettdecke und Kissen regte sich etwas, sie sah die nackte Haut seines Halses.

»Er will es nicht sagen«, ertönte eine Stimme, »das heißt, er darf es nicht sagen.«

Frau Löwenhagen hatte sich ins Wohnzimmer zurückgezogen, aber Helene war hinter ihr erschienen, berichtete mit gesenktem Kopf mehr: »Er hat unterschreiben müssen, dass er über alles, was ihm widerfahren ist, schweigen wird. Wenn er sich nicht daran hält, kommt er in ein Wehrertüchtigungslager. Aber... aber...« Helenes dunkle Augen richteten sich starr auf den Bruder. Aber Sie sehen ja selbst, in welchem Zustand er sich befindet... Sie haben ihn gewaltsam geschoren«, fügte sie hinzu, »er hat so viele Wunden am Kopf. Diesen Kopf haben sie immer wieder gegen die Wand gestoßen, und...«

»Sei still!«

Es war Paul, der ihr ins Wort gefallen war, obwohl die Stimme nicht zu ihm zu gehören schien. Sie klang nicht nur wegen des Kissens gedämpft, sie klang frei von jeglichem Spott, so... stumpf. Auch sein Blick war stumpf, als er nun doch das Kissen vom Gesicht zog, schmal und bleich.

»Es ist nicht Ihre Schuld, Fräulein Lehrerin.«

Felicitas wollte ans Bett treten, sie schaffte es nicht, wagte nicht einmal zu sagen: Doch, es ist meine Schuld, ich werde sie immer als meine betrachten. Sie konnte ihn nur hilflos anstarrten.

Seine Mundwinkel verzogen sich. »Krieg ich wenigstens jetzt einen Kuss?«

Helene wirkte nicht befremdet, sie wusste wohl, dass Paul seit

337

Langem für sie schwärmte. Pauls Lächeln wurde schmerzlich, er wusste wohl, er würde nie einen Kuss bekommen.

»Küssen ist doch langweilig«, sagte Felicitas und versuchte, leichtfertig zu klingen. »Aber tanzen, tanzen werden wir bald wieder.«

Es war die letzte Lüge an diesem Tag, sie konnte unmöglich noch mehr hervorbringen. Und es hatte auch keinen Sinn, sich an Pauls Bett zu setzen, seine Hand zu ergreifen, ihm zu beteuern, dass sie all das nicht gewollt hatte. Natürlich würde er ihr glauben, aber es würde ihn nicht erleichtern, zu atmen und ihr auch nicht. Zu gehen fiel ihr ebenfalls schwer, sie schaffte es dennoch, rief Frau Löwenhagen einen knappen Gruß zu, lächelte sie sogar an.

Sobald sie in den Hausflur trat, gaben Mundwinkel wie Beine nach. Sie wusste nicht mehr, wie sie die Treppe nach unten überwand, wusste nur, dass sie dort endgültig keinen Schritt mehr weiterkommen würde. Erschöpft sank sie auf die unterste Stufe, ließ ihren Kopf auf die Knie fallen. Als sie das Haus betreten hatte, war es Nachmittag gewesen, nun wurde es langsam finster, und sie war immer noch da. Die Finsternis stand nicht nur vor ihren Augen, sie drang in sie ein, füllte sie aus.

Augenblick um Augenblick vertropfte, die Zeit war wie ein verstopfter Wasserhahn, durch den sich nur dann und wann ein Augenblick zwängen konnte.

Irgendwann zuckte sie zusammen. Schritte ertönten.

»Sie ... Sie sind noch hier?«

Felicitas blickte hoch, blinzelte, jemand hatte das Licht im Treppenhaus angemacht. Helene stand fünf Stufen über ihr, blickte auf sie herunter. Obwohl es Abend war, sah sie aus, als wollte sie zur Schule gehen, trug nicht nur Mantel, Mütze, Schal, auch ihren Schulranzen. Felicitas erinnerte sich, wie aus dem

Schulranzen bei ihrer letzten Begegnung das Buch von Lion Feuchtwanger gerutscht war.

Warum will sie jetzt noch los?, fragte sie sich. Was will sie denn draußen im Finstern?

Aber als sie Helene schweigend musterte, ging ihr auf, dass diese keine Angst vor der Finsternis hatte, dass ihre Augen zwar dunkel wie Kohlestücke sein mochten, sie jedoch keine Schwierigkeit hatte, ihr Licht am Leben zu erhalten.

Felicitas fand die Kraft aufzuspringen, zu ihr zu hasten, unwillkürlich ihre Hände zu ergreifen.

»Bitte!«, stieß sie hervor. »Welches Geheimnis auch immer du hütest, du darfst dich nicht in Gefahr bringen! Dir darf nicht auch noch etwas geschehen. Die Gestapo wird deine Familie im Blick behalten und …«

»Zu swingen ist gefährlicher«, sagte Helen ausweichend.

»Gefährlicher als was? Als … verbotene Bücher zu lesen?«

Helene zuckte mit den Schultern. »Um festzustellen, ob sie sie verbieten wollen, müssten die Nazis sie selbst lesen, das tun sie nicht gern. Und selbst wenn sie die Bücher, die ich lese, kennen – ich bin ja nur ein dummes kleines Mädchen, ich kann sagen, dass ich keine Ahnung hatte, dass sie verboten sind.«

Helene wollte an ihr vorbeihuschen, doch Felicitas hielt sie fest. »Von wem hast du diese Bücher? Wen wirst du heute Abend besuchen?«

Kurz schien sich Helene gegen ihren Griff wehren zu wollen, dann spürte sie wohl, wie verzweifelt Felicitas war, wie hoffnungslos, und dass sie sie in diesem Zustand nicht zurücklassen konnte.

»Sie wissen doch, dass Paul und ich die Lichtwarkschule besuchen, seit wir von der Alsterschule verwiesen wurden«, setzte sie nach einigem Zögern an. »Auch dort hat sich alles verändert, vor allem der Deutschunterricht. Wir waren gerade dabei, Thomas Mann zu lesen, als es plötzlich hieß, wir dürften das nicht mehr.«

»Und dann habt ihr beschlossen, heimlich weiterzulesen?«

Wieder zögerte Helene. »Nicht ... sofort.«

»Wann dann?«

Anstatt zu antworten, schob Helene Felicitas die restlichen Stufen hinunter, setzte sich auf die unterste, raunte ihr ins Ohr: »Wir hatten eine Deutschlehrerin. Sie unterrichtete uns auch in Geschichte, meinte oft, die Fächer ließen sich nicht voneinander trennen, Kunst und Philosophie gehörten ebenfalls untrennbar dazu. Sie wurde meine Lieblingslehrerin, für viele in meiner Klasse, die sie seit der Sexta unterrichtet hat, war sie das. Sie hat mit uns Theateraufführungen gemacht, Ausflüge zu Museen, hat gemeinsam mit uns musiziert. Sie verstand es immer, uns zu begeistern. So wie Sie Paul immer begeistert haben.«

Felicitas war nicht sicher, ob sie Paul als Lehrerin oder nicht vielmehr als Frau begeistert hatte. Auch nicht, ob sie stolz darauf sein konnte oder sich besser schämte. Sie konnte ebenso wenig sagen, ob die Erwähnung dieser anderen Lehrerin sie mit Misstrauen erfüllte oder unendlicher Erleichterung, dass es jemanden gab, der noch war, was sie einst zu sein geglaubt hatte – eine Pädagogin aus Leidenschaft.

»Wer ... wer ist sie?«

Wieder zögerte Helene. »Letztes Jahr ist sie strafversetzt worden«, sagte sie leise. »Jemand hat sie denunziert, weil sie einem jungen Schüler den Eintritt in die HJ ausgeredet hat. Sie unterrichtet jetzt an einer Oberrealschule im Alstertal. Unsere Klasse war unendlich enttäuscht. Wir wollten dagegen protestieren, aber das hat sie uns nicht gestattet. Sie hat uns jedoch vorgeschlagen, dass wir sie besuchen könnten, und seitdem treffen wir uns regelmäßig bei ihr in der Wohnung, um zu lesen ... und zu diskutie-

340

ren. Es ist so, als wären wir noch in der Schule. Als wäre sie immer noch unsere Lehrerin.«

Jetzt war das Gefühl, das in Felicitas hochstieg, eindeutig. Es war Neid. Neid auf eine Lehrerin, die nicht gekrümmt in der Finsternis hockte, die den Kampf nicht aufgegeben hatte, nicht zum Schatten ihrer selbst geworden war, nur noch funktionierte. Zu dem Neid gesellte sich etwas anderes ... Sehnsucht.

Als Helene von ihr abrückte und aufstand, sprang sie hoch. »Nimm mich mit zu diesem Abend. Nimm mich mit, ich ... ich will diese Lehrerin kennenlernen.«

»Ich weiß nicht ...«

»Ich dachte, ich würde es ertragen. Ich dachte, ich könnte alles überstehen, indem ich mich tagsüber tot stelle und nachts tanze. Aber mehr als eine Tänzerin war ich immer eine Lehrerin, wollte ich immer eine sein. Und dafür brauche ich ... brauche ich ...«

Sie fand das rechte Bild nicht. Ein Vorbild, eine Stütze?

»Dafür brauche ich selbst eine Lehrerin«, sagte sie schließlich.

»Wir wurden angehalten ...«

»... nichts von den geheimen Treffen zu erzählen, ich verstehe. Aber das hast du ja schon getan, weil du weißt, dass du mir vertrauen kannst. Macht es denn wirklich noch so einen großen Unterschied, mir den Namen dieser Lehrerin zu verraten und mich zu diesem Treffen mitzunehmen?«

Helene presste die Lippen zusammen, wandte sich ab. Felicitas folgte ihr ins Freie. Helene zog die Schultasche an sich, ging zügig davon, doch Felicitas ließ sich nicht abschütteln, und irgendwann verlangsamte Helene ihren Schritt, schien nicht länger vor ihr fliehen zu wollen.

»Sie heißt Erna Stahl«, sagte leise. »Sie wohnt in Winterhude.«

»Dann müssen wir die Hochbahn nehmen«, sagte Felicitas, überholte sie, ging entschlossen in Richtung Station.

Helene folgte ihr, auf dem restlichen Weg sprachen sie kein Wort mehr.

Sie stiegen an der Station Borgweg aus, Erna Stahl wohnte in der Riststraße 3.

»Trefft ihr euch immer bei ihr?«, fragte Felicitas.

Helene nickte. »Auch früher, als sie noch Studienassessorin war, hat sie Schüler zu sich eingeladen. Damals haben diese noch gemeinsam mit ihr musiziert.«

Als sie wenig später das Treppenhaus eines mehrstöckigen Mietshauses aus dunkelrotem Backstein betraten, gab Helene ihr ein Zeichen zu warten. »Erst will ich mit ihr sprechen. Ich muss Sie doch ... ankündigen.«

Das Schweigen mit Helene hatte eine eigentümliche Vertrautheit geschaffen. In der Stille des Wartens echote nur die Einsamkeit. Diese war für gewöhnlich ein hungriges Tier, aber sehr weit konnte sie jetzt das Maul nicht aufreißen, bald kehrte Helene zurück, winkte sie, mit ihr zu kommen.

Erna Stahls Wohnungstür war einen Spalt weit geöffnet, nur ihr Kopf lugte heraus. Felicitas nahm einen Haarknoten wahr, der nicht sehr akkurat gebunden war, ein paar Strähnen hatten sich gelöst. Hinter kreisrunden Brillengläsern musterten sie wache Augen von einem warmen Braun. Der Blick war prüfend, das Lächeln nicht unfreundlich, aber auch ein bisschen spöttisch. Vielleicht verbarg der Spott Unbehagen, gar Angst.

»Das ist aber keine Schülerin«, stellte sie fest. Der Stimme, fest und selbstsicher, war anzuhören, dass sie gewohnt war, vor einer Klasse zu stehen und zu lehren.

»Doch«, sagte Felicitas. »Ich bin eine Schülerin. Lernt man nicht das Leben lang? Es geht ja nicht nur um den Unterrichtsstoff, es geht auch um ...«

Sie war nicht sicher, was sie sagen wollte. Nicht sicher, was sie hier suchte. Es musste mehr sein als nur das Gegenteil von Einsamkeit.

»Es geht auch darum, dass man seine Menschenwürde, seine Anständigkeit und seine Ehre bewahrt«, fuhr Erna an ihrer statt fort, »immer und überall, wie sich das Schicksal gestaltet.«

Felicitas nickte, die Tür wurde etwas weiter geöffnet. Erna Stahl, die nur ein paar Jahre älter als sie selbst zu sein schien, trug einen knielangen dunklen Rock und eine karierte Strickjacke. Schweigend wartete sie, bis Helene und Felicitas aus den Schuhen geschlüpft waren und die Wohnung betreten hatten, dann deutete sie in Richtung Wohnzimmer. Es war nicht sehr groß, doch auf diversen Stühlen und dem Sofa hatten insgesamt zehn Jugendliche, allesamt um die fünfzehn, sechzehn Jahre alt, Platz gefunden.

»Traute, Heinz, Gretha, rückt ihr ein wenig zur Seite für unseren … Gast?«

Sie sah Fragen in den Gesichtern, keiner stellte sie hingegen laut, wohl nicht nur, weil sie Erna Stahls Entscheidung, eine Fremde in ihrem Kreis zuzulassen, anzweifeln wollten, auch weil sie sich auf eine Stimme aus dem Radio konzentrierten.

Erst eine Weile nachdem sie zwischen zwei Mädchen Platz genommen hatte, erfasste Felicitas, worüber berichtet wurde – über den Bürgerkrieg in Spanien, der seit dem vergangenen Juli zwischen der demokratisch gewählten Regierung und den rechten Putschisten unter General Franco tobte. Felicitas hatte darüber kaum etwas in der Zeitung gelesen.

»Das ist ein Kurzwellensender«, sagte Erna Stahl leise, »eigentlich ist es verboten, ihn zu hören, aber die Informationen, die man dort erhält, sind zuverlässig und keine Propaganda.«

Die Lehrerin hatte sich auf einem Stuhl nicht weit vom Sofa entfernt niedergelassen, lauschte erst nachdenklich, dann zuneh-

343

mend betroffen, als alle Erfolge der rechten Putschisten aufgezählt wurden: Sie hatten eine wichtige Marinebasis erobert, dabei fabrikneue Kreuzer erbeutet, auch Teile der Afrika-Armee über die Straße von Gibraltar geführt und im Oktober eine neue Offensive begonnen. Immerhin war der demokratischen Regierung die Mobilisierung der Bevölkerung gelungen.

»Ein Großteil des Volkes steht also nicht aufseiten der Putschisten, sondern der Regierung, die es selbst gewählt hat«, stellte Erna Stahl mit hörbarer Erleichterung fest, nachdem sie das Radio abgeschaltet hatte.

»Weil die Spanier nicht so dumm sind wie die Deutschen«, platzte ein junger Bursche heraus. »Sie wollen Freiheit.«

Erna Stahl warf ihm über die Brillengläser hinweg einen Blick zu, der wieder etwas spöttisch war, während aus dem Gemurmel der anderen Zustimmung ertönte.

»Man möchte eifrig nicken, nicht wahr?«, fragte Erna Stahl. »Aber Freiheit bleibt ein leeres Wort, wenn man es nicht richtig definiert. Auch Hitler verspricht den Deutschen Freiheit – nämlich Freiheit von Juden und Bolschewisten. Das ist allerdings eine andere Freiheit als die, die wir meinen, oder? Wer hat etwas dazu zu sagen? Herbert? Heinz? Lotte?«

Jener junge Bursche, der vorher herausgeplatzt war, richtete sich auf, hob die Hände zur pathetischen Geste und begann zu zitieren.

»›Nun begegne ich meinen Braven, die sich in der Nacht versammelt, um zu schweigen, nicht zu schlafen, und das schöne Wort der Freiheit wird gelispelt und gestammelt, bis in ungewohnter Neuheit wir an unsrer Tempel Stufen wieder neu entzückt es rufen: Freiheit! Freiheit!‹«

Er schlug sich entschlossen auf die Brust.

»Ich freue mich ja, Heinz, dass du flüssig aus Goethes *Epi-*

menides Erwachen zitierst. Aber war das eine Antwort auf meine Frage?«

Der Junge lehnte sich wieder zurück, schwieg, das Mädchen an seiner Seite schaltete sich umso eifriger ein: »Ich denke doch. Epimenides, der Seher und Reinigungspriester, wird in dem Stück in Schlaf versetzt, und der Dämon des Krieges nutzt das, um die Kräfte der Zerstörung heraufzubeschwören. Epimenides schläft aber nicht ewig, er erwacht, erkennt, was alles an Grauenhaftem geschehen ist, jedoch auch, dass sich Einzelne weiterhin der Liebe und Hoffnung verpflichtet gefühlt haben. Ihm gelingt es, die Völker davon zu überzeugen, eine friedliche Gesellschaft anzustreben, die immer zugleich eine freie Gesellschaft ist. Um Frieden zu erlangen, muss man frei sein. Um frei zu sein, darf man nicht schlafen.«

Erna Stahl nickte zustimmend. »Epimenides wacht also auf. Was ist hingegen, wenn für andere der Ruf der Freiheit nicht laut genug ist, um sie zu wecken? Ja, Traute?«

»Wenn man vom Ruf der Freiheit spricht, klingt das so, als wäre es etwas, das von außen kommt, ein Geräusch wie das der Kriegstrommeln und Trompeten. Aber ist der Ruf der Freiheit nicht als Stimme des eigenen Herzens zu erklären? So hat es doch auch Nikolai Berdjajew gesehen, der eine Philosophie des freien Geistes vertritt und erklärt, der Anspruch der Theokratie, Bewusstsein und Herz der Menschen zu beherrschen, könne sich langfristig nicht durchsetzen, weil der Freiheitswille letztlich zu groß ist.«

»Berdjajew sagt aber auch, dass Demokratie nur imstande ist, ihren Bürgern eine formelle, mechanische Freiheit zu geben«, ließ sich der Junge vernehmen, der Heinz hieß. »Die Demokratie kennt die Wahrheit nicht, sie ist allein den Stimmzetteln verpflichtet. Freiheit dagegen ist etwas, worüber man nicht abstimmen kann.«

»Freiheit ist dennoch nichts, was man nur fordern kann«, sagte ein weiteres Mädchen. »Sie geht einher mit Verantwortung.«

»Und der Bereitschaft, nicht nur Verantwortung zu übernehmen, sondern dort, wo man schuldig geworden ist, die Schuld einzusehen und sich zu ihr zu bekennen.«

»Könnt ihr euch denn noch erinnern, was Dostojewski über dieses Thema schreibt?«, fragte Erna Stahl.

Diesmal meldete sich Helene. »In Schuld und Sühne geht er der Frage nach, ob der Mensch mehr als eine zitternde Kreatur, mehr als eine Laus ist. Wenn er davor zurückschreckte, die Schuld für seine Taten anzuerkennen und Verantwortung dafür zu übernehmen, würde er sich selbst verleugnen und nur eine Karikatur des Menschen bleiben, denn wer einer bösen Macht die Schuld zuschiebt, wenn er falsch gehandelt hat, verleugnet die eigene Freiheit. Ausgerechnet der Mensch, der Böses tun kann und dies bereut, beweist, dass er frei ist. Das Schuldbewusstsein ist folglich Voraussetzung für die Freiheit.«

»Dostojewski«, mischte sich das Mädchen, das Lotte hieß, ein, »ist in seinem Buch *Die Brüder Karamasow* aber auch der Frage nachgegangen, ob Freiheit überhaupt etwas Erstrebenswertes ist. Der Großinquisitor sagt zu Christus, dass nichts für den Menschen und für die menschliche Gesellschaft unerträglicher ist als die Freiheit.«

Mit immer größerem Eifer wurde gesprochen, die Stimmen gingen durcheinander, noch mehr Dichter wurden genannt, einzelne Verse zitiert. Felicitas erwartete von Erna Stahl, dass sie wieder etwas Ruhe hineinbringen würde, die Diskussion mit gezielten Fragen leiten, aber nachdem sie diese angestoßen hatte, saß sie ruhig da, überkreuzte ihre Arme, lauschte wohlwollend dem Wortgefecht.

»Wenn Freiheit einem nicht geschenkt wird, sondern erobert

werden muss, bedingen sich Krieg und die Suche nach Freiheit dann?«

»Nun, ein Krieg, der im Namen der Freiheit geführt wird, ist ein gerechter Krieg, allerdings nur, wenn es um die Freiheit des ganzen Volkes, nicht eines Einzelnen geht.«

»Nein, nein! Wenn der Einzelne nur mehr als der Teil der Volksgemeinschaft betrachtet wird, die kollektive Freiheit vor der individuellen steht, ist der nächste Schritt, dass man in ihm nicht mehr den einen Mensch sieht, sondern das Rudeltier, das sich zu unterwerfen hat.«

Immer mehr redeten sich die jungen Leute in Rage, immer weiter lehnte sich Erna Stahl zurück. Sie hatte von dieser Frau kluge Reden erwartet, nun erkannte Felicitas, dass sie die Schüler und Schülerinnen selbst reden ließ, alles aussprechen, was ihnen durch den Kopf ging, nicht verbotene Gedanken von erlaubten schied, nur prüfte, ob das eigene Argument ausreichend begründet wurde.

Sie sprechen nicht nur *über* Freiheit, ging ihr auf, sie sprechen *in* Freiheit. Am Ende werden sie sich zwar auf keine Definition darüber einigen, was Freiheit ist – aber sie spüren es alle, ich selbst spüre es.

Trotz der stickigen Luft war es plötzlich so leicht zu atmen, so leicht zu denken. Selbst das ruhige Sitzen war so leicht. Sie war nicht angespannt wie sonst, nicht wie erstarrt oder wie auf dem Sprung. Obwohl sie kaum Platz auf dem Sofa fand, musste sie sich nicht klein machen, nicht ducken, nicht stumm stellen. Gewiss, sie sagte nichts, die Worte flogen an ihr vorbei, ohne dass sie eines aufgriff, ein anderes hinzufügte. Und doch tat sie den Mund auf, um ein Schluchzen herauszulassen, und als sie ihn schnell wieder schloss, die Lippen zusammenpresste, konnte sie zwar jeglichen Laut unterdrücken, nicht aber verhindern, dass ihr Tränen in die Augen schossen und über die Wangen zu perlen begannen.

Selten war es ihr so unpassend erschienen zu weinen, selten hatten sie Tränen mit so viel Scham erfüllt. Verzweifelt wollte sie sie wegzwinkern, schaffte es nicht, es kamen immer mehr, je verzweifelter sie sie schluckte. Sie kramte in der Jacke nach einem Taschentuch, hatte aber keines bei sich, rieb sich verstohlen über die Wangen, fühlte, wie davon nur die Hände nass wurden.

»Kommen Sie mit«, vernahm sie Erna Stahls Stimme, und während die Jugendlichen ungerührt weiterdiskutierten, folgte sie der Lehrerin.

»Es tut mir leid«, brach es aus Felicitas heraus, als sie in der kleinen Küche standen, die Stimme belegt vom Weinen. »Ich will nicht stören, es ist so wichtig, was Sie Ihren Schülern beibringen, und ich …«

Erna Stahl reichte ihr ein Taschentuch und sah ihr schweigend zu, wie sie ihr Gesicht trocknete. Die Tränen versiegten endlich, aber sie konnten nicht verhindern, dass Schluchzer sie schüttelten. Kurz machte die Lehrerin den Eindruck, als wollte sie ihr die Hände auf die Schultern legen, doch sie unterließ es. Mehr als jede Berührung streichelten sie ihre Worte.

»Ich bringe ihnen nichts bei, darum geht es nicht. Unsere Aufgabe ist es, in der Kinderseele zu lesen, wahrzunehmen, was dort längst vorhanden ist. Wir dürfen den jungen Menschen nicht erklären, wer sie zu sein haben, wir müssen das ureigenste Wesen, sein besseres Ich erwecken.«

Felicitas ließ das Taschentuch sinken. »Wer kann denn in diesen Zeiten sein besseres Ich bewahren?«, rief sie aus.

Blitzartig stiegen Bilder der letzten Jahre vor ihr auf – von ihr, wie sie Emil gebeten hatte, sich bei Grotjahn einzuschmeicheln. Von ihr, wie sie vergebens und zutiefst resigniert um Levis Freundschaft gekämpft hatte. Von ihr, die sie unbekümmert mit Paul getanzt hatte, um wenig später am Bett eines gebrochenen

Jünglings zu stehen. Auf keinem dieser Bilder gefiel sie sich. Keines zeigte ihr besseres Ich, nur einen Schatten davon.

Erna Stahl seufzte. »Den Einbruch der Unterwelt will ich nicht leugnen, nicht diese frevelhafte Vergottung eines Menschen, die übrigens alles anders als nordisch ist, sondern schlimmere Blüten trägt als im Byzantinismus. Aber davon lasse ich mir nicht die Hoffnung rauben. Epimenides schläft, er ist jedoch nicht tot.«

Kurz fühlte sie sich selbst auch nicht länger tot, nicht taub, nicht müde, nicht in Tiefschlaf versunken. Etwas in ihr erwachte, von dem sie gedacht hatte, dass es sie einzig zum Tanzen angetrieben hatte. Aber getanzt hatte sie mit ihrem Körper. Nun merkte sie, dass sich der Geist nicht minder sehnte, in Bewegung zu bleiben. Und dass ihr Ziel nicht war, eine Papierprinzessin zu sein, die sich amüsierte und betrank, lachte und flirtete, sich ihrer Schönheit bewusst war und ihrer Tanzkünste gerühmt wurde. Sie wollte, dass ihr Geist Nahrung bekam und diese Nahrung teilen. Man hatte ihr den Boden unter den Füßen weggerissen, festen Boden indes brauchte die Tänzerin, nicht das, was man Seele, Charakter, Intellekt nannte. All das brauchte nur ... Freiheit.

Wieder wischte sie sich über die Wangen. »Ich weine eigentlich nie.«

Erna Stahl musterte sie ruhig. »Sie sollten auch nicht weinen«, sagte sie. »Ich weiß, manchmal will man nichts anderes tun. Und manchmal muss man es tun, um mit dieser Last fertigzuwerden. Aber eines dürften Tränen nie sein – ein Zeichen der Verbitterung. Wenn wir wirklich aus diesen jungen Menschen herausholen wollen, was an Widerstandskräften in ihnen ruht, dürfen wir nicht verzagen. Wir müssen diesen Sprung über unseren eigenen Schatten tun.«

»Aber ... aber wie schafft man das?«

»Wir müssen die Kraft entwickeln, der Lüge und der Verlockung zu widerstehen. Und das kann man nur, wenn man der Klarheit des eigenen Urteils und der Erkenntnisfähigkeit vertraut.«

»Genau das tue ich ... habe es zumindest lange Zeit getan. Und bin mir als Lehrerin dennoch nutzlos vorgekommen.«

»Ich verstehe, womit Sie hadern. Erwarten Sie nie, dass jeder Same, den Sie aussäen, aufgeht. Man darf dennoch nicht damit aufhören, man muss den Heranwachsenden selbstständiges Denken zumuten und zugestehen, man muss Räume schaffen, wo sich dieses Denken entfalten kann, man muss mit ihnen lesen ... unendlich viel lesen. Wir lesen hier querbeet – die Bibel ebenso wie die Gralssage, Dantes *Göttliche Komödie* oder Dichtungen der Romantiker, sehr gern zum Beispiel Rilke. Wir haben die Stücke *Gas I* und *Gas II* von Georg Kaiser gelesen, aber auch *Die Kathrin wird Soldat* oder *Die Geschichte des Sozialismus*. Ach, ich kann gar nicht alles aufzählen. Wichtig ist ja nicht, was man liest, sondern wie man es liest, nicht nur mit dem Verstand nämlich, dafür mit dem Herzen. Und ebenso wichtig ist es, den Schülern nicht vorzuschreiben, wie sie einen Text zu deuten haben oder Bilder zu betrachten. Bei unserem letzten Treffen haben wir uns den *Turm der blauen Pferde* von Franz Marc vorgenommen. Für lange Zeit haben wir uns das Gemälde schweigend angesehen, danach habe nicht ich mit all meinem Hintergrundwissen begonnen, das Bild zu interpretieren, ich habe sie den Anfang machen lassen.« Wieder ging Felicitas durch den Kopf, dass sie nicht bloß über Freiheit sprachen, sondern ... in Freiheit. »Nein, ich bringe ihnen nichts bei, ich trichtere ihnen erst recht nichts ein. Ich stelle einen Ort zur Verfügung, an dem sie denken, sich austauschen, Fragen stellen können, und zwar alle Fragen, es darf kein Tabu geben. Das einzige Gebot ist, Respekt zu zeigen – vor der Meinung des anderen, vor dem Werk eines Künstlers – und sich nicht von dunklen Gefühlen übermannen zu lassen. So wenig wir verbittern dürfen, dürfen wir hassen. Nicht einmal … sie.«

Felicitas schluckte schwer.»Ich kann das nicht. Ich hasse die Nazis. Nicht nur manchmal, immerzu. Sie haben mir alles genommen.«

Nun legte Erna Stahl doch die Hände auf ihre Schultern, nicht um sie zu streicheln, um die Finger tief in ihr Fleisch zu bohren. »Nein«, sagte sie streng.»Nein, sie haben Ihnen nicht alles genommen, reden Sie sich das bloß nicht ein. Helene hat mir nicht viel von Ihnen erzählt, aber das wenige lässt mich vermuten, dass Sie ein Mensch sind, der ein tiefes Gefühl von Menschenwürde hat, von der Freiheit der einzelnen Person, ein Mensch, in dem ein starkes Gerechtigkeitsempfinden und ein hungriger Intellekt wohnen. Und das alles kann man Ihnen nicht nehmen. Das können … müssen Sie vielmehr an diese jungen Menschen weitergeben.« Schweigend blickten sie sich an, vom Wohnzimmer her ertönten weiter Stimmen.»Auch ich fürchte manchmal, dass die deutschen Seelenkräfte von diesen Dämonen vernichtet werden«, fuhr Erna Stahl mit gesenkter Stimme fort,»dass sie sich nie wieder reparieren lassen. Gerade deswegen mache ich es mir zur Pflicht, zu jeder Minute und mit allen mir zu Gebote stehenden Mitteln so zu handeln, dass meine Schüler ein inneres Gegengewicht zu jenen verheerenden Wirkungen entwickeln.«

Sie nahm die Hände von ihren Schultern, doch Felicitas konnte sie immer noch spüren, desgleichen wie die Worte weiter in ihr echoten, ihr wie zuvor schon das Gefühl gaben, zum ersten Mal seit Ewigkeiten frei atmen zu können. Und diesmal folgten auf die tiefen Atemzüge keine Tränen, sondern entschlossene Worte.

»Ich würde Ihnen gern dabei helfen. Als Lehrerin, als Schülerin. Ich würde gern Mitglied Ihres … Lesekreises sein.«

Erna Stahl sagte nichts mehr, nickte nur knapp, ehe sie sich

351

abwandte. Erst als sie ihr folgte, ging Felicitas auf, an wen sie sie erinnerte – an ihre Ziehmutter Josephine Marquardt, die mit jeder Geste, jedem Blick stets bekundet hatte: Ich weiß, dass du es kannst.

Josephine hatte die Fähigkeit zu lesen und zu schreiben in ihr geweckt, Erna Stahl etwas anderes. Weiter zu leben, weiter zu hoffen, weiter ein Mensch zu sein, weiter zu kämpfen. Und vor allem: weiter zu denken, weiter zu lehren, weiter zu lernen.

Als sie das Wohnzimmer wieder betraten, wurde erneut aus Goethes *Epimenides* zitiert.

»Doch was dem Abgrund kühn entstiegen, kann durch ein ehernes Geschick den halben Weltkreis übersiegen, zum Abgrund muss es doch zurück. Schon droht ein ungeheures Bangen, vergebens wird er widerstehn! Und alle, die noch an ihm hangen, sie müssen mit zugrunde gehen.«

Als sich Felicitas neben Helene aufs Sofa setzte, breitete sich Frieden in ihr aus. Gewiss, das, was die Verse verhießen, war noch lange nicht erreicht. Noch drängte das Ungeheuer aus dem Abgrund, noch war es dabei, sich über die halbe Welt auszubreiten, noch war es stark wie nie, der Abgrund riesig und schwarz. Aber Erna Stahls Wohnzimmer war ein Ort, wo sie in den Abgrund starren konnte, ohne von ihm verschlungen zu werden, dem Ungeheuer trotzen, weil sie wusste, es war nicht wirklich groß, nur aufgebläht.

Die Schüler rangen weiterhin um die richtige Definition von Freiheit, brachten nun auch Kant und Schiller und Thomas von Aquin ins Spiel. Für sie, Felicitas, bedeutete Freiheit in diesem Augenblick, dass sie nicht länger Gefangene der Schuldgefühle, der Einsamkeit, der erzwungenen Tatenlosigkeit war.

Dezember

Sie zäumen das Pferd von hinten auf, Tiedemann«, sagte Grotjahn und lachte gutmütig. »Sie überlegen ständig, was ein deutscher Schüler braucht, um ein deutscher Mann zu werden. Sie müssen anders vorgehen, sich fragen: Was braucht er denn alles nicht?«

Emil starrte den anderen verständnislos an. Er ging nun regelmäßig im Curiohaus ein und aus, um mit anderen Schulleitern Diskussionen über die geplante Schulreform zu führen. Grotjahn wurde schließlich nicht müde zu beteuern, dass dies die Chance war, sich zu beweisen. Gab er sein Bestes, winkte am Ende vielleichte die Schulleiterstelle auf einer jener Schulen, wie es sie ab dem kommenden Jahr geben sollte, Adolf-Hitler-Schulen, zu der nur auserlesene Jungen Zugang bekommen würden. Zugleich hörte der andere nicht zu bekritteln auf, dass Emil die Neuorganisation des höheren Schulwesens – ob es nun die Grundprinzipien betraf oder den konkreten Stundenplan – falsch anging. An diesem Tag hatte er ihn nach der Sitzung sogar zurückgehalten, um ihn unter vier Augen zu ermahnen.

»Was braucht der deutsche Schüler denn alles nicht?«, fragte Emil.

Grotjahn saß auf einem Stuhl, er stand davor, dennoch fühlte er sich kleiner als der andere.

»Seien wir doch ehrlich: Was kann er in neun Jahren lernen, was er sich nicht schon in acht Jahren aneignet?«

»Sie wollen die Schulzeit verkürzen?«

»Die Oberprima muss wegfallen, ich wüsste nicht, inwiefern diese dem Volkswohl nutzt. Kein Knabe und kein Mädchen soll die Schule verlassen, ohne zur letzten Erkenntnis über die Notwendigkeit der Blutreinheit geführt worden zu sein, aber die jungen Menschen sollten keine Zeit haben, die sie für freie geistige Arbeit nutzen könnten. Freiheit und Geist in einem Satz – das tut weh. Den Geist eines Soldaten, das ist es, was wir brauchen. Deswegen ist der Sportunterricht so wichtig, folglich eines der wenigen Fächer, dessen Stundenzahl erhöht wird.«

Emil begriff nun, was Grotjahn meinte. Er war sich bloß nicht sicher, was er selbst darüber dachte.

»Das Abitur könnte als minderwertiger angesehen werden, wenn wir einen Jahrgang streichen… erst recht das der Mädchen«, wandte er ein. »Nach radikaler Stundenplankürzung wird das Mädchenabitur schon jetzt hinter vorgehaltener Hand als Puddingabitur bezeichnet.«

»Na und?«, fragte Grotjahn. »Wieso brauchen Mädchen überhaupt Abitur, warum den Zugang zu einem Universitätsstudium? So wie das Ziel der männlichen Erziehung unverrückbar der kommende Soldat zu sein hat, ist das Ziel der weiblichen die kommende Mutter. Dazu braucht man keine Algebra, nur… Rassegefühl und die Bereitschaft, dem Volkswohl zu dienen.«

»Ich verstehe«, sagte Emil.

Grotjahn musste die Skepsis aus seiner Stimme herausgehört haben, denn plötzlich beugte er sich vor und fragte lauernd: »Lebt Freeses Kind eigentlich immer noch bei Ihnen?«

Emil fühlte sich ertappt, konnte gleichwohl ruhig den Blick des anderen erwidern. Beim ersten Mal, als Grotjahn angelegentlich nachgefragt hatte, war er noch zusammengezuckt, war umso mehr geschrumpft, als Grotjahn zu langen Ausführungen angesetzt hatte. Der Jude, auch wenn sich darunter ganz famose Menschen befinden könnten, bleibe der Feind. Man dürfe nicht von wenigen anständigen Juden oder hübschen braven Kindern auf die ganze Rasse schließen.

Jetzt starrte er ihn nur schweigend an, und Emil fühlte: Es ging ihm nicht um die Antwort auf diese Frage – die kannte er natürlich –, es ging ihm um etwas anderes. Und Emil war bereit, ihm das zu geben. »Sie haben vollkommen recht«, erklärte er im Brustton der Überzeugung. »Es geht nicht darum, was ein deutscher Schüler braucht, um ein deutscher Mann zu werden, sondern darum, den Unterricht von allem zu befreien, was den deutschen Schüler verweichlicht. Ich werde die entsprechenden Papiere ausarbeiten und bin Ihnen sehr dankbar, dass Sie mir die Augen geöffnet haben.«

Als er später die Straße betrat, fiel es ihm schwer, erwähnte Augen auch offen zu halten. Heftiges Schneetreiben herrschte, sobald die Flocken seine Haut berührten, schmolzen sie. Mehrmals musste er einer Schneeschmelzmaschine ausweichen, wie sie seit dem vergangenen Jahr regelmäßig Einsatz fand – mit Koks beheizt, das erhitzte Schmelzwasser durch ein Gebläse strahlenförmig in die Schneemassen spritzend. Doch nicht nur das erschwerte sein Vorankommen, er drosselte sein Tempo freiwillig.

Er war nie gern nach Hause gekommen, hatte sich stets bedrängt gefühlt, weil Anneliese dort beharrlich auf etwas zu warten schien, was er ihr schuldig bleiben würde. Seit Elly bei ihnen lebte, erwartete sie nichts mehr, war einfach nur glücklich. Aber ihm war aufgegangen, dass er selbst auf etwas wartete – auf ein Gefühl von Rührung, auf den Wunsch, sich zu den beiden auf den Boden zu setzen, zu lachen und Späße zu machen. Er blieb es ihnen schuldig. Er blieb es sich schuldig.

Vor der Wohnungstür ging er eine Weile auf und ab, als er hörte, wie der Nachbar im Stockwerk über ihnen seine Wohnung verließ, blieb ihm nichts anderes übrig, als aufzuschließen. Er wappnete sich gegen Gesang und eine Kinderstimme, vernahm stattdessen die einer Frau. Sie sagte fast die gleichen Worte, die er an diesem Tag schon einmal gehört hatte.

»Der künftige Mann hat für Volk und Staat andere Aufgaben zu bewältigen als die werdende Frau.«

Carin Grotjahn war mittlerweile regelmäßiger Gast in der Bieberstraße. Er konnte nicht sagen, ob ihm das recht war oder nicht. Immerhin erwartete sie nicht von ihm, dass er sich auf den Boden setzte, einen Purzelbaum machte, gar mitsang. Ihr genügte ein flotter Heil-Hitler-Gruß, ein Lächeln, das kalt und hart war, als hätte es die Schneemaschine ins weiße Gesicht gefräst.

Carin saß im Salon am Esstisch und Anneliese ausnahmsweise ihr gegenüber. Sie musste Elly ins Nebenzimmer gebracht haben – um entweder das Kind von Carin fernzuhalten oder Carin von dem Kind. Jetzt erhob sie sich rasch, nahm ihm hastig Mantel und Hut ab, hauchte einen Kuss auf seine Wangen, die nass vom geschmolzenen Schnee waren.

»Wie gut, dass wir uns noch sehen, dann kann ich Sie gleich persönlich fragen«, wandte sich Carin Grotjahn an ihn. »Ich habe Ihre werte Gattin endlich überredet, sich beim NS-Frauenbund zu engagieren, und ich bin sicher, dass Sie nichts dagegen einzuwenden haben, dass sie künftig noch mehr Pflichten übernimmt. Sie wissen doch, wie wichtig unsere Arbeit ist?«

Mit wachsendem Stolz zählte sie auf, was Emil bislang entgangen war: dass der NS-Frauendienst regelmäßige Kurse veranstaltete, Broschüren und Merkblätter herausgab, darunter eine

Schriftenreihe für die praktische Hausfrau, wo Rezepte und Literaturempfehlungen nachzulesen waren, dass er Schulungsfilme erstellte und den Ausbau von hauswirtschaftlichen Beratungsstellen und Lehrküchen vorantrieb.

Nachdem Carin geendet hatte, fügte Anneliese hinzu: »Ich habe ja schon vor Kurzem einen Kurs gegeben. Frau Grotjahn meint, ich könnte noch weitere übernehmen.« Sie sah ihn erwartungsvoll an. »Elly würde in dieser Zeit den Kindergarten besuchen oder bei Frau Antje bleiben, sofern wir diese wieder einstellen. Frau Grotjahn meint auch, ich könnte wieder stundenweise unterrichten, nun, da die Fächer des Frauenschaffens – Hauswirtschaft, Gartenarbeit, Nadelarbeit und Kinderpflege – deutlich mehr Gewicht bekommen haben.«

Wünschte sie sich das wirklich? Oder wagte sie es bloß nicht, Carin Grotjahn vor den Kopf zu stoßen? Sah sie in ihr eine Freundin, oder wollte sie sie nur höflich sein?

Ein Nein stieg in ihm hoch, das ihn in seiner Vehemenz überraschte. Er ließ sich für Grotjahn vor den Karren spannen, um Felicitas zu schützen, um Elly zu schützen, aber dass Carin einen so engen Umgang mit seiner Frau pflegte, diente womöglich nicht dem Schutz, sondern stellte eine Gefahr dar. Das Nein kam ihm nicht über die Lippen. Wenn Anneliese bewies, dass sie trotz des vierteljüdischen Ziehkindes eine tüchtige deutsche Frau war, würde sie das Wohlwollen der Grotjahns eher erringen, als wenn sie sie vor den Kopf stieß.

Und es war nicht nur das, was ihn bewog zu nicken. Wenn Anneliese wieder arbeitete, würde sie sehr beschäftigt sein, noch weniger von ihm erwarten.

Er nickte nicht nur, er fügte energisch hinzu: »Warum soll ich denn etwas dagegen haben? Ich freue mich, dass Sie sich für Annelieses Aufnahme in die NS-Frauenschaft starkmachen. Ich weiß doch, dass wegen des starken Zulaufs neue Mitglieder nur in begrenztem Umfang zugelassen werden.«

Carin Grotjahn erhob sich. »Auf den Erfahrungsschatz Ihrer Frau zu verzichten wäre ein zu großes Versäumnis. Wie schön, dass sie meinem Werben endlich nachgegeben hat.«

Er begleitete sie hinaus, verabschiedete sie, wie er sie begrüßt hatte – mit einem schneidigen Hitlergruß, einem gefrorenen Lächeln. Als er in den Salon zurückkehrte, sah Anneliese ihn fragend an, suchte offenbar nach der Bestätigung, richtig entschieden zu haben.

»Ich bin nicht hungrig«, murmelte er nur.

Er war nicht sicher, ob es das war, was sie hören wollte, nur dass Anneliese erleichtert wirkte, als sie ins Kinderzimmer verschwand.

Das Leben war wieder das ihre, vor allem an diesen Abenden, wenn Felicitas beseelt die Wohnung von Erna Stahl verließ. Gewiss, heute hatten sie über nicht sehr Erfreuliches diskutiert, die Tatsache nämlich, dass das Dekanat der Bonner Universität Thomas Mann die Ehrendoktorwürde entzogen hatte. Doch Traute, eine von Helenes Mitschülerinnen, hatte jenen offenen Brief mitgebracht, in dem der Schriftsteller dazu Stellung bezogen hatte. Er zeigte sich über die undemokratische Entwicklung, die Deutschland genommen hatte, zutiefst erschrocken. Mann bezichtigte Hitler und seine Anhänger, den seelischen und physischen Ruin des Landes herbeigeführt zu haben, das durch massive Propaganda und militärische Aufrüstung auf einen verheerenden Krieg zusteuerte. Im Übrigen sah er sich nicht als Märtyrer, zog es vielmehr vor, ein wenig Heiterkeit in die Welt zu tragen, und deswegen hatte er dem Dekan voller Ironie vorgeschlagen, den Brief am Schwarzen Brett der Universität anzuschlagen.

Natürlich würde das niemals geschehen, zumal Thomas Mann den Universitäten eine gravierende Mitschuld an der deutschen Misere bescheinigte, aber dass sein Schreiben von Freunden und Bekannten in ganz Deutschland vervielfältigt und geteilt wurde, war als Triumph zu werten – nicht nur für ihn, sondern für alle, die in den Worten die machtvollste aller Waffen sahen. Wieder und wieder hatten sie seinen Text vorgelesen, und sei es nur, weil es verboten war und sie sich am Klang der eigenen Stimmen berauschen konnten, nicht erstickt von Ärger, Hilflosigkeit, Ohnmacht, nein, voller Schadenfreude.

Irgendwann hatte Erna Stahl die Diskussion auf Thomas Manns Werk *Mario und der Zauberer* gelenkt. Felicitas hatte nichts Kluges beizusteuern gewusst und nicht zum ersten Mal beschämt festgestellt, dass sie in Sachen Literatur – ganz anders als auf dem Feld der Geschichtswissenschaft – ein Banause war. Allerdings sah sie sich in diesem Kreis ohnehin nicht als Lehrerin, sondern als Schülerin, die selbst vieles lernte.

Seit ihrem Kennenlernen hatte sie mit Erna Stahl nicht viele Worte unter vier Augen gewechselt, doch bei einer Gelegenheit, hatte die ihr den Leitspruch von Christian Morgenstern anvertraut, den sie für ihr berufliches Schaffen gewählt hatte: »Man muss Künstler sein, will man Lehrer sein; man muss schaffen können in Mark und Bein.«

Erna Stahl war zweifellos eine Künstlerin, die gleich einer Bildhauerin in noch unausgegorenen Geistern junger Menschen das fertige Gesicht zu sehen schien und es ganz behutsam herausmeißelte. Bei Felicitas brauchte sie nicht Hammer und Meißel, jedoch galt es zu polieren, was grau und glanzlos geworden war – die Hoffnung, dass der Intellekt stärker als die Dumpfheit war.

Außerdem hatte sie ihr manchen Ratschlag gegeben, wie sie

ihre Überzeugungen im Unterricht leben konnte.»Dass wir die Rassegesetze durchnehmen, ist Pflicht. Aber mit welcher Stimme wir sie vortragen, ist unsere Sache. Wenn mir ein Inhalt aufgezwungen wird, trage ich ihn vor, als läse ich in einem Telefonbuch, und starre auf den Boden. Wenn ich etwas lehre, woran ich glaube, spreche ich voller Inbrunst und Glückseligkeit.«

Felicitas wusste jetzt, es ging nicht darum zu reagieren, sondern sich selbst die Treue zu halten. Nicht aufzuhören, Vertrauen in die Jugend zu setzen.

»Denken Sie auch, dass Cipolla, der Zauberer in Thomas Manns Werk, in gewisser Weise recht hat, wenn er sagt, es gibt die Freiheit, und es gibt den Willen, aber es gibt keine Willensfreiheit?«, riss Helenes Stimme sie aus ihren Gedanken.

Felicitas wollte nicht eingestehen, dass sie *Mario und der Zauberer* nie gelesen hatte und dass ihr auch Tucholsky und Brecht, Lieblingsautoren des jungen Heinz, größtenteils fremd waren. Immerhin hatte sie jüngst einen Beitrag zu einer Diskussion leisten können, die um den Bibelvers »Gebt dem Kaiser, was des Kaisers ist und Gott, was Gottes ist« entbrannt war. War ein Bürger, der dieser Tage an seiner wahren Gesinnung zwar festhielt, diese aber nicht offen bekannte, klug oder feige? Heinz meinte, man müsse immerzu für seine Ideale kämpfen, Traute und Lotte hatten dagegengehalten, dass auch in vermeintlicher Demut wahre Macht liegen könne: Was wäre denn gewonnen, wenn man den Kopf zu hoch reckte, auf dass er einem abgeschlagen wurde? Wenn man ihn einzog, mochte das opportunistisch sein, aber einem zugleich die Fähigkeit zu denken bewahren.

»Wie… wie geht es eigentlich Paul?«, erkundigte sie sich bei Helene, statt auf deren Frage einzugehen.

Mario und der Zauberer war vergessen. Helenes Lächeln war schmerzlich, aber immerhin war es ein Lächeln.

»Ich habe das Gefühl, er schläft kaum. Ich höre ihn in der Nacht oft durchs Zimmer gehen, und wenn er doch von Müdigkeit übermannt wird, fährt er regelmäßig schreiend hoch. Er will es mir nie erzählen – nicht, was er in den Träumen erleben musste, nicht, was er in Fuhlsbüttel erleben musste. Und er weigert sich, in die Schule zu gehen, erklärt, er sei zu schwach dazu. Immerhin liest er viel.«

Felicitas hob die Brauen. Paul hatte stets nur Eifer bei etwas bewiesen, das ihm durch und durch Spaß machte, und das Lesen hatte nie dazugehört. Dann dachte sie, wie groß der eigene Hunger auf Bücher geworden war. Warum sollten sie nicht auch für ihn zum Trost geworden sein?

»Das ist gut«, sagte sie, als sie beim Haus der Löwenhagens angekommen waren.

»Wollen Sie hochkommen, um ihn zu begrüßen?«

Felicitas schüttelte den Kopf. »Besser nicht.« Beim Gedanken an Paul nagte immer noch das schlechte Gewissen an ihr. Überdies war sie sich bewusst, dass er sein wahres Befinden stets vor Mutter und Schwester vertuschen musste, und wollte ihm deshalb nicht zumuten, auch ihr etwas vorzuspielen. »Beim nächsten Mal vertiefen wir die Diskussion.«

Als sie die Straße entlangging, zog sie die Schultern hoch, weil sie fröstelte. Helene heimzubringen bedeutete jedes Mal einen Umweg, doch es war ihr zur lieben Gewohnheit geworden, nicht zuletzt, um das Gefühl, nicht länger allein zu sein, auszukosten. Später würde sie mit dem Wissen lesen, dass sich anderswo junge Menschen in die gleiche Lektüre vertieften. Sie würden darüber diskutieren, würden Ausstellungen besuchen, Theater, sofern überhaupt noch interessante Stücke gespielt wurden, und …

Sie brach ab. Mittlerweile hatte sie den Grindel erreicht, und das Licht einer Straßenlaterne fiel auf einen Mann, der nicht weit von einem Hauseingang entfernt stand. Auch er hatte seine Schultern hochgezogen, den Kragen hochgeschlagen, und er trug überdies einen Hut. Doch obwohl dadurch fast nichts von ihm zu erkennen war, kam ihr etwas an seiner Haltung eigentümlich vertraut vor.

»Levi?«

Er wandte sich ab, machte drei Schritte in die entgegengesetzte Richtung, hielt dann doch inne. Der Hut verrutschte, als er sich zu ihr umdrehte, und sie ahnte mehr, als sie es im fahlen Licht der Straßenlaterne erkennen konnte, dass seine Lippen bläulich waren.

»Was machst du so spät am Abend hier?«, fragte sie.

So steif gefroren er auch wirkte – er schaffte es zu lächeln. »Ich könnte dich das Gleiche fragen. Wo ist der Mann, mit dem du getanzt hast und der dich danach hätte nach Haus begleiten sollen?«

Obwohl sie selbst fror, wäre sie bei seinem Anblick am liebsten aus ihrer Jacke geschlüpft und hätte sie ihm über die Schultern gelegt. In ihr wohnte noch Wärme aus Erna Stahls Wohnzimmer, ihn schien die Kälte ganz und gar durchdrungen zu haben. Bebend trat er von einem Fuß auf den anderen.

»Ich ... ich habe nicht getanzt. Und in meinem Leben gibt es seit Ewigkeiten keinen Mann mehr.«

Er hob die Hände, pustete dagegen, bewirkte wohl kaum etwas. Sie sah, dass sie rot vor Kälte waren. Wie gern hätte sie erzählt, wo sie gewesen war, was sie mit so viel neuem Mut erfüllte. Aber das durfte sie nicht, Erna Stahl hatte sie zu Stillschweigen über ihren Kreis verpflichtet, und so begnügte sie sich damit, ihn unwillkürlich an sich zu ziehen und ihm dadurch ein wenig Wärme zu schenken. Ihr entging sein Unwille nicht, aber er war wohl zu durchgefroren, um sich zu wehren.

»Warum ... warum bist du hier?«, fragte sie.

Er zögerte kurz, ehe er ihr gestand: »Ich bin aus meiner Wohnung geflogen. Mein Vermieter hat mir den Vertrag aufgekündigt.«

»Warum das denn?«

Seine Brille war beschlagen, dennoch sah sie, wie er seine rechte Augenbraue hochzog. »Na, warum wohl?«

»Das kann doch nicht rechtens sein!«

»Denkst du wirklich, dass der Mieterschutz noch für Juden gilt?«

»Das heißt, du wohnst auf der Straße?«

»Das nicht, wie viele delogierte Juden bin ich in einem Haus in der Agathenstraße untergekommen, aber das ist völlig überfüllt. In jedem Raum stehen drei Stockbetten, fast in jedem Bett liegen zwei Leute.« Sie konnte ihn nur entsetzt ansehen. »Keine Angst, ich habe noch eines für mich allein bekommen. Dort habe ich allerdings nur zum Schlafen Platz, nicht ... zum Denken.«

Sie konnte sich nicht vorstellen, dass hier draußen irgendein Gedanke nicht erfror. Ihre eigenen lahmten, und hilflos wiederholte sie: »Das kann doch nicht rechtens sein.«

»Soll ich dir einen Witz erzählen? Sagt ein Schweizer: Wir Schweizer bauen ein riesiges Marineministerium. Sagt ein Deutscher: Warum denn, ihr grenzt doch nicht ans Meer und habt deshalb gar keine Marine. Antwortet der Schweizer: Ihr baut in Berlin doch auch einen riesigen Justizpalais.«

Er tat so, als würde er nur zittern, weil er so heftig lachte. Das Lachen verstummte, das Zittern hielt an.

»Du holst dir noch den Tod, du musst dich aufwärmen!«

»Ich fürchte, in der Agathenstraße hole ich mir auch den Tod. All das Elend, das man dort sieht ... «

»Du kommst jetzt mit mir«, erklärte sie energisch. »Ich mache dir einen Tee oder Kaffee, am besten du nimmst ein heißes Bad.

Ich kann dir zwar kein Stockbett bieten, aber mein Sofa. Oder nein, noch besser mein Bett und …«

Während sie sprach, zog sie ihn mit sich, und ein paar Schritte duldete er es, dann versteifte er sich. Dieses Mal wohl nicht nur der Kälte wegen.

»Kürzlich hat man einen Juden durch die Straße getrieben«, sagte er leise. »Er trug ein Schild mit der Aufschrift: ICH HABE EIN CHRISTENMÄDCHEN GESCHÄNDET. Uniformierte SA-Männern haben auf ihn eingedroschen, und Jugendliche den Aufmarsch feixend auf ihren Rädern begleitet.«

Felicitas wusste, dass er nicht übertrieb, ging dennoch nicht darauf ein. Sie zog ihn wieder weiter, wieder versteifte er sich erst nach ein paar Schritten.

»Und in den Stürmer-Kästen hängen sie Fotografien von Menschen, die in jüdischen Läden einkaufen waren.«

Felicitas waren jene ein Meter breiten, grellrot angestrichenen Schaukästen der Wochenzeitung nicht fremd, auch nicht, gegen wen in dieser gehetzt wurde. Sie hakte sich trotzdem energisch bei ihm unter.

»Mag sein. Aber weißt du, heute Abend war ich nicht tanzen, flirten oder etwas trinken, das habe ich schon lange nicht mehr gemacht. Stattdessen habe ich etwas Verbotenes getan. Ich kann dir nichts davon erzählen, wenn es aufflöge, würde ich wohl meine Stelle verlieren. Und trotzdem tue ich es, werde es weiterhin tun. Es ist nicht das erste Mal, dass ich versuche, dem Wahnsinn zu trotzen, doch es ist das erste Mal, dass ich es nicht verzweifelt, wütend oder wie berauscht tue, nein, selbstbewusst und mit wachem Geist. Gut möglich, dass ich nichts damit bewirke oder nur lächerlich wenig. Aber ich habe es satt, Angst zu haben. Ich will nicht länger wie das Kaninchen vor der Schlange stehen. Ich will mich auch nicht betäuben, vor allem davonrennen und mir einreden, es wäre kein Rennen, sondern ein Tanzen. Es gibt keinen Tanz mehr in meinem Leben, es gibt keine Männer, Lehrerin bin ich hingegen noch, und das bleibe ich. Deine Freundin bin ich und bleibe ich ebenso. Du stößt mich nicht fort von dir, nicht noch einmal. Ich habe es vor einem Jahr zugelassen, weil ich mich so mutlos fühlte, aber das bin ich nicht mehr, und deswegen befehle ich dir jetzt: Du kommst mit in meine Wohnung und wärmst dich auf. Wenn morgen deswegen die Gestapo vor der Tür steht, dann ist es eben so. Bis dahin führe ich mein Leben, wie ich es will. Ich werde Vorsicht walten lassen bei jedem meiner Schritte, werde kuschen, wenn es sein muss, und die Menschen, die mir lieb sind, nicht in Gefahr bringen. Aber ob ich mich selbst in Gefahr bringe, ist allein meine Sache, nicht deine.«

Levi hob erneut die Hände vor den Mund, blies dagegen. Er fror immer noch erbärmlich – und schien doch etwas aufzutauen. Wie auch nicht, da sie ihm mit dem Feuer der alten Felicitas zu Leibe rückte, das vielleicht nicht kräftig loderte wie einst, aber auch nicht so leicht auszulöschen war.

»Kommst du jetzt?«

Er setzte Schritt vor Schritt. »Wenn ich ehrlich bin, hast du mich schon mit dem ersten Satz überzeugt, bei den restlichen habe ich nur mehr gefroren.«

»Dummkopf«, sagte sie und hakte sich bei ihm unter.

Als sie ihre Wohnung erreichten, zitterte Levi immer noch. Schnell legte Felicitas Kohlen nach, und bald entströmte dem Ofen eine angenehme Wärme. Levi zögerte, darauf zuzutreten, doch er wehrte sich nicht, als sie eine Decke nahm, sie um seine Schultern legte. Seine Lippen wirkten nicht mehr ganz so blau.

»Danke«, sagte sie plötzlich.

»Wieso dankst du mir? Du hilfst mir.«

»Aber du lässt dir helfen. Ich weiß, wie schwer es dir fällt, wie sehr du Mildtätigkeit und Almosen hasst. Ich weiß auch, dass du mich nicht in Schwierigkeiten bringen willst, dass du unsere Freundschaft geopfert hast, um mich zu schützen. Nur was du mir nicht verweigern kannst, ist deine Hilfe.«

»Meine Hilfe?«

»So ist es! Die brauche ich nämlich, und zwar sehr dringend.«

»Ich kann mir nicht vorstellen, wie ich ...«

»Nun«, fiel sie ihm energisch ins Wort, »ich war immer die Beste in Latein und Geschichte, im Deutschunterricht habe ich dagegen nicht ganz so gut aufgepasst, und Philosophie gehört nicht zu meinen Stärken. Und deswegen musst du mir ein paar Dinge erklären. Es genügt nicht, dass du mein Freund bist – du musst mein Deutschlehrer werden.«

Verwirrt starrte er sie an. »Seit wann interessierst du dich für Literatur?«

Sie zog ihn in Richtung Ofen, labte sich selbst an der Wärme. Er hielt die Hände darüber, das Beben ließ etwas nach.

»Glaub mir, ich verstehe nun besser als früher, dass du deine Bücher als deine Geliebte bezeichnet hast.«

»Das war doch nur so dahergesagt«, erwiderte er nachdenklich.

»Genauso wie es nur so dahergesagt war, als ich einst behauptet habe, ich hätte dann und wann ein Mädchen. Ich verstehe nicht annähernd so viel von der Liebe wie du.«

»Ich weiß nicht, ob es Liebe war, was ich früher suchte. Ich weiß nicht, ob ich etwas von Liebe verstehe. Aber ich würde gern mehr von Literatur verstehen. Und du bist der beste Deutschlehrer, den es gibt.«

Ein Seufzen entfuhr ihm, vielleicht war es ein Lachen. »Womöglich bin ich nur ein Idiot, der nicht für diese Zeit gemacht ist.«

366

»Womöglich bin ich das auch. Womöglich sind wir zwei genau die Art Idioten, die diese Zeit braucht.«

Sein Körper war wie erstarrt, als wäre alles in ihm aus Eis. Die Wärme vom Ofen allein würde es nicht zum Schmelzen bringen. Sie schenkte ihm einen Cognac ein, reichte ihm das Glas, er schüttelte nur den Kopf. Als sie das Glas zum eigenen Mund führte, leerte sie es in einem Zug. Es brannte in der Kehle.

»Wenn ich dir Tee mache, trinkst du dann wenigstens den?« Er zuckte mit den Schultern. »Und wenn ich sage, du bleibst nicht nur heute Nacht, sondern wohnst fürs Erste hier, egal, was passiert, egal, was ich damit riskiere, lehnst du dann nicht einfach ab?«

Seine Lippen wurden schmaler, aber in den Augen tanzte ein Lächeln. Zustimmen konnte er trotzdem nicht.

»Mit welchem Schriftsteller fangen wir an?«, fragte er stattdessen.

Die wohlige Wärme brachte auch Müdigkeit. »Das weiß ich noch nicht«, murmelte sie, »heute Abend ist es zu spät für Unterricht…«

Nachdem sie Tee gekocht und er eine Tasse getrunken hatte, streifte er erst die Decke ab, dann seine Jacke.

»Wir sollten schlafen gehen«, sagte sie und zog ihn an der Hand zu ihrem Bett. Er folgte ihr drei Schritte, doch als sie sich niederlegte, ihn dazu bewegen wollte, es ihr gleichzutun, versteifte er sich. »Komm doch zu mir.« Er rührte sich nicht. »Keine Angst, ich werde dich nicht verführen. Ich will nur nicht allein schlafen… allein träumen.«

»Man träumt immer allein.«

»Wer weiß, vielleicht träumen wir diese Nacht dasselbe.«

Endlich legte er sich zu ihr. Sie erwartete, dass er so weit wie möglich von ihr abrücken würde, aber er tat es nicht, schlang seine Arme um sie, zog sie fest an sich heran. Noch mehr Wärme durchdrang ihren Körper, eine andere als die, die ein Kohleofen verströmte.

»Dostojewski«, murmelte sie schlaftrunken.

»Was?«

»Wir fangen mit Dostojewski an, ich weiß viel zu wenig über russische Literatur.«

»Dostojewski hat einmal gesagt: ›Jemanden lieben heißt, ihn so sehen, wie Gott ihn gemeint hat.‹«

Felicitas dachte, dass sie sich das unbedingt merken sollte, um beim Lesekreis damit zu punkten, aber der Schlaf war übermächtig, Gedanken, Worte glichen wie Rauchfäden, die sich langsam auflösten. Sie träumten nicht das Gleiche, sie träumte überhaupt nichts. Als sie erwachte, war es nicht länger schwarz. Er war immer noch hier, immer noch hielten sie sich aneinander fest.

1938

September

Es war der letzte Abend bei Erna Stahl. Die Diskussion war lebhaft wie immer, doch nur noch die Hälfte der Stühle war besetzt. Felicitas ließ wehmütig den Blick kreisen und konnte sich kaum auf die Wortmeldungen konzentrieren. Sie hätte zwar manches beisteuern können, sprachen sie doch über deutsche Kaiser im Mittelalter, und zwar jene, die im Unterricht nicht mehr Erwähnung fanden, weil sie keine »deutschen Helden« waren. Aber daran zu denken, dass dies die letzte Chance war, das Wissen ihrer Zöglinge zu mehren, echtes Wissen, nicht nur Parolen, tat zu weh. Beharrlich sagte sie sich, dass diese jungen Leute nicht aufhören würden zu lernen, im Gegenteil, die meisten würden demnächst ihr Studium aufnehmen und das, was sie in diesem Lesekreis erfahren hatten, auf die Universitäten tragen. Ich sollte nicht traurig, sondern dankbar sein, dachte sie, dankbar für all das, was ich hier bekommen und geben konnte. Und ich sollte nicht daran denken, dass es morgen diesen Lesekreis nicht mehr geben wird, sondern mich an das erinnern, was wir in den letzten Jahren zusammen erlebt haben.

Dazu gehörten bei Weitem nicht nur unzählige Abende in der Riststraße, auch gemeinsame Ausflüge, so einer nach Essen, wo sie eine Ausstellung über entartete Kunst besucht hatten. Die Nazis wollten diese Kunst zeigen, um den Menschen vor Augen zu führen, wie hässlich, sinnlos und unmoralisch sie war. Sie aber hatten die Gemälde von Franz Marc, Wassily Kandinsky und Emil Nolde unter der weisen Führung Erna Stahls betrachtet, die das Einzigartige und Kostbare vermitteln konnte. Ein anderer Ausflug hatte sie nach Berlin gebracht, wo sie nicht nur eine Faust-Inszenierung besucht hatten, auch das Ägyptische Museum im Kronprinzenpalais, um hier einige moderne Gemälde zu bewundern.

Mit Blick auf die Uhr beendete Erna Stahl soeben den Lesekreis. Sie war keine rührselige Frau, als sie sich erhob, stand keinerlei Wehmut in ihrer Miene. Auch die Abschiedsworte klangen so unbekümmert, als würden sie sich schon in einer Woche wiedersehen. Den einzigen Unterschied machte das Versprechen, in Briefkontakt zu bleiben.

»Ich wünsche euch alles Gute in München.«

Nicht nur Traute Lafrenz würde in München studieren, auch Helene. Auf dem Weg hierher hatte sie Felicitas schon ausführlich von ihren Studienplänen und den damit verbundenen Erwartungen berichtet.

»Bist du sehr aufgeregt?«, fragte Felicitas jetzt. »Als ich damals mein Studium in Berlin begann, fing ein ganz neues Leben an.«

Helenes Lächeln war freudestrahlend, sie verlor kein Wort darüber, dass Felicitas zu ganz anderen Zeiten studiert hatte – solchen, da Frauen ihren Platz an der Universität selbstbewusst eingenommen hatten, nicht mit Blicken bedacht worden waren, als wären weibliche Studenten so etwas Ähnliches wie entartete Kunst.

Helene, das ahnte Felicitas, würde diesen Blicken allerdings standhalten. Sie war immer stiller, zurückhaltender als Paul gewesen, aber auch stärker.

»Und Paul?«, fragte Felicitas. »Ist er immer noch zufrieden in der Agentur des Rauhen Hauses?«

In der evangelischen Buchhandlung am Jungfernsteg machte Paul seit knapp anderthalb Jahren eine Lehre. Felicitas hatte ihre Mühe, ihn als Buchhändler zu betrachten. Auch als Helene ihr damals anvertraut hatte, dass er das Lesen für sich entdeckt habe, hatte sie sich nicht vorstellen können, dass das wirklich seine Leidenschaft entfachte. Aber sie kannte nur den alten Paul, den aufmüpfigen, provokanten, frechen, kaum den neuen Paul, den stillen, in sich gekehrten, nachdenklichen. Sie hoffte inständig, dass ihm das, was er aus seiner Arbeit zog, ähnliche Befriedigung schenken würde wie Helene das Medizinstudium.

»Alles Gute in Berlin, Heinz«, sagte Erna Stahl zu jenem jungen Mann, der sich stets als leidenschaftlicher, oft radikaler Diskutant erwiesen hatte, »und denk daran, deine Lektüre mit Bedacht zu wählen. Dass dein Intellekt einen guten Appetit hat, ist erfreulich, aber manchmal erscheint er mir unersättlich. Vergiss nicht, dann und wann eine Pause und einen Spaziergang an der frischen Luft zu machen.«

Sie klopfte ihm auf die Schulter, und nachdem sie auch alle anderen verabschiedet hatte und diese die Wohnung verlassen hatten, war sie mit Felicitas allein.

Diese wusste, dass sie gehen sollte, konnte es jedoch noch nicht.

Und wenn das, was sie hier gelernt haben, sich in der großen Welt da draußen nur als Ballast erweist, den sie abwerfen müssen, um auf stürmischer See nicht in Seenot zu geraten?, ging es ihr durch den Kopf.

Erna Stahl schien ihr die Gedanken anzusehen. »Wir müssen sie ziehen lassen«, sagte sie leise. »Und das Beste für sie hoffen.«

Felicitas entkam ein Seufzen. »Manchmal fällt die Hoffnung so schwer. Die Stimmung im Volk ändert sich mitnichten. Es lässt sich keinerlei Umschwung erkennen, im Gegenteil.«

Erna Stahl wiegte nachdenklich den Kopf. »Ein Mensch, der

ein tiefes Gefühl von Menschenwürde und Freiheit hat, der den Nächsten in seiner eigenen Existenz zu achten gewohnt ist, der über ein starkes Gerechtigkeitsempfinden verfügt, der kann der Verlockung widerstehen«, sagte sie. »Er kann sich den Niedergangsimpulsen widersetzen, die dem Volk eingetrichtert werden, wenn man von Rassen und Nationen und Stammeszugehörigkeiten spricht. Diese jungen Menschen werden sich das, was sie hier erfahren haben, bewahren, mehr noch, es wird wie eine Saat aufgehen. Ich weiß nicht, was genau blühen und duften wird, nur dass es eine kräftige Pflanze mit tiefen Wurzeln sein wird. Wenn wir nicht auf die Gaben des Geistes setzen und vertrauen können, dann gäbe es keinen Grund zu leben. Aber leben wollen wir, trotz allem.«

Dieses »trotz allem« war es am Ende, das Felicitas' Kummer ein wenig vertrieb. Auch sie verabschiedete sich von Erna Stahl, auch sie gab das Versprechen ab, dass sie sich schreiben würden und dann und wann sehen.

Das »trotz allem« sorgte dafür, dass sie beschwingt den Heimweg antrat. Erst als sie die dunkle Wohnung betrat, überkam sie Wehmut, wurde aus ihr, die sich in einer eingeschworenen Gemeinschaft eben noch behütet gefühlt hatte, wieder der einsame Mensch, der sich blind durchs Leben tastete.

Allerdings blieb die Wohnung nicht lange dunkel, jemand schaltete das Licht an. Und sie war nicht einsam. Selbst wenn der Lesekreis sein natürliches Ende gefunden haben mochte – Levi war hier, erwartete sie. Seit fast zwei Jahren bewohnte er Annelieses ehemaliges Zimmer, und sie rief mehrmals am Tag laut Augustinus, damit niemand auf die Idee kam, sie beherbergte einen Juden.

Er sah ihr die Trauer an, trat auf sie zu, umarmte sie, wie sie nur er umarmte. Nicht wie ein Bruder, nicht wie ein Freund, nicht

374

wie ein Geliebter. Wie einer, dem zu vertrauen, sich nahezufüh-
len, so selbstverständlich war, dass sie nicht benennen musste, was
sie verband. Er gehörte zu ihr, und sie gehörte zu ihm, sie hatten
zu alter Offenheit zurückgefunden, lasen gemeinsam und brachten sich einander neue Dinge bei. Sie sprachen Hoffnungen und
Sehnsüchte aus und klagten über alles, was das Leben und Unterrichten erschwerte. Hin und wieder lachten sie gemeinsam, und
ebenso einträchtig schoben sie den Gedanken, dass sie nicht ewig
diese Wohngemeinschaft erhalten konnten, vor sich her.

Sie löste sich aus seiner Umarmung. »Ich habe kein Recht,
traurig zu sein«, sagte sie.

»Ich weiß«, sagte er mit dem ihm eigenen Spott, der nie bei-
ßend war, »wenn es darum geht, wer sich von uns beiden un-
glücklicher nennen darf, bin ich konkurrenzlos. Aber glaub mir,
zwischendurch gönne ich auch dir den Sieg. Und ich habe dieser Tage einen riesigen Vorteil: Ich bin kein Arzt, und ich besitze
kein Vermögen.« Sie wusste, worauf er anspielte – dass die jüdischen Ärzte kürzlich ihre Approbation verloren hatten und sich
nur mehr Krankenbehandler nennen durften und dass jeder Jude,
der mehr als fünftausend Reichsmark besaß, sein Vermögen an-
melden musste, um fortan mit der Angst zu leben, dass man es
ihm entziehen würde. »Als Lehrer bin ich dagegen sicher«, fuhr
er fort. »Die jüdische Schule hat immer noch einen regen Zulauf,
mittlerweile verstehe ich die hebräischen Lieder, die meine Schüler singen, und auch Polnisch spreche ich recht passabel. Du hast
heute etwas verloren, das dir wichtig war, nicht ich.«

»Ich habe es nicht verloren«, sagte sie schnell, »was in den letzten Jahren geschehen ist, bleibt ein Zeichen ...«

Ein Zeichen, dass an den Rändern der Nacht ein Morgenrot
schimmerte, sie weiterhin beharrlich diesem Licht folgen wollte.

Wieder machte er Anstalten, sie zu umarmen, doch er erstarrte

375

mitten in der Bewegung, als ein lautes Klopfen ertönte. Seit Langem hatte sie niemand mehr besucht, erst recht nicht so spät am Abend.

»Vielleicht einer deiner Zöglinge?«, fragte Levi, beeilte sich dann aber doch, aus dem Zimmer zu verschwinden und die Tür hinter sich zu schließen.

Felicitas atmete tief durch und setzte eine arglose Miene auf. Vor ihrer Wohnung stand keiner der jungen Schüler, die ab jetzt Studenten waren. Die Miene entglitt ihr.

»Was willst du denn hier?«

Das letzte Mal, als Emil die Wohnung gegenüber von St. Johannis betreten hatte, hatte Anneliese noch dort gewohnt und er sie heimbegleitet. Es schien eine andere Wohnung gewesen zu sein, damals hatte Anneliese dort regelmäßig gründlich geputzt. Felicitas legte wohl nicht einmal Wert darauf, dann und wann aufzuräumen. Als er eintrat, wäre er fast über ihre Tasche gestolpert. Zwar konnte er noch verstehen, warum sie diese auf dem Boden abgelegt hatte, nicht aber, dass daneben auch ihr Mantel lag. Weitere Kleidungsstücke häuften sich auf dem Sofa im Wohnzimmer. Und über dem Stuhl, zu dem sie trat, hing eine Jacke. Dass sie sie rasch an sich nahm, ließ ihn glauben, dass sie eine Sitzgelegenheit schaffen wollte, doch dann ging ihm auf, dass es eine Herrenjacke war, die sie vor ihm zu verbergen suchte.

Er sah sich um, im Raum war niemand außer ihnen beiden, die Türen zu den Schlafzimmern und zur Küche waren geschlossen. Trotzdem ahnte er nicht nur, spürte es regelrecht, dass sie nicht allein in der Wohnung waren.

Er ignorierte den Stachel in seiner Brust, verdrängte die Frage, wie sie es in so einem Saustall aushalten konnte. Ging der Erkenntnis nicht nach, dass er es selbst in der eigenen Wohnung, die alles andere als ein Saustall war, viel weniger aushielt. Deswegen war er allerdings nicht gekommen.

»Seit Jahren versorgst du die Talmud-Tora-Schule im Grindelhof mit Büchern«, sagte er knapp. Sie ließ die Jacke sinken. »Was ich in meiner Freizeit tue, geht dich nichts an.«

»Was du in der Alsterschule machst, schon. Ich weiß, dass du von dort Materialien mitnimmst – Papier, Stifte, Tinte. Das ... das muss aufhören.«

Das erwartete Widerwort blieb aus. Sie nahm nun selbst auf dem Stuhl Platz. Doch obwohl sie so gezwungen war, von unten zu ihm hochzusehen, machte sie das nicht kleiner. Sie schien regelrecht zu thronen, während er zum Untertanen degradiert war, wie er da von einem Bein auf das andere trat.

»Ich muss dir noch gratulieren«, sagte sie. »Ich weiß, dass die Richtlinien zur Erziehung und zum Unterricht in der höheren Schule, die im Januar dieses Jahres erlassen wurden und ab Herbst in Kraft getreten sind, von dir mit ausgearbeitet worden sind. Ich vermute mal, dass der Reichserziehungsminister deshalb deinen Namen kennt. Und ihm der vielleicht in den Sinn kommt, wenn es demnächst ein wichtiges Amt in der Schulbehörde zu besetzen gilt.«

Genau das waren auch Grotjahns Worte gewesen, nur dass aus dessen Stimme Respekt geklungen hatte, nicht Hohn. Wobei sie ihn nicht allein verhöhnte, ihm auch Zuspruch gab. Schließlich hatte sie selbst ihn einst dazu aufgefordert, zielstrebig seine Karriere zu verfolgen.

Emil ging nicht darauf ein. »Das muss aufhören«, wiederholte er. »Es ist nicht länger möglich, dass du die jüdische Schule unterstützt.«

Sie lehnte sich zurück, überkreuzte die Hände über der Brust.

»Und warum sagst du mir das nicht während der Arbeitszeit? Warum hast du es mir nicht schon vor Jahren gesagt, wenn es dir doch nicht verborgen geblieben ist?«

Unvermittelt machte er einen Schritt auf sie zu. Er stieg wieder auf etwas Weiches, kein Kleidungsstück, sondern einen Schuh, den sie von sich geschleudert haben musste. Er stolperte nicht, seine Stimme stolperte auch nicht, als es aus ihm hervorbrach: »Ich ... ich habe immer versucht, dich zu beschützen! Es kann aber sein, dass ich dich bald nicht mehr beschützen kann.«

Er trat noch näher, und ihm entging nicht, dass sie sich – so herausfordernd sie weiterhin seinem Blick standhielt – fester an die Lehne presste.

»Warum nicht?«, fragte sie gedehnt.

Am liebsten hätte er den Stuhl gepackt. Am liebsten hätte er sie an den Schultern gepackt. »Weißt du überhaupt, was auf dieser Welt los ist?«, schrie er.

Der Laut, den sie ausstieß, hätte in lichteren Tagen ein Lachen sein können. »Ja, denkst du etwa, ich wäre von uns beiden die Blinde? Diejenige, die sich obendrein Mund wie Ohren zuhält und brav ihre Pflicht tut?« Sie erhob sich behände, zwang ihn dazu zurückzuweichen. »Ich weiß ganz genau, was auf dieser Welt los ist. Nur dass ich sie nicht für eine Welt halte, sondern für eine Kloake, in der das Unrecht zum Himmel stinkt. Ich nehme an, du spielst auf die Ereignisse im Juni an, als zehntausend Menschen in Lager verschleppt wurden, darunter nicht nur Obdachlose, auch mehr als tausend Juden. Als Asoziale wurden sie bezeichnet, als Arbeitsbummelanten und Gemeinschaftsfremde, denen man wieder Manieren beibringen müsse. Dabei will man ihnen nichts beibringen, ihnen nur etwas einprügeln: Ihr seid nichts wert, euch hilft niemand gegen uns. Wen wir als Feind betrachten, dem können wir vorwerfen, was wir wollen. Heute mag das

378

nur Faulheit sein, morgen, dass ihr den Führer höchstpersönlich erwürgen wollt. Man braucht keinen Grund mehr, um jemanden ins Gefängnis zu schicken. Es genügt, dass es finster ist, wenn die SA in die Wohnung stürmt. Das Tageslicht meidet sie. Selbst du scheinst es zu meiden, Emil. Warum sonst kommst du ausgerechnet jetzt zu mir?«

Mit jedem Schritt war sie näher gekommen, irgendwann fand er keinen Platz mehr zurückzuweichen, stand zwischen ihr und der Wand. Er witterte eine Entschlossenheit, die er sich schon in den letzten Jahren nicht hatte erklären können, jene alte Stärke, die in ihm eine eigentümliche Hitze, eine tiefe Faszination beschwor.

Er gab ihr nicht nach. »Du weißt vielleicht, was geschehen ist, aber du weißt nicht, was geschehen wird.« Er war nicht sicher, ob er hier war, um sie zurechtzustutzen oder sie zu warnen, ihr zu drohen oder ihr zu helfen. Vielleicht traf alles zu. »Man nennt es … Polenaktion. Sie soll Ende Oktober beginnen. Viele Juden in Hamburg sind polnischer Herkunft, so wie viele Juden in Österreich. Nach dem Anschluss Österreichs ans Deutsche Reich wollten viele von ihnen nicht länger dortbleiben, sie haben ein Rückkehrvisum nach Polen beantragt. Den Österreichern hat das gefallen, sie wollten sie gern loswerden, den Polen nicht, die wollen keine Juden im Land. Und deswegen hat die polnische Regierung ihren im Ausland lebenden Bürgern die Staatsbürgerschaft entzogen, um deren Wiedereinbürgerung zu verhindern.« Von ihrer fragenden Miene las er ab, dass sie zum ersten Mal davon hörte. »Das Deutsche Reich reagiert nun darauf«, fuhr er fort. »Noch bevor ihnen die polnische Staatsbürgerschaft aberkannt wird, sollen sämtliche Juden polnischer Herkunft aus Deutschland abgeschoben werden. Man will auf diese Weise verhindern, dass staatenlos gewordene Ostjuden dauerhaft in Deutschland bleiben. Und das betrifft auch die, die schon so lange hier leben, dass sie nur unsere Sprache kennen.«

»Aber … aber das sind doch Tausende Menschen.«

»Siebzehntausend in ganz Deutschland, nicht wenige von ihnen leben hier in Hamburg. Man wird sie verhaften, man wird sie in Züge setzen, man wird sie an die Grenze bringen. Was dahinter mit ihnen geschieht, interessiert hier niemanden.«

»Aber … aber …«, setzte sie wieder an, brachte keinen ganzen Satz mehr zustande.

Er hatte nicht gehört, dass sich eine der Türen geöffnet hatte, hörte nun jedoch eine Stimme.

»Aber das betrifft die Hälfte unserer Schüler!«

Felicitas fuhr herum, Emil drehte ganz langsam seinen Kopf zur Seite.

Die Jacke gehörte keinem fremden Mann, sondern Levi. Er hätte es sich denken können, Levi trug solche Jacken, schwarz, schlicht, ein wenig zu groß.

Erleichterung regte sich, ein Freund war bei ihr. Empörung auch. Warum musste es ein Jude sein? Und Neid. Warum war es ein anderer als er?

In Levis Gesicht stand dagegen nur Entsetzen, in Felicitas' ebenso. Er schien sich Sorgen um seine Schüler zu machen, sie sich um ihn.

»Du wirst doch nicht verraten, dass er bei mir lebt?«, stieß sie hervor. »Er ist schon vor langer Zeit aus der Wohnung geflogen, ich konnte nicht zulassen, dass …«

Als er sich ihr wieder zuwandte, brach sie ab.

»Ich wusste nicht, dass ihr ein Paar seid.«

»Wir sind kein Paar! Freunde sind wir, die allerbesten, und deshalb …«

Er hob die Hand, um sie zum Schweigen zu bringen. Jetzt

konnte er sie von sich fortschieben, mit seinen Händen, mit seinen Worten, jedes kälter, nüchterner, höhnischer als das vorangegangene. »Was ihr beide miteinander treibt, interessiert mich nicht. Aber wenn du dich nicht von der jüdischen Schule fernhältst, nicht von den polnischen Juden, dann bin ich machtlos, dann kann ich dich nicht mehr schützen.« Er wandte sich an Levi, zu seinem Erstaunen fiel es ihm nicht schwerer, mit harter Stimme weiterzusprechen. »Dir kann ich nur das Gleiche raten. Was immer geschieht: Senke den Kopf, halte still, nimm es hin. Wenn du dich für die polnischen Juden starkmachst, ob es deine Schüler sind oder deren Eltern, wirst du am Ende selbst in einem Zug nach Polen sitzen. Das willst du doch nicht, oder? Das wollen wir nicht.«

Er war nicht sicher, ob dieses Wir ihn wirklich mit einschloss. Er wusste nur, dass die Wohnung zu klein für sie alle drei war. Er stieg über alles, was da auf dem Boden lag, hinweg, erreichte die Tür, drehte sich ein letztes Mal um. Levi und Felicitas achteten nicht länger auf ihn, fanden sich in einem hitzigen Wortgefecht wieder. Levi erklärte gerade, er müsse endlich ausziehen. Sie schüttelte vehement den Kopf, tat das als Unsinn ab. Wenn er sich weiterhin unauffällig verhielte, drohe nichts, er habe doch ihn, Emil, eben gehört, man müsse nur den Kopf gesenkt halten.

Levi hielt den Kopf nicht gesenkt, er starrte Felicitas unverwandt an. Sie hielt den Kopf auch nicht gesenkt, sie starrte Levi unverwandt an.

Und er, er konnte den Blick kurz nicht von ihnen beiden lösen, gab sich erst nach einer Weile einen Ruck, um nach draußen zu fliehen. Kaum auf der Straße angelangt, beschleunigte er den Schritt, doch Felicitas' und Levis Anblick verfolgten ihn, etwas anderes sah er auch – eine Einsicht. Sie schmerzte ein wenig, aber

nicht nur. Die Bitterkeit mischte sich mit Wehmut, sogar Wohlwollen. Und dann war da ein wenig Spott, der ihm ein heiseres
Lachen entrang.

Und ich dachte immer, ich sei der Narr, ging es ihm durch den
Kopf. Dabei ist Felicitas die größere Närrin.

Oktober

Wer kann mir sagen, welche Arten von Lampen es gibt?«, fragte Anneliese. Es meldeten sich gleich mehrere Schülerinnen. Keine von ihnen schaffte es, allein alle Lampen zu benennen, aber mit vereinten Kräften zählten sie die wichtigsten auf.
»Petroleumlampen.«
»Spirituslampen.«
»Gaslampen.«
»Elektrische Lampen.«
»Und welches Reinigungsmittel ist für den Lampenschirm geeignet?« Wieder meldeten sich etliche und wussten die richtige Antwort: Schlämmkreide mit Salmiak. »Bedenkt auch immer, dass eine Hausfrau gut zu wirtschaften hat«, erklärte Anneliese. »Müll oder Abfall darf es nicht geben, aus Resten lässt sich so viel machen. Gewiss, man kann nicht immer etwas Essbares daraus herstellen, aber allerhand Reinigungsmittel.« Sie machte eine kurze Pause. »Die gute Hausfrau verrichtet ihre Arbeit nicht nur mit der Hand, sondern auch mit dem Kopf. Jede Tätigkeit muss planmäßig und überlegt durchgeführt werden. Teilt euch die Arbeit stets genau ein und entscheidet euch für das zweckmäßigste Hilfsmittel, dann wird es möglich sein, zusätzlich zu den üblichen Aufgaben noch weitere zu erfüllen.«

Als die Mädchen nickten, lächelte sie.

Sie hatte nie ungern unterrichtet, aber nie so leidenschaftlich wie Felicitas. Doch seit Carin Grotjahn sie davon überzeugt hatte, ihrer nationalen Pflicht nachzukommen und sie wieder regelmäßig vor einer Klasse stand, ging ihr auf, dass es ihr gefehlt hatte, Lehrerin zu sein, zumal keine kleinen Mädchen vor ihr saßen, sondern junge Damen. In sämtlichen Klassen von Mädchenschulen war das Fach Hauswirtschaft im Umfang von mindesten zwei Wochenstunden eingeführt worden, und an den höheren Schulen gab es überdies einen hauswirtschaftlichen Zweig.

»Es genügt nicht länger, dass du Kurse für die NS-Frauenschaft gibst«, hatte Carin erklärt. »Du musst dich noch stärker für das Wohl des Volkes engagieren. Hauswirtschaftslehrerinnen werden so dringend gesucht, auch an der Alsterschule, diesem Ruf darfst du dich nicht verwehren.«

Die Vorstellung, ausgerechnet an Emils Schule zu unterrichten, hatte sie zunächst befremdet. Doch als Carin nicht nur ihr, auch ihm in den Ohren gelegen und er ihr in zweifacher Hinsicht zugestimmt hatte – ja, die Alsterschule brauchte Lehrkräfte, um dem neuen Lehrplan gerecht zu werden, und ja, Anneliese würde das sicher großartig machen –, hatte sie sich mit dem Gedanken angefreundet. Mittlerweile fühlte es sich nicht mehr wie eine Pflicht an, die sie nur erfüllte, weil sie Carin nicht hatte enttäuschen wollen, es war ihr zur lieb gewonnenen Gewohnheit geworden, wieder vor einer Klasse zu stehen. »In der nächsten Stunde werde ich euch erklären, wie ein Webstuhl funktioniert«, sagte sie. »Idealerweise stellt man Stoff für Kleider nämlich selbst her.«

»Kratzt das nicht schrecklich?«, warf eine Schülerin aus der zweiten Reihe ein.

Dass sie herausgeplatzt war, anstatt sich mit Handzeichen zu melden, hätte ihr eigentlich Tadel einbringen müssen, aber Anneliese fiel es schwer, allzu streng zu sein, zumal die Sitznachbarin ihr zuvorkam und sie empört anstieß.

»Was willst du denn lieber tragen? Pariser Seidenwäsche?« Prompt sekundierte eine weitere: »Die Bäuerin verkörpert die Bodenständigkeit im Volksganzen. Deshalb muss sie wissen, dass sie sich nicht wahllos alle schreienden Muster der Stoffindustrie und alle Torheiten ausländischer Modeschöpfer anschaffen kann. Sie gewinnt dadurch weder an Aussehen noch an Ansehen.«

Anneliese fragte sich, woher sie das hatte, sie konnte sich nicht erinnern, ihnen dieses Zitat eingetrichtert zu haben.

»Fürs Erste werden wir mit dem Stoff, den wir weben, Puppenkleidung herstellen«, beschwichtigte sie.

Die jungen Mädchen mussten schließlich volkstümliches Spielzeug kennenlernen, und Puppenkleidung galt überdies als Vorstufe für Erstlingswäsche, die später im Unterricht für das Hilfswerk Mutter und Kind hergestellt wurde. Gestrickt wurde natürlich auch.

»Und wann«, fragte eine weitere Schülerin, »lernen wir alles über Säuglings- und Kleinkinderpflege?«

Anneliese wusste, dass es eine wichtige Aufgabe war, die Freude am erbgesunden Kind zu wecken, aber das stand vorerst noch nicht auf dem Programm.

»Zunächst widmen wir uns dem sparsamen Wirtschaften. Erinnert ihr euch noch daran, was ich euch über die rechte Vorratshaltung erzählt habe?«

Wieder meldeten sich drei Mädchen.

Dass selbige die Visitenkarte der Hausfrau sei, sagte die eine. Dass sich jede gute Hausfrau am »Kampf dem Verderb« beteiligen müsse, die zweite. Und dass fachgerechte Zubereitung wichtig sei, um den Nährstoffverlust zu vermeiden, die dritte.

»Generell erfolgt die Aufbereitung der Speisen unter dem Gesichtspunkt ihrer optimalen Auswirkung auf den menschlichen Körper.«

»So ist es«, sagte Anneliese. »Und welche Kochverfahren gelten als veraltet, weil dabei wertvolle Vitamine verloren gehen?«

»Abkochen und Abbrühen.«

»Richtig. Man kann das Gemüse, das vorzugsweise aus dem eigenen Garten kommt, jedoch im Kühlschrank oder im Keller lagern, dort blieben die Vitamine erhalten.«

Den Hinweis darauf, dass die meisten Familien keine Kühltruhe besaßen, obwohl die Regierung versprochen hatte, dass sich bald jede eine leisten könne, ersparte sie sich, zumal die Schulstunde eben endete.

Als die Mädchen brav in Zweierreihen die Klasse verließen, sah sie ihnen lächelnd nach. Bald packte sie ihre eigenen Sachen ein, um heimzukommen. Seit sie wieder unterrichtete, hatten sie Frau Anke eingestellt, damit diese sich um den Haushalt und Elly kümmerte, doch Anneliese bestand darauf, selbst zu kochen und zu backen. Und so legte sie den Heimweg meist im Laufschritt zurück. An diesem Tag dauerte es leider länger als sonst. Bis zur Rothenbaumchaussee kam sie gut voran, doch als sie diese überqueren wollte, fuhren gleich drei Lastwagen an ihr vorbei. Sie verzog das Gesicht, als ihr die Abgase in die Nase stiegen.

»Kein schöner Anblick«, vernahm sie eine Stimme, »aber es muss sein.«

Anneliese fuhr herum und sah Carin Grotjahn auf sie zukommen. Gut möglich, dass auch sie von der Alsterschule kam, war es doch als Mitglied des NS-Frauenbundes ihre Aufgabe, Klassen dort zu besuchen und talentierte Mädchen auszuwählen, auf dass diese Familien in Not unterstützten.

Anneliese freute sich, Carin zu sehen, sie war die einzige verlässliche Freundin, die sie noch hatte. Felicitas hatte sie an der

Alsterschule zwar freudig begrüßt und sich nicht nehmen lassen, ihr persönlich die anderen Kolleginnen vorzustellen, doch ihre Stundenpläne waren so verschieden, dass sie sich nur selten im Lehrerinnenzimmer trafen. Und selbst wenn, hatten sie sich wenig zu sagen. Meist blieb es dabei, dass Felicitas nach Elly fragte und sie ihr von der Kleinen berichtete. Was sie zu Carin Grotjahn sagen sollte, wusste sie wiederum oft nicht, die andere schien sich nicht sonderlich dafür zu interessieren, wie eifrig Elly die Äpfel für einen Kuchen zu schälen half, hielt stattdessen ermüdend lange Vorträge, aber zweifellos meinte sie es gut mit ihr. Die Entscheidung, wieder zu unterrichten, zu der diese sie gedrängt hatte, hatte sich schließlich als die richtige erweisen.

»Begleitest du mich nach Hause?«, fragte Anneliese. »Ich könnte uns eine Tasse Tee machen.«

Ausnahmsweise begnügte sich Carin mit einem wortlosen Nicken, doch als sie die Straße überqueren wollten und weitere Lastwagen vorbeifuhren, hielt sie sie fest.

»Diesen Weg solltest du heute besser nicht nehmen. Wie gesagt, es ist kein schöner Anblick, mute ihn dir besser nicht zu.«

Anneliese lachte unsicher. »So schlimm ist der Anblick von Lastwagen nun auch wieder nicht.«

»Aber von dem Gesindel darauf.« Der Griff war schmerzhaft. »Du weißt, dass man just all die Polacken einsammelt, wie man es nun mal mit Müll tut, oder? Teilweise werden die Kinder direkt aus den Schulen abgeholt, so erwischt man nämlich auch die Eltern, die nach ihrem Verbleib fragen. Besonders gelungen war die Aktion vor zwei Tagen. Da hat man alle Häuser im Grindel, wo dieser Abschaum lebt, umstellt, und sie zwischen fünf und halb sechs morgens abführen lassen, weil man sie zu dieser Uhrzeit sicher zu Hause antrifft. Mit den Lastwagen bringen sie sie zum Bahnhof von Altona, dort werden sie in Züge gesetzt, damit unser schönes Hamburg wieder sauber ist und glänzt wie frisch poliert.« Die Worte echoten in Anneliese, ergaben aber in ihren Augen keinen Sinn. Ein Lampenschirm, den man zum Glänzen brachte, war doch etwas anderes als eine Stadt. »Die vielen plärrenden Kinder, die dabei sind, muss man natürlich ertragen können«, fuhr Carin fort. »Man muss sich immer wieder sagen, dass es keine deutschen Kinder sind, sondern staatenlose.«

»Kinder…«, echote Anneliese.

»Und dass die Talmud-Tora-Schule nunmehr halb leer steht, wie es heißt, ist gut so. Seit wann braucht Hamburg eine jüdische Schule? Seit wann braucht Hamburg irgendetwas, vor dem das Wörtchen ›jüdisch‹ steht?« Verspätet fand Anneliese die Kraft, sich ihrem Griff zu entreißen. Sie ging einen Schritt auf die Straße zu, wieder fuhr ein Lastwagen vorbei. Die Abgase brannten mittlerweile schmerzhaft in ihrer Kehle. »Da ich diese Schule gerade erwähne…«, sagte Carin jetzt. »Es gibt Gerüchte, dass deutsche Lehrer bis vor Kurzem immer noch Bücher dorthin gebracht haben. Eine Felicitas Marquardt ist eine von ihnen. Ist das nicht deine Freundin?«

Obwohl die Straße endlich frei war, verharrte Anneliese. Sie drehte sich zu Carin um, war kurz geneigt abzustreiten, dass Felicitas ihre Freundin war, brachte es am Ende doch nicht über sich. Sie führten unterschiedliche Leben, ja, aber verleugnet hätte sie die Freundin nie.

»Davon weiß ich nichts«, sagte sie knapp.

»An der jüdischen Schule gab es wiederholt Proteste gegen den Abtransport der polnischen Juden«, fuhr Carin verdrossen fort. »Sie behaupten doch glatt, dass manche von ihnen seit über dreißig Jahren Hamburger seien. Von wegen! Sie waren keine Bürger, sondern Parasiten! Soll sich Polen damit herumschlagen. Wer Läuse hat, tut gut daran, sich den Kopf kahl zu scheren und kein einziges Haar übrig zu lassen.« Carin schien nicht entgangen zu sein, dass sie zusammenzuckte, denn sie wirkte plötzlich ungehalten. »Und deine Freundin«, sagte sie scharf, »ist gut damit beraten, sich von den Aufrührern fernzuhalten und von der jüdischen Schule sowieso. Falls sie dir irgendetwas über geplante Proteste berichtet, bist du angehalten, das sofort zu melden. Was wiederum die Lehrer der jüdischen Schule anbelangt, so finde ich, dass auf den Lastwagen sicher noch genug Platz für sie ist.«

Der Abgasgestank des nächsten Lastwagens rief nicht nur ein Brennen in der Kehle hervor, ihr wurde speiübel. Warum fand diese Kolonne kein Ende? Wie war es möglich, dass so viele polnische Juden in der Stadt lebten? Wenn sie ihr bislang nicht weiter aufgefallen waren, sie sich in Hamburg eingefügt hatten, warum musste sich das jetzt unbedingt ändern?

»Ich ... ich beeile mich besser«, sagte sie, überquerte zwar nicht die Straße, aber hastete den Bürgersteig entlang.

Carin folgte ihr. »Ich begleite dich gern, dann können wir noch ein bisschen plaudern. Ich zeige dir, wo du am besten entlanggehst. Wie gesagt, man muss sich das nicht antun.«

Gleichwohl die Worte vage blieben, stieg in Anneliese plötzlich ein Bild hoch. Von Familien, die aus ihrer Wohnung gezerrt wurden, im Treppenhaus von missgünstigen Nachbarn beäugt, von Kindern, die sich an die Mütter klammerten, von einem Vater, der hilflos protestierte, von Männern, die laute, unwirsche Befehle brüllten. Die Erwachsenen blieben gesichtslos, aber die Kinder sahen in ihrer Vorstellung alle wie Elly aus.

»Die Kinder«, würgte sie hervor, »die Kinder, die in Hamburg geboren wurden, was sollen die denn in einem fremden Land?«

»Ach Anneliese.« Carin packte sie nicht wieder, aber hakte sich energisch bei ihr unter. »Du hast einfach ein zu großes Herz. Das ehrt dich zwar, es ist jedoch auch der Grund, aus dem jemand wie

389

du nicht über die Geschicke des Landes entscheiden darf. Gewiss, uns rührseligen Weibern treibt der Anblick flennender Kinder Tränen in die Augen, aber gottlob haben wir unseren Führer, in dem der Wille Gottes einen lebendigen Ausdruck gefunden hat. Er trägt Kräfte in sich, die ihn zu einem größeren Menschen machen, als wir alle es sind – und deshalb ist er fähig, so große, weitreichende Entscheidungen zu treffen. Selbst wenn unsereins mal schwächelt, ihm können wir vertrauen. Überdies müssen wir uns nur die Verwüstungen vor Augen halten, welche die jüdische Bastardisierung jeden Tag an unserem Volke anrichtet. Der Jude plant nichts Geringeres, als Millionen von Deutschen hinzuschlachten. Jetzt mögen sie noch Kinder sein, aber wenn man sie nicht loswird, dann kann diese Blutvergiftung nur nach Jahrhunderten oder überhaupt nicht mehr aus unserem Volkskörper entfernt werden.« Obwohl Carin ihren Arm hielt, fühlte Anneliese einen eigentümlichen Druck auf der Brust. Wieder glaubte sie Elly vor sich zu sehen, die ihr jemand vom Arm zu reißen drohte, riss sich selbst nun von Carin los. »Bedenke«, sagte diese eindringlich, »hier geht es nicht nur um Juden, sondern um polnische Juden. Und du weißt, kein Volk der Welt ist so dreckig wie diese. In den Wohnungen, in denen sie gehaust haben, muss man den Dreck vom Boden schrubben. Es wird eine Weile dauern, bis man dort gründlich reinegemacht hat.«

Nicht länger sah Anneliese Elly vor sich, sondern einen Lampenschirm, der in einer leeren Wohnung baumelte, dunkel blieb, weil die Glühbirne fehlte oder kaputt war.

Sie beschleunigte den Schritt, Carin schloss auf. So schwer erträglich die Gesellschaft der anderen war, ihr schlichtweg zu untersagen, sie zu begleiten, wäre ihr als zu unhöflich erschienen. Immerhin fuhr während des restlichen Weges kein Lastwagen mehr an ihnen vorbei.

»Du musst dich auch weiterhin unauffällig verhalten«, sagte Felicitas zu dem Mädchen, mit dem sie am Morgen über den Hintereingang die Alsterschule betreten hatte und das sich nun in der Pause zu den anderen Kindern auf den Hof gesellen sollte. »Es war gut, dass du nur genickt hast, als ich meinen Kollegen erklärte, wer du bist. Jetzt wird es etwas schwieriger, denn die Mitschüler werden dich mit Fragen bestürmen. Tu einfach so, als wolltest du beim Singen nicht gestört werden.«

»Ich kann nicht singen, vor allem nicht dieses Lied.«

»Dann beweg den Mund. Und marschier möglichst stramm im Kreis.«

Das Mädchen nickte, zögerte dann doch. »Wann... wann werde ich meine Eltern wiedersehen?«

»Bald«, murmelte Felicitas, »sicher bald.«

Dem Mädchen entging das Zittern in ihrer Stimme sicherlich nicht. Dennoch fügte es sich, reihte sich in eine der Zweierreihen ein, die wie immer Runden über den Schulhof zogen. Felicitas wäre am liebsten stehen geblieben, um es nicht aus den Augen zu lassen, aber sie wusste, das wäre zu auffällig. Also drehte sie sich zur Seite und tat so, als würde sie das Licht der Oktobersonne genießen, zwar fahl dieses, aber einen Rest von Wärme schenkend.

Die gleiche Wärme breitete sich aus, wenn sie daran dachte, dass sie dieses Mädchen vor einem schrecklichen Schicksal bewahren würde.

Als Levi sie vor der Alsterschule abgepasst hatte, hatte er es als Hildegard vorgestellt, doch Felicitas war sicher, dass dies nicht der richtige Name war. Levi hatte erklärt, Hildegard sei Schülerin an der jüdischen Mädchenschule in der Karolinenstraße und ihr Vater ein Schriftsteller, der mit seiner Frau zu einem Vortrag nach Paris gereist war. Das Kind hatte er bei Verwandten in Hamburg zurück-

391

gelassen, nicht ahnend, dass bald die Verhaftung polnischer Juden beginnen würde. Schon am Tag zuvor waren etliche von Levis Schülern geradewegs aus den Klassen geholt worden, und am Morgen hatte er erfahren, dass dieses Schicksal auch Hildegard drohte.

»Wir können doch nicht zulassen, dass die Eltern bei ihrer Heimkehr erfahren, dass ihr Kind in ein für sie völlig fremdes Land deportiert wurde. Ich weiß allerdings nicht, wo ich sie verstecken soll.«

»In meine Wohnung kann ich sie nicht mehr bringen, ich darf nicht unerlaubt fehlen«, hatte Felicitas erklärt, »aber dann habe ich eben eine Nichte. Jeder weiß, dass ich aus Lüneburg stamme. Dass ich dort nach dem Tod meiner Eltern keine Verwandtschaft mehr habe, weiß dagegen keiner. Hildegard ist zu Besuch bei mir, weil die Mutter krank ist.«

Dieses Sprüchlein hatte sie nicht nur Levi vorgesagt, auch dem Mädchen wieder und wieder eingebläut, und im Laufe des Vormittags hatte sie überdies etlichen Kollegen erklärt, dass sie die Sextanerin in die Schule mitgenommen habe, damit sie keinen Unterrichtsstoff versäumte.

Felicitas ließ den Kopf wieder sinken, um nach »Hildegard« Ausschau zu halten. Doch bevor sie sie erblickte, sich vergewissern konnte, dass niemand sie angesprochen hatte und ihre Lügen hinterfragte, schob sich jemand zwischen sie und die Kinder. Für Protest blieb keine Zeit, sie wurde in die Schule gezerrt. Erst in einer kleinen Kammer, wo Unterrichtsmaterialien aufbewahrt wurden, darunter Agathe, das Skelett für den Biologieunterricht, konnte sie sich befreien.

Mittlerweile nannte das Skelett niemand mehr Agathe. Mittlerweile wurde auch kein normales Skelett mehr vorgeführt, sondern anhand eines Totenkopfs die Kopfform des arischen Menschen demonstriert.

»Bist du von allen guten Geistern verlassen?«, schnaubte Emil. Der säuerliche Geschmack der Angst stieg in ihr hoch, sie schluckte ihn energisch. »Die guten Geister sind mir ganz recht, ich würde nur die bösen sehr gern loswerden.« Nachdem er sie losgelassen hatte, hatte Emil die Tür schnell hinter ihnen geschlossen. Das fahle Licht einer Glühbirne, die an der Decke baumelte, fiel auf das Skelett, das seine gelblichen Zähne bleckte. Emils Gesicht war ähnlich knöchrig, sein Anzug schlackerte ihm um den Körper.

Es lag ihr auf den Lippen zu fragen, ob Anneliese nicht mehr so gut kochte wie einst, doch im nächsten Augenblick packte er sie wieder, diesmal an den Schultern, und drückte sie gegen die Wand. Etwas knirschte – ob die eigenen Knochen oder Agathes, konnte sie nicht sagen.

»Bist du verrückt geworden, das Kind hierherzubringen?«

Sie trotzte dem Blick, was schwerfiel. »Was hast du gegen meine kleine Nichte aus Lüneburg zu sagen? Hildegard...«

»Du hast keine Nichte. Anneliese wüsste davon!«

Verdammt, Anneliese! Sie hatte nicht bedacht, dass diese seit Kurzem zum Kreis ihrer Kolleginnen gehörte.

Sie ließ sich den Schrecken aber nicht anmerken, fragte nur trotzig: »Seit wann unterhältst du dich mit Anneliese über meine Nichten?«

»Seit wann denkst du, dass es ungefährlich ist, Lügen zu verbreiten?«

»Das denke ich nicht. Ich weiß ganz genau, wie gefährlich es ist.«

Sein Blick flackerte, der Griff lockerte sich. »Gottlob haben dir alle, denen du diese Geschichte aufgetischt hast, geglaubt«, stieß er aus, »und natürlich würde dich Anneliese nie verraten.« Unruhig begann er im Raum auf und ab zu gehen, stieß ständig an die Wände. Mehrmals fuhr er sich über die Stirn, als gälte es, Schweiß abzuwischen oder Haare zurückzuschieben. Dabei waren seine Haare kurz geschoren, und er schwitzte nicht. Wie sollte ein Mensch, der innerlich wie tot wirkte, auch schwitzen? Sie sah ihm zu, fragte sich unwillkürlich, wer lebendiger anmutete – er oder das Skelett. Allerdings waren seine Nöte nicht ihre Sorgen. Sie hatte genug Ängste um Levi, um das Mädchen, um sich selbst auszustehen. »Ich verstehe dich einfach nicht!«, rief er aufstöhnend. »Ich habe dir doch gesagt, dass ihr während der Polenaktion am besten stillhaltet, und dann gehst du her und …«

»Weißt du, was man aus Polen hört?«, unterbrach sie ihn schroff. Sie gab ihm keine Gelegenheit zu antworten, fuhr energisch fort: »Nachdem die ersten polnischen Juden angekommen sind, hat sich die Regierung geweigert, weitere Abschiebehäftlinge ins Land zu lassen. Sie müssen in einer Art Niemandsland verharren.«

Er blieb stehen. »Das ist nicht meine Sache.«

»Die deutschen Militärpolizisten treiben sie mit aufgestellten Bajonetten und in Eiseskälte zur Grenze. Und wenn sie die Grenze erreichen, auf den Schlagbaum zugeprügelt werden, richtet die polnische Grenzpolizei die Gewehre auf sie und gibt Warnschüsse ab.«

Sein Blick wurde durchdringend, ihr entging nicht, wie er seine Hände zu Fäusten ballte. »Das ist nicht deine Sache.«

»Eine Sache ist es tatsächlich nicht, kein Paket, das man aufgeben kann in der Hoffnung, dass es den Empfänger schon erreicht, dieser es auspackt und den Inhalt verstaut. Menschen sind es. Menschen, die sich hier in Hamburg und anderswo in Deutschland nichts haben zuschulden kommen lassen. Die ihre Arbeit getan haben, ihre Steuern bezahlt, für ihre Familien gesorgt.«

Er hob die Hände, als wollte er einmal mehr ihre Schultern packen, berührte sie am Ende doch nicht.

»Du kannst nicht die ganze Welt retten.«

»Nein, aber dieses eine Kind. So wie du Elly gerettet hast.«

»Ich habe sie nicht gerettet, ich habe nur zugelassen, dass sie bei uns wohnt.«

»Dann lass jetzt zu, dass ... Hildegard in meiner Klasse sitzt, bis ich sie wieder ihren Eltern anvertrauen kann. Vielleicht können diese zurück nach Paris fahren, bevor auch sie verhaftet werden. Du musst nichts tun, du musst einfach nur ... wegsehen.«

Seine Hände verharrten immer noch in der Luft, sein Blick war weiterhin starr auf sie gerichtet, nur ein Augenlid zuckte, verriet den inneren Kampf. Sie fühlte plötzlich, dass er in diesem Moment sehr gern wegsehen wollte, es aber nicht konnte. Ihr Anblick bannte ihn, machte aus ihm etwas, das dem Skelett glich, ein Wesen ohne Muskeln, Sehnen. Gleichwohl wirkte er nicht länger wie tot, im Gegenteil, Schweißtröpfchen glänzten auf seiner Stirn.

»Du machst mich wahnsinnig!«, stieß er aus.

Sie löste sich von der Wand, wollte die Kammer verlassen. Doch sie konnte nicht an ihm vorbeigehen, ohne ihn zu streifen. Wollte es nicht, weil es vielleicht unangenehm war. Wollte es erst recht nicht, weil es vielleicht angenehm war.

»Ich mache dich wahnsinnig?«, fragte sie in aufreizendem, spöttischem Tonfall, einem Tonfall, den sie verlernt zu haben glaubte. »Das haben früher viele Männer behauptet, allerdings auf der Tanzfläche, nicht in einer Abstellkammer.«

Endlich trat er zurück, sie konnte trotzdem nicht gehen. So wenig, wie er den Blick von ihr lösen konnte, schaffte sie es, als Erste wegzusehen.

»Ich hasse dich«, brach es aus ihm hervor.

»Und trotzdem deckst du mich?«

»Vielleicht liebe ich dich auch. Ich kenne den Unterschied nicht, es gibt möglicherweise keinen. Stark ist beides, stärker, als ich es bin.«

Seine Hände fuhren wieder durch die Luft, er lehnte sich schließlich gegen die Wand. Sie konnte immer noch nicht gehen.

»Sei kein Idiot«, murmelte sie.

Ein raues Lachen ertönte. »Du bist doch auch eine Idiotin.«

»Das stimmt nicht. Vielleicht bin ich tollkühn, vielleicht wahnsinnig, vielleicht lebensmüde, vielleicht vermessen, vielleicht leichtsinnig, weil ich dieses Mädchen retten will, aber nicht …«

»Das meine ich gar nicht.« Er stieß wieder ein Lachen aus, von dem sie nicht sicher war, ob es böse, spöttisch oder verzweifelt klang. »Ich bin ein Idiot, weil ich dich nicht zu lieben gewagt habe, als es möglich gewesen wäre, als du meine Gefühle noch erwidert hättest. Und du bist ebenfalls eine Idiotin, weil du es nicht viel besser machst. Genau wie bei mir ist deine Scheu größer als die Sehnsucht. Genau wie ich wirst du den richtigen Zeitpunkt verpassen, wenn du so weitermachst.«

Endlich schaffte er es, den Blick von ihr zu lösen, er drückte sich von der Wand weg, als wäre diese ein Gegner in einem Kampf. Er konnte mühelos stehen, ihr bebten plötzlich die Knie.

»Wovon zum Teufel redest du?«

Ein drittes Mal ertönte ein Lachen, vielleicht schöpfte Emil auch nur tief Atem, ehe er sich wieder in den Mann verwandelte, der jede seiner Regungen beherrschte.

»Davon, dass du so viel riskierst und den Kampf annimmst, aber in dieser einen Sache Vorsicht walten lässt.«

»Welcher Sache?«

»Es ist nichts, was sich in eine Kiste packen und versenden lässt, auf dass ein anderer es entgegennimmt und sicher verwahrt. Es ist etwas, womit man nur selbst was anfangen kann, sonst niemand.«

Er stieß die Tür auf, trat nach draußen, die Tür fiel wieder zu, die Glühbirne schwang im Luftzug, Agathe grinste. Wer hatte sie überhaupt Agathe genannt, ein Skelett brauchte doch keinen Namen. War Liebe und Hass der richtige Name für Emils Gefühle? Konnte ein innerlich wie toter Mensch solche überhaupt hegen? Allerdings: Was zählten seine, wenn sie nicht einmal die eigenen ergründen konnte. Wie betäubt trat sie auf den Gang, doch ein Name kam ihr in den Sinn. Er verwob sich mit einem Gesicht und einem Gefühl – alle drei gehörten zweifellos zusammen.

Levi.

Mehrere Stunden lang dachte sie den Namen nur. Solange sie in der Schule war, galt es schließlich, die nächsten Stunden hinter sich zu bringen. Erleichtert, dass alles gut gegangen war, ging sie später mit Hildegard nach Hause. Aus der Erleichterung wurde Unruhe, aus der Unruhe Panik, als es plötzlich an der Tür klopfte.

Sie befahl Hildegard, sich im Schrank zu verstecken, ehe sie öffnete, stellte alsbald erleichtert fest, dass vor der Tür keine SA, Gestapo oder HJ stand, sondern ein fremdes Ehepaar.

Sie seien aus Paris zurück … hätten ihr Kind abholen wollen und von Levi Cohn erfahren, dass es bei ihr sei …

Noch ehe sie nicken konnte, ertönte hinter ihr ein freudiger Schrei. Hildegard sprang aus dem Schrank, lief in die Arme ihres Vaters.

»Lottchen!«, rief dieser.

Hildegard hieß also Charlotte. Sie hätte den echten Namen verwenden können, er wäre nicht aufgefallen. Felicitas wiederum hätte ihre echten Gefühle benennen können, es wäre auch nicht aufgefallen, sie lebte mit Levi seit Jahren unter einem Dach, als Gefährte und Gefährtin, als Freund und Freundin, als Bruder und

Schwester. Keine dieser Bezeichnungen traf es wirklich, die passendste hatte sie aber nie auszusprechen, nie auch nur zu denken gewagt.

Liebende.

Nachdem Hildegard … Charlotte … mit ihren Eltern längst gegangen war, konnte sie es noch nicht aussprechen, nur immer wieder seinen Namen sagen, flüsternd erst, ungeduldiger später. Wann kam er endlich heim, wann konnte sie ihm berichten, dass sie das Mädchen gerettet hatte? Wann konnte sie ihn beschwören, dass er – was immer in der Talmud-Tora-Schule passierte – nur im Geheimen kämpfen durfte, nicht riskieren, seinen Beruf zu verlieren … sein Leben … sie? Wann konnte sie ihm endlich gestehen, was sie für ihn empfand, gestern, vor Monaten, vielleicht schon jahrelang empfunden hatte.

Es wurde Abend, Levi kehrte nicht nach Hause zurück. Sie rief seinen Namen nun, er hallte von Wänden wider, die ihr jäh nackt erschienen. Sie ging durch die Wohnung, bis ihr die Beine wehtaten. Vergeudete Schritte, sie führten nirgendwohin, dabei hatten sie doch ein Ziel … Auch ihr Herz hatte eines.

Sie eilte nach draußen, bemerkte zu spät, dass sie keine Jacke mitgenommen hatte. Die Kälte war am Abend des letzten Oktobertages schneidend, aber sie rannte ihr einfach davon. Die Beine schmerzten wieder oder immer noch, aber sie trugen sie zum Ziel – der Talmud-Tora-Schule. Sie traf sie verwaist an, nicht nur, weil man ihr in den letzten Tagen so viele Schüler geraubt hatte, auch, weil sich zu dieser späten Stunde niemand in dem Gebäude aufhielt. Hinter den Fenstern mit den weißen Sprossen brannte kein Licht. Aber Levi … Levi musste doch noch da sein, sonst wäre er längst nach Hause gekommen!

»Levi!«

Sie sagte den Namen, sie rief ihn, sie schrie ihn, sie keuchte ihn, konnte nicht aufhören, auch nicht damit, im Innenhof der Schule Kreise zu ziehen. Sie wurden rasch zu klein, die nackten Wände waren so hoch, die schwarze kalte Einsamkeit so groß. Und wenn das Schlimmste eingetreten, er auf einen dieser Lastwagen gezerrt worden war?

Abrupt blieb sie stehen. Denn plötzlich ertönte eine Stimme. »Felicitas! Was machst du hier? Was ist mit dem Kind?«

Sie konnte sich kaum rühren, fiel ihm dann mehr entgegen, als dass sie auf ihn zuging. Er fing sie auf, presste ihren zitternden Körper an seinen. Vielleicht war er es, der zitterte, aus Sorge um Hildegard ... Charlotte.

Sie öffnete den Mund, wollte wieder seinen Namen sagen, wusste, sie durfte es noch nicht. Erst musste sie ihm erklären, dass alles gut gegangen und Charlotte mit ihren Eltern vereint war, erst fragen, warum er immer noch an der Schule war, erst seine Erklärung hören – dass er nicht heimgekommen war, weil er all die Menschen, die an diesem Tag verhaftet worden waren und in Lagerhallen auf ihren Zug warteten, noch mit warmem Tee hatte versorgen müssen, mit etwas Essen.

Du bist ein guter Mensch, wollte sie sagen, aber diese Worte erschienen ihr als zu nichtssagend.

Ich liebe dich so sehr, wollte sie sagen, sie hatte diesen Satz jedoch zu lange in irgendeinen Seelenwinkel geschoben, hatte ihn nie wie einen Schatz gehütet und vermehrt, als dass er jetzt hätte Macht entfalten können.

Seinen Namen hätte sie noch einmal sagen können. Aber »Levi« bestand aus zu wenigen Buchstaben, um alles hineinzupacken – die letzten beiden Jahre, das wohlige Gefühl, jeden Tag zu jemandem heimzukehren, ganze Nächte miteinander zu reden, zu lesen, zu diskutieren, sich sämtliche Geheimnisse anzuvertrauen, die Ängste und Hoffnungen zu teilen, die Wut und den Triumph.

Sie war nicht nur bei Erna Stahl, war auch bei ihm Schülerin und Lehrerin gewesen. Nur die Frau … die Frau war sie nicht gewesen, die Frau hatte sie für tot gehalten, weil sie nicht mehr tanzte. Dabei war man doch nicht nur beim Tanzen lebendig.

»Felicitas, lass uns endlich heimgehen. Du frierst ja.«

Sie fror nicht, sie brannte. Plötzlich umfasste sie sein Gesicht, zog es zu ihrem, küsste ihn auf die Lippen, küsste so lange, bis er sie öffnete, küsste ihn, bis sie keine Luft mehr hatte, schöpfte Atem und küsste ihn wieder. Diesmal löste er sich als Erstes, sah sie an, überrascht und wissend zugleich.

»Nicht«, sagte er.

»Bitte!«, rief sie flehentlich. »Es darf nicht zu spät sein. Und es darf nicht sein, dass nur ich es fühle … endlich fühle, nicht auch du.«

Ein warmes Lächeln zupfte an seinen Lippen. »Nicht … hier.«

Er hatte recht. Das war nicht der richtige Ort, um sich wieder zu küssen. Aber in seinen Augen stand nun jene Liebe, zu der sie sich endlich bekennen konnte, und als sie seine Hand nahm, ergriff er diese ganz fest. Sie begannen zu laufen, Lippen und Beine wurden ganz taub, sämtliche Gedanken lahmten, nur den festen Griff seiner Hand spürte sie, bis sie zu Hause waren.

400

November

Ich habe immer gewusst, was von dieser Brut zu erwarten ist«, tobte Carin Grotjahn. »Man muss schon auf beiden Augen blind gewesen sein, um damit nicht zu rechnen. Gut, dass ein Teil des Gesindels nun aus Hamburg vertrieben wurde. Wenn du mich fragst, sind aber immer noch zu viele geblieben. Wollen wir darauf wetten, dass bald noch jemand die Pistole zieht und einen ehrenwerten Mann erschießt? Warum sagst du nichts dazu? Hat es dir die Sprache verschlagen? Du bist doch sicher genauso empört wie wir alle.«

»Gewiss«, sagte Anneliese schwach.

Die Wahrheit war, dass sie bis eben nichts von den Ereignissen gewusst hatte. Und dass sie nicht verstand, warum sie sich über etwas erregen sollte, was sich im fernen Paris zugetragen hatte. Nun gut, es war zweifellos schlimm, dass ein unschuldiger Mensch hatte sterben müssen – und das war Ernst Eduard vom Rath zweifellos gewesen. Schließlich hatte er kein anderes Verbrechen begangen, als ein deutscher Botschaftsmitarbeiter zu sein. Sie hatte auch keinen Augenblick gezögert, diesen Herschel Grynszpan, der auf ihn geschossen hatte, einen Mörder zu nennen, obwohl der sich selbst Rächer nannte, da seine Eltern als polnische Juden aus Deutschland vertrieben worden waren. Aber Unrecht geschah überall und jederzeit, in ihrer Wohnung hatte es nichts verloren, hier war es bis vor einigen Minuten noch so friedlich gewesen. Sie hatte mit Elly stricken geübt, und zum ersten Mal hatte die Kleine nicht nur eine gerade, sondern auch eine verkehrte Masche zustande gebracht. Sie hatte sogar überlegt, ob sie ihr beibringen sollte, wie man eine Laufmasche einfing.

Nun erwies sich die geifernde Carin als die wahre Laufmasche, und die ließ sich nicht einfangen, riss das Loch, aus dem das Unrecht in diesen gemütlichen Novemberabend sickerte, immer weiter auf.

»Es war längst bekannt, dass die Juden aus Osteuropa besonders gefährlich sind, asiatische Horden, als Fremdarbeiter getarnt, die nichts anderes im Sinn haben, als das deutsche Volk zu zerstören. Bolschewisten sind sie, Anarchisten, Nihilisten!« Anneliese blickte unauffällig zur Tür zum Schlafzimmer, in dem Elly saß und weiter stricken übte. Sie überlegte, ob sie Carin Tee anbieten sollte, um sie auf diese Weise schneller loszuwerden. Oder zu behaupten, dass sie endlich zu kochen beginnen müsse, Emil käme bald nach Hause und erwarte ein warmes Abendessen. Allerdings kam Emil dieser Tage immer später, und meist servierte sie ihm nur ein Butterbrot, das er anstandslos aß. Wahrscheinlich bemerkte er den Unterschied zwischen einem Butterbrot und Braten gar nicht. »…aber heute kriegen sie es heimgezahlt!«, schloss Carin. Anneliese hatte nicht aufgepasst, wie ihr Satz begonnen hatte, etwas an dem freudigen Glanz im Gesicht der anderen irritierte sie allerdings.

»Wer kriegt was heimgezahlt?«

»Na, die Juden natürlich! Dieses hinterlistige Attentat darf doch nicht ohne Vergeltung bleiben. Joseph Goebbels höchstpersönlich hat das soeben verkündet.«

»Joseph Goebbels ist in Hamburg?«

»Er ist in München, aber das tut nichts zur Sache. Das hier

betrifft ganz Deutschland. Zwar soll die Partei die Racheaktionen nicht vorantreiben, wenn das Volk hingegen spontan losschlägt…« Carin schwieg vielsagend.

»Die polnischen Juden wurden doch schon vertrieben, was will man ihnen denn noch antun?«

»Es geht nicht nur um die Polacken, es geht um die ganze Brut. Sie soll endlich mal den Volkszorn zu spüren bekommen, dann werden sie es sich schon überlegen, ob sie deutsche Diplomaten auch künftig niederknallen, dann werden sie sehen, dass nun das Maß unserer Geduld erschöpft ist.«

Sie schlug bekräftigend auf den Tisch, indes Anneliese ein mulmiges Gefühl überkam. Sie überlegte, ob Carin maßlos übertrieb oder ob sich da draußen wirklich etwas zusammenbraute. Und das Unbehagen wuchs, als sie daran dachte, dass Emil noch unterwegs war.

»Wenn es zu Unruhen kommen soll, warum bist du dann hierhergekommen?«, fragte sie.

Carin musterte sie aus schmalen Augen. Für gewöhnlich packte sie sie am Unterarm, um ihren Worten Gewicht zu verleihen, nun legte sie beide Hände auf ihre Schultern.

»Kannst du dir das nicht denken?«

Das konnte Anneliese nicht. Auch die eigenen Gedanken wurden zu Laufmaschen, die ein festes Gewebe zerstörten, es unbrauchbar machten. Hilflos zuckte sie mit den Schultern.

»Eine Frau tut gut daran, sich ihrem Mann zu fügen, aber manchmal ist es wichtig, dass eine Frau dem Mann auf den richtigen Weg zurückhilft«, sagte Carin, packte fester zu.

»Ich habe keine Ahnung, wovon du sprichst.«

»Himmel, Anneliese! In dieser Nacht darf sich niemand mehr ahnungslos geben. Ab dieser Nacht gilt es, Farbe zu bekennen, aller Welt zu bekunden, auf welcher Seite man steht. Das gilt für dich, das gilt erst recht für deinen Mann. Einen Fehler wie diesen darf er sich nicht noch einmal erlauben, sonst wird er alles verlieren, was er sich aufgebaut hat. Das wäre sehr schade. Mein Gatte hält große Stücke auf ihn, und das nicht grundlos. Umso wichtiger ist es, dass ...«

Eine dunkle Ahnung stieg in Anneliese hoch. »Was hat Emil denn getan?«, fragte sie tonlos.

»Es zählt noch mehr, was er *nicht* getan hat.«

Carin ließ sie wieder los, ging im Zimmer auf und ab. Die Erleichterung, dass Anneliese von ihrem Griff erlöst war, währte nicht lange. Diesmal konnte sie sich den Worten nicht entziehen, sich nicht länger sagen, dass das, was da draußen in der großen Welt vor sich ging, keinen Platz in ihrer behaglich kleinen haben durfte.

Carin bestätigte, was sie insgeheim schon befürchtet hatte: dass sie von dem polnischen Mädchen wusste, das Felicitas in der Alsterschule versteckt hatte, um dessen Transport nach Polen zu verhindern. Und dass Emil das nicht verborgen geblieben war, er Felicitas jedoch gedeckt hatte. Carin ließ offen, wer ihr das zugetragen hatte – gut möglich, dass sie es selbst beobachtet hatte, als sie wieder einmal Mädchen als Familienhelferinnen rekrutiert hatte. Jedenfalls steckten die beiden nun in gehörigen Schwierigkeiten.

»Nicht dass es dabei bleiben muss«, fuhr sie eifrig fort. »Die beiden könnten ihren Kopf durchaus aus der Schlinge ziehen, indem sie erklären, dass ihre Gutmütigkeit nur ausgenutzt worden ist – von einem hinterlistigen Lehrer der Talmud-Tora-Schule nämlich.«

Anneliese brauchte eine Weile, um zu begreifen, dass der Lehrer, von dem Carin sprach, Levi war. Viel schneller fiel ihr ein, was Felicitas ihr erst kürzlich erzählt hatte. In den letzten Jahren waren ihre Gespräche meist einsilbig gewesen, doch vor zwei

Tagen hatte sie ihr unvermittelt anvertraut, wie glücklich sie sei, da sie und Levi zusammengefunden hätten. Obwohl Anneliese wusste, dass es verboten war, hatte sie sich zutiefst gefreut. Felicitas hatte bekommen, was sie ihr immer gewünscht hatte – ein Glück, das nicht der rechte Beruf schenkte, sondern das nur bei dem Mann zu finden war, zu dem man gehörte, erst recht in Tagen wie diesen, da man sich am besten in die eigenen vier Wände zurückzog. Sie lebten nicht länger in zwei verschiedenen Welten. Voll und ganz würden sie einander wohl nie verstehen, aber ein wenig besser eben doch.

Anneliese bemerkte kaum, dass Carin Grotjahn vor ihr stehen geblieben war. »Weißt du, es geht um das Motiv. Wenn sich dein Mann aus Gutmütigkeit an der Nase hat herumführen lassen, könnte Waldemar ein Auge zukneifen – nicht aber, wenn er davon überzeugt ist, dass Felicitas Marquardt das Richtige getan hat. Wenn die sich wiederum auf die Sache eingelassen hat, weil sie von einem Juden verführt wurde, so hat sie sich zweifellos der Rassenschande schuldig gemacht. Wir wissen nun mal, mit wie viel Verdorbenheit der Jude um die Seelen der Deutschen kämpft und dass er als Verbrecher, Erbschleicher und eben Verführer nicht so erfolgreich sein könnte, wenn er nicht so perfide vorginge. Es mag ein Ausdruck von sittlichem Verfall sein, auf einen Juden hereinzufallen, aber manchmal ist das Urteilsvermögen insbesondere von schwachen Fräuleins vernebelt. Sollte sich jedenfalls herausstellen, dass Felicitas Marquardts Verhalten dem liebeskranken Herz geschuldet war, sie nicht in niederträchtiger Absicht gehandelt hat, kann man auch hier gnädig sein. Nur dessen muss man sich sicher sein. Bist du es dir? Weißt du mehr?«

Anneliese fühlte, wie ihre Wangen zu glühen begannen. Ich weiß gar nichts, hätte sie gern gesagt, aber das stimmte nicht. Sie wusste ja, dass Levi und Felicitas ein Paar waren und zusam-

405

menwohnten. War das genug, um Carin zu geben, was sie wollte, genug, um Emil und Felicitas vor den bitteren Konsequenzen ihres Verhaltens zu bewahren?

Sie rang gerade nach Worten, als sich die Tür öffnete, Elly auf der Schwelle erschien. »Ich habe drei Reihen gestrickt, immer eins glatt, eins verkehrt.«

Es ist nichts glatt, sondern alles verkehrt, ging es Anneliese durch den Kopf, erst recht, als sie sah, wie Carin sich dem Kind zuwandte, näher an die Kleine herantrat, als sie es jemals getan hatte, vor ihr auf die Knie ging. Erst betrachtete sie Ellys Werk, dann das Mädchen. Als sie sich wieder an Anneliese wandte, lächelte sie wohlwollend.

»So ein süßes Kind. Dass es einen Makel hat, muss niemand wissen. Und er fällt ja auch nicht auf, zumindest nicht, solange es bei euch lebt. Vielleicht ist es sogar möglich, einen Ariernachweis zu beschaffen. Natürlich müssen wir in diesem Falle von deiner rechten Gesinnung überzeugt sein – und von der deines Mannes. Wie gesagt, Fehler in der Vergangenheit lassen sich ausbügeln, aber ab dieser Nacht muss offensichtlich werden, auf welcher Seite man steht. Und natürlich muss das unsere sein, nicht die Seite derer, die Juden schützen. Erzählst du mir nun alles, was du weißt?«

Ich weiß nichts, lag es Anneliese wieder auf den Lippen, obwohl sie etwas wusste – zumindest ein wenig. Vielleicht war es nicht genug, um Emil und Felicitas zu beschützen – aber Elly.

Sie kämpfte um ein Lächeln, wandte sich an das Mädchen. »Gehst du wieder in dein Zimmer und strickst weiter? Ich habe mit Frau Grotjahn noch etwas zu besprechen.«

Felicitas lag mit Levi im Bett. Seit über einer Woche schliefen sie nicht nur darin, liebten sich nicht nur darin, sie lebten regelrecht darin. Dann und wann mussten sie es verlassen, um zu arbeiten und das Nötigste einzukaufen, aber danach kehrten sie eilig zurück in ihre kleine enge Welt. Keine Fantasie, in der sie sich ergingen, war zu verrückt, um auf den harten Boden zu plumpsen und zu zerplatzen, alles, was sie sich ausmalten, fand Platz in einem unbeschriebenen Himmel der Träume.

»Wir sollten Deutschland verlassen«, sagte Levi, während er Brot und Käse aufschnitt, häufig ihre einzige Mahlzeit.

»Aber ja doch«, scherzte sie. »Kannst du dich daran erinnern, dass wir uns vor einem Globus kennengelernt haben?«

Er nickte. »Wir haben über die Samoainseln gesprochen«, sagte er, »wir könnten auf einer Kokosnussplantage arbeiten und Kopra verkaufen, mit dem die Schweine gefüttert werden.«

»Ich würde die Schweine in Deutschland lieber verhungern lassen, aber …« Er schob ihr ein Stück Käsebrot in den Mund. Seit er sie fütterte, aß sie wieder mit gutem Appetit, ja, sie hielt Käsebrot aus seinen Händen für das Köstlichste, was sie je gegessen hatte. »…du hast in den letzten Jahren Polnisch und Hebräisch gelernt, ich bin sicher, du lernst auch Samoanisch.«

»Ob wirklich so die Sprache heißt, die man dort spricht? Ich weiß nicht mal, ob es für diese Sprache Schriftzeichen gibt. Und erst recht nicht, ob sie Lehrer brauchen.«

Nun war sie an der Reihe, ihn zu füttern. »Lehrer braucht man überall.«

»Vorausgesetzt, man beherrscht die Sprache.«

»In der Reformpädagogik lehrt und lernt man nicht nur mit dem Kopf, auch mit Herz und Hand. Und das Herz hat eine eigene Sprache.«

Eine, die ohne Vokabeln auskommt, dachte sie, und dann zeigte sie ihm, wie gut sie diese Sprache mittlerweile beherrschte und dass sie nicht länger aus Fremdwörtern bestand wie in den letzten Jahren. Sie küsste ihn.

Sie hatte nicht gewusst, dass es so viele Arten gab, sich zu küssen, zärtlich und gierig und neckisch und glücklich und verzweifelt. Mindestens genauso viele Arten gab es, sich zu lieben. Sie wollte es wieder tun, doch als ihre Lippen die seinen verließen, über Kehle und Brust wanderten, hielt er sie davon ab.

»Du könntest überall überleben, ich nur dort, wo es Bücher gibt.«

Sie blickte auf den Bücherstapel neben dem Bett. Die meisten Bücher stammten von Felix Jud, einige aus der Agentur des Rauhen Hauses, wo Paul Löwenhagen seine Buchhändlerlehre machte.

»Dann müssen wir sie eben mitnehmen, die Bücher«, sagte sie.

Er sah sie lächelnd an, das Lächeln war traurig. »Du kannst Bücher auch schleppen, ich sie nur lesen.«

Notfalls schleppe ich dich mitsamt den Büchern, dachte sie, sie hatte die Kraft dazu, jetzt wieder.

Aber das konnte sie nicht mehr sagen, jäher Lärm ließ sie zusammenzucken. Sie konnte nicht benennen, welche Art von Lärm es war – Schritte oder ein Trampeln, Rufe oder Schreien, ein Brausen, wie es der Wind verursachte, oder Feuer? Das, was von draußen kam, war jedenfalls lauter als ihre Stimmen, ihr Lachen.

Am liebsten hätte sie sich die Decke über den Kopf gezogen, aber ihr war nicht entgangen, dass Levi zusammengezuckt war. Wenn sie sich liebten, war er so geschmeidig und hingebungsvoll. Jetzt schien er sich klein und steif zugleich machen zu wollen.

»Ich sehe nach…«, murmelte sie.

Sie blickte aus dem Fenster, nahm rund um St. Johannis nichts Ungewöhnliches wahr, blickte auf den Gang, aber der war leer. Schon wollte sie die Tür wieder schließen, das Unbehagen, das über ihren Rücken rieselte, hielt sie jedoch davon ab. Nur mit Strümpfen an den Füßen lief sie vors Haus, sah dort ein Grüppchen stehen. Es waren nicht nur Nachbarn darunter, auch manch fremde Gesichter, wahrscheinlich Bewohner aus den umliegenden Häusern.

Wieder vernahm sie aus der Ferne Lärm, diesmal war es eindeutig Geschrei und Trampeln und Klirren.

»Was ist denn los?«

Nicht der Nachbar, den sie angesprochen hatte, antwortete, sondern eine fremde Frau. Diese zog ihre Jacke vor der Brust zusammen, offenbar fror sie. Das, was der Mund ausspuckte, klang allerdings hitzig.

»Heute ist der Tag der Rache. Heute geht es dem Judenpack an den Kragen!«

Von allen Seiten wurden diese Worte aufgegriffen, rasch um weitere ergänzt. In Hamburg rückten SA-Kommandos aus, hieß es, sie demolierten Synagogen, Betsäle und sämtliche Verwaltungsgebäude der jüdischen Gemeinde, aber auch Geschäfte und Privatwohnungen. Und nicht nur die SA, ebenso das Volk richte seinen gerechten Zorn wider die Übeltäter, in der Innenstadt seien schon ganze Schaufensterfronten zerschlagen. Felicitas hörte es, begriff es, und doch lag ein Teil von ihr noch im Bett, in der winzigen, engen, schönen, gemütlichen warmen Welt voller Liebe und Träume. Dorthin durfte sie diese Worte nicht dringen lassen.

Sie wehrte sie mit einer Frage ab. »Warum denn ... Rache?«

Noch mehr hitzige Worte erklangen, noch mehr Gelächter. Dass man es Ernst Eduard vom Rath schuldig sei. Dass es nichts anderes als Notwehr sei, schließlich habe es der Jude darauf abgesehen, das deutsche Volk zu vernichten. Dass man die Hauptsynagoge am Bornplatz gerade anzuzünden versuchte, juhu, dass Juden durch die Straßen gehetzt würden, Thorarollen, Thoravorhänge und Thoramäntel in den Dreck geschleudert. Nicht nur die Auslagen von Hirschfeld, Galinski und Feldberg hätte man geplündert, irgendwer hätte Wäschekörbe voller Weinflaschen aus dem Keller geholt.

»Wie schade, dass wir keine Flasche davon abbekommen haben, wir könnten anstoßen.«

Das Straßenpflaster bohrte sich in Felicitas' Fußsohlen. Ihre Strümpfe waren gerissen, etwas in ihr auch. Ein rötliches Licht schlug flackernde Schneisen durch die Schwärze der Nacht, als hätte sich die Sonne in der Zeit geirrt und würde schon vor Mitternacht wieder aufgehen wollen.

Sie war nicht sicher, wie sie von der Straße wieder in die Wohnung gelangte. Plötzlich lag sie neben Levi, zog sich die Decke über den Kopf, hielt sich die Ohren zu. Das Atmen fiel ihr schwer, Levi anzusehen fiel ihr schwer. Als er die Bettdecke zurückzog, ihr Gesicht umklammerte, tat sie es trotzdem.

»Was ist geschehen?«, fragte er.

Sie fand nicht die rechten Worte. Samoanisch wäre sicher verständlicher als die Tatsache, dass die Menschen da draußen dachten, ihnen stehe Rache zu, nachdem sie die polnischen Juden ins eiskalte Niemandsland getrieben hatten.

»Betrunkene«, sagte sie, »es sind nur grölende Betrunkene.«

Er glaubte ihr nicht, er hörte ja, dass von draußen kein Lallen kam, sondern Lieder gesungen wurden.

»Wetzt die langen Messer auf dem Bürgersteig, lasst die Messer flutschen in den Judenleib.«

In seinem Blick stand keine Frage mehr, nur ein Entschluss.

»Ich gehe, ich muss gehen.«

»Aber …«

»Ich darf nicht hier sein, nicht unter diesen Umständen.«

»Aber …«

Sie fand keine Worte, um es ihm auszureden, sah ihn nur verzweifelt genug an, um ihm ein Versprechen abzuringen.

»Wenn alles vorbei ist ... wenn ich dich nicht mehr durch meine bloße Anwesenheit in Gefahr bringe, dann komme ich wieder«, erklärte er.

Er ließ ihren Kopf los, sie seinen nicht, sie presste ihn fest an sich, küsste ihn wieder. Von allen Arten, sich zu küssen, war der Abschiedskuss der schlimmste. Immerhin, ganz kurz war die Sprache der Liebe lauter – lauter als das Grölen und die Gesänge und die Schlachtrufe. Aber dann gesellte sich ein Laut hinzu, den sie nicht übertönen konnten, ein Klopfen an der Tür.

Sie wollte Levi nicht freigeben, doch er stieß sie grob von sich, schlüpfte in Schuhe, Jacke.

Das Klopfen wurde lauter, jemand rief ihren Namen. Sie vermutete, dass es ein SA-Trupp war, wenngleich nicht zählte, ob die Männer da draußen Uniformen trugen oder nicht. Eine Horde verblendeter Jugendlicher war gefährlich genug.

Levi nahm ein Buch vom Bücherstapel, steckte es sich in den Hosenbund, sie sah nicht, welches es war. Er wollte nach dem zweiten greifen, als nicht länger nur ihr Name gerufen wurde, sondern seiner.

Sie wäre angezeigt worden, ein Jude würde hier leben, sie hätte gegen das Blutschutzgesetz vom 15. September 1935 verstoßen.

»Du musst dich irgendwo verstecken«, sagte Felicitas.

Statt des zweiten Buches nahm er ihre Hand. »Ich weiß«, sagte er, wiederholte sein Versprechen. »Ich komme zurück, wir sehen uns wieder.«

Er trat zum Fenster, öffnete es, ließ die kalte Nachtluft herein, ließ den Lärm herein. Der von der Tür her wurde lauter, es schien, als wollte man sie einschlagen. Sie sah noch, wie sich Levi am Fensterbrett abstützte. Nachdem sie sich kurz umgeblickt hatte, ob sich irgendetwas in dem Raum befand, das ihn verraten könnte, war er verschwunden.

»Aufmachen!«

Sie öffnete die Tür, blieb dort wie betäubt stehen, als die braune Horde in ihre Wohnung stürmte. Sie hörte etwas fallen, vielleicht war es aus Glas, vielleicht der Bücherstapel, der umkippte. »Hier wohnt kein Jude, hier ist nie einer gewesen«, brachte sie mühsam hervor. Sie fühlte sich nicht einmal wie eine Lügnerin. Die letzten Jahre, erst recht die letzten Wochen – sie waren unwirklich wie ein Traum. Das Glück, die Erfüllung, die Liebe waren nicht für diese Welt gemacht, sie waren Seifenblasen, die hoch gen Himmel trieben, auf die falsche Morgenröte zu, nicht von der Sonne auf das Schwarz gemalt, vom Feuer brennender Häuser. Die Seifenblasen platzten, noch mehr fiel um, in der Küche zerbrach Geschirr. Gut so, schneidet euch an den Scherben, ihr, die ihr hier nach Levi sucht, ihr, die ihr ihn verraten habt. Es konnten viele gewesen sein – Nachbarn, die misstrauisch geworden waren und Nachforschungen angestellt hatten, Lehrer, die etwas mitbekommen hatten. Emil... Emil wusste, dass Levi hier wohnte. Und Anneliese auch. Aber Emil – dies war eine der wenigen Gewissheiten, die aus dem dunklen Meer ragte – würde sie beide nicht denunzieren, nicht Levi, erst recht nicht sie. Und Anneliese... Anneliese würde ihnen doch auch niemals schaden, oder?

Irgendwann zogen sie ab, die Wohnung roch noch nach ihrem Zorn, ihrem Hass. Immerhin hatten sie nur Küche und Wohnzimmer durchsucht und verwüstet, nicht auch das Schlafzimmer, wo sie Levis Kleidung gefunden hätten. Wie betäubt trat sie ans Bett, der Bücherstapel war tatsächlich umgefallen. Sie liebkoste jedes einzelne Buch, so wie sie gern Levi liebkost hätte, sagte zu den Büchern, was sie ihm gern gesagt hätte: Lass dich nicht erwischen, flieh wenn nötig auf die Samoainseln. Du wirst immer ein Lehrer sein, auch wenn du die Sprache nicht kennst.

Viel später erhob sie sich, trat ans offene Fenster, sah den Himmel brennen.

Sie schlang die Hände um ihren Körper, um des Zitterns Herr zu werden, sprach in das Echo von Gebrüll und Geschrei und Klirren und Prasseln, klar und deutlich: »Das hier... das hier ist nicht das Ende unserer Geschichte.«

Leseprobe

aus »Die Alster-Schule – Jahre des Widerstands«
von Julia Kröhn

Erscheinungstermin:
August 2021 im Blanvalet Verlag

1938

November

Ich bin Deutschlehrer, ich habe kein unrecht getan.«

Seit seiner Verhaftung hatte Levi diese Worte ständig wiederholt, immer war er auf taube Ohren gestoßen. Diesmal ignorierte ihn sein Gegenüber nicht, doch in dem Blick, der sich auf ihn richtete, stand Verachtung.

»Ein Deutschlehrer willst du sein? Ein Saujude, das bist du!« Levi wollte einwenden, dass das eine das andere nicht ausschloss, aber dazu kam er nicht. »Los!«, brüllte der SA-Mann ihn an, der Stahlhelm und Gewehr trug. »Du gibst alles ab, was du bei dir hast: Uhr, Geld, persönliche Gegenstände!«

»Ich habe keine Uhr … kein Geld … ich habe nur …«

Sein Buch! Er hatte doch ein Buch bei sich getragen, als er vor einer wütenden SA-Truppe geflohen war, als man ihn schließlich gestellt und verhaftet hatte. Doch als er erklären wollte, dass er das unmöglich abgeben könne, prasselten Hiebe auf ihn ein.

Ein Schlag traf seine Nase, einer sein Kinn. Er rieb es benommen, während fremde Hände ihn betasteten, ihm nicht nur das Buch abnahmen, auch seinen Bleistift. Hilflos streckte er seine Hände danach aus, doch was der SA-Mann in diese drückte, war nicht sein Eigentum.

»Los, lies!« Er hielt einen Zettel. Schwarze Punkte tanzten darauf, die Punkte waren offenbar … Buchstaben. »Los, lies!«

Levi konnte nicht lesen, obwohl man ihm die Brille gelassen hatte. Buchstabe fügte sich an Buchstaben. Aber es wurden keine Worte daraus, keine, die einen Sinn ergaben.

Schutzhaftbefehl.

Rassenschande.

Die Buchstaben wurden größer, das Gesicht in seinen Erinnerungen wurde größer. Er lächelte das Gesicht an. Das, was Felicitas und ich haben, ist doch keine Rassenschande. Was wir haben, ist etwas Besonderes ... etwas Einzigartiges ... etwas ...

Jemand riss ihm den Schutzhaftbefehl aus der Hand und das Lächeln aus dem Gesicht.

Bis jetzt hatten ihn Faustschläge getroffen, doch dabei blieb es nicht. Levi hatte kaum hochgeblickt, als ein Schulterriemen, der Teil der SA-Uniform war, in sein Gesicht schnalzte. Er spürte, wie seine Unterlippe platzte, hatte auch das Gefühl, sein Auge würde platzen. Der dritte Schlag wurde ihm auf die Stirn versetzt, der vierte auf den Hinterkopf. Aus dem roten Bild wurde ein schwarzes. Nicht nur er versank in der Schwärze, auch Felicitas' Gesicht.

Die Welt lag in Scherben, aber irgendwann konnte er Konturen sehen, von Bettgestellen, etwa einem Dutzend, von Garderobenhaken, Bänken, einer Toilette. Und da war ein Wasserhahn, aus dem es tropfte. Plitsch, platsch. Erst als er sich aufrichtete, bemerkte er, dass er auf einer stinkenden Matratze lag. Blut tropfte auch. Plitsch, platsch.

Wie von weit her nahm er einen schrillen Ton wahr, dem endlosen Echo einer Trillerpfeife gleichend. Nach einer Weile wurden Stimmen daraus. Auch seine Stimme war zu hören, ächzend, gepresst.

»Deutschlehrer ...«

Es blieb das einzige Wort, mehr brachten seine verkümmerten Gedanken nicht zustande. Ehe er ihm eine Bedeutung geben konnte, wurde es zerrissen – von Schmerzen, die von seinem Kopf in den ganzen Leib jagten, von Erinnerungsblitzen. Die schreckliche Nacht vom 9. auf den 10. November, als das jüdische Hamburg in Scherben zerfallen war ... die Tage danach, als er auf der Flucht gewesen war ... der Moment, als man ihn verhaftet hatte ...

Auf dem Polizeiwachlokal in der Humboldtstraße hatte er zum ersten Mal beteuert, dass er nichts Unrechtes getan habe. Im Alten Stadthaus, dem Präsidium der Hamburger Polizei, hatte er es wiederholt. Er war nicht der Einzige, den man dorthin gebracht hatte, so viele Männer mit verstörten Blicken, Schrammen und blauen Flecken hatten auf ihr Verhör gewartet. Levi hatte nicht verstanden, warum der Strom der Inhaftierten nicht abriss, man offenbar alle Juden der Stadt eines Verbrechens anklagte!

Die Frage schwebte immer noch über ihm, doch die Antwort war unerreichbar. Er sah nach oben, wo ein Lichtpunkt hin und her schaukelte. Seit wann bebt die Sonne?, fragte er sich. Allerdings: Wie sollte die Sonne auch über dem neuen Deutschland scheinen, ohne zu beben?

Er presste die Augen ganz fest zusammen, versuchte, sie wieder zu öffnen. Es war nicht die Sonne, sondern eine Glühbirne, die über ihm schaukelte, vor allem, wenn sich die Tür öffnete und weitere Gefangene in das Verlies gestoßen wurden.

Einer von ihnen trug nur einen Schlafanzug, man hatte ihn wohl aus dem Bett heraus verhaftet.

Als er begann, die Menschen zu zählen, schien die Glühbirne auf seinen Kopf zu fallen, dort zu zerspringen. Etwas stieg ihm säuerlich die Kehle hoch, trat über seine Lippen, brannte. Nur das Wort, das er ausstieß, brannte nicht, es war die einzige Labsal.

»Deutschlehrer ...«

Schemenhaft wie die Glühbirne war das Gesicht, das sich vor seines schob. Er nahm den Geruch von Angst wahr.

»Sag das nicht zu laut. Auf die Intelligenten haben sie es besonders abgesehen. Wer eine Brille trägt, wird nicht nur mit Schlägen malträtiert, auch mit Peitsche, Stock und Rundschläger. Einen haben sie drei Tage lang in einen Spind gesperrt, gerade mal einen Meter breit, weil er ein Gesetzbuch dabeihatte und daraus zitierte.«

Levi fühlte sich auch wie in einem Spind gefangen. »Sie können doch nicht allen Hamburger Juden Rassenschande vorwerfen.«

»Sie müssen uns gar nichts vorwerfen. Schon seit Jahren wird Schutzhaft ohne richterliche Mitwirkung verhängt. Es genügt, dass sie uns hassen, und nach dem Attentat tun sie das noch mehr als früher.«

Richtig, das Attentat. Ein polnischer Jude hatte es auf einen deutschen Botschaftsmitarbeiter verübt, hatte sich rächen wollen für die Vertreibung der polnischen Juden aus Deutschland. Die Deutschen hatten es nicht nur ihm heimgezahlt, hatten Synagogen und jüdische Geschäfte verwüstet und alles kurz und klein geschlagen ... Menschen.

Wieder schaukelte die Glühbirne.

»Wo sind wir hier eigentlich?«

»Im Polizeigefängnis Fuhlsbüttel.«

»Und was passiert mit uns?«

Der Mann gab ihm keine Antwort, nur noch mehr Ratschläge.

»Verhalte dich unauffällig, schau ihnen nicht ins Gesicht, befolge jeden Befehl, auch den lächerlichsten. Wenn sie uns Essen bringen, iss es so schnell wie möglich, leck den Napf blitzblank, vor allem den Löffelstiel, wenn wir Glück haben, gibt es nicht nur Brot, manchmal auch Salzhering und Eier.«

Levi konnte sich nicht vorstellen, dass er Salziges noch schmecken konnte. Und um satt zu werden, wirklich satt, brauchte er etwas anderes als Salzhering und Eier.

Er sah das Gesicht des Mannes, der zu ihm gesprochen hatte, nun etwas deutlicher.

»Schreiben …«, brachte er mühsam hervor, »dürfen wir schreiben?«

»Einmal haben sie uns vermeintlich erlaubt, Briefe zu verfassen. Aber hinterher haben sie sie zerrissen und erklärt, sie hätten keine Lust, Judenschweine zu zensieren.«

Levi richtete sich ein wenig auf, und inmitten all dieses Grauens nahm er plötzlich etwas Weißes wahr – ein Stück Toilettenpapier, auf dem ein Häftling die schwarzen Linien eines Damespiels gezeichnet hatte. Kleine Steine aus der Mauer dienten als Spielsteine und Würfel.

»Womit … womit hast du diese Linien eingezeichnet?«

Der Häftling holte hinter seinem Ohr einen Bleistiftstummel hervor. Sein Lächeln war triumphierend, das von Levi auch. Mit diesem Bleistift konnte man nicht mehr viele Linien malen, erst recht nicht viele Worte aufschreiben, aber einige wenige doch. Sie würden für einen Satz reichen, den Satz, den er auf die Rückseite des Toilettenpapiers zu schreiben gedachte.

»Darin besteht die Liebe: dass sich zwei Einsame beschützen und berühren und miteinander reden«, murmelte er.

Der andere starrte ihn stirnrunzelnd an. »Vielleicht kann man einen Brief hinausschmuggeln, ein paar der Aufseher sind bestechlich, aber willst du nicht lieber schreiben, was dir widerfahren ist?«

Levi schüttelte den Kopf. Wenn es eine Chance gäbe, Felicitas eine Nachricht zukommen zu lassen, hatte er nichts hinzuzufügen.

Sie hatten das, was sie füreinander waren, immer mit den Worten von Rilke ausgedrückt. Alles, was sie wissen musste, war, dass er noch immer Deutschlehrer war. Und ein Liebender.

Felicitas ging mit gesenktem Kopf durch das Grindelviertel. Knapp drei Wochen waren seit jener Nacht vergangen, in der die mageren Reste eines weltoffenen, liberalen Deutschlands zertrümmert worden waren oder sich in Rauch aufgelöst hatten. Es tat immer noch weh, die Spuren der Verwüstungen zu sehen, zerstörte Geschäfte und Wohnungen, mit Hakenkreuzen beschmierte Bürgersteige. Es tat immer noch weh, dass die gegrölten Lieder in ihr widerhallten. *Halli, die Synagoge brennt, das Judenvolk, es flieht und rennt.* Es tat immer noch weh, an den Orten vorbeizukommen, wo sie sich einst mit Levi aufgehalten hatte, schon damals oft in Sorge um die Zukunft, aber zumindest mit ihm vereint.

Ein Hupen ließ zusammenschrecken, Abgase drangen ihr in Kehle und Nase. Wurde das Automobil, das eben von seinem Stellplatz im Innenhof an ihr vorbei auf die Straße fuhr, noch von seinem rechtmäßigen Besitzer gelenkt? Oder gehörte es einem Juden, dem man es geraubt hatte? Erst am Tag zuvor hatte sie erfahren, dass nicht nur deren Führerscheine sämtlich für ungültig erklärt worden waren, sondern man ihre Kraftfahrzeuge eingezogen hatte.

Und das war nicht einmal der größte Diebstahl. Als Entschädigungssumme für den Mord an Eduard vom Rath war insgesamt eine Milliarde Reichsmark angesetzt worden. Jeder einzelne Jude hatte das, was er an Edelmetallen, Juwelen und Kunstwerten besaß, zu verkaufen und den Erlös auf ein Sperrkonto einzuzahlen.

Wer hatte sich wohl diese Milliarde ausgedacht? Jene monströse Zahl mit den unzähligen Nullen ließ sie an den Mob denken, auch Nullen, die nur an Wert gewonnen hatten, weil sie sich an eine Eins hefteten.

Gut, dass ich nicht reich bin, hätte Levi gescherzt, und gut, dass ich nie einen Führerschein gemacht habe und kein Auto besitze. Aber es hätte ihn getroffen, dass Juden nun auch der Besuch von Theatern und Konzerten verboten worden war – und ebenso zugesetzt hätte ihm der Anblick der Synagoge am Bornplatz oder das, was von ihr geblieben war: verkohlte Wände, die nicht stolz gen Himmel wuchsen, sondern sich unter den grauen Wolken duckten. Die Talmud-Tora-Schule gleich gegenüber hatte man zwar nicht angezündet, aber Felicitas sah, dass fast sämtliche Fenster eingeschlagen worden waren.

Auch im Inneren erwartete sie der Gestank von Rauch – und von Stimmen, vor allem Kinderstimmen.

Als Felicitas wenige Tage zuvor die Schule betreten hatte, hatte sie noch gähnende Leere empfangen, jetzt tummelten sich im Eingangsbereich nicht nur Knaben, auch Mädchen, obwohl diese die Talmud-Tora-Schule bislang nicht besucht hatten.

Das erste Kind, das sie fragte, was sie hier machten, gab ihr keine Antwort. Das zweite bekundete knapp, dass der Unterricht wieder aufgenommen worden sei.

Als sie unter der Kinderschar eine junge Frau entdeckte, konnte sie sich vage daran erinnern, dass Levi diese einmal als seine Kollegin Rahel vorgestellt hatte.

»Ist es wahr?«, fragte Felicitas.

Die Lehrerin hielt eine Liste in der Hand. Eine Weile rief sie die Namen von Kindern auf und notierte sie, ehe sie hochblickte. Die Erleichterung, die Felicitas kurz gefühlt hatte, schwand unter ihrem düsteren Blick.

»Ja«, sagte sie traurig, »die Schule hat so viele Schüler verloren, etliche haben Deutschland fluchtartig verlassen. Deshalb ist

425

geplant, die Israelitische Töchterschule aufzulösen und die verbliebenen Schülerinnen künftig in der Talmud-Tora-Schule zu unterrichten.« Sie unterdrückte ein Seufzen. »Da zugleich sämtliche jüdischen Schüler aus den allgemeinen und höheren Schulen ausgeschlossen wurden, müssen wir nun etwas Ordnung ins Chaos bringen.«

Wieder wandte sie sich an die Kinder, ließ sich Namen und Alter nennen.

»Aber dass der Unterricht wieder aufgenommen wurde, bedeutete doch, dass ein Großteil des verhafteten Lehrerkollegiums freigelassen wurde«, rief Felicitas.

Diesmal verharrte Rahels Blick etwas länger auf ihr, sie nickte zögerlich. »Die meisten ja… aber nicht Levi. Er wurde ja auch nicht hier an der Schule verhaftet.«

»Ich weiß«, sagte Felicitas knapp und kaute auf ihren Lippen.

Ob Rahel wusste, dass man Levi verhaftet hatte, weil man ihn der Rassenschande bezichtigte?

Schon richtete sich Rahel wieder an die Kinder, und Felicitas musste allein mit ihren Erinnerungen fertigwerden.

Nach jener schrecklichen Nacht hatte es tagelang gedauert, bis sie einen von Levis Vettern, Friedrich Pohlmann, ausfindig gemacht hatte. Er war der Sohn eines Bruders von Levis nichtjüdischer Mutter, der – wie all seine Angehörigen – schon seit Jahren vermieden hatte, Kontakt zu Levi zu halten. Die jüdische Verwandtschaft war ihm peinlich. Nicht peinlich war es ihm dagegen, vor Felicitas zuzugeben, dass Levi tatsächlich versucht hatte, bei ihm Unterschlupf zu finden, er ihn aber der Gestapo ausgeliefert habe. Der deutschen Volksgemeinschaft fühle sich ein aufrechter Deutscher nun mal mehr verpflichtet als einem Vetter, den es nicht geben würde, hätte sich dessen Mutter nicht aus reiner Geldgier von einem buckligen Juden verführen lassen.

Levis Vater war ein angesehener Kaufmann!, hatte Felicitas ihm am liebsten ins Gesicht schreien wollen. Wie konnten Sie einen feinen Mann wie Levi verraten?

Aber die Worte waren wie Scherben. Sie würde sich den eigenen Mund daran blutig schneiden, während sie eine stumpfe Waffe bliebe, wenn sie sie gegen diesen selbstgefälligen Mann richtete.

»Auch wenn Levi bislang noch nicht entlassen wurde«, wandte sie sich jetzt an Rahel, »hat denn irgendjemand vom Kollegium etwas von ihm gehört?«

Rahel zuckte mit den Schultern. »Ich … ich weiß es nicht, fragen Sie am besten Direktor Spier.«

Felicitas stieg die Treppe hoch zu den Verwaltungsräumen.

Als sie Arthur Spier einige Jahre zuvor kennengelernt hatte, hatte sie einige Ähnlichkeiten mit Levi festgestellt. Auch er trug eine runde Brille, und in seinem Blick stand ebenso viel Wachheit wie Klugheit. Sein dunkles Haar war dagegen viel strenger zurückgekämmt, und es war von grauen Strähnen durchzogen. Als sie ihn jetzt hinter seinem Schreibtisch sitzen sah, hätte sie ihn fast nicht wiedererkannt. Sein Haar war nicht nur gänzlich grau, es stand ihm regelrecht zu Berge, das Gesicht war zerschunden, und er hielt sich die Hand schützend vor die Augen, als gälte es, sie vor dem grellen Licht einer Verhörlampe zu schützen. Nur seine Stimme war noch die alte. Er sprach unaufhörlich in einen Telefonhörer, allerdings nicht Deutsch, sondern Englisch. Felicitas beherrschte diese Sprache nicht gut genug, um viel zu verstehen, doch sie musst keine Vokabeln kennen, um zu spüren, dass er sein Anliegen ebenso verzweifelt wie hilflos hervorbrachte.

Irgendwann ließ er den Telefonhörer sinken. Sie stand schon vor seinem Tisch, als er endlich ihrer gewahr wurde, kaum merklich zusammenzuckte.

»Ich habe mit dem Movement for the Care of Children from Germany telefoniert«, murmelte er. »Sie … sie nehmen Kinder auf, aber … aber viel zu wenige.« Felicitas starrte ihn verständnislos an. »Eine Londoner Organisation«, erklärte er, »sie sorgt dafür, dass jüdische Kinder aus Deutschland nach England reisen können und dort bei Pflegefamilien unterkommen.«

»Ohne ihre Eltern?«, rief Felicitas entsetzt.

Er nickte. »Aber mit der Hoffnung auf ein normales Leben … auf Bildung … auf eine Zukunft.«

Seiner Stimme war der Zweifel anzuhören, wie man eine solche unmenschliche Entscheidung treffen konnte, ohne daran zu zerbrechen.

»Entschuldigen Sie«, sagte Arthur Spier, »Sie denken gewiss, ich hätte keinerlei Manieren, eigentlich müsste ich aufstehen, aber …«

Die nächsten Worte, die er murmelte, waren kaum hörbar. »Polizeigefängnis … Treppe … gestolpert … Bein nicht belasten.«

Felicitas vermutete, dass er nicht gestolpert, sondern gestoßen worden war. Sie vermutete auch, dass er nicht darüber sprechen würde. Viele Inhaftierte wurden erst entlassen, wenn sie eine Erklärung unterschrieben, über alles, was ihnen widerfahren war, zu schweigen.

»Ich bin Felicitas Marquardt Levi Cohn hat uns vor einiger Zeit einander vorgestellt. Haben Sie irgendetwas von ihm gehört? Ist ein anderer Ihrer Lehrer ihm jüngst begegnet? Er ist einfach … verschwunden.«

»Ich weiß, wer Sie sind. Sie versorgen unsere Schule seit Jahren mit Büchern und Unterrichtsmaterialien.«

Verletztes Bein hin oder her, plötzlich stützte er sich mit beiden Händen am Schreibtisch ab, kämpfte sich hoch.

»Um Himmels willen!«, entfuhr es Felicitas. »Sie sollten sich nicht so anstrengen!«

Ein schmerzliches Lächeln verzog seinen Mund. Er ließ sich zwar wieder auf den Stuhl fallen, erklärte dennoch entschlossen: »Ohne Anstrengung wird es aber nicht möglich sein, die Kinder aus Deutschland herauszubringen. Ohne Anstrengung wird es nicht möglich sein, die Hoffnung zu bewahren, dass sie bald wieder zurückkehren werden.«

Sie kannte diesen Kampf um die Hoffnung. Auch das Gefühl, diese unaufhörlich schrumpfen zu sehen.

Direktor Spier seufzte. »Die meisten Lehrer der Talmud-Tora-Schule, die verhaftet wurden, auch die älteren Schüler, wurden ins Polizeigefängnis Fuhlsbüttel gebracht. Ich vermute, auch Levi Cohn befindet sich dort. Die Frage ist nur, wie lange noch …«

»Sie denken, er wird bald freigelassen?«, rief Felicitas.

Der Schulleiter nahm die Hände von der Tischplatte, faltete sie auf seinem Schoß. In seiner Miene war keine Hoffnung zu lesen, nur Resignation. »Es gibt verschiedene Gerüchte. Die Juden, denen man nichts anderes vorwirft, als dass sie Juden sind, hat man bald wieder entlassen. Aber die, denen man obendrein eine falsche politische Gesinnung vorwirft oder gar ein Verbrechen, bringt man in Konzentrationslager – sei es Oranienburg, Neuengamme oder Sachsenhausen. Ich vermute, es ist weitaus schwerer, von dort jemanden freizubekommen als von Fuhlsbüttel. Aber wie gesagt, das sind nur Gerüchte. Und ich weiß nicht, ob dieses Schicksal auch Levi Cohn droht.«

»Ich verstehe«, murmelte Felicitas wie betäubt, obwohl sie nichts verstand. Wie war es möglich, jahrelang nicht zu bemerken, dass Levi mehr war als ein Freund, als ein Vertrauter? Wie war es möglich, dass sie ausgerechnet, als sie endlich zueinandergefunden hatten, auseinandergerissen wurden wie in einem düsteren Märchen, wo Flüsse oder gar Ozeane und meistens sieben Jahre zwischen Prinz und Prinzessin standen.

Nun, Levi war kein Prinz, Levi war ein Deutschlehrer.
Plötzlich griff auch sie nach der Tischplatte, plötzlich klammerte auch sie sich daran fest, weil sie sonst gewankt wäre. Sie hatte keine Hand frei, um ihr Gesicht zu verbergen, als ihr Tränen in die Augen schossen.

Arthur Spier kämpfte sich wieder hoch. So schwer es ihm fiel, er schaffte es nicht nur, stehen zu bleiben, sogar, ein paar humpelnde Schritte zu machen. Felicitas sah, dass sein rechter Fuß unnatürlich nach außen verdreht war.

»Ich ... ich brauche kein Taschentuch«, beeilte sie sich zu sagen, weil sie vermutete, dass er ihr eines anbieten würde.

Doch was er ihr im nächsten Augenblick in die Hände drückte, war kein Taschentuch, sondern ein Notizbüchlein. Sie erkannte die Schrift sofort. Die eleganten Buchstaben waren sehr klein, schmal, als dürften sie einander nicht zu viel Platz wegnehmen, zugleich gestochen scharf.

»Das ... das hat sich bei den Unterlagen von Levi Cohn befunden«, murmelte er. »Sie können es gerne haben.«

Sie blätterte es durch. Zitate bedeckten die Seiten, so viele Zitate. Die meisten von ihnen kannte Levi auswendig, aber er musste sie aufgeschrieben haben, weil sie ihm so gut gefielen.

Darin besteht die Liebe: dass sich zwei Einsame beschützen und berühren und miteinander reden, stand auf der letzten Seite.

Sie hatte diese Worte von Rilke oft aus seinem Mund gehört, und sie sagten mehr als jedes »Ich liebe dich«, drückten sie ihre Geschichte doch perfekt aus – die Geschichte von zwei einsamen, verlorenen Menschen, die sich übers Reden gefunden hatten.

Sie schloss das Büchlein, drückte es an sich. »Danke ...«

»Nichts zu danken.« Der Schulleiter ließ sich wieder auf den Stuhl fallen. »Besser, Sie kommen künftig nicht mehr her. Ich weiß nicht, wie lange unsere Schule überhaupt noch bestehen wird.«

»Solange es sie gibt, werde ich weiter Bücher bringen, Papier, Stifte, was immer Sie brauchen. Ich kann nicht nichts tun. Viel zwar auch nicht, aber immerhin ein bisschen. Levi wollte nie etwas anderes, als ein Deutschlehrer sein. Und wenn er schon nicht unterrichten kann, will ich dafür sorgen, dass die Kinder auf andere Weise Zugang zum Stoff erhalten. Sie können mich nicht davon abhalten. Sie müssen mich auch nicht zur Tür geleiten. Schonen Sie Ihr Bein.«

Der Schweißfilm auf seiner Stirn verriet, wie viel es ihn gekostet hatte aufzustehen.

»Wenn ich etwas von Levi höre …«, setzte er an.

»Ich werde alles tun, um ihn freizubekommen, ehe er in einem dieser Lager landet.« Ihr entging der Zweifel in seinem Blick nicht, und entschlossen fügte sie hinzu: »Es ist schließlich nicht so, dass ich keine Beziehungen habe!«

Nach einem knappen Abschiedsgruß verließ sie das Bureau. Die Gänge waren leerer, Rahel war verschwunden. Felicitas umklammerte das Büchlein. Sie ging zumindest nicht mit leeren Händen.

Wenn Sie wissen möchten,
wie es weitergeht, lesen Sie
Julia Kröhn
»Die Alster-Schule – Jahre des Widerstands«
ISBN 978-3-7341-0965-2 / ISBN 978-3-641-26393-5
Blanvalet